Sabine Hartmann

Sechs, Sieben, Cache!

Im Verlag CW Niemeyer sind bereits folgende Bücher der Autorin erschienen:

Ausweichmanöver
Mords Idylle
Nur ein Katzensprung

Bibliografische Information der Deutschen Nationalbibliothek
Die Deutsche Nationalbibliothek verzeichnet diese Publikation in der Deutschen Nationalbibliografie; detaillierte bibliografische Daten sind im Internet abrufbar über http://dnb.ddb.de

Umschlaggestaltung: Carsten Riethmüller
unter Verwendung eines Motivs von shutterstock.com
Druck und Bindung: AALEXX Buchproduktion GmbH, Großburgwedel
Printed in Germany
ISBN 978-3-8271-9457-2

Sabine Hartmann

Sechs, Sieben, Cache!

CW Niemeyer

Der Roman spielt hauptsächlich in allseits bekannten Stätten in Hildesheim und Umgebung, doch bleiben die Geschehnisse reine Fiktion. Sämtliche Handlungen und Charaktere sind frei erfunden.

Über die Autorin:
Sabine Hartmann wurde 1962 in Berlin geboren. Seit 1982 lebt sie in Sibbesse. Sie ist verheiratet und hat zwei erwachsene Söhne. Nach vielen Jahren als freiberufliche Übersetzerin und Dozentin in der Erwachsenenbildung arbeitet sie heute als Schulleiterin in Alfeld.
Als Tochter eines Polizisten interessierte sie sich schon früh für Detektivgeschichten und Krimis. So lag es nah, dass sie, als sie die Schreiblust packte, dieses Genre bevorzugte. Neben Krimis für Erwachsene schreibt sie auch für Kinder und Jugendliche. Im Regionalkrimibereich hat sie bisher im Leinebergland und im Weserbergland morden lassen. In Lesungen, Vorträgen und Schreibworkshops versucht sie, auch andere für Krimis zu interessieren.
Für ihre Kurzkrimis, die in Anthologien und Zeitschriften erschienen sind, hat sie zahlreiche Preise und Auszeichnungen erhalten.
Sie ist Mitglied bei den ‚Mörderischen Schwestern' und im ‚Syndikat'.

Für Andi
denn Widerstand ist zwecklos - in the whole universe -
und 21 ist nur die halbe Wahrheit

VORBEMERKUNG

Alle Orte, die in diesem Roman vorkommen, existieren wirklich und können besucht werden, abgesehen von Abbensen. Dieser Ort existierte vor dem Dreißigjährigen Krieg zwischen Eberholzen und Sibbesse. Der Name „Abbenser Berg“, ein Hügel südwestlich von Sibbesse, erinnert noch an das kleine Dorf, heute eine Wüstung. Warum ich diesen Ort wieder zum Leben erweckt habe, werden Sie im Lauf des Romans entdecken.

Möchten Sie ein ähnliches Schloss in natura sehen, schauen Sie in Wrisbergholzen vorbei.

Wenn Sie Geocacher sind und die Abbensen-Koordinaten (52° 03′ 17,44″ N, 9° 52′ 33,39″ O) in Ihr GPS-Gerät eingeben, sollten Sie eine Badehose einpacken.

Spannendes Lesevergnügen!

Sabine Hartmann
Sibbesse, im Sommer 2012

0

Hildesheimer Allgemeine Zeitung,
Ausgabe Süd, 26.11.2007

Schutzengel auf der B3

Gronau (Bi). - Nach einem Überholmanöver auf der B3 kollidierte die 26-jährige Alfelderin, die am späten Nachmittag mit ihrem Meriva auf dem Weg in Richtung Gronau unterwegs war, mit einem entgegenkommenden Lkw. Die Bundesstraße musste zwischen Dehnsen und Brüggen drei Stunden lang voll gesperrt werden. Die 26-Jährige wurde mit dem Rettungshubschrauber in die Medizinische Hochschule nach Hannover geflogen.

Hans-Günther P. aus Eime, der hinter der Alfelderin fuhr, war um 16.23 Uhr als Erster am Unfallwagen und leistete Erste Hilfe. „Ihr Schutzengel muss auf dem Beifahrersitz gesessen haben oder auf ihrer Schulter", sagte er.

P. versorgte die Platzwunde am Kopf der Eingeklemmten und sprach ihr Trost zu. Im Gespräch mit dieser Zeitung schüttelte er immer wieder den Kopf und fragte: „Warum ist sie links geblieben? Da war genug Platz. Seit Godenau folgten wir einem Trecker mit Anhängern. Hinter dem Ortsausgang konnten wir endlich überholen. Mindestens drei Wagen sind ausgeschert. Das Unfallfahrzeug war das erste. Ich verstehe nicht, warum sie nicht zurück nach rechts gefahren ist. Mein Hintermann und ich, wir haben es doch auch rechtzeitig geschafft."

Die Feuerwehr Dehnsen benötigte Unterstützung von der Stützpunktwehr in Gronau, die mit Schere und Spreizer anrückte, um die Eingeklemmte zu befreien.

Der Lkw-Fahrer erlitt Schnittverletzungen und Prellungen, er konnte das Krankenhaus gegen Abend bereits wieder verlassen.

Nach Aussagen des Polizeisprechers wurden keine Bremsspuren gefunden. Man prüfe jedoch, ob ein technischer Defekt oder menschliches Versagen zu dem Unfall geführt habe. Die Witterungsverhältnisse und auch der Zustand der Straße scheiden nach menschlichem Ermessen als Unfallursache aus.

1

Weil ich's kann

1

Kassel, im Oktober 2010

Er wartete.

Geduldig.

Nicht wie die Spinne im Netz. Ein hilfloser Spielball des Windes. Nicht wie die Zecke an der Unterseite eines Blattes. Reglos auf einen glücklichen Zufall hoffend.

Auch nicht wie der Falke, der hoch in den Lüften kreist und sich mit einem warnenden Schrei unvermutet auf sein Opfer stürzt.

Nein. Er war wie die Sandviper. Schnell. Erbarmungslos. Nah dran. Tödlich und so gut wie unsichtbar.

Er wechselte das Standbein, starrte in die Dunkelheit. Vorsichtig lehnte er sich mit dem Rücken gegen die Hauswand, in deren Schatten er wartete.

Auf ihn wartete.

Auf ihn, der sich wie eine Laus unbemerkt in seinen Pelz gekrallt hatte. Auf die Laus, die er sofort hätte zerquetschen sollen, nachdem er sie entdeckt hatte. Nun war es zu spät. Vollgesogen hatte der Mistkerl sich, hatte Kontakte geknüpft und Informationen gesammelt. Zum Glück hatte Monkey Verdacht geschöpft. Monkey. Sein bester Mann. Seit vielen Jahren. Flink und clever. Argusäugig.

Sein Mundwinkel verzog sich zu einem herablassenden Lächeln. Sie hatten schnell reagiert. Besonnen, unauffällig und lautlos.

Als die Polizeiratten zur Razzia anrückten, war alles sauber, beinahe zu sauber.

Er wäre so gern dabei gewesen. Doch ihm blieb nichts anderes übrig, als sich vorzustellen, wie sie selbst in den hintersten Ecken herumschnüffelten und nichts Belastendes fanden, absolut gar nichts.

Er hatte darüber nachgedacht, mehr als einmal. ‚Sie können mir gar nichts. Wenn sie nichts finden, können sie mir auch nichts anhängen.' Er sah sich hinter seinem Schreibtisch sitzen, milde lächelnd. Seinen Triumph voll auskostend.

Monkey hatte ihm davon abgeraten. Und verdammt! Er hatte Recht gehabt. Nur ein Volltrottel wäre ein solches Risiko ... Schritte!

Kam er?

Nein, das klang nach Pumps. Der Kerl würde doch nicht ausgerechnet heute Besuch bekommen?

Die Frau ging so nah am ihm vorbei, dass er ihr Parfüm riechen konnte. Trotzdem nahm sie ihn nicht wahr.

Die Lichtkegel der Laternen am Straßenrand überschnitten sich nicht, und der Schatten des Hauses hinter ihm verbarg ihn vollständig vor den Blicken anderer. Er war sich sicher, dass er weder aus den Fenstern des Gebäudes gegenüber noch aus vorbeifahrenden Autos bemerkt werden konnte.

Das war auch gut so. Niemand ahnte, dass er hier wartete.

Spurlos waren sie verschwunden. Vor einem halben Jahr. Mit Mann und Maus. Auf den Tag genau sechs Monate hatte er gewartet, bevor er wieder hierhergekommen war.

Um es abzuschließen.

Um ihm die Ruhe zu nehmen, um an seiner Selbstgerechtigkeit zu kratzen. Er berührte die Klinge des Messers in seiner Manteltasche, das er vor wenigen Stunden extra für diesen Zweck gekauft hatte.

Die Laus würde die Botschaft verstehen, würde von nun an nachts schweißgebadet aus Albträumen aufschrecken. Von heute Nacht an würde sie dunkle Gassen meiden und nie mehr allein zum Luftschnappen durch einen Park spazieren. Die Angst würde zu seinem Begleiter werden, jeden Tag, jede Stunde, jede Minute. Machte Angst nicht auch impotent? Er hoffte es.

Er hätte Schuhe mit dickeren Sohlen anziehen sollen. Nun fröstelte er. Immerhin wärmten die Handschuhe ihn etwas. Außerdem konnte er die Kapuze tiefer ins Gesicht ziehen.

Eine Autotür klappte. Es piepte, die Verriegelung klackte. Leise Schritte näherten sich.

Er spannte die Muskeln an.

Der andere kam mit federnden Schritten auf ihn zu, bemerkte ihn nicht. Die fiese Laus blieb vor der Eingangstür stehen und fummelte mit dem Schlüssel am Schloss herum. Obwohl er Polizist war, schien er die Gefahr, die neben ihm lauerte, die auf ihn wartete, nicht zu spüren. Er bewegte sich völlig entspannt. Endlich sprang die Tür auf. Der Mann schob sie auf und trat in den Flur.

Bevor das Licht eingeschaltet wurde, schnellte er hinterher. Während er den Überraschten mit dem rechten Arm gegen die Flurwand stieß, trat er die Tür hinter sich zu. Mit seinem ganzen Gewicht drückte er die Laus gegen die Wand, bis sie röchelte. Seinen Mund direkt neben dessen Ohr flüsterte er: „Hab' dich!"

„Was wollen Sie? Wer sind Sie?"

Es klang gepresst, doch er spürte, dass der Kerl begann, die Überraschung zu überwinden. Hart schlug er seinen Schädel gegen die Wand, nicht zu kräftig, gerade so, dass es wehtat. Schließlich sollte er nicht ohnmächtig werden, jetzt noch nicht.

„Nicht reden, gehorchen!“

„Schon gut!“

Der Typ gab nicht auf. Wie du willst. Er löste den Druck etwas, packte ihn an den Schultern, wirbelte ihn herum und drosch ihm die Faust auf die Nase. Die Laus schrie auf, wimmerte. Er konnte das warme Blut riechen, das ihm aus der Nase schoss. Genau richtig für eine Laus, die man mitleidlos zwischen Daumen und Zeigefinger zerquetschen sollte.

Er griff nach den Armen des Mannes und zerrte ihn in die Küche, drückte ihn dort auf einen Stuhl. Seine linke Hand fesselte er hinter der Lehne mit Kabelbindern am Stuhlbein fest. Schnell, effektiv und durchaus schmerzhaft, wenn er sich wehrte. Dann zog er sein Messer aus der Tasche, packte die rechte Hand des Bullen und nagelte sie mit der Klinge auf dem Tisch fest. Die Laus jaulte laut. Er stutzte. Konnten Läuse überhaupt Geräusche von sich geben? Vielleicht sollte er ihm lieber die Zunge abschneiden?

Bleib bei deinem Plan. Wer anfängt zu improvisieren, hat schon so gut wie verloren.

Er zückte die Taschenlampe, richtete den schmalen Strahl in das Gesicht des Bullen. Der zuckte zurück. Er ließ sich nicht beirren. Langsam wanderte der Lichtschein von der Schulter aus den Arm hinunter bis zur Hand, verweilte auf dem Messer, das mitten im Handrücken steckte.

Ein dunkler Tropfen Blut quoll heraus und rollte langsam über die Haut. Wortlos ließ er das Licht zum Daumen wandern, verharrte, kroch zum Zeigefinger, blieb stehen, beleuchtete den Mittelfinger in seiner ganzen Länge. Am Ringfinger glitzerte ein goldener Verlobungsring. Er spürte, wie die Laus zu zittern begann, wie sie begriff.

Bevor er die Lampe auf den kleinen Finger richtete, zischte er: „Such dir einen aus. Welchen möchtest du mir schenken?"

Die Laus gurgelte etwas Unverständliches. Abrupt bewegte er das Licht auf sein Gesicht. Der Kerl schwitzte, Blut verkrustete Nase und Mund, er zerrte an der anderen Hand, wollte ihn damit abwehren. Die Augen erst weit aufgerissen, dann zugekniffen, sobald das Licht sie traf. Er senkte die Lampe. Er wollte, dass die kleine Laus zusah, dass sich der Anblick in ihr Gedächtnis einbrannte, für immer. Dass das Geräusch sich in seinen Gehörgängen einnistete, dass der Geruch von Blut, von seinem eigenen Blut, ihm in die Nase stieg, sobald er sich zum Frühstücken an seinen Küchentisch setzte.

Er wiederholte die Reise der Taschenlampe, blendete die Laus zwischendurch. Jedes Scheinwerferpaar, das nachts auf der Straße auf ihn zuschwenkte, würde Flashbacks auslösen, lange Jahre. Er musste grinsen. Gleichzeitig spürte er, dass die Anspannung im Körper der Laus nachzulassen begann. Er musste weitermachen, zum Ende kommen. Durfte dem anderen keine Zeit zum Nachdenken lassen.

Er zog das zweite Messer, sein Messer, heraus, klappte es auf. „Spreiz die Finger."

Als die Laus nicht reagierte, stach er ihm in den Zeigfinger. Die Laus stöhnte und riss die Finger auseinander. Der Daumen lag ihm am nächsten. Der Daumen. Nicht gut. Er riss sich zusammen, schnitt mit einem Ruck das obere Glied des kleinen Fingers ab, steckte es in eine Plastiktüte, die er aus seiner Tasche gezogen hatte, und legte es auf den Tisch.

Er wisperte: „Ich kann jederzeit wiederkommen." Er lachte heiser. „Aber dann möchte ich ein Ohr oder, noch besser, ein Auge." Er lachte noch einmal, beleuchtete Hand und Fingerglied. Dann schaltete er die Lampe aus. Mit der Faust schlug er die Laus bewusstlos.

Er nahm den abgetrennten Teil des Fingers mit. Seine Kollegen würden ihn bemitleiden, man würde seine Wohnung nach Spuren absuchen, die ganze Wohnung, obwohl er wiederholen würde, dass der Eindringling nur im Flur und in der Küche war. Sie würden nichts finden und es schließlich auf sich beruhen lassen. Das oberste Glied des kleinen Fingers, das reichte nicht einmal für einen Prozentsatz im Schwerbehindertenausweis. Wenn die Laus später nachfragte, darauf beharrte, dass sie weiter ermitteln sollten, würden sie erst genervt gucken, dann den Kopf schütteln, um ihm endlich auszuweichen, bevor der Chef ihn beurlaubte, ihm die Kündigung nahelegte ... kleiner Finger, große Wirkung.

Er überlegte, ob er die Haustür hinter sich schließen sollte. Er entschied sich dagegen. Vielleicht nutzte ein Obdachloser oder ein Dieb die Gelegenheit und stiftete ein bisschen Spurenverwirrung für die Polizeiratten.

2

Winzenburg, Sonntag, der 4.9.2011

Kaum hatte er die Wagentür geöffnet, hüpften die drei Mädchen heraus. Während er den Kofferraum öffnete, um die Rucksäcke zu verteilen, hielt seine Frau mit ihrem Ford neben ihm an. Die beiden Jungs, Max und Kevin, die bei ihr auf der Rückbank saßen, stiegen bedächtig aus und sahen sich um.

Sie standen am Ende einer engen Straße auf dem Randstreifen parallel zu einem einfachen Holzzaun. Dahinter lag eine große Wiese. Auf der linken Seite befand sich eine Grillhütte, rechts, eingezäunt, ein paar niedrige Gartenhäuser.

Er half seiner Tochter Denise, die Riemen ihres Rucksacks festzuziehen. Ihres rosa Rucksacks. Wer zum Teufel produzierte rosa Rucksäcke mit Ponys darauf?

„Wir müssen dort drüben den schmalen Pfad entlanggehen", sagte er und deutete mit dem Zeigefinger zum Waldrand hinüber. Die Kinder marschierten los. Die Mädchen unermüdlich plappernd. Die beiden Jungen mit ein paar Metern Abstand schweigend hinter ihnen.

„Soll ich dir nicht erst noch beim Ausladen helfen? Du kannst doch nicht alles allein bis zur Quelle schleppen", sagte er.

Seine Frau lächelte und wuschelte ihm durch die Haare, obwohl sie wusste, dass er das nicht leiden konnte. „Geht ihr man los. Ich habe alles handlich verpackt. Wenn ihr von eurem Berg wieder herunterkommt, wartet ein leckeres Picknick auf euch."

Michael Falkner seufzte. „Ich hasse Kindergeburtstage.“

Seine Frau küsste ihn auf die Nasenspitze. „Aber du liebst Geocaching, also schieb ab, sonst schnappt ihn euch jemand weg.“

Michael brummelte noch ein paar Meter weit vor sich her. Die Kinder warteten am Waldrand auf ihn. Er zog sein MAP 600 aus der Tasche und schaltete es ein. Selbstverständlich hatte er die drei Koordinaten für die Caches, die sie jetzt suchen würden, schon zu Hause eingegeben. Der Owner hatte sie erst vor zwei Tagen eingestellt. Mit etwas Glück wären sie die ersten Finder dieser Multicaches. Er schaute zum Waldrand und betrachtete den Berg, der rechts von ihm in den Himmel ragte. Mit geringer Verzögerung zeigte das kleine Display seines GPS-Gerätes die Richtung und die Entfernung zum ersten Cache an. „Historische Informationen, Sagen, besonders für Kinder geeignet, Tauschobjekte mitbringen“, hatte als Erläuterung auf der Internetseite gestanden. Er hielt seiner Tochter das Gerät hin.

„Das Geburtstagskind darf anfangen.“

Denise jubelte. „Nur 475 Meter bis zum ersten Versteck. Das ist ja pipieinfach.“ Sie lief los, und die anderen folgten ihr. Selbst Max und Kevin wirkten jetzt deutlich weniger gelangweilt. Max versuchte, seiner Schwester über die Schulter zu schauen. Sie trug das GPS-Gerät mit ausgestrecktem Arm vor sich her. Weder der Herbstwald um sie herum noch der kleine Tümpel auf der rechten Seite interessierten sie. Zielstrebig folgten sie dem Pfad.

Plötzlich kreischte Denise empört auf. Max hatte sich zwischen ihr und Selma hindurchgedrängt. Er stürmte vorwärts, die Mädchen hinterher.

Während Michael wie immer leichte Ehrfrucht empfand, als er den Talkessel betrat, ließen sich die Kinder nicht beeindrucken. Sie hatten die Zielkoordinaten erreicht und suchten eifrig nach dem Versteck des Caches. Michael sah sich um, versuchte, die Atmosphäre dieses Ortes in sich aufzunehmen. Doch diesmal konnte er das Plätschern der Quellen kaum hören. Die Kinder liefen durch das herabgefallene Laub des letzten Jahres. Das Rascheln übertönte das Wasser, das an mehreren Stellen aus dem Boden sprudelte.

„Nisi, komm hier herüber. Ich glaube, da ist etwas." Selma hockte vor dem Felsblock, auf dem andere Besucher Blumen, Blätter und Kerzen drapiert hatten. Denise und Jessica rannten zu ihr.

Auch Max wollte zu ihnen, doch Kevin hielt ihn auf. „Lass die. Wir gucken lieber an dem hohlen Baum. Ich hab da so ein Gefühl."

Unentschlossen schaute Max zwischen Kevin und den Mädchen hin und her. Dann entschied er sich achselzuckend für Kevin.

Michael musste grinsen. Er hätte ebenfalls den Baum gewählt.

Kevin und Max stießen nur Sekunden später ein Indianergeheul aus und hielten triumphierend die Plastikbox in die Höhe. Einen Augenblick lang wirkten die Mädchen enttäuscht, doch dann siegte die Neugier. Sie kamen herüber.

Max öffnete die Schachtel, schaute hinein und reichte sie Denise. „Du darfst dir zuerst etwas aussuchen. Schließlich ist es dein Geburtstag."

Irgendwie misstrauisch nahm sie die Box entgegen.

„Was ist drin?", fragte Jessica.

„Zeig mal her", drängte Selma. „Ich möchte auch hineinschauen."

Michael zog den Fotoapparat aus der Tasche und knipste die Kinder, die alle nach vorn gebeugt in die Schachtel schauten.

„Ich nehme die Haarspange", sagte Denise und hielt sie in die Luft. Sie sog die Lippen ein. „Ich habe einen Holosticker zum Tauschen mitgebracht." Sie gab die Box an Kevin weiter, behielt allerdings das Papierröllchen in der Hand. Sie wickelte es ab. „Wir sind die Ersten!", rief sie triumphierend.

Denise setzte sich auf den Boden, strich das Blatt glatt und trug sorgfältig ihren Namen in die oberste Zeile ein. „Hier ist auch noch ein Infozettel."

Sie las den Text vor, während die anderen sich unter ihr in die Liste eintrugen. „Schon vor 5000 Jahren lebten Menschen an dieser Quelle. Beim Bau der Wasserleitung (1950) fanden die Arbeiter ein Flintbeil und eine Steinaxt, außerdem die Überreste von drei Ringen aus Bronze, einer Gewandschließe und einer Bronzenadel. Hm, guckt mal, da ist auch ein Bild von dieser Fibel. Sieht cool aus." Nur Selma hatte aufmerksam zugehört und betrachtete nun eingehend die Zeichnung.

Nachdem alle etwas ausgewählt und sich in das Register eingetragen hatten, legte Max den Behälter sorgfältig in das Versteck zurück.

Michael rief die zweite Koordinate auf und drückte das GPS-Gerät Selma in die Hand. „Jetzt bist du dran. Sag uns, wohin wir gehen sollen." Er ahnte, dass der letzte Cache der Reihe ganz oben bei den Ruinen der Winzenburg versteckt sein würde. Er fand es schade, dass die Kinder sich überhaupt nicht für den Infobrief über die Apenteichquellen interessiert hatten, der in der ersten Schachtel gelegen hatte. Er hatte eine Kopie herausgenommen und würde sie ihnen beim Picknick noch einmal vorlesen. Sicher würden sie sich später, wenn die Jagd zu Ende war, für die Funde aus der Bronzezeit und die alten Mythen erwärmen.

Nach dem zweiten Cache suchten sie beinahe zwanzig Minuten. Es hätte nicht viel gefehlt, und die Kinder hätten aufgegeben. Selbst Michael war es schwergefallen, ihn zu entdecken. Doch quasi als Entschädigung hatten sie sich besonders über den Schatz gefreut. Alle fünf steckten die Buttons stolz an ihre Jacken.

Michael kannte Fitz nicht persönlich. Er hatte hier und da über den umtriebigen Heimatpfleger gelesen, sich aber nicht wirklich für ihn interessiert. Als die Alfelder Zeitung jedoch berichtete, dass Fitz damit begonnen hatte, bei den wichtigsten Sehenswürdigkeiten des südlichen Landkreises Caches zu verstecken, hatte er alle sofort besucht, sobald sie online gemeldet worden waren. Dass Fitz sich pünktlich zu Nisis Geburtstag die Apenteiche und die Burgruine Winzenburg vorgenommen hatte, freute ihn außerordentlich.

Es ging steil bergauf. Die Gespräche der Kinder waren verstummt. Insekten summten, gelegentlich warnte ein Vogelruf die anderen Waldbewohner vor ihnen.

Selma war als Erste oben. Sie stand am Ende der Treppe vor den riesigen Steinquadern, die noch heute davon zeugten, wie überwältigend die Winzenburg einmal gewesen sein musste. Vorsichtig berührte sie die moosigen Felsen. Wegen der hohen Bäume um sie herum wirkte der Ort düster. „Lasst uns um den Bergfried herumgehen, ich habe so ein Gefühl, dass der Cache auf der anderen Seite versteckt ist", schlug Michael vor.

Die Kinder wuselten durchs Unterholz, bis Selma den Arm in die Luft reckte, um anzuzeigen, dass sie die Koordinate erreicht hatten.

Michael blieb einen Moment stehen und drehte sich dann langsam einmal um sich selbst. Dabei scannte er die nähere Umgebung und fragte sich, wo er den Cache untergebracht hätte. Dann lächelte er. Natürlich.

Er wandte sich wieder um und beobachtete die Kinder bei ihrer Suche.

Jessicas Freudenschrei zerriss die Luft. Eine Taube blusterte von einer Fichte. Irgendwo schrie ein Eichelhäher.

Michael zog den Fotoapparat aus der Hosentasche und hielt ihn von oben über die Schachtel, die Jessica gerade öffnete. Er konnte nichts sehen, doch er spürte, dass etwas nicht stimmte.

Max fragte: „Was ist das?"

Plötzlich schrie Jessica hoch und schrill. Sie warf die Schachtel im hohen Bogen von sich und rannte davon.

„Bleib stehen, Jessica, was ist denn?" Michael schaute verwirrt zwischen ihr und den anderen Kindern hin und her. Max schlich vorsichtig auf den Behälter zu. Als er ihn erreicht hatte, blieb er stehen, zeigte mit ausgestreckter Hand darauf und flüsterte: „Da ist ein Finger drin, in einem Frühstücksbeutel."

‚Was für ein Witzbold', dachte Michael empört. Mit schnellen Schritten ging er zu Max und hob die Schachtel auf. „Das ist sicherlich nur ein Scherzartikel."

Max schüttelte den Kopf, sagte aber nichts.

Michael hob die Schachtel auf und klaubte die Dinge auf, die hineingehörten. Ein Umschlag, die Rolle für die Eintragungen der Finder, ein paar Münzen und eine Plastiktüte mit ... er stutzte, hielt den Beutel etwas höher ... tatsächlich ... mit einem Finger.

Jetzt nahm er auch den Geruch wahr. Was für ein ... Oh Gott, das sah aus wie ein echter Finger. Eingeschweißt und dann zusätzlich in eine Plastiktüte mit Reißverschluss gesteckt. Was sollte er jetzt tun? Er checkte sein Handy. Kein Empfang. Sollten sie den Cache mitnehmen oder zurücklegen? Keine gute Idee. Sie hatten sowieso alle Spuren vernichtet. Wenn ein Tier die Schachtel wegschleppte, war sie für immer verloren. Er seufzte. Mit unsicheren Bewegungen legte er alles in den Behälter und klappte ihn zu. Dann räusperte er sich.

„Ich bin sicher, dass dies ein Spaß sein sollte. Wir nehmen den Cache mit und melden ihn bei der Polizei. Solche Späße gehören sich nicht."

„Ist es ein echter Finger?", fragte Denise.

Er zuckte mit den Schultern. „Kann ich mir nicht vorstellen." Gleichzeitig spürte er, wie sich die feinen Härchen auf seinem Rücken aufrichteten. Unsicher sah er sich um. Stand da jemand im Schatten hinter dem Turm?

Wurden sie beobachtet?

Er beeilte sich, die Kinder zurück zur Treppe zu führen. Sie gingen auf dem kürzesten Weg hinunter ins Tal. Niemand sprach. Michael bemühte sich zweimal, in fröhlichem Plauderton ein Gespräch in Gang zu bringen, doch es gelang ihm nicht.

Erst als sie den düsteren Wald verlassen hatten und die Sonnenstrahlen helle Muster auf die Blätter zeichneten, entspannten sich die Gesichter der Kinder. Nachdem zwei graue Eichhörnchen sich quer über den Weg und zurück gejagt hatten, sprachen die Mädchen über Denises neuen Rucksack, während sich die Jungs über Zeldas und Links unterirdische Abenteuer unterhielten.

Michael seufzte. Er hoffte, dass sie an einen Spaß glauben konnten, dass sie alles für ein Spiel hielten und den Schreck bald überwinden würden.

Während sich die Kinder an den Apenteichquellen hungrig auf das Picknick stürzten, das seine Frau in ihrer Abwesenheit vorbereitet hatte, schlenderte er bis auf die Wiese. Dort hatte er endlich Empfang.

Dreimal musste er bestätigen, dass es sich definitiv um einen echten Finger handelte, bevor der Polizeibeamte ihn ernst nahm und ankündigte, dass die Kollegen gleich vorbeischauen würden.

An das Gleich glaubte er nicht, aber er hatte sowieso keinen Hunger und war heilfroh, dass er den anderen nicht beim Essen zusehen musste. Die Schachtel stellte er neben den Reifen seines Wagens in den Schatten und setzte sich dann so auf die Wiese, dass er sie nicht zu sehen brauchte.

3

Winzenburg, Sonntag, der 4.9.2011

„Erinnerst du dich noch an unseren Toten bei den Quellen?“, fragte Lisa ihren Kollegen Markus Heitkämper, während sie links blinkte und einen entgegenkommenden Wagen durchließ, bevor sie nach Winzenburg abbiegen konnte.

„Der besaß aber definitiv noch alle Finger“, antwortete der.

„Dafür hatte der Täter ziemlich einen an der Waffel“, sagte Lisa.

„Wollen wir mal hoffen, dass das heute auch der Fall ist.“

„Meinst du, da will uns jemand verarschen?“, fragte Lisa.

„Klingt glaubwürdiger als ein abgetrennter Finger in einer Tupperdose. Da rechts sind die Teiche. Gleich dahinter kommt die Wiese, wo der Herr Falkner auf uns wartet.“

„Hoffst du. Ich kann niemanden sehen.“

Markus reckte den Kopf. „Da ist er. Hinter dem Wagen.“

Sie stiegen gleichzeitig aus. Lisa nahm sich Zeit, um den Mann genau zu betrachten, während Markus zielstrebig auf ihn zuging, sich auswies und ihn begrüßte. Der groß gewachsene, blonde Mann zeigte mit der Hand auf etwas, das Lisa von ihrer Position aus nicht sehen konnte.

Markus bückte sich. Sie ging um den Wagen herum und beobachtete die beiden.

Ihr Kollege klappte die Plastikdose auf und warf ihr einen schnellen Blick zu. Sie seufzte. Also doch kein Scherz.

Es dauerte eine ganze Weile, bis sie alle Details geklärt hatten. Der Mann bat sie, die Kinder nicht zu befragen, wenn es sich vermeiden ließe. Sie stimmten erst einmal zu, baten ihn aber, ihnen vorsichtshalber die Namen zu geben.

Lisa reichte ihm ihren Notizblock. Falkner krakelte mehr als er schrieb. Dann fragte er: „Stammt der Finger von einem echten Menschen?"

‚Gibt es auch falsche Menschen?' Lisa wunderte sich über die Frage, doch Markus hatte augenscheinlich verstanden, worauf der Mann hinauswollte. „Es sieht ganz so aus, als wäre dieser Finger mit einem scharfen Werkzeug von einer Hand abgetrennt worden." Markus hielt den Beutel hoch und schaute sich das Objekt darin genauer an. „Ich würde allerdings sagen, dass die Person, zu der diese Hand gehörte, zu diesem Zeitpunkt bereits tot war, aber das müssen unsere Fachleute überprüfen."

Lisa hätte zu gern gewusst, woher er das wissen wollte. Doch sie hatte genug damit zu tun, Ralf Schuster, ihrem Kollegen von der Spurensicherung, am Telefon zu erklären, warum sie die exakten Koordinaten der Stelle besaßen, an denen der Finger gefunden worden war.

„Also, vielleicht ein Unfall?" Falkners Stimme klang erleichtert.

„Möglich", sagte ihr Kollege. „Das müssen wir überprüfen."

Plötzlich stand Markus neben ihr. Er wartete, bis sie das Gespräch beendet hatte, dann sagte er: „Ich würde so gern den Umschlag öffnen."

„Welchen Umschlag?"

Er hielt ihr die geöffnete Schachtel hin, sodass sie hineinschauen konnte. „Das da ist die Rolle, in die sich die Finder eintragen, außerdem sind da noch ein paar Sammelmünzen, das stammt alles von demjenigen, der den Cache ursprünglich gelegt hat. Aber dieser Umschlag da, bei dem bin ich mir ziemlich sicher, dass der von der Person mitgebracht wurde, die auch den Finger dazugelegt hat."

„Wie kommst du darauf, dass es sich um zwei Leute handelt?"

„Weil Fitz den Cache gelegt hat."

„Fitz? Woher weißt du das?"

„Hat er mir erzählt."

„Okay." Lisa klang skeptisch.

„Na ja, nicht im Einzelnen. Aber das ist sein neuestes Heimatpflege-Projekt. Er vernetzt alle Sehenswürdigkeiten unserer Region mithilfe dieser Caches. Damit will er Besucher in die entlegeneren Gebiete locken, die sonst nicht kämen. Vor allem Jüngere und eben Familien mit Kindern. Kulturgeschichte verknüpft mit einer Rallye für Technofreaks." Er grinste verlegen und hielt ihr die Schachtel hin. „Außerdem hat er einen Aufkleber draufgeklebt."

„Sehenswürdigkeiten? Wie zum Beispiel diese Steinzeitruine auf diesem Berg?"

Markus sah sie zweifelnd an. „Wieso Steinzeit? Die Winzenburg ist zwölftes Jahrhundert, also frühes Mittelalter." Scheinbar bemerkte er, dass sie mit den Augen rollte, denn er lenkte ein: „Egal, ja, so hat er sich das gedacht."

„Dein Freund Fitz kommt auf komische Ideen."

„Das mag stimmen. Aber er hat den Finger ganz sicher nicht in die Box gelegt."

„Das ist wahrscheinlich wahr."

Michael Falkner unterbrach sie. „Wir haben alle drei Caches gefunden, die Fitz hier in Winzenburg als Serie gelegt hat. Die anderen waren in Ordnung."

„Sind Sie sicher?"

„Natürlich. Die Kinder haben jedes Einzelteil herausgenommen. Da befand sich nichts Ungewöhnliches drin." Er runzelte die Stirn. „Allerdings waren die beiden ersten Boxen deutlich kleiner."

„Verstehe", sagte Markus. „In den anderen wäre für etwas Zusätzliches kein Platz gewesen." Er stutzte. „Erfährt man mit den Koordinaten etwas über die Größe des Verstecks?"

„Nur wenn es sich um einen Microcache handelt, also um einen ganz besonders kleinen."

„Zu diesen Dreien gab es keine Angaben?"

Falkner schüttelte den Kopf. Dann sagte er: „Wenn Sie mich nicht mehr brauchen, könnte ich zu meiner Familie gehen."

Er knetete seine Hände. „Wissen Sie, meine Tochter feiert Geburtstag."

„Gehen Sie nur zu den anderen zur Quelle. Wir finden Sie ja da, falls wir noch etwas wissen müssen, und Ihre Kontaktdaten haben wir notiert", sagte Markus, ohne den Mann anzuschauen. Zu Lisa sagte er: „Wir müssen unbedingt daran denken, Fitz zu fragen, ob das die Schachtel ist, die er ursprünglich an dieser Stelle versteckt hatte."

Lisa grinste. „Nun mach ihn schon auf."

„Meinst du?"

„Kannst ja vorsichtshalber Handschuhe anziehen. Aber wenn ich den Mann richtig verstanden habe, hatten er und die Kinder den Umschlag bereits in der Hand."

Markus nickte. „So wie all die anderen Sachen in der Box.“ Nachdem er Latexhandschuhe übergestreift hatte, schlitzte er das Kuvert mit seinem Taschenmesser am oberen Rand auf. Darin befand sich ein weißes Blatt Papier. Markus nahm es heraus und faltete es auseinander.

„Normales Kopierpapier, denke ich.“ Er hielt Lisa den Zettel hin, sodass sie den Text darauf gemeinsam lesen konnten.

Weil ich's kann
1 von 8

Weder bei Eichen noch bei Linden
wirst du ihn finden
Gib acht auf die Buchen
dort musst du suchen
Ich leiste den Eid
du kommst nicht mehr weit

4

Abbensen, Montag, der 5.9.2011

Gabriel Sola stand unter einem der alten Eichenbäume. Er war froh, dass es ihnen gelungen war, sie trotz der umfangreichen Bauarbeiten in unmittelbarer Nähe des Gebäudes zu erhalten. Sie bestimmten wohl seit je her den Charakter des Schlossvorplatzes. Er beobachtete seinen Chef, der wie immer einen dunklen Anzug mit Krawatte und Weste trug. Und das, obwohl er seit beinahe vier Monaten mehr oder weniger ständig auf einer Baustelle arbeitete und lebte.

Der Schwartz-Konzern, bei dem Sola beschäftigt war, hatte das Schlösschen vom alten Grafen von Abbensen gegen ein Wohnrecht auf Lebenszeit in einer luxuriösen Seniorenresidenz am Steinhuder Meer eingetauscht. Der Graf hatte Zeit seines Lebens jeden Cent, den er auftreiben konnte, in die Erhaltung der Gebäude und des weitläufigen Parks gesteckt, doch gegen Schimmel und Stockflecken war er allein am Ende machtlos gewesen.

Nun sollte die Schönheit hier einziehen. Ein Wellness-Hotel für Luxusschnepfen mit Langeweilesyndrom. Ihm konnte es egal sein. Solange sie ihm nicht in die Quere kamen. Solas Blick huschte zu dem schmalen Durchgang, der zu den Mitarbeiterquartieren und seinem Refugium im Wirtschaftsgebäude führte. Auf den ersten Eindruck alles zweckmäßig und unverdächtig. Ein Stuhl war eben ein Stuhl und ein Tisch ein Tisch. Erst wenn man einen Gefangenen daran fesselte oder Epresserbriefe darauf schrieb, wurden sie zu etwas Außergewöhnlichem. Sola wusste, dass die meisten Menschen nur das sahen, was sie zu sehen erwarteten, und er war ein Meister darin, diese Erwartungen zu erfüllen.

Offiziell Haustechniker, Mädchen für alles, in Wirklichkeit hielt er die Fäden für ein viel lukrativeres Geschäft in den Händen.

Was machte Wagner da eigentlich? Der Mann, der sich für seinen Chef hielt, stiefelte immer noch mit einem Maßband in den Flossen zwischen den Rabatten herum.

Sola trat aus dem Schatten der Bäume. „Kann ich Ihnen helfen?"

Wagner erschrak. „Gabriel, Sie, äh ja, bitte. Wenn Sie bitte mal halten würden." Er reichte ihm das eine Ende des Maßbandes.

„Was soll das werden?", fragte Sola.

Wagner seufzte theatralisch. „Frau Schwartz möchte hier eine Tafel aufstellen."

„Was für eine Tafel? Das Firmenschild hängt oben an der Toreinfahrt."

„Das weiß ich, und sie ebenfalls. Trotzdem. Der Graf hatte sich vor der Übergabe ausbedungen, dass dieses Schloss auch in Zukunft regelmäßig der Öffentlichkeit zugänglich gemacht wird. Er will so dazu beitragen, das kulturelle Erbe der Region Leinebergland zu bewahren."

„Und dafür braucht man eine Tafel?" Sola bückte sich, um das Maßband auf den Boden zu legen. „Hierher?"

Er mochte den Geruch der feuchten Erde. In seiner Heimatstadt, in seinem Viertel von Santiago de Chile, existierte dieser Duft nicht. Dort roch es höchstens nach Abfall und Abgasen. Wäre er nicht auf die Kontakte angewiesen, er hätte dem Land der Armut und der Versager schon längst komplett den Rücken gekehrt, hätte jeden Berührungspunkt eliminiert.

„Die Tafel soll exakt in der Mitte des Beetes stehen. Frau Schwartz möchte die alte Grundrisszeichnung aus dem 14. Jahrhundert darauf drucken lassen, dazu das Wappen des Hauses Abbensen und einen kurzen, geschichtlichen Abriss der Entwicklung des Schlosses."

Gabriel musste grinsen. War es der Schnepfe also doch gelungen, dem tatterigen Grafen das Wappen abzuschwatzen. So etwas machte sich gut auf dem Briefpapier und auf der Arbeitskleidung der Angestellten. Sola ahnte, dass Wagner absolut nicht begeistert wäre, wenn er seine Maßanzüge demnächst mit Schwert und Eichel verzieren müsste. Ihm war das gleich, der Blaumann machte ihn sowieso so gut wie unsichtbar, egal ob mit Wappen oder ohne.

„So, das sollte passen." Gabriel beugte sich zur Seite und angelte nach einem der beiden Pflöcke und dem Holzhammer, die Wagner bereitgelegt hatte. „Wer soll das Schild denn herstellen?"

„Das geben wir bei dem Metallbauer in Auftrag, der auch die Wintergärten gebaut hat. Der kommt später sowieso noch einmal her, um die Reklamationen aufzunehmen. Der braucht sich nicht einzubilden, dass er mit minderwertiger Leistung durchkommt, nur weil wir unter Zeitdruck stehen."

Sola verdrehte heimlich die Augen. Wagner konnte so ein Pedant sein, wenn es um die Arbeit anderer ging.

Beide schauten zum Tor, als der Kies auf der Einfahrt knirschte. Ein schwarzer Geländewagen glitt heran. Wagner richtete sich auf. „Bürgermeister Talheim, was will der denn schon wieder?"

Sola mochte den Bürgermeister von Abbensen. Vor der Wahl war er Landwirt gewesen, und er hatte sich die Angewohnheit bewahrt, wenigstens einmal pro Woche seine Ländereien zu begutachten, auch wenn es sich heute eher um Schlachtereien und einen NP-Markt handelte, an denen er anhielt. Er nahm sich immer viel Zeit für die Menschen, hörte zu, besorgte sich eine Kleinigkeit in jedem Laden im Ort und erfuhr so alles, was er wissen musste. Und er machte keinen Unterschied zwischen den Leuten. Er begrüßte sie beide mit Handschlag, erst Sola und dann seinen Chef.

„Ich wollte mal gucken, wie weit ihr seid“, sagte er jovial. „Soll ja bald losgehen mit der Schönheit, oder?“

„Wir planen die Eröffnung für Mitte September.“ Wagner wandte sich demonstrativ zur strahlend weißen Schlossfassade. „Das Hauptgebäude ist fertiggestellt und bereits komplett eingerichtet.“

„Ja, Herr Sola war so freundlich, mir bei meinem letzten Besuch die Büros und die Behandlungsräume zu zeigen. Das hat Stil, kann man nicht anders sagen.“

„Na, dann wissen Sie ja Bescheid. Die Wirtschaftsräume im rechten Flügel sind ebenfalls betriebsbereit, nur die Gästezimmer im linken hinken etwas hinter dem Zeitplan her. Die Fußbodenleger arbeiten nicht zufriedenstellend.“

„Eine Firma aus unserer Gemeinde?“

„Nein, aus Hildesheim.“

„Ich hätte da einen zuverlässigen Mann, kleines Unternehmen, aber hier vor Ort und immer verfügbar.“

„Danke, ich werde darauf zurückkommen, sofern es nottut.“

Sola bewunderte den Bürgermeister. Es gelang ihm beinahe bei jedem Besuch, einen Auftrag für eine der ortsansässigen Firmen zu ergattern. Der Schlachter vor

Ort würde sich um das Buffet zur Einweihung kümmern. Die Telefonanlage lieferte der örtliche Elektriker, und für den Blumenschmuck an der Rezeption, im Speisesaal und auf den Zimmern sorgte die einheimische Gärtnerei.

Talheim räusperte sich. „Eigentlich komme ich wegen des Veranstaltungsraumes."

„Sie meinen die Orangerie?"

„Genau. Es ist wegen der Technik. Wir haben da eine Anfrage von einem jungen Unternehmer, der sich für eines unserer Gewerbegrundstücke interessiert. Wenn wir dem einen Kontakt zu Ihrer Firma vermitteln könnten, würde das seine Entscheidung bestimmt nachhaltig und positiv in unserem Sinne beeinflussen. Und für Sie wäre das extrem vorteilhaft." Er lehnte sich vertraulich an Wagner heran. „Man weiß ja aus Erfahrung, dass technische Geräte immer nach Feierabend und am Wochenende ihren Geist aufgeben."

Bevor Wagner etwas dazu sagen konnte, hatte Talheim ihm bereits eine Visitenkarte in die Hand gedrückt. Er war schon auf dem Weg zu seinem Wagen, als er verkündete: „Ich gebe dem jungen Mann Ihre Telefonnummer durch. Er wird Kontakt mit Ihnen aufnehmen."

Wagner murmelte: „Wir haben noch nicht einmal das Dach der Orangerie abgedichtet."

Sola erwiderte: „Das klappt schon. Wenn Herr Steinwand nachher wegen der Nacharbeiten kommt, spreche ich ihn darauf an. Er hat eine Idee, die sehr vielversprechend klingt." Er schaute an Wagner vorbei zu einem der Fenster im Erdgeschoss. Aus dem Augenwinkel hatte er eine Bewegung wahrgenommen. Janka Baric, die Ärztin aus Bulgarien, die den gesundheitlichen Aspekt aller Klinikangebote im Auge behalten würde, winkte ihnen mit dem Telefon in der Hand.

„Ich glaube, Sie werden am Telefon verlangt."

Gemeinsam gingen sie zum Haus hinüber.

„Herr Voigt möchte Sie sprechen", sagte Janka und zwinkerte Gabriel zu, was so viel hieß wie: „Die Nachricht für dich habe ich schon entgegengenommen".

Dennis Voigt war Anwalt. Freiberuflich. Er war ein Kommilitone des Konzernchefs Robert Schwartz. Der beauftragte Voigt vorzugsweise mit den ungewöhnlichen Fällen oder wenn mehr anfiel, als die Firmenanwälte bewältigen konnten. Sola kannte ihn schon seit vielen Jahren. Voigt war wie ein Falke, immer in der Luft, um zu sondieren, stets auf der Suche nach lukrativen Chancen. Sola konnte sich auf ihn verlassen, und das war in ihrer Branche mehr wert als Mondgestein.

Joachim Wagner hingegen war ein Lackaffe, der gern mit den Großen spielen wollte, sich aber vor seiner eigenen Courage in die Hosen pisste, sobald nur der Hauch einer Gefahr am Horizont auftauchte. Nach Wagners Gesichtsausdruck zu schließen, war das gerade der Fall.

Er gab das Telefon an Janka zurück und sagte: „Sie kommt. Schon wieder. Und es sieht so aus, als wollte sie bleiben."

Sola schluckte. „Für immer?"

„Zumindest länger."

Die beiden Männer wechselten einen Blick, waren sich einig. Selten genug stimmte Sola der Meinung seines Chefs zu einhundert Prozent zu. Doch im Fall Corinna Schwartz hielt sich seine Begeisterung genauso stark in Grenzen wie Wagners.

5

Alfeld, Montag, der 5.9.2011

Lisa und Markus kamen zur gleichen Zeit am Polizeikommissariat in Alfeld an. Sie parkten ihre Autos nebeneinander und gingen gemeinsam in ihr Büro. Sie sprachen nicht viel. Lisa, weil sie morgens Anlaufzeit brauchte, Markus, weil er mit den Gedanken ganz offensichtlich woanders war. An seinem Bildschirm klebte eine Haftnotiz: „Ralf anrufen. Infos!"

Während Lisa beide Rechner einschaltete, wählte Markus die Nummer des Labortechnikers. Er hatte noch nicht die letzte Taste gedrückt, als es einmal leise klopfte und Ralf Schubert schon in der Tür stand. „Ich hab euch kommen sehen." Er setzte sich in die Fensterbank und konsultierte seine Unterlagen.

„Guten Morgen, lieber Ralf. Danke der Nachfrage, mir geht es auch gut", sagte Lisa und hängte ihren Blazer in den Schrank.

Ralf schaute verwirrt von seinem Zettel auf. „Äh, ja. Fein, freut mich." Hilfe suchend blickte er zu Markus. Als der nur mit den Schultern zuckte, sprach er weiter: „Du hattest Recht, als der Finger abgetrennt wurde, war die Person, vermutlich ein Mann um die Fünfzig, bereits tot. Seinen Fingerabdruck haben wir nicht in der Datei."

„Hast du eine Ahnung, wie lange der Mann schon tot ist oder wie lange der Finger in dem Versteck gelegen hat?"

„Dazu kann ich nicht viel sagen. Der Täter hat den Finger gekühlt und eingeschweißt. Vor dem Einschweißen scheint er die Luft weitestgehend aus der Tüte gesaugt zu haben. Vielleicht hat er ihn auch erst eingeschweißt und dann gekühlt, das lässt sich nicht so ohne Weiteres feststellen."

Lisa hatte sich auf ihren Schreibtischstuhl gesetzt und hörte aufmerksam zu. „Das heißt, unser Täter hatte es von Anfang an geplant, diesen Finger in einem Cache zu verstecken?"

Ralf wackelte mit dem Kopf. „Weiß nicht, zumindest hat er den Finger abgetrennt und für eine spätere Verwendung, so gut es mit haushaltsüblichen Mitteln möglich ist, konserviert."

Markus mischte sich ein. „Ich hätte noch ein paar interessante Fragen. Wer schneidet einer Leiche vorsorglich einen Finger ab? Wer hat Zugang zu Leichen, um so etwas tun zu können, ohne dass es auffällt?"

Bevor Ralf antworten konnte, warf Lisa ein: „Das ist eigentlich kein Fall für uns, oder? Leichenschändung fällt nicht in unser Aufgabengebiet."

„Du könntest Recht haben", wandte Ralf ein. „Wenn da nicht das Begleitschreiben wäre."

„Das Gedicht?", fragte Lisa. Für sie war noch gar nicht eindeutig geklärt, ob es wirklich vom Täter stammte oder ob es sowieso zu dem Cache gehörte. Vielleicht sollte das Rätsel einfach zum nächsten Versteck führen.

„Das Gedicht weniger, eher die zweite Titelzeile."

„Eins von Acht!", sagte Markus nachdenklich.

Lisa fuhr mit dem Stuhl ganz nah an die Tischkante und beugte sich zu den beiden Männern hinüber. „Ihr meint, der Typ hat jemandem acht Finger abgeschnitten und serviert sie uns jetzt einen nach dem anderen an irgendwelchen historischen Ausflugszielen in Brotdosen mit Kinkerlitzchen?"

„Vielleicht nicht nur Finger. Aber ich frage mich, warum ausgerechnet uns?"

„Warum acht? Der Tote hat doch zehn Finger, oder passen Daumen nicht in so einen Plastikcache?"

Ralf wich ein Stückchen von Lisa zurück. „Tja, deswegen ist es eben doch ein Fall für euch, sagt unser Chef Meckler, ich soll es ausrichten. Er will vorläufig nicht, dass etwas an die Öffentlichkeit dringt. Stellt euch das Gedränge mal vor, wenn die Presse berichtete, dass es im Hildesheimer Land Leichenteile zu finden gibt."

Lisa schüttelte sich. „Glaubt ihr wirklich, so etwas lockt die Leute an?"

„Definitiv!", sagten die beiden Männer und klatschten sich ab.

„Der Chef will euch kurz vor Schichtende selber sprechen", sagte Ralf. „Dann könnt ihr alles ausführlich besprechen."

„Herr Meckler kommt heute noch einmal zu uns rein?", fragte Markus überrascht. „Ich dachte, der wäre auf einer Tagung in Lüneburg."

„Nur bis Mittag."

Lisa interessierte es nicht die Bohne, wo sich ihr Chef herumtrieb, solange er ihnen freie Hand ließ. „Okay, dann lasst uns mal das Gedicht interpretieren. Fingerabdrücke auf dem Papier?"

„Keine vom Täter, denke ich. Nur welche, die eindeutig von Kindern stammen und etwas verwischt sind, weil ein neugieriger Kripobeamter den Zettel unbedingt begrabbeln musste", sagte er mit einem vorwurfsvollen Seitenblick auf Markus. „Handelsübliches Kopierpapier. Aufdruck per Laserdrucker. Um welchen Typ es sich handelt, teilen uns die Fachleute spätestens morgen mit. Sonst haben wir nichts Auffälliges gefunden."

Lisa wusste, warum Meckler, ihr Chef, sich nicht so oft persönlich bei ihnen sehen ließ. Er war stolz auf seinen Feldversuch „Regionalisierte Kriminalpolizei" und unternahm alles, um ihn zu behalten. Als es vor zwei Jahren Zeit für sie war, Kassel zu verlassen, hatte Lisa sich für dieses Pilotprojekt beworben und es seither nicht wirklich bereut. Allerdings waren sie und Markus mit echter Kripoarbeit nicht immer ausgelastet, und die Kollegen in Hildesheim beobachteten sie mit Argusaugen. Schließlich boten sich ihnen in Alfeld meistens paradiesische Arbeitsbedingungen. Die Anzahl der unnatürlichen Todesfälle im Leinebergland hielt sich in Grenzen, und es war ihnen seit dem Beginn des Projektes verstärkt gelungen, viele davon sauber aufzuklären. Also durften sie in Alfeld bleiben, wo Markus, der hier aufgewachsen war, sich auskannte und sie sich langsam aber sicher heimisch zu fühlen begann. Und Meckler tauchte nur in ihrem Büro auf, wenn er wusste, dass sie an einem wichtigen Fall arbeiteten und er Informationen für die Presse oder die Inspektion in Hildesheim benötigte. Selbstverständlich verließ er sich darauf, dass sie die anderen Kollegen unterstützten, sobald sie keinen Mordfall aufklären mussten.

Markus stellte eine Tasse Kaffee auf ihren Schreibtisch, legte das Blatt mit dem Gedicht daneben und hockte sich auf die Ecke ihres Tisches. Lisa verdrehte die Augen. Sie hasste es, wenn er das tat. Warum konnte er sich nicht einen Stuhl heranziehen und sich neben sie setzen? Warum immer auf die Schreibtischplatte?

Er hielt seine Kaffeetasse mit beiden Händen umfasst und fragte: „Was soll uns das sagen?"

Lisa las das Gedicht noch einmal laut vor:

„Weil ich's kann
1 von 8

Weder bei Eichen noch bei Linden
wirst du ihn finden
Gib acht auf die Buchen
dort musst du suchen
Ich leiste den Eid
du kommst nicht mehr weit“

„Du! Du kommst nicht mehr weit. Fragt sich, ob wir die Adressaten sind, oder?“, fragte Markus.

„Ich kenne mich mit dem Geocaching nicht gut aus, aber soweit ich weiß, kann man als Gründer eines Caches nicht beeinflussen, wer das Versteck als Erster findet.“

„Allerdings kann man sehr wohl davon ausgehen, dass ein solcher Fund der Polizei gemeldet wird.“

„Stimmt, wenn man so denkt, könnte die Botschaft an uns gerichtet sein“, überlegte Lisa. „Falls sie nicht von Fitz stammt.“

Markus wirkte überrascht. „Theoretisch möglich, praktisch völlig unwahrscheinlich. Was hältst du davon, wenn wir uns mit ihm an der Winzenburg verabreden und uns die Fundstelle mit ihm gemeinsam ansehen? Vielleicht entdeckt er noch etwas anderes, das seit seinem letzten Besuch verändert wurde.“

Lisa brummte. Ob Markus glaubte, dass sich die Leiche dort oben befand? Die Leiche, der mindestens ein Finger fehlte? Diesen Fund überließ sie gern Ralf und seinen Kollegen. Laut sagte sie: „Wir sollten ihn fragen, wann er das Versteck eingerichtet hat. Willst du wirklich auf den Berg klettern?“

„Die Sonne scheint, die Vögel singen, wir haben sonst nichts Wichtiges zu tun.“ Er lachte, als er ihr entsetztes Gesicht sah. „Nein, ich kenne den Förster, der gibt uns die Schlüssel für die Schranken, und wir können in aller Gemütlichkeit bis fast nach oben fahren."

„Das klingt akzeptabel. Lass uns trotzdem vorher prüfen, was es mit den Buchen auf sich hat. Wo gibt's denn hier Buchen?"

„Überall. Wirklich. Die ganze Region ist voller Buchenwälder. Das war schon immer so. Die sind so prägend für diese Gegend, dass sogar unser Weltkulturerbe-Schuhleisten-Werk danach benannt ist."

„Du meinst das mit dem coolen Hausmeister? Fagus? Hinter dem Bahnhof."

„Genau, Fagus, lateinisch für Buche."

„Was ist mit den anderen Bäumen, Fichten, Eichen und Linden?"

„Gibt's hier auch. Doch die kommen scheinbar für den Dichter nicht infrage", sagte Markus.

„Das ist ein Gedicht vom Typ ‚Reim dich oder ich fress dich'. Kein Rhythmus, unsaubere Reime."

„Du willst jetzt nicht nach dem lyrischen Ich fragen, oder?"

Lisa stützte den Kopf auf die Hand. „Selbstverständlich wollte ich. Warum verpackt jemand eine Botschaft in solch ein Gedicht?"

„Ein Witzbold?"

„Wer? Du oder er?"

Ralf hatte die ganze Zeit stumm auf den Text gestarrt. „Ich denke, er oder sie hat diese Form gewählt, eben weil man ihn oder sie gerade nicht mit Poesie in Verbindung bringen würde."

„Oder weil er oder sie glaubt, dass die Botschaft gereimt mehr Eindruck macht."

„Oder weil sie sich so besser verklausulieren lässt."

„Du meinst, Geheimnis um des Geheimnisses willen?"

„Es könnte genauso gut sein, dass dies keine Nachricht ist, sondern nur heiße Luft, ein Wichtigtuer."

„Ein Wichtigtuer, der Leichenteile versteckt ... "

„ ... und Hinweise darauf, wo sie sich befinden."

6

Abbensen, Montag, der 5.9.2011

Während Gabriel Sola in seiner Werkstatt auf seine Gefährtin und Schloss-Ärztin Janka Baric wartete, rief er noch einmal bei Fischer & Gerling, dem Metallbauunternehmen aus Bockenem, an.

Er hatte nicht das geringste Interesse daran, den Eröffnungstermin zu verschieben, weil Wagner pingelig Reklamation an Reklamation reihte. Sein Chef erinnerte ihn immer an einen Kugelfisch, der sich im Angesicht des Feindes aufblies, mit heißer Luft aufpumpte, nur um beim geringsten Widerstand aufs Normalmaß zurückzuschrumpeln. Der fühlte sich erfolgreich und bestätigt, wenn er eine Handwerkerrechnung um vier Prozent kürzen konnte. Sola hatte für solche Nickeligkeiten kein Verständnis. Weitaus wichtiger war, dass sie im Zeitplan blieben und dass sie nicht auffielen.

„Fischer & Gerling, Sie sprechen mit Frau Rosenfeld, was kann ich für Sie tun?"

„Gabriel Sola, Wellnesshotel Schloss Abbensen, ich würde gern mit Herrn Steinwand sprechen."

„Das tut mir leid, Herr Steinwand ist unterwegs. Kann ich ihm etwas ausrichten?"

„Nein, danke, ich muss ihn persönlich erreichen, ich versuch's auf dem Handy. Auf Wiederhören."

„Äh, Herr Sola, einen Moment noch. Bitte."

„Ja!"

„Ich ... würden Sie?"

„Was?"

„Wäre es möglich, mit dem Anruf noch ein wenig zu warten?"

Sola wunderte sich. „So ein wichtiger Kunde, dass ich stören ..."

Simone Rosenfeld flüsterte in den Hörer: „Kein Kunde, etwas Privates."

Jetzt begann Sola sich zu ärgern. „Er hat während der Arbeitszeit ein Tête-à-Tête, und ich soll bei einem Auftragsvolumen von ..."

„Nein, nein, er wurde wegen eines Notfalls ins Heim gerufen. Da muss er das Handy abschalten, wegen der Technik."

Solas rechter Mundwinkel verzog sich beinahe zu einem Lächeln. Die privaten Probleme von Thomas Steinwand interessierten ihn nicht die Bohne. Andererseits war es gut zu wissen, wo der Mann eine Schwachstelle hatte. „Verstehe. Ich schicke ihm eine SMS, dann kann er sich melden, sobald er wieder Empfang hat."

„Danke. Das wird er tun, er ist äußerst gewissenhaft. Ich sende ihm vorsichtshalber auch eine Botschaft."

‚Kluges Mädchen', dachte Sola, legte auf und tippte die Nachricht.

Er war noch nicht ganz fertig, als Janka eintrat. Sie kam direkt auf ihn zu, legte ihm eine Hand auf die Schulter und küsste ihn. „Du riechst gut."

Er lachte rau. „Mein Seestern."

Sie küsste ihn erneut. „Voigt lässt ausrichten, dass unsere erste Lieferung unterwegs ist."

„So bald schon!" Sola schaute an Janka vorbei aus dem Fenster.

„Wir sind fast fertig", sagte sie. Mit dem Zeigefinger drehte sie sein Kinn so, dass er sie wieder ansehen musste. „Je schneller wir die Ware übernehmen, umso besser für sie. Es ist alles vorbereitet. Gleich nach der Eröffnung ziehen die ersten Gäste ein, und dann können wir die spezielleren Wünsche erfüllen."

„Das dachte ich auch, aber Joachim Wagner ist ein Pedant", sagte er und zog sie näher zu sich heran. „Wir müssen ihm den Wind aus den Segeln nehmen." Er küsste ihren Hals.

„Corinna Schwartz ist auf dem Weg hierher, deshalb ist er besorgt."

Sola nickte und strich ihr sanft eine Strähne aus der Stirn. „Ich hab's gehört. Mach du dir bloß keine unnötigen Sorgen, Corinna könnte unsere Trumpfkarte werden."

Sie sah ihn fragend an, doch er lächelte nur.

Sicher ließ sich die Schnepfe für ihre Zwecke einspannen, sie durfte nur nichts davon bemerken.

7

Im ICE nach Hildesheim, Montag, der 5.9.2011

Kaum hatte der Zug Braunschweig verlassen, wählte Corinna Schwartz Fitz' Telefonnummer. Sobald der ICE diesen Bahnhof hinter sich gelassen hatte, konnte schwerlich noch etwas schiefgehen. Jedenfalls hatte sie das bisher nicht erlebt.

Sie lehnte sich in ihrem Sitz zurück und schaute auf die abgeernteten Getreidefelder. Nur der Mais und die Zuckerrüben warteten auf die Ernteeinsätze. Bäume sah sie wenige, höchstens mal eine kleine Baum- und Strauchgruppe zwischen zwei Feldern. Das hatte sie sich immer ganz anders vorgestellt. Für ihren Geschmack war die Landschaft hier viel zu eben. Sie mochte den Wald, Wald und Hügel, keine Berge, nein, die musste sie nicht haben.

Sie lächelte. Freute sie sich wirklich in erster Linie auf den Buchenwald?

Schloss Abbensen versprach eine Perle zu werden. Ihre Idee. Schon in ihren Vorstellungen und auf dem Papier hatte es genial gewirkt. Doch jetzt tatsächlich dabei zu sein, zuzusehen, wie aus der abgeranzten Beinahruine ein Luxushotel wurde. Das fühlte sich an wie das Prickeln von Kohlensäure auf der Zunge, wenn sie vorher ein Eis gegessen hatte.

Das Wellnesshotel war ihr Projekt. Sie musste grinsen, ihr Bruder Robert bezeichnete es sogar als ihr Kind. Vielleicht hatte er nicht ganz unrecht. Es war ihr wichtig. Auf jeden Fall war es unglaublich spannend. Natürlich hatte sie vorher auch schon Projekte durchgängig begleitet. Schließlich war es ihre Aufgabe, den Seniorenresidenzen trotz aller Gemeinsamkeiten, die eben den großen Vorteil von Ketten darstellten, ein individuelles Gesicht zu geben, sie so zu positionieren, dass sie wie vor Ort gewachsen wirkten. Und dann hatte sie das Schloss entdeckt.

Natürlich waren ihr Bruder und der Aufsichtsrat anfangs skeptisch gewesen. Bis Dennis Voigt begonnen hatte, sie zu unterstützen.

Gelegentlich fragte sie sich, ob er ihr half, weil er an ihr Projekt glaubte, oder weil er hoffte, ihr dadurch näher zu kommen. Gleichgültig. Sie schob die Gedanken an Dennis zu Seite. Er verursachte ihr bei jeder Begegnung das Gefühl, sich waschen zu müssen, sobald er sie berührte.

Fitz meldete sich nach dem zweiten Klingeln. Hatte er auf ihren Anruf gewartet?

„Corinna Schwartz, Herr Fitz, wir haben eben die braunschweigischen Ländereien verlassen und nähern uns mit unglaublicher Geschwindigkeit dem Bistum Hildesheim."

„Welch ein verwegener Ritt. Von Braunschweig nach Hildesheim in weniger als einer halben Stunde. Ich bin entzückt."

„Zwanzig Minuten. Reicht Ihnen das?"

„Kein Problem. Ich weile bereits in Hildesheim. Ich erwarte Sie in der Bahnhofshalle."

„Ist es Ihnen gelungen?"

„Sie meinen Fonsi?"

„Eben den."

„Aber selbstverständlich, meine Dame. Ihr Wunsch ist mir Befehl."

„Sehr erfreut."

„Das war die Absicht. Bis gleich."

Corinna sah verblüfft auf ihr Display. Er hatte einfach aufgelegt. Seltsamer Kerl. Trotzdem freute sie sich. Sie hatte den Comedian Fonsi 2010 beim Aschermittwoch der Kabarettisten im Bayerischen Gasteig gesehen. Damals hatte er auf der Bühne seine Fonsi-Uniform abgelegt und als Christian Springer deutliche Worte an Guido Westerwelle gerichtet. Seine Ernsthaftigkeit hatte ihr eine Gänsehaut verursacht.

Nun hatte sie bei ihrem letzten Besuch in Hildesheim auf einem Plakat gesehen, dass Fonsi in Lamspringe auftreten würde. Ausgerechnet.

Als sie ihren Wunsch geäußert hatte, sein neues Programm zu sehen, hatte Fitz sie so offensichtlich nachsichtig angelächelt, dass sie sich fühlte, als hätte sie beim Sonntagsbrunch gepupst. Sie konnte es sich kaum vorstellen, aber Fitz behauptete, dass die Tickets für die Veranstaltungen des Lamspringer September meistens sehr schnell ausverkauft waren. Restlos.

Sie zuckte mit den Schultern. Sie hatte gleich geahnt, dass das nicht stimmen konnte. Sie würde am Donnerstag Fonsis neues Programm „Jetzt reicht's ... aber nicht für alle" anschauen, und sie würde in der ersten Reihe sitzen. Na ja, allerhöchstens in der zweiten. Schließlich konnte sie sehr großzügig spenden, wenn sie wollte.

Der Zug wurde langsamer. Rechts und links tauchten immer mehr Häuser auf. Sie nahm ihren Koffer aus dem Gepäckfach und schob ihn durch den Gang zur Tür. Angeblich hielt der ICE nur exakt zwei Minuten in Hildesheim. Corinna wollte auf keinen Fall nach Göttingen weiterfahren.

Aufmerksam sah sie sich auf dem Bahnsteig um, nachdem sie ausgestiegen war. Irgendwie hatte sie erwartet, dass Fitz hier auf sie wartete und ihr den

Koffer abnehmen würde. Vielleicht hätte er auch eine Blume für sie.

Bahnhofshalle hatte er gesagt. Warum bloß?

Als sie Fitz in der Bahnhofshalle stehen sah, mit zwei mehr als altmodischen Helmen in der Hand, hatte sie sich im ersten Moment über die Zumutung geärgert. Holte er sie wahrhaftig mit seinem Moped ab? Er musste doch wissen, dass sie Gepäck dabei haben würde. Männer. Sie schüttelte schweigend den Kopf und ging nach einem kurzen Zögern weiter auf ihn zu.

Sobald er sie sehen konnte, zog sie die Mundwinkel hoch und lächelte, begrüßte ihn trotz allem freundlich. Sie konnte sich ja immer noch ein Taxi rufen. Er grinste wie ein Spieler, der den Jackpot geknackt hat, ergriff ihre Hand, zog sie an sich und küsste sie auf beide Wangen. Sie ärgerte sich, dass ihr Herz einen Schlag lang aussetzte und sich in ihrem Bauch so eine wohlige Wärme ausbreitete.

„Ich freue mich, Sie zu sehen", sagte er und nahm ihren Koffer. „Kommen Sie, draußen herrscht strahlender Sonnenschein, und wir müssen noch zwei Berge überqueren."

Sie zuckte mit den Achseln und folgte ihm.

Mitten auf dem Bahnhofsvorplatz stand sein Gefährt, ein grün-blauer Motorradoldtimer. Jetzt verstand sie auch, warum Fitz möglichst in der Bahnhofshalle und damit in Sichtweite bleiben wollte. Erstens sah das Teil ziemlich teuer aus und zweitens stand es sowas von im Halteverbot ...

Fitz strahlte sie an: „Eine NSU mit Steib Beiwagen, Baujahr 1954, ist sie nicht eine wahre Schönheit?" Er reichte ihr einen der beiden Helme, der mindestens so alt zu sein schien wie das Motorrad. Stolz schritt er mit ihr zusammen auf die Maschine zu, um die sich eine Menge Menschen versammelt hatten. Einige murmelten bewundernd, zwei Männer in Lederkombis fachsimpelten und stellten Fitz eine Frage, die Corinna nicht verstand, da sie gerade versuchte, den Helm aufzusetzen.

Obwohl Fitz ihr beim Einsteigen behilflich war, wackelte die gesamte Konstruktion. Sie war heilfroh, als sie saß und feststellte, dass es recht bequem war. „Ich kümmere mich kurz um Ihr Gepäck. Bin gleich wieder da", sagte er und verschwand aus ihrem Blickfeld.

Fitz stieg auf und ließ das Gespann im Schritttempo vom Bahnhofsvorplatz auf die Straße rollen. Gemächlich bogen sie nach links ab.

Er rief ihr zu: „Rechts, das ist der Marienfriedhof, heute ein Park, er wurde 1834 für beide Konfessionen angelegt. Manche nennen ihn Lyrik-Park, andere Junkie-Park, wahrscheinlich ist er beides."

Sie wunderte sich, dass sie ihn trotz Helm und Fahrtwind so gut verstehen konnte und nickte ihm erfreut zu. Antworten wollte sie lieber nicht, denn sie traute sich nicht, den Mund aufzumachen, weil sie befürchtete, eine Fliege zu verschlucken.

„Wir fahren am Hohnsensee vorbei aus Hildesheim hinaus und dann über den Roten Berg und Wernershöhe direkt nach Alfeld. Genießen Sie die Fahrt."

Corinna spürte den Wind im Gesicht. Sie lehnte sich zurück und gleich wieder nach vorn. Ganz schön hart dieser Beiwagen. Auch fühlte sie jede Unebenheit im Asphalt, und die aus ihrer Perspektive riesigen Reifen des Lasters neben ihr flößten ihr durchaus Ehrfurcht ein. Doch kaum hatten sie die Innenstadt verlassen, wurde der Verkehr dünner, und sie konnte in aller Ruhe die Landschaft betrachten.

Als sie Ochtersum verließen und in engen Kurven einen Hügel hinauffuhren, erkannte sie die Zufahrt zur Kupferschmiede wieder. Bei ihrem letzten Besuch in Abbensen hatte Fitz sie dort zum Essen eingeladen. Anschließend waren sie durch das Wildgatter spaziert. Der Uhu hatte sie tief beeindruckt.

Wenig später ließen sie Diekholzen hinter sich und knatterten den Roten Berg hinauf. Sie hatte das Gefühl, dass sie bergauf deutlich langsamer wurden. Hoffentlich musste sie nicht aussteigen und schieben.

Sie schaute links zur Seite, zwischen Beiwagen und Motorrad, um festzustellen, wie die beiden Fahrzeugteile miteinander verbunden waren. Konnte es passieren, dass der Beiwagen sich löste und mit ihr bergab schoss? Sie musste grinsen. Wahrscheinlich würde er eher umfallen.

Als sie in Sibbesse durch den Kreisel fuhren, unterdrückte Corinna den Impuls, Fitz zu bitten, zuerst nach Abbensen abzubiegen und ihrem Schloss-Hotel einen Kurzbesuch abzustatten, um sich für den nächsten Tag anzukündigen, bevor sie weiter nach Alfeld fuhren.

Dafür blieb morgen immer noch Zeit.

Corinna liebte das Schloss, viel mehr als sie erwartet hatte, und sie wollte unbedingt, dass das Konzept, ihr Konzept, erfolgreich wurde. Und sie würde alles dafür tun, was nötig war. Alles.

Aber erst ab morgen. Den heutigen Tag wollte sie unbeschwert mit Fitz verbringen. Sie brauchte ihn.

Erst als sie in Alfeld angekommen waren, stellte sie fest, dass ihr Koffer nicht da war. Sie erschrak. Doch Fitz lachte nur. „Ich hab da so meine Wege“, sagte er mit einer Märchenonkel-Betonung in der Stimme, während er die Tür aufschloss. „Voilà!“ Er wies mit der Hand in den Flur.

Da stand ihr Koffer.

„Wie haben Sie das gemacht? Oh, ich verstehe, Sie hatten Helfer.“

„Ich hoffe, die Fahrt mit der alten Dame hat Ihnen gefallen. Ein echtes Schmuckstück und super in Schuss, sage ich Ihnen.“

Sie überlegte kurz, dann sagte sie: „Man nimmt die Umgebung ganz anders wahr.“

Sie führte ihre Hände in einer runden Bewegung um ihr Hinterteil.

„Man spürt quasi jede Bodenwelle.“ Sie hoffte jedoch, dass er das nicht als Bestätigung ansah und von nun an häufiger mit ihr in diesem ... diesem Ding fahren wollte.

Er lachte. „Möchten Sie sich etwas frisch machen? Oder hätten Sie gern ein Gläschen Wein? Ich habe für das Abendessen einen Tisch reserviert. Aber ein halbes Stündchen haben wir noch, bevor wir losmüssen.“

„Sie sind sicher, dass der Landrat da sein wird?“

„Völlig.“

„Dann nehme ich lieber den Wein.“

Sie hatten in seinem Wohnzimmer entspannt geplaudert. Neben einer Bücherwand befanden sich nur ein kleiner Tisch mit vier Stühlen, eine uralte Stehlampe aus Messing und ein Gummibaum in dem Raum. Tatsächlich ein Gummibaum. Mit glänzend grünen Blättern. Er reichte bis zur Decke. Was an sich kein Wunder war, da sie sich in einem recht niedrigen Fachwerkgebäude befanden.

Corinna überlegte, wann sie zum letzten Mal einen Gummibaum gesehen hatte. Sie konnte sich beim besten Willen nicht erinnern.

Fitz hatte ihr den Textentwurf über Schloss Abbensen und die Fotos gezeigt, die er für die Broschüre von dem Anwesen gemacht hatte.

Sie schürzte die Lippen. „Gibt es nicht eine schöne alte Sage oder noch besser, eine tragische Liebesgeschichte aus der Gegend? Die könnte ich meinen Kundinnen auf die Kopfkissen legen lassen."

„Hm, ich kenne da eine Sage über einen schwarzen Hund, der bei Sibbesse sein Unwesen trieb. Warten Sie, in Eberholzen soll sich so etwas zugetragen haben, wie es Ihnen vorschwebt."

„Erzählen Sie." Sie grinste in sich hinein. Er hatte ihre Aufforderung nicht wirklich gebraucht und sprach bereits weiter.

„Deshalb zeigt das Eberholzer Wappen zwei goldene Ringe." Er sah sie ernst an. „Sie wollen wirklich die Sage? Obwohl die da einen Sarkophag eines Tempelritters auf dem Kirchhof stehen haben und Totenschädel in die Kirchturmwand eingemauert wurden?"

Sie nickte. „Die Sage bitte."

Er seufzte. „Also hören Sie. Vor vielen, vielen Jahren wohnte auf dem Truenberg, nördlich von Eberholzen, ein alter Ritter mit seiner jungen, ach so lieblichen Tochter Isabelle. Ein Edelmann aus der Nachbarschaft namens Lobesang war ihr in treuer Liebe ergeben. Doch der raue Burgherr, der mit des Jünglings Vater in langjährigem Zwist lebte, trat zwischen die Liebenden und schwor, ihren Bund zu trennen. Streng ließ er seine Tochter bewachen, ungerührt von ihren Bitten und Tränen. Allein, sie fand bald Mittel und Wege, ihre Wächter zu täuschen, und traf sich zur Nachtzeit heimlich mit dem Geliebten am Quell unter der Linde. Viel zu schnell verrann ihnen die Zeit, und um der stets so bitteren Trennung willen taufte man den Brunnen dann später ‚Scheidebrunnen'." Fitz trank einen Schluck Wein und sah sie prüfend an.

„Das war doch wohl nicht schon alles, oder?"

Er zuckte mit den Schultern. „Nun, es gibt nach Kreisheimatpfleger Barner noch eine blutrünstigere Version."

„Ich hänge an Ihren Lippen", sagte sie und hob ihr Glas wie zu einem Toast. Es gefiel ihr, dass er gelegentlich diese altertümelnde Seite hatte, dass er Wörter und Satzkonstruktionen verwendete, die sie sonst höchstens bei Lenz oder Mann las. Nur um im nächsten Augenblick völlig aus der Rolle zu fallen und sie zu überraschen. Sie hatte nie erwartet, dass sie sich auf dem Land so amüsieren würde.

Er rezitierte weiter: „Eines Abends war der Ritter Lobesang wieder zum Scheidebrunnen geeilt, um sich dort mit seiner Geliebten Isabelle zu treffen. Da zog ein heftiges Gewitter am Himmel herauf. Furchtbar heulte der Sturm, und grelle Blitze wechselten sich mit krachenden Donnerschlägen ab. Doch der Jüngling wich trotz des Unwetters nicht von seinem Platze, denn noch nie hatte Isabelle ihn vergebens warten lassen. Heute jedoch schien alles umsonst zu sein. Längst war die festgesetzte Stunde verstrichen. Da packte den Ritter Angst und Sorge. Sollte sie vom Blitz getötet oder vom Vater ertappt und eingekerkert worden sein? Zum ersten Mal wurde er sich der Aussichtslosigkeit seiner Liebe bewusst, und in seiner Verzweiflung stieß er sich einen Dolch ins Herz. Echt, so blöd waren die damals. Kaum zu fassen."

„Och, jetzt haben Sie die Stimmung verdorben. Wie geht es weiter? Findet sie ihn?"

„Ich bitte vielmals um Vergebung. Also, wo waren wir, ach ja. Immer noch rollte der Donner, zuckten die

Blitze. Da nahte Isabelle, allen Gefahren trotzend, sie fand den Geliebten in seinem Blute am Brunnen liegend. Jammernd rang sie die Hände, stürzte sich auf den Leichnam und rief laut: „Oh, ich träume; erwache, mein Trauter, erwache!" Als sie die Wahrheit begriff, erhob sie sich plötzlich, zog den Dolch aus der blutenden Wunde und versenkte ihn in die eigene Brust. Nun verging der Donner, die Sturmböen schwiegen, nur am fernen Horizont wetterte es noch. Tiefe Stille waltete ringsum, und der Duft der Lindenblüten umwehte die für immer vereinten Toten. So fand sie ein Knappe vom Truenberge, der ausgesandt war, die vermisste Isabelle zu suchen. Und wenn sie nicht gestorben sind, so leben sie noch heute. Ach, nee, sind ja beide tot, wie blöd. Kein Happy End."

Corinna blickte ihn vorwurfsvoll an. „Keine Faxen bitte. Meinen Sie, diese Sage dürfen wir verwenden? Eberholzen liegt doch gleich hinter Abbensen. Wir könnten uns sozusagen eingemeinden." Sie lachte. „Oder wir bauen noch ein Türmchen, von dessen Zinnen aus man auf Eberholzen blicken kann. Isabelle, lass dein Haar herunter."

„Hinter Abbensen?" Fitz schüttelte den Kopf. „Westlich, ja." Er stand auf und ging zu einem der Regale. Er strich mit dem Zeigefinger an einer Buchreihe entlang und zog ein grün eingebundenes heraus. „Das ist eine Sammlung aller Sagen aus dem Landkreis Hildesheim. Ich leihe es Ihnen, und Sie suchen sich das Passende heraus. Hinten ist ein Register der Ortsnamen. Da finden sie problemlos alles, was man sich so rund um Abbensen erzählt hat."

Corinna nahm das Buch und blätterte es durch. Es roch leicht muffig.

8

Alfeld, Montag, der 5.9.2011

Wie so oft ließ Markus Lisa fahren. Er hing der Überzeugung an, dass es für sie als Zugereiste einfacher war, sich hier zurechtzufinden, wenn sie selbst hinter dem Steuer saß. Er, als Einheimischer, wies ihr den Weg und erklärte ihr gleichzeitig Sehenswürdigkeiten und Bräuche. Oft genug erzählte er auch von alten Fällen, die sich dort ereignet hatten, wo sie gerade vorbeifuhren, oder er erinnerte sich an Freunde und Bekannte, die er schon ewig nicht mehr gesehen hatte. Er schien Gott und die Welt zu kennen.

Ergab sich ein Problem oder eine Frage, fiel Markus jedes Mal jemand ein, den er fragen konnte. Trotzdem waren seine Geschichten nicht besonders interessant, da Lisa die meisten Leute nicht kannte. Zudem gab es da ein paar Straßen, die sie schon ziemlich oft entlanggefahren waren.

Doch meistens machte es Lisa nichts aus. Sie fuhr gern Auto, und Markus' Anweisungen kamen immer rechtzeitig und eindeutig. Heute allerdings hätte sie es vorgezogen, wenn er gefahren wäre. Dann redete er nämlich deutlich weniger.

Lisa ahnte bereits, worüber er sprechen würde, und sie hatte nicht die geringste Lust darauf, über Markus' Mutter zu reden. Zweimal hatte er das Thema heute schon angeschnitten, doch sie hatte ihn jedes Mal erfolgreich davon abgelenkt.

Kaum hatte sie den Schlüssel herumgedreht, sagte Markus: „Meine Mutter ist die Treppe heruntergefallen. Oberschenkelhalsbruch. Ich musste sie ins Krankenhaus bringen."

Lisa erschrak. Sie hatte mit einer seiner üblichen Beschwerden über ihre Sturheit gerechnet. „Oh, das tut mir leid. Wie ist es passiert?"

„Ich weiß es nicht genau. Wir waren beide nach den Tagesthemen ins Bett gegangen. Sie muss wohl etwas auf dem Hof gehört haben und wollte nachschauen gehen. Jedenfalls ist sie die letzten drei oder vier Stufen heruntergefallen."

Lisa kannte die steile Treppe, die in dem alten Bauernhaus, das die beiden bewohnten, nach oben führte. „Welch ein Glück im Unglück."

Markus nickte. „Allerdings hat sie die Geräusche nachts um drei gehört."

„Mein Gott, da bist du ja kaum zum Schlafen gekommen."

Er schüttelte den Kopf. „Ich hab sie erst heute Morgen gefunden. Wenigstens war es im Flur recht warm, sodass sie nicht frieren musste. Allerdings war der Boden ziemlich hart."

„War sie bewusstlos?"

„Nein, sie hat geschimpft wie ein Fußballtrainer, dessen Mannschaft verliert, als ich sie entdeckt habe."

„Auf dich?"

„Auf mich, auf den Teppich, auf die Geräuschverursacher, auf den Zeitungsausträger, der ihr die Alfelder fast auf den Kopf geworfen hat, als er sie durch den Briefschlitz gezwängt hat."

„Warum hat sie nicht nach ihm gerufen?"

„Hat sie. Sogar seinen Namen. Nur hört der beim Austragen ständig Musik, laute Musik. Die kannst du hören, ohne seine Ohrstöpsel zu tragen."

„Da hatte sie keine Chance."

„Nicht die geringste. Er hätte ihr zwei Stunden früher helfen können als ich."

„Jetzt mach dir keine Vorwürfe. Du konntest das nicht ahnen."

Er schaute aus dem Seitenfenster. „Der Arzt sagt, es geht ihr gut. In ein paar Tagen wird sie entlassen, und dann ist sie bald wieder ganz die Alte."

„Das bereitet dir Sorgen?"

„Mit einem Gipsbein kommt sie nie die Treppe hinauf."

„Musst du ihr ein provisorisches Lager in der kleinen Stube machen", schlug Lisa vor, während sie vor der Leinebrücke nach links abbog. Ohne dass Markus etwas gesagt hätte. Na ja, den Weg nach Freden kannte sie inzwischen.

Sie musste ihn auf andere Gedanken bringen. „Sag mal, hast du Fitz erreicht, kommt er?"

„Fitz? Ach ja, nein, er kommt nicht. Er ist in Hildesheim verabredet. Aber er hat sich das Plateau heute Morgen schon angeschaut, bevor er aufgebrochen ist. Ihm fiel nichts Ungewöhnliches auf."

„Schade, ich hätte ihn gern dabei gehabt."

Als sie Markus' fragenden Blick bemerkte, grinste sie schief.

„Ich habe Ralf gebeten, ihm ein Foto der Schachtel und des Inhalts zu schicken, damit er uns sagen kann, was von ihm stammt und was nicht. Ich hoffe, er meldet sich, sobald er die Nachricht gelesen hat."

„Ich habe noch mal über diese Buchen nachgedacht."

„Aus dem Gedicht?"

„Genau. Es ging mir um die Verbindung zu der Drohung: Du kommst nicht mehr weit. Gibt es eine besondere Stelle, wo so ein Buchenwald oder auch eine einzelne Buche eine Grenze darstellt?"

„Grenze nicht, aber Thieplätze."

„Was für'n Ding?"

„Thieplätze oder auch Thingplätze, das sind die alten Dorfmittelpunkte. Da wurde früher das Gericht abgehalten. Meist gab es einen Findling und einen großen Baum."

„An dem man die Verurteilten praktischerweise gleich aufhängen konnte", warf Lisa ein.

Markus fischte sein Handy aus der Brusttasche seines Hemdes.

„Markus hier. Kannst du mir auswendig sagen, ob wir in der Region Thieplätze mit einer Buche haben?"

Lisa konnte nicht hören, was Fitz antwortete. Sie berührte Markus am Arm. „Stell doch laut."

Markus nickte und drückte eine Taste. „... Linden, das andere müsste ich nachschlagen. Das dauert aber, ich bin in Hildesheim."

„Ich habe Mithören aktiviert. Lisa ist auch da."

„Hi, Lisa", sagte Fitz. „Hast du die Wanderschuhe eingepackt?"

„Sag uns lieber, ob die Kids deine Schachtel gefunden haben."

„Ralf hat mir die Fotos aufs Handy geschickt. Ich kann nicht jedes Detail erkennen, aber ich bin mir ziemlich sicher, dass alles von mir stammt, abgesehen von dem Kuvert und dem Zettel mit dem Gedicht."

„Hast du das Gedicht gelesen?", fragte sie.

„Literarisch wertvoll ist es nicht."

„Thieplatz, Fagus-Werk, schlägst du noch etwas anderes vor?"

„Manche Forscher denken, dass das Wort Buchstabe auf die Buchenstäbe zurückzuführen ist, auf welche die Germanen ihre Runen geritzt haben."

„Bedeutet für unseren Fall was?"

„Es könnte ein Museum gemeint sein, in dem Zeugnisse aus germanischer Zeit aufbewahrt werden. Außerdem existieren zahlreiche Orte, wie Wrisbergholzen oder Langenholzen, die haben den Wald im Namen, das ist in unserer Gegend seit Urzeiten der Buchenwald gewesen."

„Wie viele solcher Orte gibt es?"

„Dutzende!"

„Bringt uns das weiter?"

„Eher nicht. Ich melde mich später wieder bei euch. Da klopft ein Anrufer an, auf den ich warte. Tschüss."

Nachdenklich sagte Lisa: „Kommt es nur mir so vor oder sehen wir den Wald vor lauter Bäumen nicht?

Nachdem sie Winzenburg erreicht hatten, dirigierte Markus sie zu einem schmalen Waldweg. Er sprang aus dem Wagen und öffnete die Schranke. Hinter ihnen klappte er sie wieder zu, verschloss sie aber nicht.

Lisa parkte das Auto am Wegesrand. Hintereinander stiegen sie die ausgetretenen Felsstufen bis zum Plateau hinauf. Sie erkannten auf den ersten Blick, dass die Spurensicherung hier gearbeitet hatte. Überall waren Farne heruntergetreten, Zweige abgebrochen und es lag nicht ein einziges Stück Müll herum. Dafür hatten die Männer einige ihrer weißen Fähnchen vergessen.

Die beiden Kriminalpolizisten sahen sich das gesamte Plateau an, sie gingen sogar bis zu dem alten Brunnen und umrundeten den Bergfried.

Lisa seufzte. „Meinst du, der Täter hat vielleicht irgendwo gesessen und zugesehen?"

„Kann ich mir nicht vorstellen. Man kann kaum vorhersagen, wann jemand einen Cache aufsucht."

„Gibt es keine Erfahrungswerte? Dauert es im Schnitt einen Tag oder eine Woche, bis der erste Schatzjäger kommt?"

„Hm, Fitz hat gesagt, dass seine Caches ziemlich beliebt sind und meist schon nach wenigen Stunden zum ersten Mal besucht werden. Anscheinend gibt es extra eine Kategorie FTF, soll heißen ‚First to find' und gilt unter Geocachern als besonders angesagt."

Lisa blieb stehen und blickte ihn an. „Wie muss ich mir das vorstellen? Fitz postet die Koordinaten eines neuen Schatzes und dann rast unser Täter los, um als Erster da zu sein und Fitz' Cache für seine Zwecke zu gebrauchen? Dann hockt er sich in irgendein Versteck und wartet auf den, der nach ihm kommt?"

„Dazu müsste er im Voraus wissen, wo Fitz den nächsten Cache legen wird."

„Kann er das in Erfahrung bringen? Hat Fitz seine Pläne irgendwo veröffentlicht?"

„Müssten wir ihn fragen." Markus' Augen blitzten auf. „Das würde die Suche enorm einschränken, oder?" Er zückte sein Handy, runzelte aber enttäuscht die Stirn. „Kein Empfang."

„Mich würde trotzdem interessieren, ob er die Kinder beobachtet hat."

„Warum?"

„Woher will er sonst wissen, dass wir seine Botschaft erhalten haben? Herr Falkner wird diesen Cache kaum im Internet eintragen. Wir beabsichtigen nicht, die Presse zu informieren." Sie ließ den Satz in der Luft hängen.

Markus schaute sich um. „Du glaubst, er muss das Versteck beobachten."

„Oder von Zeit zu Zeit mal nachgucken kommen."

2

Im Dunkel

9

Alfeld, Montag, der 5.9.2011

Als Lisa das Polizeikommissariat verließ, war es noch früher Nachmittag. Trotzdem wollte sie möglichst bald nach Hause, erst in die Badewanne und dann auf ihr Bett. Sie hatte den Band „U is for Undertow" von Sue Grafton angefangen und musste unbedingt erfahren, was die beiden Männer in dem Waldstück verbuddelt hatten. Sie hatte alle Grafton ABC-Krimis von „A für Alibi" an gelesen und fragte sich schon seit geraumer Zeit, was die Autorin tun würde, sobald sie bei Z angekommen war. Sie konnte von vorn anfangen oder sich den Zahlen zuwenden oder aufhören, was Lisa schade fände. Sie hatte sich an Kinsey Milhone, Graftons Privatdetektivin, gewöhnt.

Obwohl sie abgespannt war, fuhr sie auf Verdacht den kurzen Umweg an Fitz' Haus vorbei, dem einzigen Fachwerkhaus in dieser Straße. Irgendwo abgebaut und mitten im Neubaugebiet erneut errichtet. Sein Moped stand vor der Tür. Manchmal muss man als Polizistin einfach Glück haben. Sie bevorzugte es, sich von Angesicht zu Angesicht zu unterhalten. Telefon oder E-Mail verrieten oft nicht alles. Lisa fand ein paar Grundstücke weiter einen Parkplatz und hielt an.

Als sie seine Gartenpforte beinahe erreicht hatte, öffnete sich die Haustür von innen. Fitz trat heraus. Begleitet von einer dunkelhaarigen Frau, die interessiert zuhörte, was Fitz ihr erzählte. Sie trug ein helles Kostüm und Schuhe, in denen Lisa keine hundert Meter weit gekommen wäre. Lisa blieb stehen und beobachtete die beiden. Irgendwo hatte sie die Frau schon gesehen, konnte dem Gesicht allerdings keinen Namen zuordnen. Sie beschloss, sich keinesfalls beim Starren erwischen zu lassen. Mit einem fröhlichen Hallo ging sie auf Fitz und seine Bekannte zu. Der drehte sich zu ihr um, als er ihre Stimme hörte, und sie konnte deutlich sehen, dass er überrascht war, sie zu sehen und ... dass er sich freute. Ertappt wirkte er jedenfalls nicht, stellte Lisa erleichert fest. Gleichzeitig versuchte sie, den Gedanken weit wegzuschieben. Fitz war Markus' bester Freund, basta.

„Fitz, welch ein Glück, dass ich dich antreffe. Ich muss dich kurz was fragen."

Er lachte. „Deine kurzen Fragen kenne ich. Wir wollen zum ‚Grünen Wald' nach Warzen und eine Kleinigkeit essen. Komm doch mit."

Lisa taxierte die Fremde unauffällig. Jedenfalls hoffte sie, dass es unauffällig war. „Ich will euch nicht stören."

Fitz schlug sich theatralisch mit der Handfläche vor die Stirn. „Ihr kennt euch noch gar nicht, oder?"

Beide schüttelten den Kopf und richteten ihre Blicke und ihre Aufmerksamkeit auf Fitz.

„Darf ich vorstellen, Corinna Schwartz, ihre Firma baut das Wellnesshotel in Abbensen. Sie hat mich beauftragt, eine Broschüre über das Schloss und seine Geschichte zu erstellen."

Frau Schwartz nickte Lisa zu und taxierte sie ganz offen, aber nicht unfreundlich oder abweisend. Fitz sprach weiter: „Und das ist Lisa Grundberg, die beste Kriminalkommissarin in der Region Leinebergland."

Lisa streckte ihre Hand aus. „Was keine wirklich herausragende Leistung ist, da ich die Einzige bin."

Corinna ergriff ihre Hand und sagte herzlich: „Ich freue mich, Sie kennenzulernen. Herr Fitz hat mir von

Ihrem historischen Leichenfund im Ratskeller in Lamspringe erzählt. In einem Fass. Mir erscheint das gruselig."

„Herr Fitz?", fragte Lisa.

Fitz winkte ab. „Das wird schon noch. Wir besuchen am Donnerstag eine Veranstaltung des Lamspringer September, und deswegen habe ich Corinna etwas über den Ort erzählt."

„Verstehe, könnte ich dir trotzdem schnell zwei Fragen stellen? Es dauert wirklich nicht lang." Sie sah Corinna verschwörerisch an. „Jedenfalls, wenn du kurz und knapp antwortest."

Fitz neigte den Kopf zur Seite. „Wenn das eine Anspielung sein soll, verstehe ich sie nicht. Frag ruhig."

„Es geht um unseren Geocachingfund."

Fitz warf einen warnenden Seitenblick auf Corinna, woraus Lisa schloss, dass er ihr davon noch nichts erzählt hatte.

Sie nickte. „Ich wollte nur wissen, ob du irgendwo eine Liste der Verstecke veröffentlich hast, die du demnächst anlegen willst?"

Fitz überlegte nur kurz.

„Nicht explizit. Ich habe mir allerdings jeweils immer einen Ort komplett vorgenommen. Zuerst schaute ich mir alle Stellen an, die für die Gemeinde wichtig sind. Dann überlegte ich mir eine sinnvolle Reihenfolge, bevor ich die Caches legte. Man braucht geeignete Verstecke, die nicht versehentlich von Muggeln entdeckt werden können."

„Muggel?"

„Alle Menschen, die nicht geocachen."

„Warum dürfen andere die Caches nicht finden?"

„Weil sie die Regeln nicht kennen. Beispielsweise könnten sie einen Gegenstand aus dem Cache nehmen, ohne etwas Gleichwertiges zurückzulegen und das wahrheitsgemäß in das Logbuch einzutragen."

„Welch ein Drama!" Lisa lächelte.

„Kein Drama, aber schade für die echten Geocacher, die sich auf den Besuch vorbereitet haben. Die ärgern sich zum Beispiel, wenn das Logbuch voll oder verschwunden ist. Und die Geocaching-Münzen sind recht teuer. Die sollten nicht in unbefugte Hände fallen oder in den Hosentaschen von Muggeln vor sich hin rosten."

„Verstehe. Wie verhindert man, dass Muggel die Caches finden?", fragte Lisa.

„Sie werden so versteckt, dass man sie nicht auf den ersten Blick sieht. Einige sind vergraben, hohle Baumstämme oder Wurzelwerk sind als Versteck ebenfalls beliebt. Man kann die Boxen auch oben in der Baumkrone verstecken."

„Das klingt schwierig", warf Corinna ein. „Wie sollen die Suchenden sie finden?"

„Der Owner, also der, der den Cache legt, gibt Tipps auf der Seite im Internet oder er bringt Hinweise an. Bei Nachtcaches arbeitet man zum Beispiel mit Leuchtfarbe."

„Nachtcaches?"

„Die sind so gut versteckt, dass man sie tagsüber unmöglich finden kann, nachts hingegen führt eine Spur aus Leuchtfarbe oder Leuchtmarkierungen zu ihnen. Man braucht nur eine starke Taschenlampe mitzunehmen", erklärte Fitz.

Lisa bemerkte ein Strahlen in seinen Augen und schloss daraus, dass zumindest er großes Vergnügen an Nachtcaches empfand.

Sie lächelte und wollte eigentlich eine entsprechende Bemerkung anbringen, aber Corinna kam ihr mit einer anderen Frage zuvor.

„Was tut man als Geocacher, wenn man einem Versteck ganz nah ist und Muggels machen ausgerechnet da ein Picknick?", fragte sie.

Lisa gefiel die Frage.

„Man muss warten, bis sie weggehen", sagte Fitz.

Corinna schaute verblüfft. „Das kann unter Umständen lange dauern."

„Schicksal", erwiderte Fitz. „Deshalb wird von den Ownern Sorgfalt erwartet."

„Wozu dienen die Münzen oder was ist da noch drin?", fragte Lisa.

„In jeden Cache gehört mindestens ein Logbuch. Bei den kleineren handelt es sich meistens um Filmdosen mit einem schmalen Papierstreifen. Das Logbuch ist dann ein um einen Bleistift aufgerolltes Stück Papier. In größeren Behältern findet man Kleinigkeiten zum Tauschen. Man nimmt einen Gegenstand heraus und legt etwas Gleichwertiges hinein. Auch das trägt man ein. Die Münzen sind registriert und sollen möglichst weit reisen."

„Wie registriert?", wollte Lisa wissen.

„Im Internet. Dort trägt man als Owner oder Gründer die gelegten Caches ein. Jeder User hat eine Seite, auf der er alle gefundenen Caches eingibt, sich bedankt und eventuell darauf hinweist, wenn zum Beispiel das Logbuch fast voll ist oder sich ständig zu viele Muggel in der Nähe herumtreiben."

„Und die Münze?"

„Die nimmt der Cacher mit zu seinem nächsten Ziel, legt sie hinein, dort findet sie ein anderer, der sie seinerseits mitnimmt und so weiter. Im Internet kann man verfolgen, welche Stationen die Münze passiert und wie weit sie reist."

„Okay, du hast keine Münzen in deinen Caches?"

„Nein, ich lege meistens Multicaches. Entweder gebe ich alle Koordinaten von vornherein bekannt. Dann findet der Suchende in jeder Box einen Teil einer Sage oder einer spannenden Story, und nur wenn er alle zu dieser Serie gehörenden Verstecke findet, erfährt er die komplette Geschichte oder die Koordinaten für einen Bonuscache. Eine andere Möglichkeit ist es, nur die erste Koordinate anzugeben und in der Box ein Rätsel zu hinterlegen, das zum nächsten Cache führt, wenn man es richtig löst und so weiter."

„Jetzt verstehe ich, warum ein Owner die Verstecke regelmäßig überprüfen muss", sagte Corinna.

„Genau, es ist ja ärgerlich, wenn man bis zum zweiten oder dritten Cache gekommen ist und nicht zum letzten Ziel gelangen kann, weil ein Witzbold den Zettel mit dem Rätsel gestohlen hat."

„Wie oft überprüfst du deine Caches?", fragte Lisa.

„Solange ich keine Nachricht bekomme, dass etwas nicht in Ordnung ist, höchstens einmal im Monat."

Lisa sah ihn überrascht an. „Das bedeutet, dass man sicher sein kann, dass die Box überprüft wird, wenn man sagt, dass jemand den Stift geklaut hat?"

Fitz schien zu verstehen, was sie andeuten wollte. „Genau. So könnte man den Gründer dazu bringen nachzuschauen."

Corinna rief: „Herr Fitz, wir sollten bei Gelegenheit gemeinsam zum Geocachen gehen. Ich finde, es klingt aufregend, fast wie eine Schnitzeljagd. Die gab's bei uns regelmäßig zum Kindergeburtstag. Mein Vater hat die Hinweise versteckt und meine Mutter hat dafür gesorgt, dass wir uns nicht verlaufen oder an einem Rätsel verzweifeln."

Fitz wackelte mit dem Kopf. „Ich weiß nicht, ob das im Moment eine so gute Idee ist."

„Wieso? Das Wetter soll doch schön bleiben."

Lisa beschloss, sich zurückzuziehen. Sie hatte einiges erfahren, worüber es sich lohnte, nachzudenken. „Fitz, würdest du mir morgen eine Liste aller Caches schicken, die du gelegt hast?", fragte sie. Nachdem er genickt hatte, setzte sie fort: „Ich wünsche euch einen schönen Abend. Genießt die Aussicht und das Essen."

Lisa reichte ihnen die Hand, drehte sich um und ging davon. Als sie die Gartenpforte hinter sich zuzog, standen die beiden noch vor der Haustür. Sie winkte ihnen und eilte zu ihrem Wagen.

Als sie den Motor anließ, begannen die Nachrichten im Radio. Sie hörte auf dem Weg zu ihrer Wohnung aufmerksam zu. Von ihrem neuesten Fall war noch nichts durchgesickert.

Alfeld, Montag, der 5.9.2011

Sola fuhr im Schritttempo um den Sappi-Kreisel herum. Dieser Fitz hatte ihn abgehängt. Fitz, der ihn immer an eine Kakerlake erinnerte, die überraschend aus einem dunklen Winkel auftauchte und aus undurchsichtigen Gründen pausenlos dort herumrannte, wo man am allerwenigsten mit ihm rechnete.

Er wusste, dass Corinna Schwartz ihm vor rund drei Monaten auf dem Markt in Alfeld begegnet war und sich seither jedes Mal mit ihm getroffen hatte, sobald sie nach Abbensen gekommen war.

Dass sie sich allerdings hatte von Fitz abholen lassen und nicht von ihm oder Wagner, war eine Premiere. Hätte Voigt sie nicht gewarnt, sie hätten nicht einmal geahnt, dass sie ganz in ihrer Nähe war und jederzeit unverhofft hereinplatzen konnte.

Was hatte sie vor? Er wagte nicht zu hoffen, dass sie aus romantischen Gründen erschienen war und überhaupt nicht plante, sich in die Geschäfte im Schloss einzumischen.

Er umrundete den Kreisel erneut. Obwohl Fitz sie in einem uralten Motorrad mit Beiwagen abgeholt hatte, war es Sola nicht gelungen, ihnen durch die Stadt zu folgen. Zwei Omas mit Rollatoren und eine Gruppe Kinder auf dem Zebrastreifen hatten ihn aufgehalten.

Widerwillig hielt er vor der Einfahrt zur Papierfabrik und googelte Fitz' Anschrift mit seinem Handy. Nichts. Unter Fitz gab es keinen Eintrag im Telefonbuch.

Sola schloss die Seite und suchte unter Alfeld nach ihm. Er musste drei Artikel überfliegen, bevor er erfuhr, dass Fitz eigentlich Jonas Fredriksson hieß und auf dem Sindelberg wohnte.

Sola gab Gas. Die Navi-App wies ihm den Weg. Schon als er in die Straße einbog, sah er die drei Personen, die in einem Vorgarten standen und sich unterhielten. Er fuhr im Schritttempo an ihnen vorbei. Fitz und Corinna erkannte er sofort. Die andere Frau kam ihm vage bekannt vor. Auf den ersten Blick konnte er sie jedoch nicht einordnen.

Nachdem er das Ende der Straße erreicht hatte, wendete er. Er hatte Glück. Direkt gegenüber von Fitz' Haus stand ein grüner Kangoo, ausreichend groß, sodass er dahinter anhalten konnte, ohne dass die drei ihn sehen konnten. Gleichzeitig war der Wagen offen genug, um sie beobachten zu können.

Die Körperhaltungen verrieten ihm nichts Unerwartetes. Die beiden Frauen wirkten, als würden sie sich gegenseitig belauern, während Fitz nichts zu bemerken schien und völlig gelassen zwischen ihnen stand.

Je länger das Gespräch dauerte, umso deutlicher hatte es den Anschein, als richtete sich die Aufmerksamkeit aller drei stärker auf das Thema und weg von ihren persönlichen Befindlichkeiten.

Sola ärgerte sich. Obwohl er das Seitenfenster heruntergelassen hatte, konnte er nicht verstehen, worüber sie sprachen. Gelegentlich wehte ein Satzfragment zu ihm herüber. Doch das ergab keinen Sinn, geschweige denn einen Zusammenhang, aus dem er hätte entnehmen können, worüber sie sich unterhielten.

Vielleicht sollte er noch einmal am Haus vorbeifahren, abrupt bremsen und so tun, als hätte er Corinna

Schwartz zufällig entdeckt. Er runzelte die Stirn. Eine brillante Idee. Abgesehen davon, dass man nicht zufällig durch eine Sackgasse fuhr, würde es ihn nicht weiterbringen.

Nein, das Beste war, sich mäuschenstill zu verhalten. Sie durften auf keinen Fall ihre Neugier wecken. Unsichtbar bleiben, keine Aufmerksamkeit erregen, jede Annäherung im Keim ersticken.

Bisher war alles glattgegangen.

Corinna Schwartz hatte die Versorgungsgebäude hinter dem Schloss unmittelbar nach ihrer Fertigstellung inspiziert. Ständig in Begleitung von Wagner hatte sie Wäscherei, Lager, Werkstatt und die Garage für die Nutzfahrzeuge besichtigt und für ausreichend befunden. Folgerichtig sollte sie nun keinen Gedanken mehr daran verschwenden. Sie konnte sich im Gästebereich austoben und Wagner nerven. Von ihren anschließenden privaten Umgestaltungen in den Wirtschaftsgebäuden brauchte sie nie zu erfahren.

Er bemerkte, dass sich das Gespräch vor Fitz' Haus dem Ende zuneigte. Ziemlich plötzlich, fand er. Die Fremde reichte beiden die Hand, drehte sich um und ging davon. Sie blieb auf dem Gehweg gegenüber. Nach wenigen Metern erreichte sie einen grünen Golf und öffnete die Beifahrertür. Er konnte nicht erkennen, was sie machte. Vielleicht legte sie etwas auf den Beifahrersitz. Jedenfalls dauerte es nicht lange. Kurz darauf lief sie um den Wagen herum, stieg ein und fuhr gleich los.

Sola erschrak, als sein Handy klingelte. Er schaute auf das Display. „Steinwand", murmelte er. „Ausgerechnet jetzt."

Er nahm das Gespräch an, meldete sich jedoch nur mit einem leisen Ja.

„Thomas Steinwand von Fischer & Gerling, Sie wollten mich sprechen?"

„Gut, dass Sie zurückrufen. Herr Wagner und ich würden gern ein paar Kleinigkeiten mit Ihnen besprechen. Sie verstehen, so kurz vor der Eröffnung brennt uns alles, was noch nicht hundertprozentig fertiggestellt ist, unter den Nägeln."

„Null Problemo, ich kann sofort zu Ihnen herüberkommen."

Sola prüfte im Rückspiegel, was sich in der Straße tat.

Während die fremde Frau auf der nächsten Garageneinfahrt wendete, verließen Fitz und Corinna den Vorgarten. Sie gingen, ohne sich zu berühren, bemerkte Sola, die Straße hinunter, in Richtung Innenstadt.

„Sehr aufmerksam von Ihnen", sagte Sola zu Thomas Steinwand. „Aber heute Abend passt es nicht. Kommen Sie doch bitte morgen früh. Wäre acht Uhr akzeptabel?"

„Acht Uhr, perfekt. Einen schönen Abend noch."

‚Den werde ich haben', dachte Sola und drückte das Gespräch weg.

Als der grüne Golf an ihm vorbeifuhr, ließ Sola seinen Wagen an und folgte ihm.

Er richtete sich auf eine längere Fahrt durch den Landkreis ein. Doch sie blieben in Alfeld, kurvten um das Innenstadtzentrum herum, kamen am Friedhof und der Tankstelle vorbei. Schließlich bogen sie rechts ab in die Kaiser-Wilhelm-Straße und kurz darauf schlich der Golf die Straße so langsam hinunter, dass Sola ahnte, dass die Fahrerin einen Parkplatz suchte.

Tatsächlich stellte sie den Wagen ab und ging zielstrebig auf eines der gelb verputzten Häuser zu.

Sola konnte erkennen, dass sie auf den mittleren Hauseingang zuhielt, bevor er vorbeigefahren war. Er stellte sein Auto in einer Einfahrt ab und sprang heraus. Er kam gerade rechtzeitig, um zu sehen, wie die Haustür zufiel.

Betont lässig ging er auf die Tür zu und las die Klingelschilder.

Beim dritten Namen stutzte er.

L. Grundberg.

Der Name löste etwas in ihm aus.

Er begann, sich zu erinnern.

Lisa Grundberg.

Kriminalkommissarin Lisa Grundberg.

Aus Kassel.

Aus Kassel?

Ein verzerrtes Lächeln wanderte von seinen Augen zum Mund und verwandelte sich in einen grimmigen Ausdruck.

Man trifft sich immer zweimal im Leben.

11

Alfeld, Montag, der 5.9.2011

Endlich saß Lisa mit ihrem Buch in der Badewanne. Eine Tasse Kaffee duftete auf dem Rand stärker als das Badeöl, das sie verwendet hatte. Als sie umblättern wollte, stellte sie fest, dass sie den soeben gelesenen Text gar nicht verstanden hatte. Sie ließ den Krimi sinken.

‚Ich leiste den Eid, du kommst nicht mehr weit.' Der letzte Satz des Cache-Gedichts nagte an ihr, obwohl sie sich aktiv bemüht hatte, nicht daran zu denken.

„Bilde dir bloß nichts ein. Ich lasse dich nicht gehen. Niemals." Sie sah ihn vor sich stehen, ganz nah, das Gesicht vor Wut verzerrt. Sie spürte die Spucketröpfchen, die er ihr beim Sprechen ins Gesicht schleuderte, fühlte noch einmal, wie er seine Finger in die Muskulatur ihrer Oberarme drückte.

Sie schlug mit der Hand so heftig auf die Wasseroberfläche, dass die Spritzer gegen die Wand klatschten. Damals hatte sie nur eine Drehung und einen einfachen Judogriff gebraucht, um die Situation unter Kontrolle zu bekommen, um ihm zu zeigen, dass er sie nicht zwingen konnte, zu nichts, nicht gegen ihren Willen.

Es war der einzige direkte Übergriff geblieben, den Masoud sich geleistet hatte. Er war auch nach ihrer Trennung nicht noch einmal handgreiflich geworden, doch oft genug hatte sie sich beobachtet gefühlt. Er hatte sie nicht angerufen, ihr keine SMS geschickt. Dennoch kreuzten sich ihre Wege ungewöhnlich oft.

An der Tankstelle, bei Edeka, sogar im Spielzeugladen, als sie nach einem Geschenk für eine schwangere Kollegin gesucht hatte. Jedes Mal sah er betont leidend aus, sprach mit heiserer Stimme. Er erwähnte bei jedem Zusammentreffen ein Detail aus ihrem derzeitigen Leben, das er eigentlich nicht wissen konnte, nicht wissen sollte.

Er wusste und ließ sie wissen, dass er es wusste, dass sie eine neue Pumpe für die Waschmaschine gebraucht hatte, dass sie an einem Tatort Spuren vernichtet hatte, weil sie gestolpert war, dass ihr Vater einen leichten Herzinfarkt erlitten hatte. Eine Zeit lang hatte sie ihre Mutter in Verdacht, die nicht hatte verstehen können, warum sie sich von dem netten jungen Mann getrennt hatte.

Manchmal hatte sie sich selbst nicht verstanden. Doch irgendwann konnte sie es nicht mehr ertragen. Die Veränderungen verliefen schleichend, er entwickelte sich immer stärker zu dem Mann, den sein Vater sich als Sohn und Erben wünschte, den sein Vater selbst verkörperte. Lisa konnte es nicht aushalten. Sobald sie ihn kritisierte oder gar von Trennung sprach, änderte sich seine Körperhaltung. Sie fühlte sich von ihm bedroht, nicht offen, unterschwellig, für Außenstehende unmerklich, für sie jedoch sehr real, bedrückend, beängstigend.

Schließlich hatte sie die Stellenausschreibung für das Regionalisierungsprojekt in Alfeld gesehen, hatte sich beworben und war umgezogen, ohne eine Nachsendeadresse zu hinterlassen. Sie hatte ihre Eltern angefleht, ihre neue Anschrift vor Masoud geheim zu halten. Und bis heute hatte sie gedacht, dass sie das Kapitel erfolgreich abgeschlossen hatte.

Es war der Tonfall.

‚Ich leiste den Eid. Du kommst nicht mehr weit.' Kein weil, kein dass, keine Verknüpfung zwischen den Sätzen. ‚Ich koche. Du kannst den Bericht schreiben.' oder ‚Ich gehe ins Bett. Ich bin müde.' Sein Deutsch war ansonsten fehlerfrei. Sie hatte nie herausfinden können, warum er so sprach. Doch als sie diese Drohung am Ende des Gedichts gelesen hatte, war es Masouds Stimme, sein Sprachrhythmus, sein Akzent, die sie hörte.

Sie schob den Kopf so weit nach unten, dass ihre Ohren unter Wasser waren. Ihr Haar schwebte um sie herum. Sie vernahm nur ihren eigenen Herzschlag. Sie schloss die Augen.

Mal angenommen, er hatte sie ausfindig gemacht.

Vielleicht über einen Zeitungsartikel, in dem sie erwähnt wurde. Vielleicht hatte er sie beobachtet, als sie zu Weihnachten ihre Eltern in Kassel besucht hatte. Zwar war sie vorsichtshalber mit der Bahn gefahren, trotzdem schien es möglich, dass er ihr gefolgt war.

Was beabsichtigte er?

Dass sie nicht zu ihm zurück wollte, musste ihm inzwischen klar geworden sein.

War er auf dem Trip, wenn ich sie nicht haben kann, soll sie kein anderer haben?

Lisa tauchte wieder auf. Bescheuert.

Sie könnte ihn anrufen. Sofort richteten sich ihre Nackenhärchen auf. Noch bescheuerter.

Aber irgendetwas musste sie unternehmen.

Sie würde gleich morgen früh auf ihrer alten Dienststelle anrufen. Frank Futterer, ihr Partner aus Kassel, hatte versprochen, ein Auge auf Masoud zu haben. Er würde ihr mit Sicherheit innerhalb von Stunden sagen können, ob ihr Ex regelmäßig zur Arbeit ging oder ob er aus Kassel verschwunden war.

Sie wusch ihre Haare. Kurz überlegte sie, ob sie eine Kur auftragen sollte, entschied sich aber dagegen. Eigentlich wollte sie sich lieber in ihr Bett kuscheln und an nichts Bedrohliches mehr denken. Doch ihre Gedanken kamen nicht zur Ruhe.

Wenn der Täter nicht Masoud war, was bezweckte derjenige mit seiner Aktion? Wollte er ihre Aufmerksamkeit wecken? Gut, das war ihm gelungen. Ihre persönliche oder die der Polizei, als Institution?

Wie sollte es weitergehen? Hatte er weitere Caches präpariert? Freute er sich, wenn andere sich gruselten? Wollte er die elektronische Schnitzeljagd interessanter gestalten? Das wäre mehr als exaltiert. Es wäre auch möglich, dass er Leute abschrecken wollte. Menschen, wie die Falkners, die mit Kindern durch den Wald tollten. Genau! Vielleicht hatten sie es mit einem fanatischen Jäger zu tun, der niemanden in seinem Revier duldete, der Krach machte und durchs Unterholz rannte. Andererseits musste demjenigen klar sein, dass es immer Freaks gab, die durch solch einen makabren Fund überhaupt erst angelockt wurden.

Lisa stutzte. Oder hatte er es auf Fitz abgesehen? Sollte die Polizei glauben, dass Fitz, der Gründer, auch Fitz, der Täter, war?

Der Täter? Oder die Täterin? Vor Lisas geistigem Auge tauchte das dezent geschminkte Gesicht von Corinna Schwartz auf.

Sicher war es eine gute Idee, diese Frau genauer unter die Lupe zu nehmen. Vielleicht war es kein Zufall, dass sie sich heute im Beisein einer Polizistin als Geocaching-Laie geoutet hatte.

Plötzlich war Lisa nicht mehr müde. Es kribbelte ihr in den Fingern. Abrupt stand sie auf und ließ ihren Computer erneut hochfahren. Zumindest die Dinge, die der Öffentlichkeit zugänglich waren, konnte sie gleich jetzt herausfinden. Neben der Firmenhomepage poppten zahlreiche Links zu Zeitungsartikeln auf.

Corinna Schwartz unterstützte demnach ihren Zwillingsbruder Robert seit dem Tod der Eltern, die durch den Tsunami in Thailand umgekommen waren, bei der Leitung des Schwartz-Konzerns. Altersheime als Franchising-Modell, wie Boulettenbratereien oder Sandwichrestaurants. Lisa schüttelte den Kopf. Auf Ideen kamen die Leute.

Corinnas Schwerpunkte waren Werbung, Corporate Identity und Repräsentation.

Was wollte so eine von Fitz?

Sie rief den nächsten Artikel auf. So so, Robert Schwartz war also Sonnenfinsternis-Fan, 48 Sonnenfinsternisse hatte er bereits erlebt und gefilmt. Die letzte am 1.7.2011 im Südpolarmeer, in einem schmalen Bereich irgendwo zwischen Südafrika und der Antarktis.

Lisa spitzte die Lippen. Der kannte sich garantiert mit Koordinaten aus.

Vielleicht war dieser Robert schlicht und ergreifend eifersüchtig und wollte nicht, dass seine Schwester, seine Zwillingsschwester, sich mit Fitz traf. Die Gedanken schwirrten immer schneller durch Lisas Kopf. Eifersucht, enttäuschte Liebe, aber auch Macht und Geld. Würde ein Ehemann den Konzern beeinträchtigen? Stellte er eine potenzielle Gefahr dar?

Lisa musste morgen unbedingt mit Fitz reden. Und sie musste sich dieses ominöse Wellness-Schloss-Hotel endlich einmal persönlich ansehen.

Sie war schon fast eingeschlafen, als ihr eine weitere Frage durch den Kopf schoss. Woher stammte der Finger? Sie musste Ralf morgen unbedingt fragen, ob er von einem jungen oder einem alten Menschen stammte. Ob es möglich war, dass jemand im Altenheim verstarb und Robert Schwartz ihm einen Finger abschnitt, ohne dass es auffiel?

12

Abbensen, Dienstag, der 6.9.2011

Gabriel Sola rollte sich aus dem Bett, in dem Janka Baric leise vor sich hin schnorchelte. Normalerweise konnte er unter einer Eisenbahnbrücke schlafen, doch heute Morgen klang das sanfte Zischen beim Ausatmen in seinen Ohren lauter als eine Dampflokomotive.

Eine gute Stunde hatte er bereits wach im Bett gelegen und an die Decke gestarrt. Jetzt würde er eine Runde laufen, und nach dem Duschen würde er klarer sehen.

Er war in seinen üblichen Rhythmus gefallen, sein Kopf leerte sich mit jedem weiteren Schritt. Das Gelände des Schlosses lag längst hinter ihm. Er lief den Abbenser Berg hinauf und hatte soeben den Waldrand erreicht. Rechts und links von ihm erstreckte sich ein lichter Buchenwald. Mittlerweile war ihm das Gelände so vertraut, dass er kaum darauf achten musste, wohin er trat, obwohl der Waldweg ausgewaschen und ausgefahren war und nach jedem Unwetter in noch schlechterem Zustand zu sein schien als vorher. Trotzdem bevorzugte er die Wege aus Schotter. Auf geteerten Straßen lief man zwar sicherer, doch fühlte es sich gleichzeitig härter an und viel weniger nach Natur.

Es war nicht so, dass er die Schritte zählte. Er dachte auch nicht absichtlich rechts, links, rechts, links. Dennoch füllte dieser Wechsel ihn aus, seinen Körper, seine Gedanken.

Normalerweise.

Rechts, links, einatmen, rechts, links, ausatmen, rechts ... Er bemerkte die Wildschweine erst, als die vorderen den Weg bereits überquert hatten und im Unterholz verschwanden. Ein großes Tier blieb stehen, wandte ihm den Kopf zu. Es senkte den riesigen Schädel.

Sola hörte auf zu atmen, spannte alle Muskeln an. Würde es angreifen? Konnte er schneller sprinten? Das Wildschwein kam einen Schritt auf ihn zu, während hinter ihm zwei weitere über den Weg liefen.

‚Los, dreh um', dachte er. ‚Lauf mit deinen Freunden in den Wald.'

Doch das Tier schien andere Pläne zu haben. Es kam direkt auf ihn zu. Vorsichtig wich Sola zurück. ‚Anschauen oder nicht?' Er wusste es nicht. Mit Hunden kannte er sich aus. Notfalls auch noch mit Pferden, aber mit einem Wildschwein?

Er schrak zusammen, als es grunzte. Schritt für Schritt kam es auf ihn zu. Dabei schwankte es von rechts nach links. Erst jetzt bemerkte Sola den Geruch, der von dem Tier ausging.

Der Wind. Er wehte vom Schwein zu ihm. Das Tier senkte seinen Rüssel auf den Boden, schob ein paar Steine zur Seite.

Ob es ihn überhaupt bemerkt hatte? Sola kramte in seinem Hirn nach Informationen. Konnten Wildschweine gut hören oder gut sehen? Oder nur riechen?

Riechen konnte nicht sein. Sola nahm seinen eigenen Angstschweiß wahr. Wieder grunzte das Vieh. Er bückte sich, hob einen Stein auf. Besser als nichts. War es näher an ihn herangekommen? Was hatte es vor?

Sola wich noch ein Stück zurück. Er spürte den losen Stein unter seiner rechten Schuhsohle, doch er konnte nichts dagegen machen. Sein Fuß rutschte ab, der Stein kullerte den Weg entlang. Er sah nach dem Schwein, ihre Blicke trafen sich. Sola wirbelte herum und lief den Waldweg hinunter. Er hörte das Schnaufen des Tieres hinter sich und beschleunigte. Seine Muskeln schmerzten, er rutschte weg, fing sich ab, rannte weiter.

Erst nachdem er den Waldrand hinter sich gelassen hatte, wagte er es, sich umzuschauen. Nichts. Er war wieder allein. Der Wald lag friedlich vor ihm. Ein paar Vögel zwitscherten.

Er bemerkte, dass er den Stein, den er aufgehoben hatte, noch immer umklammert hielt. Er warf ihn im hohen Bogen ins Feld neben dem Weg, drehte sich um und joggte den Berg hinunter.

Die letzten Meter vom hinteren Tor bis zu den Gebäuden ging er im Schritttempo. Kaum hatte er die Tür geöffnet, stürzte Janka in den Flur.

„Wagner sucht dich. Die Schwartz hat angerufen. Sie ist in einer Stunde da."

Sola fluchte. Nicht dass er es nicht geahnt hätte. Schließlich wusste er, im Gegensatz zu Wagner, dass sie schon seit gestern Nachmittag in der Gegend war. Aber er fragte sich, ob dieser Tag so weitergehen würde. War das Wildschwein eine Warnung? Ein Symbol? Musste er geduldiger sein?

Vorsichtiger?

Er hasste Hindernisse. Niemand stellte sich ihm ungestraft in den Weg. Er lachte bitter. Zuhause mochte das zutreffen. Doch hier, in diesem zivilisierten Land, konnte er Corinna Schwartz nicht so unmissverständlich davon überzeugen, dass es für sie und ihre körperliche Unversehrtheit besser war, wieder nach Berlin zurückzukehren.

Diese Lektion hatte er wenige Monate nach seiner Ankunft in Deutschland gelernt. Bei Mord verstanden die Deutschen keinen Spaß. Nach einem Mord drehten sie jeden Stein um. Dabei beobachteten sie nicht nur die Käfer und Ameisen, die darunter hervorkrochen, sondern gruben auch das Erdreich unter ihm auf und bohrten Löcher in den Stein.

Nachdem er das begriffen hatte, wurde er erst zur Zecke und dann zur Viper.

Er brachte niemanden um, wenn es sich vermeiden ließ. Er hatte andere Mittel. Seine Abschreckungsmaßnahmen waren subtiler und weitaus wirkungsvoller. Erst isolieren, dann psychisch vernichten, sabbernde Kretins aus ihnen machen. Wer sich ihm in den Weg stellte, konnte nicht darauf hoffen, einen Stein zu finden, der groß und schwer genug war, um sich vor ihm darunter zu verstecken.

Er legte Janka einen Arm auf die Schulter. „Das wird schon, keine Panik. Bringst du mir einen Kaffee? Ich geh schnell duschen."

Sie nickte und verschwand in der Küche.

Als Gabriel die Dusche auf kalt drehte, setzte sein Herz mindestens drei Schläge lang aus. Er schnappte nach Luft. Hatten sie heute Eiswasser in der Leitung? Er regelte die Wassertemperatur auf handwarm und spülte sich die Haare aus.

Janka hatte ihm einen Pott Kaffee auf die Ablage über dem Waschbecken gestellt. Er trank einen Schluck und begann dann, sich sorgfältig und kraftvoll abzutrocknen.

Er nahm die Tasse mit, als er ins Schlafzimmer ging, um sich anzuziehen. Das Handtuch warf er achtlos aufs Bett. Joachim Wagner ging eben am Fenster vorbei. Im nächsten Moment klopfte es auch schon. Sola stürmte auf den Flur und machte Janka, die gerade die Tür öffnen wollte, ein Zeichen, dass sie verschwinden sollte. Er riss die Haustür auf und trat nach draußen, bevor Wagner Zeit hatte, das Haus zu betreten.

Er packte ihn am Oberarm und zog ihn mit sich. Mit einem warnenden Blick aufs Haus sagte er: „Lassen Sie uns ein Stück gehen." Er wollte nicht, dass Wagner mit Janka redete, wollte nicht, dass er bemerkte, dass Janka beunruhigt war. Wagner sollte sich schön mit seinen eigenen Problemen beschäftigen.

„Sie ist hier, ich habe sie gestern gesehen, in Alfeld."

Wagner nickte. „Sie hat heute Morgen angerufen. Ich soll ihr ein Zimmer herrichten lassen. Sie will mindestens bis zur Eröffnung bleiben." Seine Stimme klang, als würde er gleich in Ohnmacht fallen. Sola sah ihn prüfend an. Das fehlte ihm noch. „Hören Sie zu. Das ist nicht tragisch. Sie müssen sie beschäftigen, im vorderen Teil. Frau Schwartz repräsentiert gern. Sie wird Bürgermeister Talheim lieben und mit ihm auf Vernissagen und bei der Siegerehrung im Kaninchenzüchterverein Schnittchen und Sekt verzehren, bis es ihr zu langweilig wird." Er zuckte mit den Schultern. „Dann flattert sie nach Berlin zurück und sucht sich ein neues Spielzeug."

Doch Wagner reagierte gar nicht auf ihn. „Ich will, dass sie hier verschwindet." Jetzt hob er den Blick und schaute Gabriel prüfend an. „Voigt hat angedeutet, dass sie darüber nachdenkt, eine Wellness-Hotelkette aufzubauen."

„Sehen Sie!" Sola war erleichtert. „Sie findet bald ein neues Aufgabengebiet."

„Nein!" Wagners Stimme überschlug sich fast. „Das ist es ja. Sie will hier ihre Zentrale einrichten, hier in ihrem Vorzeigeobjekt, hier im Prototyp."

Sola schnalzte mit der Zunge. Eine Komplikation, ja, aber eher ein Problem für Wagner als für ihn.

Der redete weiter. „Wissen Sie, was das bedeutet?"

Sola schüttelte den Kopf und dachte bei sich: ‚Dass du deine Arbeitszeit tatsächlich mit Arbeit verbringen musst.'

„Wenn sie selbst hier lebt, braucht sie keinen Geschäftsführer. Das heißt, man wird mich woanders einsetzen." Er sah Sola an, als hätte er ihm eben mitgeteilt, dass die Vogonen die Erde in einer Stunde sprengen würden, um eine Hyperraumumgehungsstraße zu bauen.

Sola verkniff sich ein Grinsen. In der Tat barg diese Konstellation ein kleines Risiko. Andererseits brauchten sie Wagner nicht wirklich. Laut sagte er: „Voigt wird für Sie sorgen."

„Und wer hält Ihnen den Rücken frei? Nein, nein, ich will, dass sie verschwindet. Und ich habe schon eine Idee."

Gabriel Sola konnte sich nicht vorstellen, dass Corinna Schwartz sich im Mitarbeiterteil des Geländes herumtreiben oder in den Wirtschaftsgebäuden arbeiten würde. Sie hatte Stil und wusste, anders als Wagner, dass sie damit in die Privatsphäre ihrer Angestellten eindrang. Was ihm Sorgen machte, war der Aspekt der Besichtigungen. Wenn ein potenzieller Investor sich Schloss Abbensen zeigen ließ, um die Machbarkeit für sein Objekt zu prüfen, würde er sich auch und gerade die Versorgungs- und Mitarbeiterbereiche anschauen wollen. „Hm", sagte er, „was für eine Idee?"

Wagner sah sich demonstrativ um. Dann neigte er den Kopf und flüsterte: „Sie sorgen für einen kleinen Unfall, und im selben Moment taucht Voigt wie ein Ritter in weißer Rüstung auf, rettet sie und bringt sie zurück nach Berlin."

Sola wusste, dass Voigt mehr als ein Auge auf Corinna Schwartz geworfen hatte. Allerdings war er sich nicht sicher, wie sie die Sache sah.

Wagner rückte noch ein Stückchen näher. „Es wäre gar nicht schlecht, wenn dieser Unfall irgendetwas mit unsachgemäß ausgeführten Metallarbeiten zu tun hätte." Er lachte künstlich laut. „So ein Unfall beschleunigt die Behebung von Reklamationen ungemein."

„Das ließe sich einrichten", antwortete Gabriel. So viel Einfallsreichtum hätte er Wagner gar nicht zugetraut.

„Lenkt das nicht zu viel Aufmerksamkeit auf das Schloss-Hotel und damit auf uns?"

„Deshalb muss es einen Schuldigen geben, auf den die Presse sich stürzen kann."

Sola dachte nach. Das ließe sich einrichten. Auf Baustellen gab es immer Unfallgefahren. „Im hinteren Teil des Geländes könnte sich etwas machen lassen." Dabei durfte allerdings nicht der Hauch eines Verdachts entstehen, dass es sich um etwas anderes als einen Unfall handelte. Jedenfalls für die Außenwelt.

Laut fragte er: „Wie wollen Sie das mit dem Timing hinkriegen?"

„Darum kümmere ich mich. Bereiten Sie alles vor. Wenn Sie eine Möglichkeit gefunden haben, sagen Sie mir Bescheid, dann vereinbaren wir einen Zeitplan."

„Okay", sagte Sola. „Wann kommt sie?"

Wagner schaute auf seine Uhr.

„Noch zwanzig Minuten." Er seufzte. „Dann will ich mal. Klingeln Sie mich an, sobald Sie fertig sind. Ich brauche Sie sonst nicht weiter, aber ich denke, Sie haben so genug zu tun." Er grinste anzüglich und stolzierte davon.

Sola blickte hinter ihm her, während Wagner in Richtung Hauptgebäude ging.

Gar keine schlechte Idee. Ein Unglücksfall.

Vielleicht sollte er sich gleichzeitig Ähnliches für Lisa Grundberg einfallen lassen.

Etwas, das wie ein Unfall aussah. Etwas, das hinterher keinen ihrer Kollegen dazu veranlassen würde, hier herumzuschnüffeln und Fragen zu stellen. Sie sollte ahnen, dass Absicht dahintersteckte. Nur so ein Gefühl, beobachtet zu werden. Eine Gänsehaut, ein prüfender Blick über die Schulter. Unsicherheit. Probleme einzuschlafen. Sie würde beginnen, sich zu fürchten und Fehler zu machen. Stress, Überarbeitung, noch mehr Unsicherheit. Beurlaubung. Treffer, versenkt.

Dafür brauchte er mehr Informationen, über ihren Tagesablauf, ihre Hobbys, ihre Freunde. Und er hatte auch schon eine klare Vorstellung, wie er das bewerkstelligen wollte.

Langsam ging er zur Einfahrt, um Thomas Steinwand abzufangen. Wagner brauchte ihm in seinem jetzigen Zustand nicht unbedingt zu begegnen. Er witterte sowieso an jeder Ecke eine Verschwörung.

Sola pflanzte ein Lächeln in sein Gesicht und ging mit ausgestreckter Hand auf Thomas Steinwand zu, der irgendwie gehetzt auf ihn wirkte.

Umso besser. Fehler entstehen durch Hast.

13

Alfeld, Dienstag, der 6.9.2011

Renate Jungclaus hasste es, wenn die Toiletten so aussahen. Benutztes Papier auf dem Boden, eine Lache vor dem Toilettenbecken und Zigarettenstummel im Wasser. Angewidert schloss sie die Tür und ging zur nächsten Kabine. Hier sah es noch schlimmer aus. Eine angetrocknete braune Masse verklebte Brille und Becken.

Natürlich schoben ihre Kolleginnen die verdreckten Kabinen immer auf die Besucherinnen. Aber Renate war überzeugt, dass die Toiletten auch so aussähen, wenn das Fagus-Werk kein Touristenmagnet mehr wäre.

Meistens konnte sie es vermeiden, die Toiletten zu benutzen, doch heute hatte sie schon zwei Tassen Kaffee getrunken und das Gläschen Sekt beim Gratulieren hatte sie ebenfalls nicht abgelehnt. Sie musste ziemlich dringend. Aber nicht hier. Auf keinen Fall.

Entschlossen trat sie vor die Tür, ging den breiten Gang entlang, an dem Tresen vorbei, an dem die Besucher des Weltkulturerbes ihre Tickets für Führungen kaufen konnten. Sie verließ das Haus, überquerte den Parkplatz und die Straße und betrat die Wiese. Schnell huschte sie hinter das gegenüberstehende Gebäude, das demnächst zu einer Cafeteria umgebaut werden sollte. Sie schaute sich prüfend um, bevor sie sich die Hose herunterzog und hinhockte.

Sie verdrehte die Augen. Erst musste sie so nötig, und jetzt, da es schnell gehen sollte, konnte sie nicht.

Sie musste an etwas anderes denken. Sie ließ ihren Blick schweifen und entdeckte unter einem Strauch eine rote Brotdose. Ob die jemand verloren hatte? Sie blickte sich um. Wer außer ihr kam hierher?

Endlich fertig. Sie richtete sich auf, zog sich wieder richtig an und ging zu der Dose hinüber. Sie sah ziemlich neu aus. Bestimmt ein Raucher, wahrscheinlich einer von den Auszubildenden oder Praktikanten. Unter achtzehn durfte hier keiner rauchen. Da war die Geschäftsführung echt streng.

Renate bückte sich und hob die Dose auf. Es klebte ein Schild darauf, dass das aufgedruckte IG-Metall-Logo teilweise verdeckte. „Bitte nicht entfernen. Dieser Behälter gehört zu einem internationalen Spiel. Weitere Informationen finden Sie unter www.Geocaching.com."

Davon hatte Renate schon gehört. Nicht, dass sie da mitmachen würde. Durch die Plene rennen und Schachteln suchen, das war nicht ihr Ding. Trotzdem reizte es sie, einmal hineinzuschauen. Das konnte ja nicht schaden und würde auch das Spiel für die anderen nicht kaputt machen.

Sie drückte die beiden Verschlüsse hoch und klappte die Schachtel auf. Das Erste, was sie sah, war ein Ohr. Ein menschliches Ohr in einer Plastiktüte. Sie nahm es heraus, betrachtete es, drehte es herum und plötzlich begriff sie, was sie in der Hand hielt. Sie legte das Ohr zurück, markierte die Stelle, an der sie die Dose gefunden hatte, mit ihrem Kugelschreiber und marschierte zurück zum Tresen, wo, wie sie wusste, ein Telefon stand.

14

Alfeld, Dienstag, der 6.9.2011

Es duftete bereits nach Kaffee, als Lisa Grundberg die Treppen ins obere Stockwerk ihrer Dienststelle hinaufstieg. Markus saß mit dem Rücken zu ihr vor seinem Bildschirm, und seine Haltung verriet ihr, dass er nicht halb so gut geschlafen hatte wie sie.

Sie straffte ihre Schultern und beschloss, sich nicht von ihm herunterziehen zu lassen. Noch bevor sie betont fröhlich „Guten Morgen“ rufen konnte, klingelte das Telefon.

Da Markus' Schultern während des Gesprächs angespannt wirkten, er sich immer weiter nach vorn krümmte, verstand sie sofort, dass sie gleich losfahren würden. Deshalb goss sie sich schnell eine halbe Tasse von dem frisch gebrühten Kaffee ein und trank ihn in kleinen Schlucken.

Nachdem er aufgelegt hatte, sah Markus sie an. Vorwurfsvoll. Wieder einmal.

„Du schlürfst“, sagte er.

„Heiß“, erwiderte sie und trank noch ein Schlückchen.

Er schüttelte den Kopf, als hätte er es mit einem widerborstigen Kind zu tun. Doch dann informierte er sie geschäftsmäßig: „Ein weiteres Körperteil ist aufgetaucht. Im Fagus-Werk.“

Sie nickte. Es gelang ihr, den restlichen Kaffee hinunterzustürzen, bevor Markus seine Jacke angezogen hatte. Sie schob ihm den Autoschlüssel zu. „Wo das Fagus-Werk ist, weiß ich. Du fährst.“

Yilmaz Yildiz, der Hausmeister und Fremdenführer des Fagus-Werkes, wartete vor der Eingangstür auf Lisa und Markus. Lisa vermutete, dass der Pförtner ihn informiert hatte, sobald sie durchs Tor gefahren waren.

Er begrüßte sie freundlich. Scheinbar trug er es ihnen nicht mehr nach, dass sie ihn im letzten Jahr verdächtigt hatten, eine junge Frau ermordet zu haben.

„Hallo, ich freue mich sehr, Sie wiederzusehen. Hoşgeldiniz, herzlich willkommen.“ Er sah Lisa treuherzig an. „Frage ich mich nur, warum Sie kommen immer nur, wenn böse Dinge geschehen?“

Lisa ging davon aus, dass er nicht wirklich eine Antwort von ihr erwartete. Doch er sah sie abwartend an. Sie räusperte sich.

Markus kam ihr zuvor. „Viel Arbeit, große Familie, wenig Zeit.“

Yildiz nickte verständnisvoll. „Ich auch große Arbeit, jetzt guckt ganze Welt zu.“ Markus lächelte. „Das glaube ich Ihnen gern. Wo ist denn unser Fundstück?“

„Ich zeige Ihnen. Hier lang, bitte.“

Eine Frau um die vierzig saß mit durchgedrücktem Rücken auf einem Holzstuhl im Pausenraum. Sie drehte sich langsam um, als sie die Tür aufgehen hörte. Mit ausgestreckter Hand stand sie vor Lisa.

„Renate Jungclaus, guten Tag.“

„Lisa Grundberg und Markus Heitkämper von der Kripo Alfeld. Sie arbeiten hier, Frau Jungclaus? Sie haben in der Pause etwas Ungewöhnliches gefunden?“

„So kann man das nennen, ja“, sagte die Frau. Sie drehte sich zum Tisch um und hielt Lisa die Box hin.

„Das ist ein Ohr“, flüsterte Lisa und reichte die Schachtel an Markus weiter, ohne die Frau aus den Augen zu lassen.

„Genau“, sagte Renate Jungclaus.

Lisa hatte davon gehört, doch selbst erlebt hatte sie es noch nie. Schocks kamen in den verschiedenartigsten Formen vor. Frau Jungclaus war bleich, aber mehr als gefasst. Geradezu stoisch. Das Zittern und Zähneklappern würde später kommen, wenn alles vorbei war, wenn sie allein in ihrer Wohnung saß.

Markus hatte sich neben sie gestellt, versuchte, sie unauffällig auf sich aufmerksam zu machen. Wie beiläufig sagte er: „Hier ist der Zettel.“ Er zog einen blauen Latexhandschuh aus der Tasche und fischte das Blatt heraus. Vorsichtig faltete er es auf. „Normales Kopierpapier.“

„Wie beim Letzten“, sagte Lisa leise.

Markus stieß sie an. Sie verstand und nickte. Er hatte Recht, sie sollten den Text nicht vor Zeugen vorlesen. Trotzdem wollte sie ihn unbedingt kennen, genau wie er. Gemeinsam beugten sie sich über den Zettel.

Im Dunkel
2 von 8

Du stehst mir im Weg!
Erkennst du mich,
wenn ich dich von der Straße feg?
Zu spät für dich!
Wärst du im Keller geblieben,
hätte ich dich vielleicht abgeschrieben.

„Das sagt mir nichts.“ Markus knickte das Blatt in der Mitte und steckte es ein.

Lisa fand das zwar unvernünftig, doch sie äußerte sich nicht dazu. Darüber konnten sie später sprechen, wenn sie allein waren. Sie wandte sich an Frau Jungclaus: „Sie haben die Stelle markiert, an der Sie die Schachtel gefunden haben?“

Die Frau stand wortlos auf und marschierte vor ihnen her aus dem Raum. Lisa zuckte mit den Schultern und folgte ihr, während Markus die Kollegen von der Spurensicherung um Unterstützung bat.

15

Abbensen, Dienstag, der 6.9.2011

Corinna Schwartz ließ sich von einem Taxi nach Abbensen bringen. Sie liebte es, durch das Haupttor zu fahren und den Kies unter den Rädern knirschen zu hören, wenn der Wagen das Rhododendronbeet in der Mitte der Auffahrt umrundete.

„Bitte fahren Sie möglichst langsam. Ich möchte die Anfahrt genießen."

Der Taxifahrer grinste. „Aber sicher doch, Prinzessin."

Das Auto hatte noch nicht angehalten, da öffnete sich bereits das Tor und Joachim Wagner trat heraus. Wie immer im schwarzen Anzug, und wie immer knetete er seine Finger. Für Corinna ein sicheres Zeichen, dass etwas an ihm nagte.

Und obwohl sie eine recht präzise Vorstellung davon hatte, was das sein könnte, beabsichtigte sie nicht, ernsthaft etwas dagegen zu unternehmen. Immerhin konnte sie dafür sorgen, dass die Kröte für ihn bekömmlicher zu schlucken war.

Sie zauberte ein strahlendes Lächeln auf ihr Gesicht und stieg aus, nachdem der Taxifahrer die Tür für sie geöffnet hatte.

„Herr Wagner, wie schön, dass Sie sich die Zeit nehmen, mich persönlich zu empfangen. Ich weiß doch, wie viel Sie zu erledigen haben, so kurz vor der Eröffnung."

„Guten Tag, Frau Schwartz. Was führt Sie schon wieder .. äh ... wie schön, Sie zu sehen."

Corinna verkniff sich das Grinsen. Sie fegte an ihm vorbei. „Bringen Sie mein Gepäck auf mein Zimmer, und dann zeigen Sie mir, welche Fortschritte Sie bewirkt haben." Sie zwinkerte dem Taxifahrer zu und verschwand im Haus.

Ganz Prinzessin, oder? Er zeigte ihr den hochgereckten „Gefällt-mir"-Daumen und wandte sich mit seinem Quittungsblock an Joachim Wagner.

Schade, dass ihr Bruder Robert und Dennis Voigt ausgerechnet Wagner mit diesem Projekt beauftragt hatten. Sie konnte nicht sagen, was es war, aber er verursachte ihr eine Gänsehaut, sobald er ihr zu nahe kam.

In ihrem Zimmer öffnete sie zuerst das Fenster, bevor sie ihren Bruder in Berlin anrief. „Robert, ich bin in Abbensen eingetroffen. Es ist grandios. Du musst dir unbedingt die Zeit nehmen und zur Eröffnung kommen. Versprichst du mir das?"

„Du klingst ziemlich aufgedreht. Bist du sicher, dass du von einem geschäftlichen Unternehmen sprichst?"

Sie lachte laut. „Ach, das verstehst du nicht. Ich bin felsenfest davon überzeugt, dass es auch ein geschäftlicher Erfolg werden wird, aber für unser Image ist es bahnbrechend. Garantiert. Luxuriös und bodenständig, die Essenz des Well-Being."

„Ich habe den Termin eingetragen." Er lachte nun ebenfalls. „Ich weiß gar nicht, wann ich das letzte Mal absichtlich in einem Zweihundertseelendorf in Niedersachsen war."

„Wenn ich mich recht erinnere, ist es noch gar nicht so lange her, dass du eine deiner Sonnenfinsternisse in einer mongolischen Siedlung beobachtet hast, in der nur zwei Familien lebten."

„Stimmt, aber die Mongolei ist nicht Niedersachsen, oder?"

„Immerhin besitzt du hier in der Provinz vierzehn Seniorenheime."

„Und ein Schlosshotel. Ist schon gut. Ich komme ja." Er unterbrach sich und sprach mit veränderter, sie neckender Stimme weiter. „Übrigens, Schwesterchen, soll ich Dennis mitbringen?"

Sie zuckte zusammen und war heilfroh, dass er sie nicht sehen konnte. Sie wusste, dass Dennis in sie verliebt war und dass ihr Bruder sie gern in einer Liaison mit seinem langjährigen Freund sehen würde, aber sie empfand nichts Besonderes für Dennis. Was sollte sie antworten? „Wenn er Zeit hat, kann er gern mitkommen." Ihre Stimme klang selbst in ihren Ohren gepresst.

„Das klingt nicht gerade begeistert."

„Du Robert, ich muss Schluss machen. Wagner hat angeklopft. Er will die Gästeliste durchsprechen. Tschüss, mach's gut."

Das stimmte zwar nicht, aber sie war es leid, dass Robert versuchte, sie mit einem seiner Freunde zu verkuppeln. Die erschienen ihr allesamt wie große Brüder, darauf bedacht, sie auf einen Sockel zu setzen und vor der bösen Welt zu beschützen. Sie fand die Welt allerdings durchaus anziehend und überhaupt nicht bedrohlich. Mit einem Ruck zog sie die Gardinen wieder vor das Fenster. Sie wollte ein eigenes Leben, und sie würde es sich so einrichten, wie es ihr behagte.

Nachdem Corinna sich persönlich davon überzeugt hatte, dass die letzten Arbeiten beinahe abgeschlossen waren, bat sie Wagner tatsächlich, ihr die Gästeliste vorzulegen.

Sie las die Namen konzentriert und war heilfroh, dass Wagner, oder seine Sekretärin, jeweils die Funktionen der Eingeladenen notiert hatte. Sie konnte zwar weder mit ÜWL noch mit Abwasserverband etwas anfangen, doch es fiel ihr auf, dass einige Leute mehrere Ämter auf sich vereinten. So war der Alfelder Bürgermeister gleichzeitig Vorsitzender des Roten Kreuzes, und der Ortsbrandmeister von Abbensen dirigierte einen Chor und fungierte als Heimatpfleger.

‚Ach, ein Kollege von Fitz', dachte Corinna und fuhr mit ihrem Bleistift weiter an der Tabelle entlang. Fitz fehlte in der Aufstellung. Sie setzte seinen Namen und den der freundlichen Frau aus der Stadtbibliothek, die sie gestern beim Essen kennengelernt hatte, ebenfalls auf die Liste.

Danach nahm sie die Einladung an sich zur Hand und betrachtete sie eingehend. Das geprägte Wappen wirkte stilvoll, und sie freute sich, dass sie sich für cremefarbenes Büttenpapier entschieden hatten und nicht für das glänzend weiße, das Wagner favorisiert hatte.

Sie rieb sich die Hände und sprang auf. Nur noch drei Tage, dann war alles gelaufen.

Draußen begleitete Sola gerade einen blonden Mann durch den Park. Corinna beschloss, ihnen zu folgen.

16

Alfeld, Dienstag, der 6.9.2011

„Verstehst du das?“, fragte Markus, während er den Zettel mit dem Gedicht vor sich auf dem Tisch auseinanderfaltete.

„Ich verstehe die Worte, allein mir entgeht der Sinn“, antwortete Lisa und sagte den Text noch einmal leise vor sich hin. „Keller und fegen steht für mich durchaus in einem Zusammenhang.“

„Wie meinst du das?“

Lisa sah ihn spöttisch an. „Noch nie etwas von Hausordnung gehört? Jeden Samstag die Treppen wischen, den Keller und die Straße fegen?“

Sie verkniff sich, auf die Tatsache anzuspielen, dass er das nicht wissen konnte, da er ja im Hotel Mama residierte. Doch sein Gesichtsausdruck verriet ihr, dass er sie auch so verstanden hatte.

„Im Text heißt es aber, er ...“

„Oder sie!“

„... hätte nicht gefegt, wenn der ...“

„Oder die!“

„... andere im Keller geblieben wäre. Was fegt man weg? Dreck? Unrat?“

„Tannennadeln, gebrauchte Kondome, Trinkpäckchen, kommt drauf an, wo du wohnst.“

„Wegfegen? Von der Straße in den Keller? Aus dem Keller auf die Straße?“

„Das bringt uns nicht weiter.“ Lisa drehte sich zu ihrem Rechner um, rief den Browser auf und tippte Geocaching.com in die Adresszeile ein.

„Was hast du vor?“, fragte Markus.

„Ich sehe nach, ob im Netz ein Cache im Fagus-Werk aufgeführt wird. Die Frau Jungclaus hat den ja rein zufällig gefunden.“ Sie tippte weiter. Markus schaute ihr über die Schulter. „Hast du da ein Konto?“

Lisa nickte. „Habe ich mir gestern angelegt. Ich wollte mich besser auskennen, mit den Gepflogenheiten, den Termini und so weiter.“

„Okay, und was machst du nun?“

Lisa zoomte und zog die Karte, bis sie den richtigen Ausschnitt vor sich hatte. „UNESCO-Weltkulturerbe Fagus-Werk Alfeld. Das könnte er sein.“ Sie notierte eine Ziffernfolge auf ihrem Notizblock. 51° 58′ 59,27″ N, 9° 48′ 42,37″ O. Sie schürzte die Lippen. „Hm, wenn die Angaben hier stimmen, hat Floki Browni den Cache am 20.11.2010 gelegt.“

„Das heißt, jeder Geocacher konnte wissen, dass es diesen Cache gibt, um ihn für seine Zwecke zu benutzen.“

„Genau, aber dieser ist es trotzdem nicht.“ Sie überflog den restlichen Text. „Der Unternehmer Carl Benscheidt ... erteilte Walter Gropius 1911 den Auftrag, für seine neue Schuhleistenfabrik ein Fabrikgebäude zu errichten, ... usw. Hierbei konnte Gropius ... blablabla. Heute befindet sich in den Gebäuden außer der Schuhleistenfertigung auch ein Schuhmuseum. Wissen wir, danke. Der Name Fagus ist lateinisch und bedeutet Buche. Buchenholz war der Rohstoff für die Schuhleistenherstellung. Das ist interessant, wussten wir aber ebenfalls schon.“ Sie lachte. „Na ja, und das hier wäre ohne uns wohl anders ausgegangen.“ Sie las laut und deutlich: „Am 25. Juni 2011 wurde die Fabrikanlage zum UNESCO-Weltkulturerbe erklärt.“

Markus grinste. „Das haben wir gut gemacht.“

„Warte, hier steht noch etwas. Dieser Cache ist vom Fußweg an der Straße aus zu erreichen. Schade, dann ist es nicht der, den Frau Jungclaus gefunden hat."

Markus tippte mit der Fingerspitze auf den Monitor. „Da folgt noch eine Angabe. Was soll das heißen?"

Lisa klickte mit dem Mauszeiger auf das orangefarbene Wort ‚Decrypt' und sofort erschien ein lesbarer Hinweis: „Keine Filmdose."

„Na toll, das wussten wir schon." Markus wirkte enttäuscht.

„Trotzdem ist das nicht der Cache von der Wiese. Denn der befand sich auf dem Fagus-Gelände. Ich gucke mal, ob es in der Nähe einen weiteren gibt." Sie zoomte zurück auf die Karte und klickte eine andere Markierung an. „Hier ist noch einer, der Fagus-Gropius-Ausstellung heißt. Rate mal, von wem der stammt?"

„Deiner Stimme nach zu urteilen von unserem Freund Fitz", sagte Markus.

„Von deinem Freund Fitz. Gelegt am 14.8.2011." Sie klickte den Cache an und scrollte den Bildschirm hinunter, bis sie die Kommentare der Finder lesen konnte." Dann nickte sie. „Das ist er. Kunststoffbox und Wiese. Drei Finder beschweren sich über Brennnesseln."

Markus legte die Stirn in Falten. „Gehen wir mal davon aus, das erste Gedicht sollte uns oder wen auch immer zum Fagus-Werk lenken, dann konnte der Täter unter zwei Caches wählen und hat sich für den von Fitz auf dem Gelände entschieden. Warum?"

„Das kann Zufall sein. Er wollte ein Versteck innerhalb des Werks und nicht davor. Vielleicht wegen der Muggel. Im Fagus-Werk waren ihm werktags zu viele Menschen unterwegs oder die Straßenbäume sind keine Buchen, was weiß ich." Sie begann wieder zu tippen. „Suche nach Ortsnamen ... nein, das ist es nicht. Hier, Suche nach Cachenamen. Das ist es." Sie gab „Keller" ein. Nach wenigen Sekunden erschien eine Reihe von Caches. Sie filterte diejenigen heraus, die sich in einem Umkreis von einhundert Kilometern um Alfeld befanden. Es blieben immer noch viel zu viele übrig. Sie scrollte sich durch die Liste. Markus zeigte auf einen Eintrag. „Lamspringe, das ist ganz in der Nähe."

Lisa öffnete den Link. „Rathauskeller. Ist das der, wo wir die Leiche im Branntweinfass gefunden haben?"

„Genau. Der wird immer noch renoviert."

„Meinst du, das Gedicht bezieht sich auf unsere zweihundert Jahre alte Leiche?"

Markus schüttelte den Kopf. „Das ergibt alles keinen Sinn. Ich rufe bei Ralf an, vielleicht hat der etwas Neues für uns. Mich würde brennend interessieren, ob Finger und Ohr von derselben Person stammen." Er wählte und wartete. „Meldet sich nicht. Ich schicke ihm eine SMS, mit der Bitte, sich sofort zu melden."

„Das weiß er doch."

„Egal. Manchmal muss man sich in Erinnerung bringen." Markus sah auf die Uhr. „Du, ich müsste mal nach Hause."

„Zu deiner Mutter?"

Markus wand sich unbehaglich. „Ja, ich, sie ... es ist bestimmt ... Mein Gott, ja. Sie ist ans Bett gefesselt. Ich habe versprochen, ihr etwas zu Essen vorbeizubringen."

Lisa hob beide Hände. „Entschuldige, war ein dummer Spruch. Selbstverständlich kümmerst du dich um sie. Richte ihr bitte Grüße von mir aus."

„Was machst du in der Zwischenzeit?"

„Ich werde mir eine Liste aller Caches ausdrucken, die Fitz gelegt hat", sagte sie.

Kaum war er aus dem Raum, wählte sie die Nummer ihrer alten Dienststelle in Kassel.

„Hallo Karlchen, was macht dein Dackel?"

Am anderen Ende waren nur Atemgeräusche zu hören. Dann lachte jemand. „Lisa, dass du einen Polo nicht von einem Astra unterscheiden kannst, wusste ich ja, aber dass du nun auch noch Dackel und Schäferhund verwechselst. Nee, nee, die Luft da im Norden bekommt dir nicht."

„Und du musstest erst überlegen, wer anruft. So schnell vergesst ihr mich."

Karl räusperte sich. „Dich vergessen, niemals. Es war nur so ... unerwartet."

„Den Schuh muss ich mir anziehen. Habe lange nichts von mir hören lassen. Sag, wie geht's euch?"

„Geht alles seinen Gang."

Doch seine Stimme klang nicht so, als wäre alles in Ordnung.

Hatte er immer noch mit der Überraschung zu kämpfen, dass er sie plötzlich an der Strippe hatte? Das erschien ihr albern. Warum sollte ihr Anruf ihn so verunsichern?

„Sag mal, mein lieber Kollege Frank hat nicht zufällig Dienst und steht gerade an der Kaffeemaschine hinter dir?"

Wieder dieses Räuspern. „Ja!" Sehr zögerlich.

„Wie, ja? Dann gib ihn mir bitte."

„Das geht nicht."

„Wieso nicht?"

„Er, also, Frank ist weg, nicht mehr bei uns, entlassen, äh, gekündigt, ja."

Lisa spürte ein leichtes Frösteln an ihrem Rücken emporkriechen. „Was ist passiert? Hat er im Lotto gewonnen oder einen Unfall gebaut?“

„Weder noch, also ich weiß nicht, ob ich am Telefon ...“

„Hör auf mit dem Scheiß. Was ist passiert?“ Instinktiv wusste sie, dass ihr nicht gefallen würde, was geschehen war, überhaupt nicht.

„Frank wurde überfallen, nachts, spät nach Dienstschluss. In seiner eigenen Wohnung.“

„Wurde er schwer verletzt?“ Lisa hielt den Atem an, sah ihren Kollegen und Partner im Rollstuhl sitzen oder im Koma in einem sterilen Krankenhausbett liegen.

„Eigentlich nicht.“ Er machte wieder eine Pause.

Lisa sagte nichts, wartete.

„Der Mistkerl hat ihn vor der Tür überwältigt und ihn dann an seinen eigenen Küchenstuhl gefesselt. Nachdem er irgendein Ding mit seiner Taschenlampe abgezogen hatte, hat er ihm den kleinen Finger abgeschnitten, zumindest einen Teil davon.“

„Einen Finger? Den kleinen?“

Hatte Masoud ihr den Finger ihres ehemaligen Partners geschickt? Nein, Ralf hatte gesagt, der Finger war einer Leiche abgeschnitten worden. Und Frank lebte noch, oder?

„Wie geht es ihm? Wann war das? Wann kommt er wieder zum Dienst?“

„Das war im Herbst letzten Jahres, kurz nachdem du weggegangen bist. Und Lisa, Frank wird nie wieder zum Dienst kommen. Er hat es nicht mehr ertragen, konnte nachts nicht mehr Auto fahren, hat schlecht geschlafen, ist bei jedem Geräusch zusammengezuckt. Er war zur Therapie, sieben oder acht Monate. Dann hat er gekündigt, von einem Tag zum anderen, und seither hat ihn niemand von uns mehr gesehen."

Lisa schwieg einen Moment, ließ die Worte auf sich wirken. Was war wirklich passiert? Was hatte Frank dermaßen aus der Bahn geworfen?

„Wer war das? Habt ihr den Kerl geschnappt?"

„Nein, nicht einmal eine Spur hat er hinterlassen."

„Aber ihr hattet doch einen Verdacht, oder? Wir hätten beinahe diesen Ring auffliegen lassen."

„Du hast ja Recht. Natürlich haben wir jeden Winkel seiner Wohnung nach Hinweisen untersucht. Die Spezialisten haben sich den Gehweg und die Fassade vor seinem Haus vorgenommen. Kollegen haben tagelang alle Anwohner und Passanten befragt. Wir führten sogar Fahrzeugkontrollen durch, in der Hoffnung, jemanden zu finden, der regelmäßig um diese Zeit durch diese Straße fährt und etwas gesehen hat. Völlig ergebnislos."

„Das ging uns bei den Ermittlungen genauso. Kaum hatten wir ein paar Hinweise, verschwanden alle wie Ratten vom sinkenden Schiff, und uns blieb nur der Staub unter den Regalen." Sie musste erst durchatmen, bevor sie fragen konnte: „Meinst du, ich sollte ihn anrufen?"

„Wir haben keine Telefonnummer mehr. Er ist umgezogen, seine Handynummer wurde neu vergeben. Er hat sich unsichtbar gemacht."

Unsichtbar, wie die Verbrecher, die sie gemeinsam gejagt hatten.

„Da kann man wohl nichts machen. Ich danke dir. Du, Karlchen, grüß die anderen von mir. Ja? Ich melde mich bald mal wieder. Dann reden wir über etwas Erfreuliches. Das mit Frank muss ich erst einmal verdauen."

Sie legte einfach auf, ohne seine Antwort abzuwarten. Im Schreibtischsessel sank sie zusammen, schloss die Augen und versuchte, ruhig zu atmen.

Masoud war eifersüchtig gewesen, hatte mehrfach angedeutet, dass sie ihn wegen Frank verließe. Was völliger Blödsinn war.

Lisa sprang auf, starrte aus dem Fenster. Galt das hier wirklich alles ihr?

17

Abbensen, Dienstag, der 6.9.2011

Gabriel Sola hatte Glück. Thomas Steinwand war offensichtlich ebenfalls nicht daran interessiert, Joachim Wagner zu begegnen. Er passte sich seinen schnellen Schritten problemlos an. Nebeneinander gingen sie den schmalen Plattenweg zwischen den alten Nadelbäumen entlang. Janka hatte ihm erklärt, dass es sich um Eiben handelte und dass diese ausgesprochen giftig waren. Fünfzig Nadeln reichten aus, um einen Menschen zu töten. Giftpflanze des Jahres 2011, sollte das ein Witz sein? Diese Bäume sind so giftig, dass sie selbst Pferde töten, und trotzdem stehen sie unter Naturschutz, weil sie in Europa von der Ausrottung bedroht sind. Sola fragte sich, wo da die Logik blieb.

Selbst wenn sie gewollt hätten, sie hätten beim Umbau des Schlosses und der Neugestaltung des Parks niemals die Genehmigung bekommen, diese Bäume zu fällen. Auch Robert Schwartz persönlich nicht.

Sola fragte sich, wie viele Menschen der alte Graf von Abbensen wohl mit einem Gläschen Eibentee oder Eibenbeerengelee ins Jenseits befördert hatte.

Thomas Steinwand hingegen schien nicht auf die Landschaft zu achten. Er blickte gerade vor sich hin auf den Boden, bis sie bei der Orangerie angekommen waren. Dort zog er einen Zettel heraus und notierte sich, was Sola ihm zeigte. An zwei oder drei Stellen seufzte er.

„Aufwendig?", fragte Sola ihn.

„Sieht fast so aus, als müssten wir die Stege austauschen." Er schien sich zu ärgern. „Es ist ja nicht so, dass wir Anfänger oder Auszubildende geschickt hätten. Alles erfahrene Gesellen, und dann so etwas." Er brummelte vor sich hin.

„Wie lange wird das dauern?"

„Haben wir jede Stelle angesehen, an der wir nachbessern müssen?"

„Im Prinzip ja. Es fehlen außerdem ein paar Lampen, aber das wissen Sie ja sowieso. Am Haupthaus drüben sind noch zwei Bereiche, an denen die Anschlüsse der Regenrinnen an den Vordächern seltsam aussehen." Er lachte hohl. „Wir wollen ja nicht, dass die Damen beim Rauchen nass werden, oder?"

Der Metallbauer sah Sola so perplex an, dass dieser beinahe lachen musste. „Unter den Vordächern werden die Aschenbecher angebracht. Im Schloss ist das Rauchen selbstverständlich komplett untersagt. Im täglichen Leben wird das bedeuten, dass zu jeder Tages- und Nachtzeit und bei jedem Wetter mindestens zwei Gäste vor der Tür stehen und sich die Lungenbläschen mit blauem Dunst füllen." Während er sprach, bewegte er sich mal deutlich schneller als Thomas Steinwand, blieb dann wieder hinter ihm zurück, wechselte die Seite, ging sogar ganz um ihn herum. Dabei zeigte er auf verschiedene Bauteile, die Steinwands Firma geliefert hatte, und lobte die Ausführung, die Farbgestaltung oder das Design. Tatsächlich gelang es ihm dadurch, dem Mann einen Schraubendreher aus der Tasche zu ziehen, ohne dass der etwas bemerkte. Sola ließ ihn sofort in seiner Jackentasche verschwinden und redete weiter auf Steinwand ein. Als dieser unerwartet stehen blieb, rempelte Sola ihn an. Geistesgegenwärtig ließ er seine Hand in die Hosentasche des anderen gleiten und zog einen Schlüsselbund heraus. Den konnte er zwar nicht behalten, weil Steinwand den Verlust bemerken würde, sobald er in sein Auto steigen wollte. Aber Sola konnte zumindest einen Abdruck machen. Wenn er richtig fühlte, hielt er freien Zugang zu Wohnung, Wagen und Werkstatt in der Hand.

Er überlegte gerade, unter welchem Vorwand er den Metallbauer allein lassen konnte. Ob es ihm gelingen würde, die Ich-ruf-mich-selber-an-Funktion seines Handys zu aktivieren, ohne hinzuschauen. Da hörte er Schritte näher kommen. Er schaute auf.

„Wer ist das? Schon der erste Gast?“, fragte Thomas Steinwand.

„Nein, das ist Frau Schwartz, Corinna Schwartz, die Schwester des Firmenbesitzers.“

Sola bemerkte, dass sich Steinwands Gesichtsausdruck deutlich veränderte. Sein Körper spannte sich, er wirkte größer, kräftiger, anziehender. Wollte er Eindruck auf Corinna Schwartz machen oder war das ein Reflex, der eintrat, sobald eine Frau in seine Nähe kam? Irgendwie erschien ihm der Mann nicht koscher.

Im Augenblick hielt die Schnepfe direkt auf sie zu. Sie lächelte erst Sola, dann Steinwand zu und sagte: „Herr Sola, bitte nehmen Sie mich mit auf Ihren Rundgang. Ich würde gern sehen, wie weit alles gediehen ist und wo sich noch Herausforderungen verbergen.“

Obwohl sie es als Bitte formuliert hatte, war es ein Befehl. Sola verbeugte sich und erwiderte: „Darf ich Ihnen Herrn Steinwand vorstellen? Er arbeitet für die Firma Fischer und Gerling Metallbau aus Bockenem.“

Sie reichte ihm ebenfalls die Hand. „Dann haben Sie die wundervollen Gitter an der Orangerie gestaltet? Ich bewundere Ihre handwerkliche Meisterschaft.“

Jetzt errötete der Kerl auch noch. Dadurch, dass sie seine Hand immer noch festhielt, wurde es nicht besser.

Steinwand benötigte zwei Anläufe, bevor er einen verständlichen Laut herausbrachte. „Ja, ja, nach alten Entwürfen. Was nicht mehr zu rekonstruieren war, haben wir stilistisch an das Wappen und die Holzelemente der Innentreppe angeglichen."

„Ich verstehe. Das ist Ihnen perfekt gelungen." Sie hakte sich bei ihm ein und bugsierte ihn voran. „Ich bin schon immer ganz perplex, wenn ich sehe, was manche Menschen aus Holz schaffen können. Aber aus Metall? Unvorstellbar."

Die beiden hatten ein Gesprächsthema gefunden. Das war die Gelegenheit, nach der er gesucht hatte. Sola hüstelte einmal laut und sagte dann: „Frau Schwartz, wenn Sie sich für einen Augenblick um Herrn Steinwand kümmern, könnte ich eben kurz ins Büro flitzen." Er ließ den Satz in der Luft hängen und hoffte, dass sie nicht fragen würde, was er dort wollte.

„Selbstverständlich." Sie strahlte den Metallbauer an und sagte dann zu Sola: „Wenn Sie länger brauchen, werden Sie uns nicht gleich finden, denn wir gehen anschließend noch zur Quelle." Damit ließ sie ihn stehen.

Er hörte, wie sie sagte: „Wussten Sie, dass wir eine Quelle und einen kleinen Teich besitzen? Ein lauschiges Plätzchen. Mir schwebt für diese Stelle ein ganz bestimmtes Gitter vor."

Sola wandte sich ab und lief in die Werkstatt. Er ließ die Schlüssel abtasten und legte die passenden Rohlinge ein. Während die Maschine die Schlüssel fräste, notierte er sich das Kennzeichen des Firmenwagens, das in einen blauen Kunststoffanhänger geprägt worden war. Scheinbar gab es mehrere Firmenwagen, die von verschiedenen Mitarbeitern genutzt wurden. Schade eigentlich. Wer garantierte ihm, dass Steinwand jeden Tag denselben verwendete?

Er hatte die Maschine gerade abgeschaltet und die Schlüssel weggelegt, als Janka in der Werkstatt erschien. Sie sah ihn herausfordernd an. „Die Schnepfe flirtet mit dem Metallmann."

„Umso besser."

„Wieso besser? Das ist noch nicht einmal gut."

Er zog sie an sich und küsste sie. „Muss ich dir alles erklären? Du bist doch die Studierte von uns beiden. Ach, ich erinnere mich, du hast ja nur Fächer studiert, keine Menschen."

„Was hat das damit zu tun?"

„Einfach alles, meine Liebe. Menschenkenntnis entscheidet im Leben über Erfolg oder Misserfolg. Da kannst du so viel studieren wie du willst. Nützt alles nichts."

„Okay, ich hab's verstanden."

„Gar nichts hast du, aber egal. Stell dir vor, unser Schnepfchen hat einen Unfall, weil der Metallmann nicht sorgfältig gearbeitet hat. Wenn du dann aussagst, dass er sie offensichtlich angebaggert hat, konstruiert die Polizei schnell einen Mordversuch aus verschmähter Liebe und schwupp ..."

„... taucht Dennis auf und bringt sie in Sicherheit."

„Du bist eben doch mein Seestern."

„Was machst du hier drin", wollte sie wissen, „während die beiden unbeaufsichtigt durchs Gelände stapfen? Beinahe wären sie mir über den Weg gelaufen."

„Was hast du gemacht?" Er sprach lauter und schneller.

„Reg dich nicht auf. Sie haben mich nicht bemerkt."

„Was du gemacht hast, habe ich gefragt."

„Ich habe Kartons mit Medikamenten, Spritzen usw. in unsere Räume gebracht."

Er atmete auf. „Also nichts Verdächtiges."

„Im Prinzip nicht, aber wenn sie genauer hingeschaut hätte, wäre ihr vielleicht aufgefallen, dass Baclofen kein Medikament für ältliche Damen mit Hüftspeckproblemen und Langeweilesyndrom ist."

Er strich ihr über den Kopf. „Kein Mensch außer einem Arzt weiß, wofür das Zeug taugt. Sieh dich trotzdem besser vor." Er ging an ihr vorbei auf die Tür zu, drehte sich aber noch einmal um. „Sag mal, wie viele Eibennadeln machen einen zwar krank, bringen einen nichtsdestotrotz nicht um? Sind zehn okay?"

Janka sah ihn erschrocken an.

Er lächelte und ließ sie stehen. Er sollte nicht mehr als zwölf nehmen.

18

Abbensen, Dienstag, der 6.9.2011

Corinna genoss es, diesem Thomas Steinwand von ihren Plänen zu erzählen. „Ich möchte, dass unsere Gäste sich hier wohlfühlen. Der Schlosspark soll Erholung bieten, aber auch dazu anregen, sich in ihm umzusehen, romantische Flecken zu entdecken. Ich will bei unseren Patientinnen Kreativität wecken, neue Kräfte freisetzen." Sie spürte, wie er sich von ihrer Begeisterung anstecken ließ.

„Kennen Sie die Spiralmuster aus dem Jugendstil, die man zum Beispiel im Erzgebirge geschmiedet hat? Die würden zu diesem Mäuerchen passen wie die Tomate zur Pizza. Soll ich Ihnen einen Entwurf zeichnen?", fragte er. Dabei skizzierte er ein Gitter in seinem Notizbuch und hielt es ihr hin.

Sie betrachtete es neugierig. „Das wäre wunderbar."

Nachdenklich sagte er: „Noch besser wäre es natürlich, Sie kämen zu mir und sähen sich die Fotos an, die ich gemacht habe. Ein paar Zaunfelder, die ich in den letzten Monaten entworfen und gebaut habe, könnten Sie bei der Gelegenheit auf dem Hof im Original anschauen."

„Ich glaube, ich war noch nie in Bockenem."

„Die Sachen sind nicht in der Firma. Die stelle ich in meiner Freizeit her."

Seine Stimme klang jetzt spröder.

„Geht das? Ich dachte, dafür bräuchte man Spezialwerkzeug. Hammer und Amboss, eine Schmiede und so."

Er zuckte abwehrend mit den Schultern. „Die Ausstattung besitze ich noch von früher."

Sie erkannte, dass er nicht weiter darüber sprechen wollte und ihr war es eigentlich egal. Sie sagte übertrieben fröhlich: „Dann hatten Sie das Glück, Ihr Hobby zum Beruf machen zu können."

„So kann man es nennen, ja."

Sie hörte die Bitterkeit in seiner Stimme. Da sie keinen Grund dafür erkennen konnte und nicht nachfragen wollte, wechselte sie das Thema. „Wohnen Sie weit weg?"

„In Eberholzen."

„Oh, dann können Sie mir ja den Scheidebrunnen zeigen."

Er nickte. „Das geht wohl nicht, aber die Totenschädel, die in die Kirchturmwand eingemauert sind, die könnte ich Ihnen präsentieren."

„Wie gruselig. Warum das denn?"

„Weiß niemand so genau. Sieht jedoch gar nicht so gruselig aus wie es sich anhört."

Sie hörte Sola kommen und fragte schnell: „Haben Sie eine Karte? Ich rufe Sie an."

Erst schaute er sie verdutzt an, dann schien er zu verstehen und steckte ihr eine Visitenkarte zu.

Als Sola bei ihnen angekommen war, verabschiedete sie sich und ließ die beiden allein.

Beschwingt lief sie zum Haupthaus zurück. Thomas Steinwand. Blond. Muskulös und down to earth. Er gefiel ihr. Sie würde ihn auf jeden Fall anrufen und sich seine Schmiedearbeiten ansehen. Wieso wimmelte es hier nur so vor ansehnlichen Männern, während in Berlin nur Luschen herumwieselten? Jugendstilgitter in Eberholzen, warum nicht?

Doch zuerst musste sie mit Fitz telefonieren.

Er sollte unbedingt vorbeikommen und einen seiner Caches auf Schloss Abbensen legen, mindestens einen. Am besten noch heute.

19

Alfeld, Dienstag, der 6.9.2011

Als Markus zur Dienststelle zurückkehrte, stand Lisa noch immer am Fenster und schaute hinaus. Sie schrak zusammen, hatte sich aber wieder gefasst, bevor Markus etwas bemerken konnte. Sie beschloss, ihm nichts zu sagen, im Moment jedenfalls nicht. Sie drehte sich zu ihm um und fragte: „Alles okay?"

Er nickte ruckartig und sagte dann: „Ich habe uns die regionalen Zeitungen mitgebracht. Da scheint noch nichts drinzustehen."

„Ist das gut für uns oder schlecht?"

„Weiß ich nicht, auf jeden Fall wundert es mich. Yilmaz Yildiz erscheint mir nicht wie ein Hort der Verschwiegenheit. Aber vielleicht hat die Firmenleitung ihm ein Schweigegelübde abgenommen."

„Inzwischen sind eine Menge Leute beteiligt. Erst die Familie mit den Kindern, die sicher alles brühwarm zu Hause erzählt haben. Dann die Mitarbeiter bei Fagus. Ist schon erstaunlich, dass die Presse noch keinen Wind davon bekommen hat."

„Ob das dem Täter gefällt oder ob es ihn ärgert?", fragte sich Markus.

Es klopfte an der Tür, obwohl sie offen stand.

„Hi, Sina, hast du was für uns?"

Die junge Polizistin sah skeptisch aus. „Es gibt da eine Leiche."

Was für ein Satz für eine Polizistin. Es gibt da eine Leiche. Hatte Sina noch nie etwas von den fünf W-Fragen gehört? Lisa verkniff sich einen Kommentar, denn

Sina konsultierte angestrengt den Zettel, den sie in der Hand hielt. „Lothar Senftleben, 51, alleinstehend, langjähriger Mitarbeiter des Bauamtes der Stadt Alfeld/Leine. Herzinfarkt. Jedenfalls sah es so aus. Für die Putzfrau. Also seine Putzfrau." Eindeutig hilflos sah sie von einem zum anderen.

Lisa bot ihr einen Stuhl an. Sina Bornschein hatte ihre Ausbildung vor knapp zwei Jahren beendet. In allen praktischen Belangen war sie ein Ass, doch in der Theorie, wenn es zum Beispiel darum ging, ein Einsatzprotokoll zu schreiben, war sie ewig unsicher. Sie litt unter der Angst, etwas falsch zu machen, was oftmals dazu führte, dass ihr völlig unnötige Fehler unterliefen. Die Kollegen hatten ihre Schwäche schnell erkannt und trieben hin und wieder ihre Späße mit ihr. Obwohl sie Lisa leidtat, zeigte sie es nicht. Auf der Straße war Sina tough, selbstsicher, unerschrocken, umsichtig, man konnte sich keinen besseren Partner wünschen. Lisa verstand nicht, warum Sina sich im Innendienst so seltsam verhielt, aber sie wusste, dass die junge Kollegin einen Weg finden musste, damit umzugehen, wenn sie Erfolg haben und in ihrem Beruf bestehen wollte. „Entschuldige, Sina. Das ging mir zu schnell. Herr Senftleben wurde tot von seiner Putzfrau aufgefunden?"

„In seinem Keller, ja."

„Es sah aus wie ein Herzinfarkt?"

Sina zuckte mit den Schultern. „Eigentlich nicht."

Lisa rollte mit den Augen. „Vielleicht ist es am besten, wenn du uns den Zettel gibst." Sie streckte die Hand aus und nahm das Papier. Es handelte sich um ein Foto. Als sie es betrachtete, wusste Lisa sofort, warum Ralf Schubert Sina zu ihnen geschickt hatte und warum der Hausarzt sich nicht mit der Diagnose

Herzinfarkt zufriedengegeben hatte. Sie reichte die Aufnahme an Markus weiter.

Er tippte mit dem Finger auf das obere Drittel der Fotografie. „1 von 8", sagte er.

Das Foto zeigte einen gedrungenen, stark übergewichtigen Mann, auf dessen Stirnglatze jemand 1 von 8 geschrieben hatte. „Wahrscheinlich mit einem Edding, oder?", überlegte Lisa. Sie sah Sina an. „Hat Ralf die Todesursache erwähnt?"

„Stromschlag."

„Eichen sollst du weichen, Buchen sollst du suchen", flüsterte Lisa.

Markus wackelte zustimmend mit dem Kopf. „Die Buchen im ersten Gedicht waren ein Hinweis aufs Fagus-Werk als Fundort des Caches ..."

„... und sie stellten gleichzeitig einen verbrämten Fingerzeig auf die Todesart dar."

Markus gluckste. „Fingerzeig finde ich unter diesen Umständen eine etwas unglückliche Wortwahl."

Im ersten Moment verstand Lisa nicht, was er sagen wollte. Dann begriff sie und fühlte, wie sich rote Flecken auf ihren Wangen bildeten.

„Schon gut", sagte er.

„Wohin fahren wir zuerst? In die Pathologie oder zum Fundort der Leiche?"

„Pathologie", sagte Lisa und ging vor ihm her aus dem Büro.

Ralf Schubert wartete im Krankenhaus auf sie. Während sie sich umzogen, informierte er die beiden. „Der Tote, Lothar Senftleben, wurde heute Morgen gefunden, ungefähr zu der Zeit, als wir im Fagus-Werk benutzte Taschentücher und Zigarettenkippen aus einer Wiese geklaubt haben. Und das Erstaunlichste daran ist, dass der Mann ‚An den Steinköpfen‘ gewohnt hat, Luftlinie keine fünfhundert Meter von Fagus entfernt.“

„Warum hat die Zentrale uns nicht informiert?“

„Weil die Beteiligten anfangs von einem natürlichen Todesfall ausgingen. Senftleben war erst vor wenigen Wochen aus der Reha zurückgekehrt. Er hatte bei der letzten Grenzbegehung einen Herzinfarkt erlitten und war seither krankgeschrieben.“

Lisa erinnerte sich an das Foto. „Und die Ziffern auf seiner Stirn haben niemanden stutzig gemacht?“

„Zuerst wohl nicht. Die Putzfrau ist überhaupt erst in den Keller hinuntergegangen, weil die Sicherung herausgesprungen war und sie den Gefrierschrank überprüfen wollte. Senftleben hatte sich eine Art Hobbykeller eingerichtet, in dem er Landkarten sammelte. Er hatte beim Fallen ein Regal umgerissen, sodass er auf und unter den Karten lag. Deshalb ging man anfangs davon aus, dass die Farbe auf seinem Kopf von einer der Karten stammte. Irgendwann ist dem Hausarzt aufgefallen, dass ein Abdruck seitenverkehrt gewesen wäre. Außerdem wäre die Schrift undeutlicher gewesen. Dann hat die Putzfrau so etwas gesagt wie ‚Er schreibt nur mit Bleistift‘ oder so. Da schöpfte er Verdacht, suchte nach dem Edding oder einer passenden Notiz auf den Karten. Als er nichts fand, untersuchte er den Toten genauer. Dabei entdeckte er die beiden für einen Stromschlag typischen Brandmarken an den Fingern. Erst danach hat er die Polizei informiert.“

Markus stöhnte: „Das heißt, er hat zunächst alles angegrabbelt und umgeschichtet, damit wir gar keine Chance mehr haben, Spuren des Täters erkennen zu können.“

„Genau. Die Verbindung zu eurem Fall zog ich, als ich hörte, wie die Kollegen die Kennzeichnung eins von acht diskutierten. Mir fiel sofort unser ‚Weil ich's kann'-Gedicht ein."

Lisa fragte: „Ging Senftleben zum Geocachen?"

„Danach hat bisher niemand gefragt."

„Dann sollten wir das schleunigst tun, wenn wir das hier hinter uns gebracht haben", sagte sie, wappnete sich innerlich für den Anblick von Senftlebens Leiche und den Geruch, bevor sie die Tür öffnete.

3

Mit Schwung

20

Alfeld, Dienstag, der 6.9.2011

Lisa und Markus fuhren gemeinsam zum Einfamilienhaus von Lothar Senftleben. In den Gärten „An den Steinköpfen“ standen Grüppchen zusammen und diskutierten offenbar die Geschehnisse bei ihrem Nachbarn. Lisa entdeckte Sina und ihren Partner Artjom Hahn, die gerade aus einem roten Backsteinbau mit Sonnenkollektoren auf dem Dach traten.

Als sie unmittelbar vor Senftlebens Haus anhielten und einparkten, richteten sich alle Augen auf sie. Lisa erkannte in einer der Gruppen einen der Redakteure der Alfelder Zeitung. Sie seufzte und machte Markus auf ihn aufmerksam.

Der grummelte: „War ja nicht anders zu erwarten. Was glotzen die so?“

Lisa verkniff sich ein Grinsen.

„Wir benehmen uns verdächtig. Du weißt doch, dass die Täter immer an den Ort ihres Verbrechens zurückkehren müssen.“

„Sind wir hier beim Tatort, oder was?“

„Nicht beim, am. Komm, lass uns hineingehen, bevor jemand die Polizei ruft.“

„In den Keller könnt ihr noch nicht“, begrüßte sie der Kollege, der auf ihr Klingeln hin öffnete. „Erdgeschoss und erste Etage sind fertig. Wir haben nichts Ungewöhnliches entdeckt.“

„Danke für die Infos. Wie lange benötigt ihr für den Keller noch?“

„'Ne halbe Stunde, denke ich.“

„Habt ihr ein Geocaching-Gerät gefunden?“, fragte Lisa.

„Wie sieht das aus?“

„Ungefähr wie ein Telefon, nur ohne Wähltasten.“

„Glaube nicht.“

„Gibt es Einbruchsspuren?“

„Keine.“

„Steht sein PC im Keller?“, erkundigte sie sich.

„Nö, im Wohnzimmer.“

Lisa spürte Ärger in sich aufsteigen. Zwar beantwortete der Kollege alle Fragen, aber irgendwie nervten seine kurzen, unvollständigen Antworten sie mindestens genauso wie sein schläfriger Tonfall. Sie ließ ihn stehen, ging durch einen schmalen Flur direkt zur guten Stube. Als sie den Raum betrat und sich umsah, fiel ihr ein einziges Wort ein: „gutbürgerlich“. In diesem Wohnzimmer gab es nichts Modernes, ein Sofa, zwei Sessel, einen Esstisch mit Stühlen und eine Schrankwand. Lisa fragte sich, ob die große Klappe im Zentrum ein Barfach oder einen Fernseher verbarg. Das Ölgemälde mit dem Holstentor hing genau in der Mitte der Wand über dem Sofa. Die Tischplatte war gefliest, und Lisa wusste, dass man sie hinauf- und hinunterkurbeln konnte, weil ihre Omi einen ziemlich ähnlichen besessen hatte. Im Eck zwischen Sessel und Sofa stand eine Stehlampe mit Troddeln am unteren Rand und ... Lisa musste sich vorbeugen, um es sehen zu können ... ja, da war ein Zeitungsständer aus Messing. Während ihre Omi darin die Fernsehzeitung und ihre Strickhefte aufbewahrt hatte, befanden sich hier die ADAC-Zeitung und eujeujeujeu, ein Herrenmagazin. Lisa hob den Playboy hoch und zeigte ihn Markus. „Ein bisschen Leben war noch drin.“

„Du bist gemein. Retro ist längst wieder modern.“

‚Oder er hat sein ganzes Leben bei Mama verbracht und konnte selbst nach ihrem Tod nichts verändern‘, dachte Lisa. Laut fragte sie: „Senftleben wohnte allein, oder?“

„Habe ich so verstanden, ja. Abgesehen von der Putzfrau, die dreimal pro Woche kam und auch für ihn gekocht hat.“

Lisa schaute sich suchend um. „Wo ist denn nun der PC?“

Markus zeigte mit dem Finger auf die Schrankwand. „Bestimmt dahinter.“

„Im Barfach?“ Lisa zog die Klappe herunter. „Wow, das ist ein Mac, oder? Kennst du dich damit aus?“

„Ein wenig.“ Markus schaltete das Gerät ein. Es startete lautlos. „Hoffentlich verwendete er kein Passwort.“

Lisa drückte beide Daumen. Sie war ungeduldig. Sie wollte auf keinen Fall warten, bis die Spezialisten Zeit hatten, sich den Rechner vorzunehmen. Sie musste jetzt wissen, ob Senftleben Geocacher war oder nicht. Und sie brauchte seinen Computernamen, wollte herausfinden, wie er sich im Netz nannte, wenn er dort unterwegs war.

„Hier ist nichts gesperrt. Ich kann alle Dateien aufrufen.“

„Kommst du ins Internet? Welche Seiten hat er zuletzt besucht?“

„Immer langsam mit den jungen Pferden, ein alter Mann ist doch kein D-Zug.“ Markus zog sich einen der Stühle heran und begann, sich Verzeichnisse anzusehen und Dateien zu öffnen.

Lisa war viel zu hibbelig, um ihm dabei still über die Schulter zu schauen. Sie pilgerte unruhig durch die restlichen Räume und verschaffte sich einen genaueren Eindruck von Senftlebens Lebensumständen.

Gerade betrachtete sie die Medikamente im Spiegelschrank des Badezimmers, als Markus hinter ihr auftauchte. „Ich habe keine Verbindung zum Geocachen gefunden. Er besitzt unendlich viele Dateien über Landkarten, Kartenmalerei und so weiter. Außerdem scheint er viel fotografiert zu haben. Lauter Digitalfotos, alle sorgfältig in Unterverzeichnisse einsortiert und jedes einzelne mit aussagekräftigen Titeln versehen. Ich habe ein Verzeichnis mit Fagus-Fotografien entdeckt, die sind allerdings mehr als vier Jahre alt."

„Die Winzenburg und die Quelle?"

„Fehlanzeige."

Lisa sah ihn nachdenklich an. „Es muss eine Verbindung geben. Er hat seinen Mörder schließlich in sein Haus hineingelassen. Also wird er ihn gekannt haben. Sie sind sogar zusammen in den Keller gegangen."

„Vielleicht ein anderer Sammler oder ein Händler."

Lisa überlegte: „Wenn die Karten die Verbindung darstellten ...."

Markus unterbrach sie: „Durchaus denkbar. Feuerwehr, THW, Pfadfinder und was weiß ich wer, die sind früher mit Karte und Kompass losmarschiert, um irgendwo anzukommen und unterwegs Aufgaben zu lösen."

„Nach meinem Verständnis müsste eher der Kartensammler den Geocacher umbringen als umgekehrt. Schließlich sorgen sie dafür, dass Karten immer überflüssiger werden."

„Also doch ein Streit unter Sammlern?"

„Ob es wohl acht Kartensammler in Alfeld gibt? Oder denkst du, die Nummer auf seiner Stirn ist ein Zufall?"

Markus setzte sich auf den Badewannenrand. „Ich glaube nicht an Zufälle. Das weißt du. Aber bei diesem Fall scheint nichts zusammenzupassen. Wir finden bei der Winzenburg einen Cache, der uns zum Fagus-Werk führt, wo ein zweites Versteck auf uns wartet. Als wir das entdecken, ist Senftleben bereits tot."

Lisa sagte: „Warte mal, so habe ich das noch gar nicht gesehen. Das Gedicht 1 von 8 führte uns zu Fagus und später quasi zu der Leiche mit der Kennzeichnung 1 von 8."

„Dann könnte uns Gedicht 2 von 8 zu Leichnam 2 von 8 leiten, falls wir es denn verstehen könnten", ergänzte Markus ihren Gedankengang. Er hielt einen Moment inne. „Denkst du, wir hätten den Mann retten können, wenn wir dem Cache eher auf die Spur gekommen wären?"

Lisa überlegte.

„Nein, das glaube ich nicht. Es gab keinen Hinweis, der es uns erlaubt hätte, vorher auf Senftleben zu schließen. Das Ganze muss einen anderen Zweck verfolgen. Eine Rettung von Senftleben stand nicht auf der Agenda des Täters."

„Du sagst immer Täter. Bist du dir sicher, dass wir es nicht mit einer Frau zu tun haben?"

Lisa zuckte mit den Schultern. „Ich kann's nicht begründen, aber mein Bauch sagt mir, es ist ein Mann." Dass sie einen bestimmten verdächtigte, erwähnte sie lieber nicht. Markus brachte es fertig, sie in den Wagen zu verfrachten und ganz Kassel und Umgebung abzusuchen, bis sie ihn gefunden hatten. Ihre Stimme hatte entschlossen klingen sollen, doch den letzten Teil des Satzes hatte sie eher grimmig herausgepresst. Entsprechend sah Markus sie an wie ein Inquisitor eine rothaarige Frau, die ihm einen Becher Tollkirschensaft anbot. Sie senkte den Blick, und er wechselte glücklicherweise das Thema.

„Jedenfalls ist uns von nun an die Presse auf den Fersen."

„Wieso uns? Sina und Artjom sind doch bis jetzt die Gesichter des Falls, zumindest für die Nachbarn und damit für den Redakteur, den wir in der Straße gesehen haben."

„Kleinert kennt uns. Wenn der uns erkannt hat, als wir ins Haus gegangen sind, weiß er Bescheid."

„Gar nichts weiß er. Sina und Artjom werden ihm nichts verraten und den Nachbarn auch nicht. Alle werden erst einmal davon ausgehen, dass Senftleben von Einbrechern ermordet wurde. Dass wir als Kripobeamte uns den Tatort ansehen, birgt keinen automatischen Hinweis auf ein größeres Ganzes."

„Dein Wort in Gottes Gehörgang. Lass uns in den Keller gucken. Die Kollegen sind fertig, deshalb war ich ursprünglich zu dir heraufgestiegen."

„Ich folge dir."

Nacheinander betraten sie den Kellerraum, in dem Senftleben getötet worden war.

Lisa wunderte sich augenblicklich, dass es überhaupt nicht muffig roch, obwohl zahlreiche, offensichtlich alte, Papiere im Raum verteilt waren. Doch dann fiel ihr Blick auf drei Geräte, die an der Längswand standen und leise vor sich hinsummten. Sie spürte einen Lufthauch. „Sind das Luftentfeuchter?", fragte sie.

Markus nickte. „Klimageräte. Wirkt, als hätte er wertvolle Karten besessen. Wir sollten prüfen lassen, ob etwas fehlt. Vielleicht will uns da jemand auf eine falsche Fährte locken."

„Inwiefern?"

„Die Caches als Ablenkung. Wir suchen nach dem übergeordneten Zusammenhang, und in Wahrheit geht es um banale Diebstähle. Der nächste Cache führt uns nach Gronau, und der dazugehörige Tote ist zufällig der örtliche Juwelier."

„Wäre möglich. Aber warum die Leute töten? Senftleben war erst im Krankenhaus und dann zur Reha. Da wäre es einfach gewesen, in seiner Abwesenheit einzubrechen. Oder meinst du, der Täter muss sich erst die wertvollsten Stücke zeigen lassen, weil er sich selbst gar nicht auskennt? Und was macht er mit seiner Beute?"

„Das sind alles Auftragsdiebstähle für einen russischen Oligarchen."

„Du guckst zu viel James Bond."

„Kunstraub, Versicherungsbetrug, lauter lukrative Geschäfte."

Lisa ging um ein paar Papiere herum auf die Tür zu. „Das sollten wir im Hinterkopf behalten. Wollen wir die Putzfrau selbst befragen oder uns auf die anderen verlassen?"

„Keine Priorität. Zuerst muss geprüft werden, ob Karten gestohlen wurden."

„Verdächtig erscheint sie dir nicht? Sie soll Polin sein."

Markus verdrehte die Augen. „Solange wir von einer Verbindung zu den Caches ausgehen, eher nicht." Er stutzte. „Du machst dich über mich lustig."

„Nee, nee, ich hasse es einfach, wenn die Dinge so unübersichtlich sind. Ich bevorzuge die 45-Minuten-Fälle von Columbo, Castle oder Pater Brown."

Markus grinste. „Zumindest könnte eine übergeordnete Instanz uns zwischendurch einen Blick in das Drehbuch werfen lassen."

Lisa ließ den Motor an und bat Markus: „Ruf doch bei Fitz an. Ich würde ihn zu gern nach seinen Caches fragen."

„Was denn?"

„Erinnerst du dich an die Liste der Keller-Caches, die wir ausgedruckt haben, bevor du zu deiner Mutter gefahren bist?"

„Klar."

„Da ist keiner von Fitz dabei."

„Ich fürchte, ich verstehe nicht."

„Na ja, ich konnte nur Caches suchen, die Keller heißen. Das bedeutet nicht zwangsläufig, dass sie sich auch in oder bei einem Keller befinden. Andererseits könnte es durchaus welche in Kellernähe geben, die völlig anders genannt wurden."

Markus wählte Fitz' Nummer. „Besetzt."

Sekunden später klingelte sein Handy.

Lisa konnte Fitz' Stimme hören. „Du hattest Sehnsucht nach mir, Markus?"

„Hi, Lisa und ich würden dich gern zu einem Snack in ‚Annas alte Liebe' einladen. Hast du Zeit?"

„Für Lisa immer."

Markus verzog das Gesicht. „Sie ist im Dienst und flirtet nicht mit dir."

Fitz lachte so laut, dass auch Lisa es hören konnte. „In zehn Minuten?"

„Das schaffen wir."

Lisa parkte den Wagen direkt hinter „Annas alte Liebe", einer gemütlichen Kneipe an der Alfelder Fußgängerzone. Als sie das Lokal betraten, saß Fitz bereits am Tisch in der Ecke. Markus und er begrüßten sich mit einer kurzen Umarmung. Lisa reichte ihm die Hand, die er an seine Lippen hob.

„Was wird das denn, wenn es fertig ist?", fragte Markus gespielt entrüstet. „Lisa ist Polizistin und keine englische Erbtantenlady."

Fitz ließ sich nicht aus der Ruhe bringen. „Höflichkeit kann nie schaden, mein Lieber. Aber davon verstehst du nichts."

Er zog Lisa auf die Bank neben sich. „Was kann ich für dich tun?"

Lisa war verwirrt. Sie konnte mit den Neckereien der beiden Männer wenig anfangen. Fitz hatte ihre Hand noch immer nicht losgelassen, was Markus mit einem Stirnrunzeln quittierte.

„Was kann ich denn für euch tun?", formulierte Fitz seinen Satz um und winkte der Bedienung.

Er bestellte sich ein Einbecker, während Lisa eine Cola und ein Baguette mit Käse wählte. Markus nahm nur einen Kaffee und informierte Fitz über die neuesten Entwicklungen.

„Einen Keller mit Cache suchst du?"

„Es kann im übertragenen Sinn gemeint sein", warf Lisa ein.

„Fast jede Stadt besitzt eine Gaststätte, die einen Keller im Namen hat. Mal abgesehen von den üblichen Ratskellern beispielsweise in Alfeld und Hildesheim. Ich habe selbst einen Cache in der Osterstraße, dort gab es mal eine legendäre Kneipe, den Rauchfang. Die hatte im Keller einen Raum, in dem wurden die wildesten Partys gefeiert."

„Besitzt du eine Liste aller Caches, die du gelegt hast?"

„Selbstverständlich."

„Ich hätte sie gern als Mail."

„No problem."

„Wie lange würde es dauern, sie alle aus dem Verkehr zu ziehen?"

Fitz rückte ein Stückchen von ihr ab. „Tage!“

Markus mischte sich ein. „Das hätte nur einen Sinn, wenn der Täter tatsächlich nur Fitz' Caches verwenden kann oder will. Es ist nicht auszuschließen, dass er auf andere ausweicht, sobald Fitz alle eingesammelt hat.“

„Es sei denn, es geht ihm um Fitz.“ Der Gedanke zischte durch Lisas Hirn wie ein Blitz über den Nachthimmel.

Wenn es möglich gewesen wäre, wäre Fitz noch weiter an die Wand gerutscht. „Was willst du damit sagen?“

Lisa legte ihm ihre Hand auf die Schulter und sprach leiser, aber umso eindringlicher. „Zum Beispiel, dass er es auf dich abgesehen hat, dass all die anderen Hinweise letztlich zu dir führen.“

„Ich quasi als Hauptgewinn?“

„Als letztes Opfer.“ Ihre Stimme war nur noch ein Hauch.

Markus sprang beinahe über den Tisch. „Wie kommst du denn darauf?“

Das konnte sie ihm unmöglich sagen. Jedenfalls nicht jetzt. Es war ihr gerade eben eingefallen, als Fitz so lange ihre Hand gehalten hatte. Und plötzlich ergab alles einen Sinn.

Falls Masoud der Täter war.

Wenn er ...

Wenn er herausgefunden hatte, dass sie Fitz mochte. Das konnte Masoud nicht zulassen. Niemals.

Sie begann zu zittern. Die beiden Männer sahen sie besorgt an. Sie rang sich ein Lächeln ab. „Ich muss mal eben für Königstiger.“

Erst als sie die Toilettentür hinter sich zugeriegelt hatte, normalisierte sich ihre Atmung und das Zittern ließ nach.

Hatte sie so viele Jahre ihres Lebens mit einem Mörder verbracht?

21

Hildesheim, Mittwoch, der 7.9.2011

Gabriel Sola war früh aufgebrochen, und er hatte darauf geachtet, dass es alle mitbekamen. Nachdem er durch den Kreisel in Sibbesse gefahren und in Richtung Hildesheim abgebogen war, hatte er noch einmal bei Corinna Schwartz angerufen, um sie daran zu erinnern, dass im Laufe des Vormittags das Geschirr für die Eröffnungsfeier geliefert werden würde.

Es war ihm mehr als recht, dass sie sich darüber ärgerte. Umso besser würde sie wissen, dass er nicht in der Nähe war, als sie diesen verhängnisvollen Unfall hatte.

Ganz im Gegensatz zu Joachim Wagner.

Zwar hatte er nicht die geringste Vorstellung davon, was er so früh am Tage in der Stadt anstellen sollte. Doch er beschloss, dass es sicher vorteilhaft wäre, ein paar Bons zu haben, die im Notfall belegten, wo er sich zu welchem Zeitpunkt aufgehalten hatte.

Wer war eigentlich auf den grandiosen Einfall gekommen, Datum und Uhrzeit auf jeden einzelnen Einkaufsbon zu drucken?

Sola schaute sich als Erstes in aller Ruhe im Hagebaumarkt in Ochtersum um.

22

Abbensen, Mittwoch, der 7.9.2011

Nachdem Corinna das Gespräch mit Sola beendet hatte, suchte sie Joachim Wagner. Sie beabsichtigte nicht, Teller, Tassen und Gabeln zu zählen. Doch sie fand ihn nicht.

An sein Handy ging er ebenfalls nicht.

Im Büro traf sie auf Janka Baric, die sich bereit erklärte, die Lieferung entgegenzunehmen. Irgendwie hatte Corinna den Eindruck, dass Janka sich freute, dass sie sie mit dieser Aufgabe betraut hatte.

Corinna verstand nicht, was die hochintelligente, zierliche Ärztin mit Gabriel Sola verband. Dass ihre Diplome in Deutschland nur teilweise anerkannt wurden, machte es überhaupt erst möglich, dass sie in Schloss Abbensen eine dermaßen umfassend ausgebildete Ärztin beschäftigen konnte.

Sie war herzlich, sprach ausgezeichnet deutsch und wies mehrere Jahre Berufserfahrung in einer Rehaklinik auf.

Sola hingegen war ein breitschultriger Mann, der Energie und Kraft ausstrahlte. Wenn es etwas zu regeln gab, war er der Richtige. Ihm widersetzte sich niemand leichtfertig.

Er war umsichtig, ein Organisationstalent, außerdem kannte er sich in den meisten Handwerksberufen aus.

Corinna war sich allerdings bewusst, dass seine Loyalität an erster Stelle und unverbrüchlich ihm selbst galt. Dennoch hielt Wagner scheinbar große Stücke auf ihn, dass er ihn so viel allein managen ließ.

Als sie den Kies der Einfahrt knirschen hörte, schob sie alle Gedanken an Janka und Sola beiseite und ging hinaus.

Sie hatte Recht. Das war der Wagen von Fischer & Gerling. Sie unterdrückte den Impuls, so zu tun, als wäre sie gerade mit dem Blumenbeet in der Einfahrt oder dem Briefkasten beschäftigt. Das hätte ihr sowieso niemand geglaubt. Stattdessen blieb sie einfach stehen und wartete, bis der Firmenwagen neben ihr angehalten hatte.

„Guten Morgen, warten Sie auf mich?“, fragte Thomas Steinwand, sobald er die Tür geöffnet hatte. Er klang seltsam, ein wenig gehetzt, gereizt und gleichzeitig wollte er wohl verbergen, dass er sich freute, sie zu sehen. Oder täuschte sie sich? Sein Lächeln erreichte seine Augen nicht.

Sie wedelte mit einem Blatt. „Ich habe mir im Internet die Gitter angesehen, von denen Sie gesprochen hatten. Grandios muss ich sagen. Sie haben den Charakter der Quelle erfasst.“

„Freut mich, dass sie Ihnen gefallen.“

Er war ausgestiegen und ging nun zum Heck seines Wagens.

„Richten Sie heute die Regenrinnen? Oder wollen Sie an der Orangerie arbeiten?“

„Die Regenrinnen machen wir später zu zweit, gegen elf kommt noch ein Kollege. Ich wollte mit den Lampen anfangen.“ Er hob einen Transportkorb aus dem Kofferraum und nahm eine heraus. „Wie gefallen Ihnen die?“

Corinna trat näher an ihn heran und schaute sich die Leuchten genauer an. „Das sind Störche!“, rief sie.

„Kraniche, ja. Beinahe Jugendstil."

„Haben Sie die entworfen?"

„Schon, produziert wurden sie aber in einem Zulieferbetrieb. Deshalb hat es auch ein bisschen länger gedauert. Vorsichtshalber haben wir für den Übergang einfache Leuchten installiert, damit Sie bei der Eröffnung nicht im Dunkeln stehen."

„Die sind ausgesprochen elegant. Wahrscheinlich werden Sie sich vor Bestellungen gar nicht retten können. Sobald meine Gäste die Lampen sehen, werden sie sich in sie verlieben."

Sie lachte. „Schrauben Sie sie gut fest, sonst wandern sie aus, wenn ein Gast abreist."

Er stellte den Korb auf einen kleinen Transportwagen und befestigte seine Werkzeugtasche obenauf. „Falls es Ihnen recht ist, fange ich im Innenhof an."

„Gute Idee. Ich möchte etwas erledigen und würde dann noch einmal nach Ihnen schauen."

Er sah sie fragend an.

„Noch eine Reklamation?" Seine Stimme war eine Spur zu laut.

„Nein, nein, ein Vorschlag oder besser eine Frage."

Er nickte und ging los.

Corinna sah hinter ihm her. In ihrem Bauch tummelte sich ein ganzer Schwarm Heuschrecken. Am liebsten hätte sie jede einzelne auf einen Spieß gesteckt und über kleinem Feuer gegrillt. Sie verstand überhaupt nicht, was das sollte. Da wackelte ein blonder Handwerker mit einem bemerkenswerten Bizeps durch den Park und ihre Hormone spielten Hase und Igel in ihrem Körper.

Sie legte die Handflächen vor ihrer Brust zusammen und drückte sie kraftvoll gegeneinander, bis ihre Handgelenke knackten.

Vielleicht war es besser, nachher nicht mehr in den Innenhof zu gehen.

Sie marschierte zu Janka ins Büro zurück und fragte sich, ob die Frau ihre Begegnung mit Thomas Steinwand beobachtet hatte. Ihr Blick verriet nichts. Letztlich war es unerheblich.

Sie setzte sich an den Schreibtisch, las ein Werbeschreiben, schob den Notizblock zur Seite. ‚Was soll's', dachte sie und stand auf. „Ich gehe jetzt in den Park. Herr Sola sagte, dass das Licht gegen halb zehn optimal sein wird."

„Licht?"

„Für die Fotos. Berlin arbeitet mit Hochdruck an der Homepage. Ich möchte den romantischen Charakter des Parks stärker herausstellen. Ich denke zum Beispiel an die kleine Eisenbrücke. Sie wissen schon, bei den Eiben. Da liegen große, weiße Felsen im Wasser, dazu das Grün der Farne am Ufer und die zierliche Eisenkonstruktion. Das könnte ein verwunschener Feenort sein."

„Ich kenne die Stelle. Steigen sie anschließend auf den Hügel und schauen Sie in Richtung Orangerie. Sie werden staunen."

Corinna lächelte ihr zu. „Danke für den Tipp."

Sie zog Turnschuhe an und holte den Fotoapparat aus ihrem Zimmer. Schon nach den ersten Metern erkannte sie, dass das Vormittagslicht wirklich optimal war. Es fiel schräg durch die hohen Bäume. Beinahe erwartete sie, einen Kobold aus dem Unterholz springen zu sehen.

Rund zwanzig Aufnahmen hatte sie bereits gemacht, bevor sie die Brücke erreicht hatte. Sie hielt inne, nahm die Szenerie in sich auf. Der Bach plätscherte leise, die Eiben rauschten sanft im Wind. Rückwärts gehend bewegte sie sich von den Eiben weg auf die Brücke zu. Dabei schoss sie ein Foto nach dem anderen.

Als sie spürte, dass der Untergrund unebener wurde, sah sie sich um. Noch ein halber Meter. Sie ging zwei weitere Schritte, knipste, griff nach dem Geländer und trat auf die Brücke. Im selben Augenblick spürte sie einen heftigen Schmerz in der Hand, mit der sie sich festhielt. Sie schrie, wollte ihre Hand losreißen. Doch es ging nicht. Sie taumelte. Fiel. Kämpfte dagegen, das Bewusstsein zu verlieren.

„Corinna! Hören Sie mich?"

Sie schüttelte schwach den Kopf. Versuchte, etwas zu sagen.

„Was?"

Sie spürte, dass jemand sie aufrichtete, ihren Kopf hielt, ihr die Haare aus dem Gesicht strich. Irgendetwas summte laut.

Sie war nass.

Ihr Kopf schmerzte.

Ihre Hand fühlte sich gleichzeitig taub an und tat weh.

Sie versuchte noch einmal, etwas zu sagen. „Was ist passiert?"

„Schsch, ganz ruhig. Sie hatten einen Unfall."

„Unfall?" Sie erinnerte sich an den Schmerz, der durch ihren Körper gezuckt war.

„Sie sind von der Brücke gefallen."

Beim Stichwort Brücke fiel es ihr wieder ein. Sie hatte einen Schlag bekommen, als sie das Geländer berührt hatte. Einen Stromschlag.

„Wo kam der Strom her?"

„Strom?"

Sie hielt ihre Handfläche hoch. Thomas Steinwand nahm sie und schaute sie an. Dann sprang er auf, lief zur Brücke, watete durch das flache Wasser und schien etwas zu suchen.

„Sie haben recht. Die Kabel, die die Lampe mit Strom versorgen sollten, sind schlampig angeschlossen und haben die gesamte Brückenkonstruktion unter Strom gesetzt."

Corinna sah ihn entsetzt an. Sie hatte die Frage gestellt, bevor sie darüber nachdenken konnte. „Haben Sie die Lampe angebaut?"

Er zögerte keinen Moment.

„Ja."

Mit der Fußspitze stieß er einen Stein zur Seite. „Aber garantiert nicht so. Sie müssen die Polizei rufen." Sie spürte die Wut, die in ihm brodelte.

„Wieso die Polizei?"

„Das ist zumindest fahrlässig."

„Ich verstehe Sie noch immer nicht?"

Er hielt ihr sein Handy hin.

„Rufen Sie die Polizei. Die müssen das untersuchen. Sie könnten tot sein. Wenn das Geländer unter Ihrem Gewicht nicht nachgegeben hätte. Nicht auszudenken."

Corinna hatte das Gefühl, ihr Schädel wäre mit Watte ausgestopft. „Sie belasten sich selbst?"

„Im Gegenteil." Seine Stimme klang dunkel vor unterdrücktem Zorn. „Ich werde beweisen, dass jemand diese Anlage absichtlich manipuliert hat."

Geschockt starrte sie ihn an. „Um mich umzubringen?"

Er hockte sich wieder zu ihr. „Keine Ahnung. Wahrscheinlich nicht."

„Warum dann?"

„Um mich umzubringen?“ Er zeigte auf die einfache weiße Leuchte, die neben der Brücke am Boden lag. „Ich hätte sie später ebenfalls ausgetauscht. Eher, um mich fertigzumachen. Darin sind sie gut. Aber das klappt nicht, hat noch nie geklappt.“

Er schien sie vergessen zu haben, starrte auf den Boden, sprach atemlos. Sie fragte: „Haben Sie Feinde?“

In der Ferne ertönten Martinshörner. Corinna sah ihn fragend an.

„Ich habe einen Notarzt gerufen, gleich nachdem ich Sie gefunden hatte.“

Corinna wollte aufstehen, doch die Welt begann, sich unter ihr wegzudrehen, sodass sie lieber sitzen blieb. „Warum hat man es auf Sie abgesehen?“

„Ich weiß es nicht, wirklich nicht. Vielleicht ein Konkurrent, der meiner Firma schaden will. Schloss Abbensen ist für unsere Verhältnisse ein Riesenauftrag.“

Er stand auf und winkte Janka Baric, die vor den beiden Sanitätern herlief. „Wir sind hier.“

Corinna flüsterte er zu: „Sagen Sie ihnen, dass es kein Unfall war. Bitte.“

Sie fragte sich kurz, warum er das nicht selber sagte.

23

Alfeld, Mittwoch, der 7.9.2011

Lisa saß vor ihrem PC und versuchte, Masoud aufzuspüren. Zwar war er im Telefonbuch unter der Adresse und mit der Telefonnummer verzeichnet, die sie kannte. Doch sie suchte nach etwas Neuerem. Er besaß einen Facebook-Account. Sie wagte jedoch nicht, darauf zuzugreifen, weil sie nicht wusste, ob er sehen konnte, wer sich sein Profil angeschaut hatte.

Schnell klickte sie sich durch die wenigen Freunde aus Kassel, zu denen sie gewagt hatte, den Kontakt aufrecht zu erhalten. Sie hatte Glück. Einer von ihnen war auch mit Masoud befreundet. Nachdem sie kontrolliert hatte, dass ihre Sichtbarkeitseinstellungen Freunde von Freunden nach wie vor ausschlossen, wählte sie das Profil an und scrollte sich durch die Posts.

Masoud verwendete ein Profilbild, das sie noch nicht kannte. Sie druckte es aus. Sein letzter Eintrag stammte von gestern Abend. In ihm verkündete er der Facebookwelt, dass er nun schlafen gehen würde. Nicht sehr aufschlussreich. Schlafen konnte er in Kassel genauso wie in Alfeld, und über sein Handy konnte er auch von unterwegs problemlos auf sein Profil zugreifen und Statusmeldungen posten.

Sie wanderte weiter nach unten. Ein Post von Montag berichtete von einer Arbeitstagung in Northeim. Lisa notierte sich den Ort und den Namen der Tagungsstätte. Bevor sie dort anrufen konnte, betrat Markus das Büro.

„Meckler sagt, wir sollen ins Krankenhaus fahren. Irgendeine Firmenchefin wurde eingeliefert. Jemand soll versucht haben, sie durch einen Stromschlag zu töten."

„Wurde sie nummeriert?"

„Nein, während des Vorfalls war sie allein. Ein Handwerker hat sie kurz nach dem Ereignis gefunden und den Notarzt alarmiert. Außerdem lebt sie."

Lisa stand auf. „Wie heißt sie denn?"

Markus überlegte. „Schwartz, Corinna Schwartz, betreibt irgendein Wellness-Hotel in der Gegend."

Überrascht sah Lisa ihn an. „Die kenne ich."

„Ich wusste gar nicht, dass du Urlaub in Wellness-Hotels machst."

„Blödmann! Ich traf sie bei Fitz. Am Montag, als ich ihn wegen des ersten Caches sprechen wollte." Siedend heiß fiel ihr ein, dass sie ihm diese Begegnung, ihren Besuch bei Fitz überhaupt verschwiegen hatte. Sie sprach schnell weiter. „Ich bin auf dem Heimweg vorbeigefahren. Da wollten die beiden gerade zum Essen gehen. Machte einen netten Eindruck auf mich."

„Nett ist die Schwester von öde, oder?"

„Mann, ich hab sie höchstens zehn Minuten gesehen. Fitz und sie haben sich gesiezt."

„Dann ist ja alles gut", sagte Markus spöttisch.

Sie ahnte, dass ihr Kollege nicht begeistert wäre, wenn sie und Fitz ... aber davon konnte sowieso nicht die Rede sein.

Einen Parkplatz fanden sie vor dem Eingang des Krankenhauses nicht, weshalb sie ein Stück zu Fuß gehen mussten. Sie hatten den Haupteingang fast erreicht, als Fitz auf seinem Motorrad an ihnen vorbeifuhr. Er winkte ihnen zu.

„Der Retter naht auf seinem edlen Stahlross", sagte Markus.

Lisa ignorierte die Bemerkung.

Fitz wartete auf sie. „Morgen, seid ihr wegen Corinna Schwartz hier?"

„Zivilisten erhalten keinen Einblick in laufende Ermittlungen", sagte Markus.

„Du mich auch, Alter. Sie hat mich angerufen, um unsere Verabredung heute Nachmittag abzusagen. Sie wollte ihren Schlosspark mit einer Serie Geocaches verminen, und ich sollte sie beraten. Scheinbar versuchte jemand, sie umzubringen?"

„Ralf Schubert ist mit seinen Leuten vor Ort und prüft den Vorwurf", sagte Lisa beruhigend. „Es könnte schließlich sein, dass einfach schlampig gearbeitet wurde. Kommt öfter vor als man denkt."

„Das scheint genau der Punkt zu sein. Der zuständige Handwerker schwört, dass er das so nicht hinterlassen hat. Er soll sie gedrängt haben, die Polizei zu informieren."

Markus schob die beiden an. „Lasst uns mit der Frau sprechen. Alles andere ist Hörensagen und Spekulation."

Corinna Schwartz sah quicklebendig aus, obwohl ein dickes Pflaster auf ihrer Schläfe klebte und ihre Haare platt an ihrem Kopf pappten. Obgleich sie angeklopft hatten, hielt sie die Augen geschlossen, als die drei eintraten. Fitz trat an das Bett, zauberte eine Flasche Rosensirup aus seiner Montur und flüsterte: „Frau Schwartz?"

„Fitz, mit Ihnen hätte ich nicht gerechnet." Sie reichte ihm die Hand.

„Mit wem denn sonst?", fragte er?

„Mit diesem Hornochsen Wagner oder noch schlimmer mit ...“ Während sie sprach fiel ihr Blick auf Lisa und Markus. Sie unterbrach sich und fragte: „Sie sind von der Polizei?“

„Kripo Alfeld“, sagte Markus und stellte sich und Lisa vor. „Wir würden gern mit Ihnen über den Unfallhergang reden, sofern Sie sich dazu in der Lage fühlen.“

Sie nickte Lisa zu. „Wir haben uns vor Fitz' Haus getroffen, nicht wahr?“

„Frau Schwartz, es tut mir leid, dass Sie ausgerechnet bei uns im beschaulichen Leinebergland verunglücken. Der andere Fall hat eine dramatische Wendung genommen. Deswegen darf ich nicht darüber reden. Aber die Tatsache, dass Sie einen Stromschlag erlitten haben, macht uns neugierig. Wieso denken Sie, dass es sich nicht um einen Unfall, sondern um einen Anschlag auf Ihr Leben gehandelt hat?“

Corinna seufzte. „Ich glaube das eigentlich nicht. Thomas Steinwand ist davon überzeugt.“

„Das ist der Handwerker, der Sie gefunden hat?“

„Er arbeitet für Fischer & Gerling, die sind im Schloss für alle Metallbauarbeiten zuständig. Da wir den Park mit dekorativen Metallleuchten illuminieren wollen, hat die Firma auch diesen Part übernommen.“

„Die haben einen Elektriker mit diesen Aufgaben betraut?“

„Danach habe ich nicht gefragt, aber ich gehe davon aus. Die Ausschreibungsunterlagen legen solche Details fest. Um die Ausführung selbst kümmert sich unser Mitarbeiter Gabriel Sola. Er würde einen Dilettanten am Gang erkennen und vom Gelände verbannen, nicht ohne Wagner, den Geschäftsführer zu informieren. Und der würde dann eine Schadensersatzforderung stellen, die den Ausschreibungswert um ein Vielfaches überstiege."

Lisa wunderte sich über die Kaltblütigkeit der Frau. Sie fragte sich, wie sie selbst reagieren würde, wenn man versucht hätte, sie umzubringen. Jedenfalls nicht so geschäftsmäßig. Sie hätte zu gern gewusst, wie es hinter der Fassade aussah.

Fitz hatte einen Fingerbreit Rosensirup in das Glas gefüllt, das auf ihrem Nachtschrank stand. Nun goss er es mit Mineralwasser auf. Als er Corinna das Glas reichte, sagte er: „Probieren Sie mal. Mit Prosecco schmeckt es natürlich besser."

Sie nahm das Glas und schnupperte daran. „Riecht blumig."

„Rosensirup, eine Spezialität aus dem Hildesheimer Land."

„Wegen des tausendjährigen Rosenstocks am Dom?"

„Unter anderem. Es gibt Rosenseife, Rosengelee, Sirup, und bei Gelegenheit sollten Sie einmal kandierte Rosenblätter kosten. Ein besonderes Geschmackserlebnis, sage ich Ihnen."

„Mein Bruder wünscht sich, dass ich umgehend nach Berlin zurückkehre."

„Das ist nur allzu verständlich", sagte Fitz.

Doch Lisa fragte sich, warum der Bruder nicht hierher eilte, nachdem seine Schwester einen beinahe tödlichen Unfall erlitten hatte.

„Frau Schwartz, können Sie sich vorstellen, wer warum versucht haben könnte, sie zu ermorden?" Lisa formulierte die Frage bewusst brutal. Sie wollte die Frau aus der Reserve locken.

Tatsächlich war sie leicht zusammengezuckt. Allerdings bewahrte sie die Haltung.

„Herr Steinwand deutete an, dass die Sabotage ihm gegolten haben könnte."

„Wie kommt er darauf?"

„Nicht ihm persönlich, seiner Firma. Dass er oder ein Kollege demnächst die Lampen austauschen würde, war wohl bekannt. Er deutete an, dass ein Konkurrent versuchen könnte, Fischer & Gerling aus dem Geschäft zu drängen. Aber das sollten Sie besser mit ihm oder seinem Chef besprechen."

Lisa ließ nicht locker. „Wer wusste denn, dass Sie zu der Brücke gehen würden? Um Fotos zu machen, wenn ich richtig informiert wurde?"

„Mein Bruder, ich habe ihm schon Dutzende Male von dem Park vorgeschwärmt. Er sagte, dass weder die Bilder auf der Homepage noch in dem Entwurf des Flyers etwas davon vermittelten. Deshalb habe ich angekündigt, dass ich noch neue aufnehmen würde. Wahrscheinlich hat er die Mitarbeiter der Werbeabteilung darüber informiert."

„Das bedeutet, dass jeder in der Firma davon gewusst haben könnte. Und wer von den Personen vor Ort wusste Bescheid?"

„Sola und Wagner."

Sie spuckte die Namen aus und ergänzte etwas sanfter: „Mit Janka Baric habe ich erst heute Morgen darüber gesprochen, kurz bevor ich losgegangen bin. Sie hatte definitiv weder Zeit noch Gelegenheit, irgendetwas vorzubereiten."

Lisa notierte sich die beiden Namen und fragte: „Wo hielten die sich zu dem Zeitpunkt des Vorfalls auf?"

„Sola war in Hildesheim. Er rief mich von unterwegs an, weil eine Geschirrlieferung erwartet wurde. Wo Wagner sich aufhielt, weiß ich nicht."

„Warum bloß?" Fitz mischte sich ein.

Corinna Schwartz wandte sich ihm zu. „Wenn ich das wüsste."

Lisa beobachtete den Gesichtsausdruck der Frau. Sie ging davon aus, dass sie zumindest einen Verdacht haben musste.

„Sorgen Sie sich nicht. Wir werden mit Ihren Mitarbeitern sprechen und auch Herrn Steinwand befragen." Halb erwartete Lisa, dass sie sich dagegen verwahren würde, dass sie ihre Mitarbeiter schützen würde. Stattdessen nickte sie zustimmend. Dann straffte sie die Schultern. „Die Ärzte befürchten, dass ich ein Kammerflimmern oder so etwas entwickeln könnte. Deshalb soll ich vorübergehend, was immer das bedeuten mag, zur Beobachtung hierbleiben. Sonst würde ich selbst mit ihnen reden."

Lisa und Markus wandten sich gerade zum Gehen, als an die Tür geklopft wurde.

Ein auffallend großer Mann trat ein. Corinna entfuhr ein Stöhnen. „Dennis!"

„Corinna. Ich bin sofort gekommen, als ich von dem Unfall gehört habe. Wie geht es dir?"

Er beachtete die anwesenden Personen nicht. Er hatte ihre Hand ergriffen, führte sie an sein Herz und sah ihr in die Augen. „Du machst Sachen." Er wartete keine Antwort ab. Stattdessen legte er ein Köfferchen auf den Tisch am Fenster und klappte es auf. „Ich habe dir ein paar Kleidungsstücke mitgebracht. Ein kompetentes Team wartet in der Charité auf dich. Ich bringe dich hin. Mach dir keine Sorgen. In drei Stunden sind wir da. Spätestens."

Corinna hatte noch nichts gesagt. Lisa bemerkte, dass sie Luft holte. Um sich zu widersetzen? Oder um dem Fremden zu danken? Fitz stand unbeweglich neben dem Bett.

Corinnas Blick flackerte, wanderte zu Lisa. Dann sagte sie: „Ich kann hier nicht weg." Wortlos bat sie Lisa um Hilfe.

Sie wusste nicht warum, aber Lisa konnte nicht anders. „Unsere Ermittlungen sind nicht abgeschlossen. Es wäre vorteilhaft, wenn Frau Schwartz uns weiter unterstützte."

Der Fremde, den Corinna Schwartz Dennis genannt hatte, wirbelte herum. Er maß Lisa mit einem abschätzigen Blick.

„Sie wollen sich nicht mit mir anlegen."

Die unverhohlene Drohung beeindruckte Lisa kaum. Bevor sie reagieren konnte, sagte Corinna scharf: „Dennis! Ich will das nicht."

„Halt dich da raus."

Corinna saß jetzt aufrecht im Bett. „Was fällt dir ein? Wie sprichst du mit mir?"

Dennis drehte sich kurz zu ihr um. „Liebes, das verstehst du nicht. Ich bin hier gleich fertig, dann habe ich Zeit für dich."

„Du wirst mir jetzt zuhören. Auf der Stelle."

Er seufzte, als hätte er es mit einem störrischen Kind zu tun. „Du brauchst dich von diesen Provinzpolizisten nicht herumkommandieren zu lassen. Das regelt mein Büro. Es gibt keinen Grund, dich hier festzuhalten."

„Hörst du mir endlich zu? Danke. Ich sage es nämlich nur einmal. Ich bin gerne hier. Ich bin freiwillig hier. Ich gehe nicht nach Berlin zurück, und mit dir schon gar nicht."

Lisa sah genau, dass der letzte Teil des Satzes ein verzücktes Lächeln in Fitz' Gesicht zauberte. Dennis beachtete sie gar nicht. Für ihn waren sie höchstens Statisten.

Er sah mitleidig auf Corinna herab. „Meine Liebe, du hast Unglaubliches durchgemacht. Es ist kein Wunder, dass du durcheinander bist. Du brauchst Ruhe."

„Herr Dennis Voigt, ich danke Ihnen für Ihre Besorgnis und Ihr Unterstützungsangebot, möchte es aber ablehnen. Verstehst du mich so besser? Ich könnte auch sagen: Verpiss dich. Doch das wäre unter unserem Niveau, nicht wahr?"

Den Bruchteil einer Sekunde verzog sich Dennis' Mund, sein Adamsapfel hüpfte. Dann hatte er sich wieder unter Kontrolle. Er lächelte breit. „Dein Wunsch ist mir Befehl. Ich überlasse dich deinen neuen Freunden und schaue morgen noch einmal herein." Dass er erwartete, dass sie bis dahin zur Vernunft gekommen sein würde, sagte er zwar nicht ausdrücklich, aber es schwang deutlich in seinem Tonfall mit.

„Die Mühe kannst du dir sparen."

Lisa ging auf das Bett zu, gab Corinna die Hand. „Wir gehen vor wie besprochen und melden uns bei Ihnen, sobald wir etwas erfahren haben." Dann fügte sie einen Satz hinzu, mit dem sie selbst nicht gerechnet hatte. „Halten Sie die Ohren steif."

24

Abbensen, Mittwoch, der 7.9.2011

„Du hättest sie fast umgebracht, du verdammter Hurensohn!“ Wagner brüllte so laut, dass seine Stimme beinahe kippte.

Sola hätte niemals erwartet, dass Wagner sich derart echauffieren konnte. Sein Wutausbruch ließ vermuten, dass er etwas für Corinna Schwartz zu empfinden schien. Das stellte sich in ihrem Geschäft immer als Fehler heraus.

„Die Leute sollen hier genesen, an Leib und Seele. Wir bringen sie nicht um. Wolltest du unser Image ruinieren?“

Ach, es ging ihm ums Renommee und ums Geld, nicht um Corinna. Jetzt erkannte er Wagner wieder.

„Reißen Sie sich zusammen. Nicht ich trage die Verantwortung, sondern die Mitarbeiter der Firma Fischer & Gerling.“ Er trat auf Wagner zu, rammte ihm seinen Unterarm auf die Brust, dass er gegen die Wand gedrückt wurde. Die rechte Faust hielt er Wagner geballt unter die Nase. „Wagen Sie es nie wieder, mich zu beschuldigen. Sie würden es bereuen.“ Wagners Nasenflügel bebten. „Vergessen Sie nicht, dass Sie den Auftrag erteilt haben. Ich habe mich abgesichert. Sie auch?“

Er nahm seinen Arm abrupt weg, drehte sich um und verließ den Raum, ohne sich nach Wagner umzuschauen.

Als er aus dem Gebäude trat, stürmte Dennis Voigt auf ihn zu. „Es hat nicht geklappt“, zischte er Sola zu.

„Wo ist Wagner?"

„Oben im Büro!"

„Corinna zickt herum. Sie will partout hierbleiben."

Sola ahnte es seit Längerem. Die Schnepfe wich Voigt aus. Wahrscheinlich wäre die einfachste Lösung gewesen, wenn Dennis sich ebenfalls im Schloss einquartiert hätte. Fluchtartig wäre Corinna nach Berlin zurückgekehrt. Ließ sich nicht mehr ändern.

„Wenn dir das Leben in den Arsch tritt, nutze den Schwung, um vorwärtszukommen."

„Sieh dich vor."

„Reg dich nicht künstlich auf. Die Schnepfe stört uns nicht. Wagner ist das Problem."

„Pass auf, was du sagst. Corinna bleibt für dich Frau Schwartz. Was ist mit Wagner?"

„Er spielt sich als Chef auf."

„So ist eure Rollenverteilung angelegt."

„Weiß ich. Aber er nimmt es ernst, macht einen auf Geschäftsführer, will mit Bürgermeistern und Landrat Kanapees mampfen. Corinna bedroht seine Stellung, sein Renommee."

„Wofür brauchten wir ihn noch mal?"

„Als Aushängeschild beziehungsweise als Sichtschutz."

„Dafür eignet sich Corinna viel besser."

Sola hätte ihm solche Kaltblütigkeit gar nicht zugetraut. Oder war es einfach nur Geduld? Dennis hatte erkannt, dass er zu hoch gepokert und verloren hatte und wartete nun, geduldig wie eine Zecke im Farn, auf seine nächste Chance?

„Solange sie hier die Geschäftsführerin gibt, fällt es deutlich weniger auf, wenn ich euch besuchen komme."

„Könnte sein. Was wird aus Wagner?"

„Robert träumt von einer zweiten Filialkette. Wellness-Hotels in allen Bundesländern. Joachim könnte ein eigenes Schlösschen im Schwarzwald zum Spielen bekommen."

„Und wir hätten ein Ausweichquartier, falls uns der Boden zu heiß werden sollte."

„Eins? Mindestens fünfzehn."

„Auf lange Sicht."

„Sobald wie möglich. Robert hat es eilig. Damit uns niemand die alten Schlösser oder Güter vor der Nase wegschnappt."

„Das mit Wagner musst du klären, auf mich ist er gerade nicht gut zu sprechen."

„Wie weit seid ihr mit den Vorbereitungen?"

„Alles fertig. Samstag ist der Festakt. Montag reisen die ersten Gäste an. Am Mittwoch erfolgt die erste Übergabe."

„Monkey bringt euch die Ware am Sonntag. Kriegt ihr das hin?"

„In unserem Raum könnte ein Düsenjäger starten, ohne dass draußen etwas zu hören wäre. Außerdem ist Janka perfekt vorbereitet. Es liegt ihr viel daran, keins zu verlieren."

„Ist sie zuverlässig?"

„Hundertprozentig. Sie ist überzeugt, etwas Gutes zu tun."

„Wenn's schiefläuft?"

„Solange die Bilanz positiv bleibt, sehe ich keine Gefahr. Du kannst dich auf mich verlassen. Meine Leute stellen kein Problem dar."

Dennis seufzte theatralisch. „Dann geh ich mal zu Wagner. Ich übernachte im Forte Hotel in Hildesheim und fahre morgen noch mal zu Corinna ins Krankenhaus."

Sola beschloss, nach Janka zu suchen und mit ihr gemeinsam noch einmal zu prüfen, wie schalldicht der Raum tatsächlich war.

25

Alfeld, Donnerstag, der 8.9.2011

Erstaunlicherweise hatte Corinna Schwartz so gut geschlafen wie seit vielen Jahren nicht mehr. Sie wollte nicht darüber nachdenken, ob das auf irgendwelche Medikamente zurückzuführen war, die man ihr verabreicht hatte. Sie wollte glauben, dass sie so tief und fest geschlafen hatte, weil alles in Ordnung war, weil niemand ihr nach dem Leben getrachtet hatte, weil ... verdammter Mist ... weil sie tief in sich drin wusste, dass Wagner dahintersteckte, dass Wagner sie loswerden wollte. Natürlich würde ihr kein Mensch glauben, wenn sie das jemandem erzählte. Diesem transusigen Tütenarsch traute man nicht einmal zu, dass er absichtlich im Halteverbot parkte. Und nun das.

Stille Wasser sind tief.

Wat für'ne jequirlte Scheiße. Corinna hörte den lärmenden Bass des Gärtners ihrer Eltern so deutlich in ihrem Kopf, als stünde er neben ihrem Bett. Zum ersten Mal in ihrem Leben befand sie sich in einer Situation, in der sie diesen Ausspruch nicht nur verstand, sondern aus vollem Herzen herausschreien wollte.

Sie bemerkte, dass sie die Fäuste neben ihrem Körper auf dem Bettlaken geballt hatte und ihre Fingernägel sich in ihre Handflächen gruben. Sie musste sich anstrengen, um die Finger zu strecken.

Wat nu?, sprach Zeus.

Vielleicht hatte Dennis recht und es war tatsächlich die beste Lösung, wenn sie nach Berlin zurückkehrte.

Vielleicht aber doch nicht.

Kneifen jilt nicht.

Verdammte Kiste. Schloss Abbensen war mehr als ihr Projekt, es war ihr Kind. Sie wollte dabei sein, wenn es seine ersten Schritte machte, Zähne bekam und langsam erwachsen wurde.

Sie spürte, dass Tränen in ihr aufstiegen.

Schluss damit.

Geweint hatte sie gestern. Hatte sich der Angst hingegeben, der Einsamkeit, der Enttäuschung, hatte an sich und der bösen, bösen Welt gezweifelt, bis sie vor Erschöpfung eingeschlafen war.

Als sie wieder erwachte, standen Fitz und diese Polizistin vor ihrem Bett. Zwischen den beiden ging was, keine Frage. Wahrscheinlich wussten sie es bloß noch nicht.

Immer das gleiche alte Spiel, dabei waren sie eigentlich erwachsen genug, um es besser zu wissen, um sich klüger anzustellen.

Egal. Da war ein weiterer Mann gewesen. Sie erinnerte sich nur an seine grauen Haare und die abgenutzte Lederjacke, jedoch nicht an seinen Namen.

Dennis war hereingeplatzt, bevor sie sich näher hatte mit ihm befassen können.

Dennis Voigt.

Busenfreund ihres Bruders.

Warum auch immer.

Sonst bewies er exzellenten Geschmack, doch bei Dennis versagten alle seine Instinkte.

Bei Corinna stellten sich schon die Nackenhärchen auf, wenn sie nur seinen Namen hörte. Berührte er sie, bekam sie eine Gänsehaut und verspürte das dringende Bedürfnis zu duschen.

Sie dachte um den heißen Brei herum.

Kam keinen Millimeter voran.

Sie setzte sich auf, schwenkte die Beine aus dem Bett, ließ sie baumeln, um ihren Kreislauf in Schwung zu bringen.

Morgen Vormittag würde sie die Klinik verlassen.

Und dann?

Dann würde sie Wagner in seine Schranken verweisen.

Alfeld, Donnerstag, der 8.9.2011

Nach dem Intermezzo mit Janka war Gabriel Sola duschen gegangen. Kalt. Doch das hatte nicht viel genützt. Er war immer noch wütend auf Wagner und auch auf Dennis Voigt.

Wenn sie kein Risiko eingehen wollten, hätten sie Autoverkäufer werden sollen. Was hatten sie erwartet? Dass er Corinna Schwartz einen Stein in den Weg legte, damit sie stolperte und sich den Knöchel verknackste?

Es sollte doch echt aussehen, und Angst machen sollte es ihr auch. Er hatte das Gitter sehr sorgfältig gelockert. Klar, ein Restrisiko blieb immer bestehen. Such is life.

Dennis Voigt hatte heute gar nicht wie ein Falke gewirkt, eher wie eine Ente. Quak, quak, quak, wasch mich, aber mach mich nicht nass. Erschrick sie, aber mach ihr keine Angst.

Sola startete seinen Wagen, bevor er wusste, wohin er fahren sollte. Als er Wernershöhe passierte, hatte er sich entschieden. Zuerst für eine Stippvisite im Krankenhaus.

Wenn er ein bisschen schäkerte, bekam er garantiert alle gewünschten Informationen. Anschließend würde er mal nachsehen, was die Polizistin so trieb.

Es erwies sich, dass er seine Schauspielkünste im Alfelder Krankenhaus gar nicht bemühen musste. Das Schwesternzimmer auf der Station, auf der Corinna lag, war leer, stand aber offen. Er ging hinein und bewegte die Maus auf dem Pad ein Stückchen. Er brauchte nur Schwa einzutippen, sofort erschien ihre Akte auf dem Bildschirm. Er scrollte sich durch die Informationen. Wenn er alles richtig verstand, hatte sie ein paar blaue Flecke und zwei lange Kratzer davongetragen. Noch nicht einmal eine echte Gehirnerschütterung. Zwar konnte er kein EKG lesen, doch dass „o.B." ohne Befund bedeuten sollte, schien eindeutig.

Was regte der Kugelfisch sich so auf? Sie hatten es schließlich nicht mit einer neunzigjährigen Greisin zu tun, die einen Herzinfarkt erlitt, sobald sie sich aufregte.

Da er oben auf dem Datensatz Corinnas Zimmernummer gesehen hatte, wagte er es auf dem Weg nach draußen, kurz bei ihr hineinzuschauen.

Sie schlief.

Oder tat so.

Jedenfalls hielt sie die Augen geschlossen und öffnete sie auch nicht, als die Tür hinter ihm zufiel. Sie lag allein in dem Raum. Aus einer Infusionsflasche tropfte allmählich eine Flüssigkeit in die Kanüle in ihrer Hand.

Wenn er jetzt ein Kopfkissen von einem der anderen Betten nahm und es auf ihr Gesicht legte, zuerst mit sanftem Druck ...

Er riss sich zusammen.

Kam gar nicht infrage. Den Gefallen würde er ihnen nicht tun.

Davon stand nichts in seinem Arbeitsvertrag. Voigt konnte in Berlin oder Hamburg leicht jemanden finden, der anreiste, den Auftrag erledigte und ungesehen wieder verschwand.

Er fragte sich, was Voigt an der Schnepfe fand. Wahrscheinlich gefiel ihm ihr Bankkonto am besten.

Er verließ das Zimmer so leise, wie er gekommen war.

Auf dem Gang begegnete ihm eine Krankenschwester. Er grüßte freundlich, sie nickte zurück.

Als Sola in die Robert-Linnarz-Straße einbog, kam ihm Lisa entgegen. Er wendete so schnell er konnte und folgte ihr. Sie stoppte an der Kreuzung zur Hildesheimer Straße, obwohl die Ampel nicht rot war. Ein Mann stieg zu ihr in den Wagen.

Fitz?

Sola hatte ihn im Halbdunkel nicht eindeutig erkannt. Er folgte ihnen in geringem Abstand.

Lamspringe.

Er wartete vor dem Kreisel, bis Lisa sich für eine Ausfahrt entschieden hatte. Was wollten sie hier?

Jetzt blinkte sie links, obwohl da gar keine Straße abzweigte.

Ach, sie fuhr auf einen Parkplatz.

Jetzt bemerkte er, dass um ihn herum weitere Autos einparkten, und es strömten Menschen in Richtung Kirche.

Hier schien etwas los zu sein. Er fuhr ein paar hundert Meter weiter und hielt auf der rechten Seite.

‚Lamspringer September' las er auf einem Plakat.

Okay, er hatte immer gedacht, es wäre überall September.

Schien sich um eine Veranstaltungsreihe zu handeln.

Er konnte im Rückspiegel sehen, dass Lisa und Fitz die Hauptstraße überquerten.

Wie lange mochte solch eine Veranstaltung dauern? Zwei Stunden? Mit Pause. Minimum. Dazu die Rückfahrt.

Ausreichend Zeit für ihn.

27

Lamspringe, Donnerstag, der 8.9.2011

„Welch ein Ambiente!" Lisas Bewunderung für das Lamspringer Kloster klang ehrlich und überrascht.

Fitz nahm ihren Ellenbogen. „Achte auf die Stufen. Sie sind nicht nur ausgetreten, sondern auch ungleich hoch. Möchtest du etwas trinken?"

Oben auf dem Treppenabsatz boten zwei Frauen Getränke und Schnittchen an.

„Ein Glas Weißwein, das wäre schön."

Sie folgte Fitz zum Tresen. Doch statt sich dort anzustellen, nahm er noch einmal ihre Hand und zog sie zu einer Tür, die zwar zu, aber scheinbar nicht verschlossen war.

In dem dunklen Raum stand in der Mitte eine Skulptur, die mit blauem Licht angestrahlt wurde.

„Das ist Oliver Plunkett. Ein katholischer Geistlicher, der 1697 als Hochverräter zum Tode verurteilt und in Dublin hingerichtet wurde. Sein Freund Maurus Corker war Abt in Lamspringe und hat die Gebeine Olivers hierher gebracht, allerdings ohne Kopf. Diese Skulptur wurde vor wenigen Jahren extra für den Lamspringer September gefertigt."

Lisa erinnerte sich an die kopflose Statue in der Lampspringer Kirche, die einen jungen Mann das Leben gekostet hatte.

Abgesehen von den beiden Fällen, in denen sie mit Markus ermittelt hatte, war sie nicht mehr in Lamspringe gewesen. Hier hatte sie Fitz kennengelernt, vor einem staubigen Keller an der Hauptstraße. „Beeindruckend. Ist das Holz?“ Ob er auch daran gedacht hatte?

„Ja. Unglaublich, nicht wahr? Komm, es geht gleich los.“

Sie holten sich zwei Gläser Wein und betraten den Abtsaal, in dem bereits zahlreiche Zuschauer saßen.

„Wir sitzen in der zweiten Reihe“, sagte Fitz und grüßte gleichzeitig nach rechts und links. Er schien Gott und die Welt zu kennen. Jetzt wieselte ein Mann auf ihn zu, begrüßte Fitz, drückte auch Lisas Hand und verschwand wieder.

Sie hatten sich kaum gesetzt, da wurden die Türen geschlossen und das Licht gedimmt. Fitz hielt ihr ein Cellophantütchen hin. „Koste mal, das sind handgemachte Trüffel. Der Konditor nennt sich Stephanus, damit er zum Klosterambiente passt.“

Lisa schüttelte einen Trüffel heraus und biss hinein. Er war mit einer Cafécreme gefüllt. Lecker. Sie bemerkte den ungehaltenen Blick ihrer Nachbarin, als sie begann, noch einmal mit dem Plastik zu knistern, und ließ die restlichen Pralinen in ihrer Jackentasche verschwinden.

Gute fünfundvierzig Minuten später hatte Lisa so viel gelacht wie lange nicht mehr. Der unscheinbare Mann mit seiner Aktentasche auf der Bühne begeisterte sie und, so wie es aussah, auch die anderen rund zweihundert Menschen im Raum.

In Minischritten schoben sich alle aus dem Saal. Im Erdgeschoss wurden raffiniert belegte Brote angeboten. Fitz ergatterte einen Teller voll für sie. Sie stellten sich an einen der wenigen Bistrotische und beobachteten das Publikum um sie herum. Es wurde viel geredet und gelacht. Die Schlangen vor dem Tresen wurden langsam kürzer und übersichtlicher. Helfer räumten die ersten Gläser ab.

Plötzlich legte Lisa Fitz ihre Hand auf den Arm. „Ich bin froh, dass ich deine Einladung angenommen habe. Zuerst war mir unwohl. Corinna Schwartz liegt im Krankenhaus, und ich gehe mich mit ihrer Eintrittskarte amüsieren."

Fitz beruhigte sie: „Frau Schwartz selbst hat das vorgeschlagen. Ich glaube, sie mag dich."

Lisa senkte den Kopf, wich seinem Blick aus. „Ich glaube, sie mag dich."

„Ja, sicher, irgendwie, aber eher kumpelig. Zudem benutzt sie mich als Eintrittskarte ins Leinebergland."

Über diesen Satz musste Lisa nachdenken, später. Jetzt fragte sie: „Was will sie im Leinebergland?"

„Geschäfte machen, nette Menschen kennenlernen, sich amüsieren."

„Geht das in Berlin nicht viel einfacher?"

Fitz lachte. „Sollte man meinen, aber sie scheint Herausforderungen zu lieben."

„Denkst du, der Anschlag galt ihr?"

„Keine Ahnung, wirklich. Sie spricht wenig über sich. Am meisten über ihre Pläne mit dem Schloss."

„Kennst du ihre Mitarbeiter?"

„Vom Sehen und per E-Mail. Stimmt, mit dem Geschäftsführer, diesem Wagner, habe ich telefoniert."

„Diese Firma, Fischer & Gerling, ist ein Familienbetrieb, oder?"

„Nur was das Management angeht. Ich denke, die beschäftigen vierzig oder fünfzig Mitarbeiter."

„Wie heißt der Konkurrenzbetrieb?"

„Was meinst du?"

„Den Betrieb, von dem dieser Handwerker gesprochen hat, dieser Steinwand, der aussagte, dass der Anschlag ihm oder einem seiner Kollegen gegolten haben könnte."

„Stimmt, hat er gesagt. Es existieren sicher mehrere Betriebe, die den Auftrag für das Wellness-Hotel gern ergattert hätten. Entschuldige, aber dieser Name, Steinwand, Thomas, nicht wahr?"

„Was ist mit dem?"

„Weiß nicht, kommt mir vage bekannt vor."

Erst beim dritten Klingeln gingen sie wieder nach oben.

Auch die zweite Hälfte bot zahlreiche hintergründige Gags. Bei einigen blieb Lisa das Lachen manchmal im Hals stecken, weil sich die Wahrheit so geschickt dahinter verbarg und erst auf den zweiten Blick hervortrat.

Da das Wetter immer noch mild war, führte Fitz Lisa durch den Klosterpark, bevor sie ihn nach Alfeld zurückfuhr.

Nachdem sie ihn vor seinem Haus abgesetzt hatte, fuhr sie auf kürzestem Weg zu ihrer Wohnung. Sie war sich nicht sicher, ob sie erwartet hatte, dass Fitz sie auf ein Glas hineinbitten würde, und wie sie es fand, dass er es nicht getan hatte.

Wahrscheinlich war es besser so.

Auf jeden Fall hatte sie sich wunderbar amüsiert. Sie hatte den ganzen Abend über nicht ein einziges Mal an die Leichenteile in den Caches gedacht.

Ein exzellentes Zeichen.

Als sie den Schlüssel in die Jackentasche stecken wollte, knisterte das Trüffeltütchen. Sie zog es heraus und steckte eine der drei restlichen Schokoladenkugeln in den Mund. Sie schmeckte nach Himbeere.

Dass etwas nicht stimmte, fiel ihr auf, als sie den Schlüssel in das Schloss ihrer Wohnungstür steckte. Er ging schwer hinein und ließ sich schlecht drehen. Es hörte sich an, als kratzten Metallspäne im Inneren des Schlosses.

Dennoch konnte sie die Tür problemlos öffnen.

Kaum stand sie im Flur, konnte sie es riechen.

Schweiß und Rasierwasser.

Instinktiv griff sie an ihre Seite.

Shit. Sie war unbewaffnet.

Sollte sie wieder gehen?

Hilfe holen?

Die Polizei rufen?

Sie lauschte in das Dunkel. Und wenn sie sich irrte? Hatte sie ein Fenster offen stehen lassen?

Sie schnupperte noch einmal. Nahm aber nichts mehr wahr.

Sie schaltete das Licht ein und wartete.

Nichts.

Sie zuckte zusammen, als in der Wohnung über ihr jemand spülte.

Mit einem Ruck zog sie die Schublade der Kommode auf, die im Flur stand, und nahm eine Taschenlampe heraus. Sie brauchte zwar kein zusätzliches Licht, aber das kalte Metall in ihrer Hand vermittelte ihr, dass sie nicht wehrlos war.

Sie knipste das Licht in der Küche an. Hier war niemand.

Das Bad. Leer.

Wohnzimmer. Nicht auf einen Blick zu übersehen. Niemand neben dem Schrank oder hinter dem Sofa.

Blieb das Schlafzimmer. Unter dem Bett war keiner, ihr Kleiderschrank reichte von Wand zu Wand. Mehr Verstecke gab es nicht.

Gerade wollte sie die Taschenlampe wegstellen und sich die Schuhe ausziehen, als ihr Blick auf ihr Kopfkissen fiel.

Darauf lagen ein paar Rosenblätter. Die Bettdecke war ein Stückchen aufgeschlagen, so wie es in teuren Hotels üblich war, in denen die Zimmermädchen noch einmal durch die Räume gingen, während die Gäste beim Abendessen saßen.

Sie drehte sich um und lief zurück ins Bad. Tatsächlich. Ihr Zahnbecher stand auf dem Rand des Waschbeckens. Mit Wasser gefüllt. Auf der Zahnbürste schlängelte sich eine Zahnpastaschlange. Jemand hatte ihr frische Wäsche herausgelegt, auf die Waschmaschine, so wie sie es selbst tat, bevor sie abends ins Bett ging.

Sie drückte den Rücken gegen die Wand, spürte ihr Herz im Hals und in den Ohren schlagen.

Sie angelte das Handy aus der Tasche und zögerte. Wen sollte sie anrufen? Einfach 110 und abwarten, wer Dienst hatte?

Fitz?

Oder Markus?

Sie hatte ihm nichts von ihrem Verdacht erzählt. Er würde ihr die Hölle heiß machen, sie ausquetschen.

Sie zwang sich, bewusster zu atmen, ruhiger zu werden.

Nachdem sie das Wasser ausgeschüttet und die Zahnbürste weggeworfen hatte, fühlte sie sich wohler. Die Wäsche von der Maschine warf sie direkt in die Trommel.

Genauso schnell zog sie die Bettwäsche ab und stopfte sie dazu. Am liebsten hätte sie Kochwäsche eingestellt, aber dann hätte sie die Sachen genauso gut gleich entsorgen können.

Langsam normalisierte sich ihr Atem.

Sie sperrte die Haustür ab und steckte den Schlüssel von innen ins Schloss.

Schon besser.

Jetzt brauchte sie etwas Warmes und etwas Süßes.

Mit mir nicht, Alter. Mit mir nicht.

Wie war Masoud in ihre Wohnung gelangt? Wahrscheinlich hatte einer seiner vielen Freunde ihm einen Satz Dietriche besorgt. Sie würde morgen das Schloss auswechseln lassen. Das Ding, das jetzt in der Tür steckte, war mindestens so alt wie das Haus. Einbrecher brauchten es nur böse anzusehen.

Bisher hatte sie immer geglaubt, bei ihr gäbe es nichts zu holen, weshalb sich der Aufwand nicht lohnte.

Na ja, geholt hatte er ja auch nichts. Eher was gebracht.

Galgenhumor ist doch was Feines, dachte sie bei sich.

Sie drehte noch eine Runde durch ihre Zimmer, spähte aus allen Fenstern und überlegte, von wo aus man sie beobachten konnte.

Sie trank eine Tasse Kakao, den sie sich in der Mikrowelle warm gemacht hatte, und naschte die letzten beiden Trüffeln dazu.

Langsam wurde sie müde, das Adrenalin verließ ihren Körper.

Dennoch konnte sie nicht ins Bett gehen, ohne vorher noch einmal die Wohnung zu kontrollieren.

Sie nahm sich vor, morgen früh als erstes mit Markus zu sprechen.

Alfeld, Freitag, der 9.9.2011

„Was?" Das war das einzige Wort, das Lisa dem Anrufer entgegenfauchen konnte, nachdem sie ihr Handy unter dem Kopfkissen hervorgeholt hatte.

„Guten Morgen, Lisa."

„Fitz, bist du das?"

„Schläfst du etwa noch? Egal, du musst kommen, sofort."

Der Tonfall seiner Stimme weckte sie schneller als es seine Worte konnten.

„Was ist passiert?"

„Ich habe den nächsten gefunden."

„Was?"

„Den nächsten Cache. 3 von 8."

„Wo?"

„In Lamspringe, im Ratskeller."

„Du scherzt."

„Damit nicht. Ich kann Markus nicht erreichen. Fährst du bei ihm vorbei? Ich warte hier auf euch."

Er hatte Markus also zuerst angerufen.

„Hast du ihn geöffnet?"

„Logisch! Könnte ich mir sonst sicher sein?"

Lisa begann bereits, sich anzuziehen. „Was ist drin?"

„Ein Gedicht."

„Witzbold."

„Komm her und sieh es dir an."

Er hatte aufgelegt. Auch gut. So hatte sie beide Hände frei. Nachdem sie ihre Haare dazu gebracht hatte, irgendwie nach Frisur auszusehen, rief sie Ralf Schubert an. Er hätte zwar heute frei gehabt, wollte aber umgehend nach Lamspringe fahren. Lisa bat ihn, Meckler zu informieren, wenn er seine Ausrüstung holte.

Markus öffnete erst auf ihr drittes Klingeln.

„Wo brennt's denn?", fragte er. Im selben Moment erkannte er sie, sah ihren Gesichtsausdruck und wusste Bescheid. „Nummer drei?"

Sie nickte nur.

„Ich sage meiner Mutter eben, dass ich weg muss. Bin gleich zurück."

Er sah müde aus. Scheinbar hatte er sich noch nicht rasiert. Die Stoppeln an seinem Kinn waren genauso grau wie seine Haare. Irgendwie verwunderte sie das. Da sie ebenso gut im Auto auf ihn warten konnte, ging sie nach draußen.

Sie schaltete das Radio ein und sofort wieder aus, als sie die Stimme von Unheilig erkannte. Nach Melancholie stand ihr der Sinn überhaupt nicht.

Wo Markus blieb?

Sie war unruhig. Wollte endlich los.

Markus drückte ihr einen Becher Kaffee in die Hand, als er einstieg. „Trink vorsichtig, durch die Tülle fühlt sich der Kaffee viel heißer an. Außerdem schwappt die Flüssigkeit, wenn du weiter so ruppig fährst."

Er legte auch zwei Brötchen auf das Armaturenbrett. „Für dich Erdbeermarmelade."

„Danke." Lisa bekam ein schlechtes Gewissen. Er kümmerte sich rührend um sie, und sie nörgelte nur.

Er biss herzhaft in sein Brötchen, sodass die Krümel flogen und ein Nutellafaden an seinem Kinn hängen blieb. „Ich habe gestern noch Herrn Gerling erreicht. Du weißt schon, den Chef der Metallbauer."

„Wegen des Unfalls in Abbensen?"

„Genau. Er kam erst gegen neunzehn Uhr von einer Geschäftsreise. Er sagte, Thomas Steinwand wäre ein extrem zuverlässiger Arbeiter."

„Aber?"

„Das habe ich auch gefragt. Er hatte das mit dem Arbeiten so betont, dass es offensichtlich war, dass er noch etwas anderes mitteilen wollte."

„Trinkt er?"

„Nee, scheinbar ist er ein Eigenbrötler, arbeitet am liebsten allein."

„Das mach ihn nicht zum Mörder."

„Das wollte Herr Gerling sicher gar nicht andeuten."

„Was denn sonst?"

„Er hat sich um eine klare Antwort gedrückt. Aber ich denke, er wäre froh, wenn er Steinwand entlassen könnte. Scheinbar verätzt er das Betriebsklima. Legt jedes Wort auf die Goldwaage und betrachtet jede Kritik als persönlichen Angriff."

„Meinst du, die Reklamationen von Schloss Abbensen haben ihn dazu gebracht, seine Auftraggeberin umzubringen?"

„Nö, aber vielleicht wollte er ihr eine Lehre erteilen. Immerhin war er als rettender Engel zur Stelle."

„Da ist was dran. Wir sollten ihn persönlich befragen."

Zehn Minuten später parkte sie auf der Hauptstraße Lamspringes hinter Ralfs Passat.

Die beiden Männer standen an der Hausecke und schienen auf sie zu warten.

Die Begrüßung fiel spärlich aus. Dann ging Ralf voraus und führte sie zur Rückseite des Gebäudes. Unter einem Mauervorsprung klemmte eine Plastikflasche. Sie war beige angestrichen, sodass sie fast nicht auffiel.

„Müller Milch!", sagte Markus.

„Unverwüstlicher Kunststoff", antwortete Fitz.

„So habt ihr sie gefunden?", fragte Lisa.

„Genauso. Ich habe vorher vorsichtshalber ein Foto gemacht", erklärte Fitz.

Lisa steifte Latexhandschuhe über und zog die Flasche aus der Maueröffnung. Verblüfft drehte sie das Päckchen mit dem Stück Fleisch in der Hand. „Was ist das?"

„Ein Zeh, denke ich", sagte Ralf.

„Ein Zeh? Könnte sein. Dann ist das der Nagel." Lisa besah ihn genau und wollte ihn Markus übergeben. Der schüttelte den Kopf. „Gib mir den Zettel. Ich will das Gedicht lesen. Der Zeh sagt mir sowieso nichts."

Lisa bewegte die Flasche hin und her, bis der Zettel in der Öffnung erschien. Sie faltete ihn auf. Markus las ihn laut vor.

Mit Schwung
3 von 8

Erst ging es steil bergan.
Ein Schloss sollte es werden.
Du hast die Chance vertan,
ruhst nun in der Erden.

Einige Minuten sagte niemand ein Wort.

„Mir fällt dazu Schloss Abbensen ein", meinte Lisa schließlich.

„Oder Schloss Marienburg!", ergänzte Markus.

Vorwurfsvoll entgegnete Fitz: „Das gehört nicht zum Landkreis Hildesheim, sondern nach Pattensen.

Außerdem gibt es noch mehr Schlösser, in Brüggen zum Beispiel."

„Dann sollten wir wohl mal eine gemütliche Schlösserrundfahrt veranstalten", schlug Lisa vor.

„Zuerst werden wir eine Nachricht an alle Dienststellen herausgeben", sagte Markus und zog sein Handy heraus.

„Weswegen?"

„Das hier ist der dritte Cache, aber uns fehlt noch die zweite Leiche."

29

Abbensen, Freitag, der 9.9.2011

Corinna genoss den Auftritt. Jede einzelne Sekunde davon.

Sie hatte den gleichen Taxifahrer erwischt wie beim letzten Mal. Vielleicht gab es auch nur einen einzigen in ganz Alfeld. Er jedenfalls hatte die Prinzessin ebenfalls wiedererkannt. Nach dem Bezahlen hatte er ihr seine Visitenkarte gegeben, freundlich gelächelt und gesagt: „Fragen Sie nach Norbert. Ich fahr Sie, wohin Sie wollen."

Das hatte ihr den Rücken gestärkt. Es gab eben überall nette Menschen.

Leichtfüßig spazierte sie in Wagners Büro, ließ sich auf das Besuchersofa fallen und bat ihn um eine Tasse Kaffee, schön heiß, schön stark und dunkelschwarz.

Wagner hatte den Mund aufgemacht und wieder zu und wieder auf, wie ein Fisch auf dem Trockenen. Scheinbar konnte er schneller die Lippen bewegen als denken.

Immerhin brachte er ihr einen Kaffee, und auf der Untertasse war nur ein kleiner Rand entstanden.

Sie trank einen winzigen Schluck von der dunklen Flüssigkeit. „Heiß ist der nicht", sagte sie und stellte die Tasse auf den Tisch. „Aber egal. Lassen Sie uns zum Wesentlichen kommen. Wie weit sind Sie mit den Vorbereitungen?"

„Alles, alles geht seinen Gang. Ich, wir haben Zusagen von allen Celebrities. Sogar der Landrat gibt sich und uns die Ehre."

Er lief wie ein Panther im Käfig durch sein Büro. „Ich denke, wir sollten Herrn Sola dazubitten."

Corinna hielt ihn auf. „Nicht nötig. Sie können ihn nach unserem Gespräch informieren. Ich gehe davon aus, dass Sie Ihre Rede vorbereitet haben? Mit wie vielen Grußworten rechnen Sie?"

„Ich, also, ich habe ..."

Corinna winkte ab. „Ich würde gern, nach dem Landrat, denke ich, die Grüße der Geschäftsleitung aus Berlin überbringen. So drei, vier Minuten."

Sie stand auf. „Bevor ich's vergesse. Als ich mir letztens die Belegungslisten angeschaut habe, ist mir aufgefallen, dass einige Damen unerwartet lang bleiben. Eine sogar acht Wochen."

Wagner zuckte mit den Schultern. „Das hat mich auch verwundert. Aber ein paar Gäste erkundigten sich explizit nach längeren Aufenthalten und haben sich Diätpläne, Massagen und andere Kuranwendungen separat auflisten lassen. Vielleicht existieren generöse Krankenkassen."

„Oder Ehemänner. Sind wir inzwischen ausgebucht?"

„Ein Zimmer ist frei. Wie abgesprochen. Für ..."

„Gefällt mir. Wir können am Sonntag in aller Ruhe besprechen, wann wir zum Begrüßungscocktail bitten wollen." Sie war schon beinahe durch die Tür, da tat sie so, als fiele ihr noch etwas ein.

„Herr Rechtsanwalt Voigt wird sich im Laufe des Tages melden. Stellen Sie ihn auf mein Zimmer durch. Danke."

Sie schwebte die Treppe hinauf. Erst als die Tür hinter ihr zugefallen war, merkte sie, dass sie die Luft angehalten hatte. Sie begann zu zittern, ging aber trotzdem direkt zum Fenster und schaute hinunter.

Sie hatte Recht gehabt. Da kam dieser Sola angewetzt. Zu gern wäre sie jetzt die Fliege an der Wand in Wagners Büro.

Etwas später wählte sie Fitz' Nummer. Er meldete sich nicht. Als Nächstes suchte sie nach der Karte, die Thomas Steinwand ihr gegeben hatte. Er antwortete noch vor dem ersten Klingeln. Jedenfalls kam es ihr so vor. „Das war schnell, Herr Steinwand."

„Frau Schwartz? Ich hatte das Handy gerade in der Hand."

„Wollten Sie telefonieren?"

„Nein, ich wollte es ausschalten. Ich bin auf dem Weg ins Heim, da sind Mobiltelefone wegen der elektronischen Geräte nicht erwünscht."

„Ins Heim? Zu Ihren Eltern?"

„Nein, meine Schwester lebt dort."

„Das tut mir leid. Ist sie krank?"

„Sie hatte einen Unfall. Ist schon länger her. Was kann ich für Sie tun? Ich wollte gerade hineingehen."

„Da habe ich ja Glück gehabt, dass ich Sie noch erwischt habe. Ich möchte mich gern bei Ihnen bedanken. Sie haben mir das Leben gerettet. Ganz herzlichen Dank."

„Da nicht für. Es war mir ein Vergnügen."

„Darf ich Sie als Dank zum Empfang morgen Abend einladen? Es wäre mir eine Ehre."

Steinwand hüstelte. „Ich glaube nicht, dass das passend wäre."

„Wieso? Ich lade Sie ein, mein ganz persönlicher Ehrengast zu sein. Bitte enttäuschen Sie mich nicht."

„Die Heimleitung wartet auf mich."

„Überlegen Sie es sich, bitte."

„Das werde ich."

„Darf ich Sie in zwei Stunden noch einmal anrufen?“

„Selbstverständlich.“

Corinna legte auf.

Sie würde jetzt duschen und anschließend versuchen, Fitz zu erreichen, bevor sie sich genauestens mit Schloss und Park vertraut machte.

4

Shit Happens

30

Alfeld, Freitag, der 9.9.2011

Artjom Hahn kam ihnen entgegen, als sie die Treppe zur Dienststelle hinaufliefen.

„Moin, ihr sollt nach Lamspringe fahren. Die haben was für euch."

„Sag mal was Neues. Da kommen wir gerade her. Ich brauche jetzt einen Kaffee", sagte Markus.

„Ist nix mit Kaffee, höchstens to go, wenn du dich beeilst. Die haben eine Leiche für euch."

Lisa war auf dem Treppenabsatz stehen geblieben und fragte nun: „Eine Leiche für uns, warum ausgerechnet für uns?"

„Weil sie eine Zwei in der Hand hält?"

Markus machte auf dem Absatz kehrt. „Das ist ein schlagendes Argument. Bis später."

Die beiden Kollegen, die die Dienststelle in Lamspringe besetzten, warteten am Ortsausgang, auf dem Parkplatz von Möbel Nagel, auf die Alfelder.

„Verkehrsunfall mit Fahrerflucht", erklärte der Ältere, während er erst Lisa und dann Markus die Hand schüttelte.

„Hier auf dem Parkplatz?"

„Nee, nee, drüben bei den Behindertenwerkstätten. Wir wollten euch an diesem Ort nur abfangen. Die Kollegen haben die Stelle abgesperrt, und die Mitarbeiter versuchen, alle Bewohner in den Hallen zu halten. Das scheint allerdings nicht ganz einfach zu sein."

„Okay. Habt ihr den Toten bereits identifiziert?"

„Yep." Mehr sagte er nicht. Stattdessen ging er los. Augenscheinlich erwartete er, dass sie ihm ohne weitere Aufforderung folgten.

Sie bogen um die Ecke und marschierten auf ein Gebäude zu. Etwas weiter rechts stand ein Radlader. Dahinter wuselten die Kollegen herum. Lisa stupste Markus an. „Verkehrsunfall mit einem Bagger?"

„Sieht danach aus."

Erst als sie neben dem gelben Monstrum angekommen waren, hielt der Kollege an. „Bei dem Toten handelt es sich um Eddi Reuter, den kannte jeder Lamspringer. Gibt keinen Verein, in dem er nicht die Kasse führte."

„Und er wurde von diesem Gefährt überfahren?"

Ralf Schubert trat zu ihnen. „Der Doc sagt, dass er erst niedergeschlagen, dann gegen das Bäumchen gelehnt und anschließend mit dem Radlader überrollt wurde."

Lisa legte keinen gesteigerten Wert darauf, sich die Leiche genauer anzuschauen. Doch Markus näherte sich so weit es möglich war und betrachtete die gesamte Szene ausführlich.

„Um so einen alten Bagger zu starten, benötigt man nur ein gebogenes Stück Eisen oder einen sogenannten Bosch-Schlüssel, den bekommt man für drei Euro im Internet. Wer sich damit auskennt, schafft das innerhalb von Sekunden."

Lisa zog sich in die Fahrerkabine hoch und ließ sich die Funktionsweise erläutern. „Warum war das Ding nicht besser gesichert?"

„Werden wir überprüfen. Aber soweit ich informiert bin, stellt die Firma hier regelmäßig Fahrzeuge ab, die nicht so oft benötigt werden."

Markus näherte sich. „Lisa, guck mal. Das ist der Zettel, den der Tote in der Hand hatte. Auf der Vorderseite steht die Zwei, auf der Rückseite von Acht. Bist du fertig?"

Lisa nickte.

„Meckler hat angerufen. Wir sollen schnellstmöglich zur Besprechung in die Dienststelle kommen. Die Presse hat Wind von der Sache bekommen. Heute Morgen war ein Artikel in der Alfelder, und eben hat der NDR was in den Nachrichten gebracht."

Obwohl sie wussten, dass ihr Chef und die Kollegen auf sie warteten, hielten Lisa und Markus noch bei der Bäckerei Biel, um sich einen Kaffee und ein Brötchen zu holen. Man konnte nie wissen, wie lange eine solche Besprechung dauerte. Denn schnellstmöglich, Mecklers Lieblingswort, bezog sich immer nur auf die anderen, nie auf ihn selbst.

Trotz ihrer Pause kam Inspektionsleiter Reinhold Meckler nach ihnen in den Besprechungsraum. Er setzte sich, begrüßte alle und legte los: „Ich habe eben noch die Daten über Eduard Ludwig Reuter, 59 Jahre alt, wohnhaft in Lamspringe erhalten. Er arbeitete im Umweltdezernat beim Landkreis Hildesheim."

Lisa unterbrach ihn. „Hatte er etwas mit Baugenehmigungen zu tun?"

Meckler blinzelte. „Ich denke schon, ja. Wieso?"

„Der erste Tote, den wir in Alfeld gefunden haben, war im Bauamt der Stadt beschäftigt."

„Das könnte die Verbindung sein, nach der wir gesucht haben." Markus beugte sich vor, um seinen Worten Nachdruck zu verleihen. Dann verzog er das Gesicht.

„Wahrscheinlich bringt es uns trotzdem nicht weiter."

„Wieso nicht?", wollte Lisa wissen.

„Ich glaube, es gibt kaum eine größere Bausache, bei der die Stadt Alfeld ohne das Umweltamt im Landkreis auskommt. Die geben immer ihren Senf dazu."

Meckler nickte zustimmend. „Wir könnten die Fälle überprüfen, in denen es besonders viele Widersprüche oder Auseinandersetzungen gegeben hat. Zum Beispiel diese Höchstspannungsleitung."

Die Alfelder trugen noch ein paar Bauanträge zusammen, die in der Stadt strittig gewesen waren. Die Rangeleien um das Sieben-Berge-Bad hatte Lisa nur am Rande mitbekommen. Eigentlich hatte sie keine Lust, sich mit einer Spur auseinanderzusetzen, die sie im Moment nicht einen Schritt weiterbrachte.

Sie war ganz froh, als Markus' Handy klingelte. Er schaute auf das Display. „Ralf." Er nahm das Gespräch entgegen, hörte kurz zu und sagte dann zu allen in der Runde: „Die drei Körperteile, die wir bisher in den Caches gefunden haben, gehörten zu einer Person, und sie wurden alle zum gleichen Zeitpunkt abgeschnitten. Es muss sich um einen fünfzig- bis sechzigjährigen Mann handeln, leicht übergewichtig. Kein Handwerker, gepflegter Fingernagel, wahrscheinlich sogar manikürt. Der Mensch war bereits einige Zeit tot, als die Körperteile entfernt wurden. Keine Tage, aber ein oder zwei Stunden. Dazu wurde scheinbar ein großes Küchenmesser verwendet."

Lisa hatte intensiv zugehört. „Eine Leiche, eine zerstückelte Leiche. Warum haben wir die noch nicht gefunden? Ist sie der Schlüssel zum Ganzen oder ist sie noch nicht dran?"

„Gehen Sie davon aus, dass der Täter eine bestimmte Reihenfolge verfolgt?"

„Unbedingt. Für den Täter ergibt das einen Sinn. Die Caches sind nummeriert, die Leichen sind nummeriert, und es scheint eine eindeutige Verbindung zwischen ihnen zu geben, auch wenn die uns bisher nur als vage Möglichkeit erscheint."

Markus ergänzte: „Außerdem will er Aufmerksamkeit. Wir wissen nicht, wessen. Ob er uns etwas sagen will, also uns als Polizei, oder ob er sich an die Gemeinde der Geocacher insgesamt oder einige spezielle wenden will, wissen wir nicht."

„Es wäre auch denkbar, dass er die nächsten Opfer erschrecken will", überlegte Meckler.

Lisa sah ihn erschrocken an. „Sie meinen, die anderen Opfer stehen schon fest und könnten das Muster erkennen, sobald die Namen der anderen publik werden?"

„So ungefähr, ja."

„Dann sollten wir die bekannt geben, so schnell wir können und dazu aufrufen, dass die Leute sich bei uns melden sollen, wenn sie eine Verbindung sehen."

„Das sollten wir uns genau überlegen. Es könnte auch zu einer Massenpanik oder einer Vorverurteilung führen. Sie haben doch heute Morgen den nächsten Hinweis gefunden. Wohin führt er Sie?"

„Es wird ein Schloss erwähnt", sagte Markus.

„Gut, dann teilen Sie mal die Schlösser unter sich auf. Frau Bornschein, Herr Hahn, Sie unterstützen die beiden Kollegen von der Kripo. Ich bin in einer Stunde in Hildesheim verabredet. Wir werden absprechen, wie wir in Bezug auf die Presse vorgehen wollen. Sie erreichen mich trotzdem ständig. Bitte informieren Sie mich schnellstmöglich über neue Entwicklungen."

Eine gute Stunde später meldete sich Reinhold Meckler in Alfeld und teilte ihnen mit, dass bei allen regionalen Zeitungen E-Mails mit dem Text des dritten Gedichts eingegangen waren. Zwei hatten von sich aus die Polizei informiert. Man hatte sich mit allen darauf verständigt, nur das Notwendigste zu veröffentlichen und alle Berichte abzustimmen.

Lisa bezweifelte, dass das funktionieren würde, doch Meckler war optimistisch. „Ein paar Tage gewinnen wir sicher."

Er sagte außerdem: „Ich leite euch die E-Mails zu. Im Betreff steht jeweils: Wer immer strebend sich bemüht, den können wir erretten."

„Goethe?"

„Faust."

„Vor dem Tod erretten?"

„Vor Strafe?" Meckler seufzte. „Als Text gab es nur das Gedicht. Keine Unterschrift."

„Von wo wurde die Mail verschickt?"

„Prüfen wir noch."

31

Abbensen, Freitag, der 9.9.2011, am frühen Morgen

Eigentlich war Sola kein Frühaufsteher. Doch heute hielt ihn nichts im Bett. Janka hatte sich bereits vor dem Morgengrauen aus dem Bett geschlichen, weil sie eine Lieferung erwartete. Irgendwelche Muskelaufbaupräparate für Schlaffis.

Und er wollte unbedingt sehen, riechen, hören, wie seine kleinen Überraschungen von gestern Abend angekommen waren.

Er rief das Polizeikommissariat in Alfeld an. Die nette Polizistin in der Telefonzentrale verriet ihm, dass Lisa Grundberg ab 8 Uhr unter der Durchwahl 22 zu erreichen sein würde.

Perfekt.

Er hatte noch ausreichend Zeit, sich zu rasieren.

Nun hatte er sie doch beinahe verpasst. Als er an ihrem Wagen vorbeifuhr, kam sie aus der Haustür. Er wendete und sah, wie sie die Straße überquerte. Bevor sie in ihr Auto einstieg, schaute sie sich um. Sie sah ihn. Keine Frage. Aber sie erkannte ihn nicht, wie auch. Offiziell waren sie sich noch nie begegnet.

Er kannte sie. Das musste reichen.

Trotzdem musste er von nun an etwas vorsichtiger sein.

Wenn sie sich beobachtet fühlte, wenn sie glaubte, verfolgt zu werden, würde sie ihn und seinen BMW wiedererkennen, falls er zu oft in ihrer Nähe auftauchte.

Beim nächsten Mal würde er sich Jankas Honda ausleihen. Die rote Reisschüssel war so auffällig, dass sie schon wieder unsichtbar wurde.

Wohin wollte sie? Das war jedenfalls nicht der kürzeste Weg zur Arbeit.

Was will sie auf dem Bauernhof? Frische Milch und Eier holen?

Er stand im Parkverbot und musste sich ziemlich stark recken, um ihren Wagen sehen zu können. Doch er wagte es nicht auszusteigen. Wenn sie losfuhr, während er um die Mauer schlich, würde er sie verlieren.

Da kam sie.

Er ließ den Motor an.

Sie fuhr nicht los.

Mädchen. Mach.

Wer war das denn?

Ein grauhaariger Lederjackenträger stürzte sich auf den Beifahrersitz. Wahrscheinlich war das ihr Partner. Warum angelte die Kleine sich nur Männer, die sich von ihr durch die Gegend kutschieren ließen?

Ihm konnte es egal sein.

Sie fuhr. Er telefonierte.

Nachdem sie Alfeld verlassen hatten, ahnte er, wohin sie unterwegs waren.

Lamspringe. Mal ganz was Neues.

Sie parkte beinahe an der gleichen Stelle, an der sie gestern Abend ebenfalls ihren Wagen abgestellt hatte. Doch diesmal wurde sie von einem Großaufgebot an Polizisten erwartet.

Sola überprüfte die Lage und beschloss, dass er dringend zur Sparkasse direkt neben dem Ratskeller musste, um Geld abzuheben.

Er ging an den Schalter und bat um einhundert Euro in Fünf-Euro-Scheinen, damit ihn der Bankangestellte nicht zum Geldautomaten schickte. Geschickt verwickelte Sola ihn in ein Gespräch. Bald unterhielten sie sich über die Polizeiaktion vor der Tür. Der Mann wusste nicht viel, nur dass es mit irgendeinem Versteck zu tun hatte.

Sofort erinnerte Sola sich an die kurze Mitteilung in den Nachrichten, die ihm deswegen aufgefallen war, weil die Sprecherin das Leinebergland erwähnt hatte. Sie hatte definitiv nicht Alfeld gesagt, sondern sich allgemeiner ausgedrückt. Irgendjemand hatte Leichenteile in Frühstücksboxen verstaut und diese dann versteckt.

Auf Ideen kamen die Leute.

Sola spazierte mit seinen Euro-Scheinen in der Hand aus der Sparkasse, direkt auf den uniformierten Polizisten zu, der den Zugang zum Ratskeller versperrte.

„Was 'n hier los?"

„Routine. Bitte gehen Sie weiter."

„Liegt da eine Leiche?"

„Keine Leiche. Bitte gehen Sie weiter."

„Ich dachte ja nur, Sie wollten vielleicht wissen, was ich gesehen habe. Gestern Abend."

„Was haben Sie denn gesehen?"

„Einen Mann."

„So so."

„Und eine Frau, die sind da zwischen den Häusern verschwunden."

„Sind Sie ihnen gefolgt?"

„Nee, bin ich ein Spanner oder was?"

„Danke für Ihre Aussage. Ich werde vorsichtshalber Ihre Personalien aufnehmen, falls wir auf Ihre Beobachtungen zurückkommen müssen."

„Hab ich's doch gewusst. Die Frau, stimmt's? Er hat die Frau abgemurkst." Sola sprach jetzt deutlich lauter, damit mehr Menschen stehen blieben, näher kamen.

„Ich habe Ihnen doch gesagt, dass es hier keine Leiche gibt."

Zu den Passanten, die jetzt herankamen, sagte er: „Bitte gehen Sie weiter."

Ein Mann fragte etwas. Dann tauchte jemand mit einem Fotoapparat in der Hand auf. Sola nutzte die Gelegenheit, sich zu verdrücken.

Viel hatte er nicht erfahren.

Eine Viertelstunde später stand er vor der Hofeinfahrt zu Markus' Bauernhof. Er las die Namen auf den Briefkästen. Lina Heitkämper auf dem ersten und Markus Heitkämper auf dem zweiten.

Geschieden?

Er schritt durch das Tor über den gepflasterten Innenhof. Alles war still. Auf der rechten Seite befand sich eine gemauerte Scheune, die scheinbar zu einem Wohnhaus umgebaut worden war. Sola konnte durch die großen Fenster ins Innere schauen. Wohnzimmer und Küche, hier Leder und Chrom, da helles Holz.

Er ging weiter zum Haupthaus.

Neben der Haustür hing ein altes Messingschild. Alfred und Lina Heitkämper.

Es schien sich um die Mutter zu handeln. Er klingelte.

Nichts rührte sich.

Er klingelte noch einmal.

Plötzlich öffnete sich rechts von ihm ein Fenster. „Guten Tag, junger Mann. Die Tür ist offen. Kommen Sie nur herein. Ich bin im Wohnzimmer."

Sola drückte die Türklinke herunter. Tatsächlich schwang die Tür knarrend auf.

„Ich bin hier drüben. Folgen Sie meiner Stimme. Und bringen Sie mir bitte die Zeitung mit. Sie muss auf dem Boden liegen."

Die alte Dame hatte recht. Sola bückte sich und hob die Alfelder auf. Dann schritt er den Korridor hinunter und schob die schwere Holztür auf.

Eine weißhaarige Dame saß neben dem Fenster in einem Sessel. Ihr Bein war komplett eingegipst. Es lag auf einem Hocker. Neben ihr auf einem Tischchen stand ein Tablett mit einer Thermoskanne, einer Tasse, einem Glas und einer Flasche Wasser.

„Oh, da ist die Zeitung. Danke Ihnen. Ich muss wohl eingenickt sein. Sonst hätte ich den Zusteller gebeten, sie mir durchs Fenster zu reichen. Welch ein Glück, dass Sie vorbeigekommen sind."

Sola legte die Zeitung auf den Tisch. Sie redete weiter. „Sie wollen sicher zu meinem Sohn. Eigentlich hatte er heute Vormittag frei, aber so ist das bei der Polizei. Wenn was passiert, muss er los. Aber das wissen Sie ja wahrscheinlich. Arbeiten sie auch für die Polizei? Setzen Sie sich doch, bitte."

Sola starrte die alte Frau an und fragte sich, ob sie immer so vertrauensselig war oder ob sie ihm etwas vorspielte. Ihr Sohn arbeitete bei der Polizei, und sie ließ jeden x-Beliebigen herein, obwohl sie ihn nicht kannte?

Selten dämlich oder senil?

„Ich würde Ihnen ja einen Kaffee anbieten, junger Mann, aber Sie müssten sich die Tasse aus der Küche holen. Ich kann nicht aufstehen, es ist schon ein Kreuz", sagte sie.

Sola überlegte nur kurz. Sie gab ihm quasi die Erlaubnis, das Haus zu durchsuchen. Sollte er die Gelegenheit nutzen?

Im Moment konnte er keinen Vorteil daraus ziehen. Besser die Alte blieb arglos. Er musste Lisa erst die Gelegenheit geben, ihre Angst mit ihrem Partner zu teilen. Ob sie schon mit ihm darüber gesprochen hatte?

Dann konnte er wiederkommen. Jederzeit.

Jetzt kam es darauf an, gehen zu können, ohne dass die Alte ihrem Markus von seinem Besuch erzählte.

„Hören Sie, ich wollte gar nicht stören. Wir Kollegen wollen ..., sehen Sie, es soll eine Überraschung werden."

„Zu seinem Geburtstag nächsten Monat. Ja, ja, 44 wird der Junge dann. Aber das wissen Sie ja."

Wusste ich nicht, trotzdem danke für die Information.

„Worüber würde er sich denn freuen?"

„Er sammelt diese Öfen, aber das wissen Sie ja, Kochmaschinen und kleine Kachelöfen, die halbe Scheune steht schon voll." Sie schüttelte den Kopf, als spräche sie über ein kleines Kind, das die Taschen voller Schnecken oder Regenwürmer gesammelt hat. „Ha, da fällt mir was ein. Kennen sie den Zwetschenkreuger? In Westerfeld? Bei Freden. Da kann man nicht nur essen gehen. Die verkaufen Wurst in Dosen. Die liebt er. Und die Mettwurst, die auch. Das wär doch ein passendes Geschenk." Sie lachte lauthals. „Da können Sie gleich querschneiden, nach dem Verschenken. Da kommt wenigstens nichts um."

„Das ist eine wunderbare Idee. Ich danke Ihnen. Naja, ich muss dann mal los."

„Junger Mann, es war nett, sich mit Ihnen zu unterhalten. Schauen Sie doch mal wieder vorbei."

Wünsch dir das lieber nicht.

Sola lächelte. „Nichts verraten, es soll ja eine Überraschung werden."

„Selbstverständlich." Sie lachte wieder schrill und vergnügt. „Er wird sich freuen, der Junge."

‚Das glaube ich weniger', dachte Sola, verabschiedete sich und verließ das Gebäude.

32

Schloss Marienburg, Freitag, der 9.9.2011

Furcht war nicht das richtige Wort.

Angst? Erst recht nicht.

Unbehagen traf es auch nicht.

Beklommenheit? Vielleicht.

Es war dunkel.

Und es war ihr Zuhause.

Lisa war langsam die Straße heruntergefahren, hatte gewendet und war zurückgekehrt. Scheinbar auf der Suche nach einem Parkplatz.

Sie hatte keinen Menschen gesehen.

Hinter einigen Fenstern flackerte das bläuliche Licht der Fernsehgeräte. Die meisten waren bereits dunkel.

Es war nach 23 Uhr. Da schlief die arbeitende Bevölkerung schon.

Nachdem sie am Nachmittag ergebnislos alle Schlösser des Landkreises Hildesheim abgeklappert hatten, war sie eine Kleinigkeit essen gegangen. Anschließend hatte nichts sie nach Hause gezogen. Deshalb war sie in die Alfelder Kinowelt geschlendert und hatte sich einen albernen Film mit Til Schweiger und seiner Tochter angesehen. Gags und Story hatte sie vergessen, da waren sie noch nicht ganz verklungen.

Sie hatte nicht zugehört.

Sie hatte nicht hingesehen.

Sie hatte sich beklommen gefühlt.

Irgendwann konnte sie es nicht länger aufschieben.

Sie musste nach Hause gehen.

Sie wollte ins Bett, sich ausstrecken, schlafen, träumen.

Energisch zog sie den Zündschlüssel ab und stieg aus. Ihr Blick wanderte die Häuserfassaden hinauf. Ihre Nase versuchte, die Gerüche zuzuordnen. Sie hörte fast nichts.

Nur die Blätter der Bäume raschelten im Wind. Es fuhr kein Auto, niemand unterhielt, kein Nachbar führte seinen Hund aus.

Sie ging die wenigen Meter bis zur Haustür. Ihre Schuhe verursachten leise Quietschgeräusche auf den Gehwegplatten.

Ihre Mutter hatte hinter vorgehaltener Hand immer getuschelt: „Die sind noch nicht bezahlt!", wenn sie jemandem mit quietschenden Sohlen begegnete. Und dann hatte sie sich köstlich amüsiert.

Lisa steckte den Schlüssel ins Schloss. Sie drehte sich dabei nicht um. Sie schob die Tür auf und als das Licht im Flur anging, bemerkte sie eine dunkle Figur, die sich von einer Bank erhob, die vor dem Nachbarhaus stand.

„Lisa!"

Jemand rief nach ihr.

Mit verstellter Stimme? Sie kannte sie, konnte sie aber nicht zuordnen. Die Angst pochte zu laut in ihren Ohren.

„Lisa, endlich! Wo warst du so lange?"

Sie wich einen Schritt zurück.

Licht fiel auf die Gestalt.

„Fitz!"

Er kam mit ungewohnt unsicheren Schritten auf sie zu. „Mir ist noch etwas eingefallen. Du musst mich fahren, uns fahren."

Es war mehr als verlockend.

Sie brauchte ihn nur zu bitten, sie nach oben zu begleiten. Sie konnte ihm ein Glas Wein anbieten. Ganz unverdächtig.

Er griff nach ihrer Hand, fasste aber daneben.

Er war angetrunken.

Keine große Hilfe.

Trotzdem.

„Fitz, was willst du mir sagen?“ Kaum hatte sie die Frage gestellt, bereute sie es.

Er antwortete laut.

„Mir ist noch etwas eingefallen.“

Sie packte seinen Oberarm und zog ihn zu sich ins Haus.

„Nicht auf der Straße. Wer weiß, wer uns zuhört. Außerdem muss ich zur Toilette, bevor wir loskönnen.“

Das stimmte zwar, aber sie war froh, dass sie nicht allein da hoch gehen musste.

Fitz war in Gang gekommen und stieg in gleichmäßigem Tempo neben ihr die beiden Treppen hinauf.

„Hier riecht es nach Sauerkraut und ... ja ... Bohnerwachs. Ich habe schon seit Ewigkeiten kein echtes Bohnerwachs gerochen. Wer benutzt denn so etwas?“

Lisa schnupperte und zuckte schuldbewusst mit den Achseln. „Keine Ahnung.“

„Wie, keine Ahnung. Es gibt eine Kehrordnung. Du musst doch wissen, wann du dran bist und wer vor und nach dir an der Reihe ist. Ihr seid, wie viel, sechs Parteien?“

„Ich kenne kaum jemanden. Wenn ich fegen und wischen muss, klebt mir der Mann aus dem Erdgeschoss einen Zettel an die Tür.“

Sie waren jetzt an ihrer Wohnung angekommen.

Fitz schaute sie konsterniert an. „Hast du keine Housewarming-Party gegeben, alle auf einen Lockstedter eingeladen?“

„Irgendwie war nie der richtige Zeitpunkt.“

Fitz betrat die Wohnung als Erster und ging vor ihr den Flur hinunter. Nach ein paar Schritten drehte er sich um. „Hübsch hier!"

Lisa hörte ihm nicht zu.

Sie öffnete die Zimmertüren, die vom Korridor abgingen, schaute in die Räume.

Alles sah unverändert aus, jedenfalls soweit sie sich erinnerte. Sie war heute Morgen ziemlich eilig aufgebrochen.

Sie spürte, wie die Erleichterung sich in ihr breitmachte wie ein Schluck heißer, schwarzer Kaffee, wenn man an einem regnerischen Abend von draußen hereinkam.

Sie bemerkte, dass Fitz sie fragend anschaute. „Ich gehe nicht davon aus, dass du vergessen hast, wo sich deine Toilette befindet."

„Natürlich nicht. Ich ... ich .... ich suche meine Taschenlampe."

„O-kayyy."

Sie erinnerte sich, dass sie sie mit ans Bett genommen hatte, und holte sie. „Nun sag schon. Was ist dir eingefallen?"

„Es gibt noch einen Cache da draußen. Neben dem Eingang zum Schloss Marienburg."

„Da waren wir heute Mittag."

„Heute Mittag war der falsche Zeitpunkt."

„Wie kommst du darauf? Meinst du, der Täter hat den Cache erst später zweckentfremdet?"

„Nein, nein, das ist es nicht. Es handelt sich um einen Nachtcache."

„Um was?"

„Komm, ich zeig's dir. Du musst fahren. Ich habe was getrunken, nur ein Bier oder so."

„Kein Problem."

Sie packte die Taschenlampe und zog ihn mit sich aus der Wohnung. Als sie sorgfältig abgeschlossen hatte, war er bereits unten angekommen.

Sie öffnete das Auto und fuhr los, bevor er sich angeschnallt hatte.

„Der läuft uns nicht weg."

„Wie funktioniert ein Nachtcache?", fragte Lisa.

„Der ist tagsüber unsichtbar versteckt. Nachts hingegen weisen reflektierende Scheiben oder nachtleuchtende Farbstreifen den Suchern die Richtung."

„Ohne Taschenlampe geht also nichts?"

„Genau, im Prinzip klappt es mit jeder Art von Licht. Manchmal reicht auch das Mondlicht aus. In diesem Fall allerdings nicht."

„Irgendwie kommt mir das bekannt vor. Hast du mir das schon einmal erklärt?"

„Kann sein, doppelt hält besser."

Lisa fuhr die Serpentinen zum Schloss langsam hoch. Sie befürchtete, dass aus den Waldstücken rechts und links der Straße Tiere laufen könnten.

„Da ist der Parkplatz. Du kannst weiterfahren. Zwischen den beiden Pfeilern hindurch."

„Da steht ein Durchfahrt-verboten-Schild."

„Das gilt nur am Tag."

„So, so." Obwohl sie seine Aussage anzweifelte, fuhr sie weiter. Es war tatsächlich stockfinster, und sie hatte kaum Lust, auf diesem schlechten Wegstück durch die Dunkelheit zu stolpern.

„Hier kannst du anhalten. Da vorn ist die Brücke. Da beginnen die Wegweiser."

Lisa stieg aus und schaltete ihre Taschenlampe an. Sofort bemerkte sie einen Leuchtpfeil an einem der Bäume. Fitz stand hinter ihr und zeigte über ihre Schulter hinweg auf die rechte Seite der steinernen Brücke.

„Da müssen wir hinunter."

Lisa musste sich an einem Baum festhalten. Die Schatten schaukelten ihr festen Boden vor, der gar nicht existierte. Sie kletterte über ein paar dicke Felsbrocken. Fitz' Atem keuchte hinter ihr her. „Weiter nach links. Ja, da."

Sie ließ den Strahl der Taschenlampe über den Boden streichen und sah die Box sofort. „Da ist sie!"

„Gut."

Lisa zog sie aus dem Spalt zwischen zwei Steinen. Sie reichte Fitz die Lampe.

„Halt mal!"

Zuerst betrachtete sie die Kunststoffbox von außen. „Was ist das?"

„Das war mal eine Packung Streichkäse. La vache qui rit. Ziemlich unlecker künstlicher Geschmack, aber super Verpackung."

„Angestrichen?"

„Gesprayt."

Mit einem Ruck öffnete sie die Schachtel.

„Nichts!"

„Fehlalarm!" „

„Warte mal!" Lisa nahm mit spitzen Fingern einen gefalteten Zettel heraus. „Ein Gedicht", wisperte sie.

Shit Happens
4 von 8

Damian nicht Damon hieß er.
Im Stich den Freund ließ er
nun muss er Kreide fressen.
Vergeben? Vergessen!

(52° 08' 33,18'' N, 9° 46' 32,65'' O)

„Der gehört doch dazu, ist aber anders.“

Fitz hielt bereits sein Geocachinggerät in der Hand und gab die Koordinate ein. „Das ist ganz in der Nähe. In Burgstemmen.“

Sie rannten beinahe bis zum Auto.

Lisa fuhr so schnell sie es wagte. Fitz wies ihr den Weg.

Als sie in Burgstemmen angekommen waren, leitete er sie nach rechts in ein Neubaugebiet. „Hier muss es sein!“

Sie sprangen aus dem Wagen, sahen sich um und fanden nichts.

Fitz überprüfte die Anzeige auf dem Display immer wieder.

„Ich habe elf Satelliten. Das müsste ein ziemlich genaues Ergebnis sein.“

Lisa dachte laut nach. „Die Caches dürfen doch nicht auf privatem Gelände liegen, oder?“

„Normalerweise ist das unerwünscht. Sie sollten ständig zugänglich sein.“

Sie suchten noch eine gute Stunde, ohne etwas zu finden. Schließlich beschloss Lisa, dass sie nach Alfeld fahren und am nächsten Morgen wiederkommen sollten. Vielleicht konnten ihnen die Anwohner weiterhelfen.

Von der Dienststelle aus instruierte sie die Kollegen über den Fundort und übergab das Gedicht zur Analyse. Gemeinsam mit Meckler, der gerade das Gebäude verlassen wollte, als sie eintraf, entwickelte sie einen Plan, wie sie Suche und Überwachung aller in Landkreis und Stadt Hildesheim infrage kommenden Caches mit möglichst wenig Personalaufwand strukturieren konnten.

Meckler versprach, am Sonntag in Hildesheim an der Schützenwiese um Unterstützung zu bitten.

33

Schloss Abbensen, Samstag, der 10.9.2011

Gab es ein Wort für die Art Kopfschmerzen, die sie gerade verspürte? Jede Kopfbewegung verursachte eine Explosion hinter ihren Augen. Machte sie die Augen auf, zischten Silvesterraketen durch ihren Schädel. Schloss sie sie, flitzten ganze Schwärme von Glühwürmchen mit Eispickeln über ihre Lider.

Existierten gegen derart galaktische Kopfschmerzen Tabletten?

Corinna versuchte, ihren Körper abzutasten, ohne sich dabei allzu sehr zu bewegen. Sie fand etwas, das sich - von innen - wie ein blauer Fleck anfühlte, am unteren Rippenbogen. Etwas tiefer, auf dem rechten Hüftknochen, spürte sie eine große verschorfte Fläche.

Oh Mann, sie musste aufstehen. Sie hatte sich noch nicht überwinden können, die Augen so lange zu öffnen, dass sie die Uhrzeit erkennen konnte. Doch immerhin lange genug, um zu wissen, dass es draußen schon hell war. Sich aufzurichten, war viel zu anstrengend.

Sie wusste nicht, wie viel Zeit vergangen war, als sie das nächste Mal aufwachte. Jedenfalls strahlte die Sonne nicht mehr direkt durch ihr Fenster in ihr Gesicht.

Corinna rollte sich auf die Seite, öffnete ein Auge und ließ sich aus dem Bett plumpsen. Sie stöhnte und war sich nicht sicher, ob ihre Beine sie tragen würden. Vorsichtshalber kroch sie auf allen Vieren zum Bad. Sie zog sich am Waschbecken hoch, drehte das kalte Wasser auf und spritzte es sich ins Gesicht.

Nachdem sie ein wenig Wasser in einen Zahnputzbecher gefüllt hatte, schluckte sie erst eine, dann noch eine Kopfschmerztablette und wartete. Sie wusste nicht, wie lange es dauern würde, bis sie wirkten. Sie seufzte. Ihr blieb keine andere Wahl. Sie musste jetzt in Gang kommen.

Plötzlich hielt sie inne. Warum musste sie so leiden? Nur weil irgendjemand ihr einen Stromstoß zugedacht hatte. Wenn sie den Kerl jetzt in die Finger bekäme, würde sie ihn auf kleiner Flamme rösten.

Die Wut vertrieb die Kopfschmerzen schneller als jedes Aspirin.

Wenig später schritt Corinna die Treppe hinunter. Im Speisesaal klapperten Mitarbeiterinnen, die Corinna nur vom Sehen kannte, mit Geschirr und Besteck. Auf einer langen Tafel lagen bereits weiße Tischtücher. Darauf stand der Blumenschmuck, der an das Wappen des Hauses angelehnt war.

Hier ging alles seinen Gang.

Eine der Frauen kam zu ihr herüber und sagte: „Guten Morgen, Frau Schwartz, der Caterer liefert gegen 11 Uhr. Bis dahin haben wir den Raum fertig vorbereitet. Die Getränke kommen gegen 13 Uhr. Alles läuft wie am Schnürchen."

„Herzlichen Dank. Ich will Sie nicht stören. Ich wollte nur hereinschauen, weil ich mich schon so auf heute Abend freue."

Die Frau lächelte noch strahlender. „Schloss Abbensen wird garantiert ein Erfolg. So etwas hat uns hier schon lange gefehlt."

„Sie wohnen in Sibbesse?"

„In Diekholzen."

„Dann müssen Sie immer über den Roten Berg, um zur Arbeit zu kommen."

„Der Berg ist kein Problem."
„Ich danke Ihnen für Ihr Engagement."

Corinna fühlte sich überflüssig. An allen Ecken arbeiteten Mitarbeiter zielstrebig. Die Gästezimmer waren vorbereitet. Im Eingangsbereich wurde der Blumenschmuck erneuert, und in den Aufenthaltsräumen wurden Bistrotische aufgebaut.

Sie ging ins Büro und rief ihren Bruder an. Leider meldete er sich nicht. Wahrscheinlich saß er im Flugzeug nach Hannover. Sekundenlang schwebte ihr Zeigefinger über der Kurzwahltaste für Dennis Voigt. Doch dann wählte sie stattdessen die Nummer von Fitz. Er antwortete sofort und bestätigte, dass er heute Nachmittag selbstverständlich nach Schloss Abbensen kommen würde.

Gleich fühlte sie sich besser.

Sie hörte Wagners Stimme auf dem Flur. Sie hatte keine Lust darauf, ihn zu treffen. Sie verließ das Zimmer, ging den Gang weiter hinunter und trat in den Innenhof. Von dort aus gelangte sie in den Mitarbeiterbereich. Janka Baric händigte ihr den Schlüssel für einen der Firmenwagen aus.

„In welche Richtung liegt Eberholzen?"

„Fahren sie bis zur Hauptstraße, dann links. Eberholzen ist das nächste Dorf."

„Danke." Corinna fuhr schon wenige Minuten später am Ortsschild vorbei.

Als sie zwei Frauen erblickte, die mit ihren Hunden spazieren gingen, ließ sie die Beifahrerscheibe herab und fragte: „Können Sie mir sagen, wo Thomas Steinwand wohnt?"

„Der Thomas? Hinter der Kirche scharf links. Das sehen Sie schon, da steht ein großer Baum auf der

Kreuzung. Thomas' Haus ist das letzte auf der rechten Seite."

Sie hätte auch erkannt, dass Thomas Steinwand auf diesem Grundstück wohnte, wenn man es ihr nicht gesagt hätte. Das Haus selbst bestand aus dunklem Holz. Wohin sie auch blickte, überall entdeckte sie metallene Skulpturen, Gitter oder Verzierungen. Mitten auf dem Hof stand eine Figur, die sie an Don Quichotte erinnerte. Als sie das Tor zum Grundstück aufschob, erkannte sie, dass es sich bei dem Knauf um einen Käfer mit fein ziselierten Mustern auf den Flügeln handelte.

Die beiden Zwerge neben der Haustür fand sie kitschig, genau wie die zahlreichen Schmetterlinge, die neben der Haustür an der Wand befestigt waren.

Sie klingelte.

Thomas Steinwand öffnete die Tür. Er trocknete sich die Hände an einem karierten Geschirrhandtuch ab und erstarrte in der Bewegung, sobald er sie erkannte. Es dauerte eine Zeit, bis er seine Gesichtszüge wieder unter Kontrolle hatte. Doch Corinna hatte unmissverständlich gesehen, dass seine Augen sie angestrahlt hatten.

Ganz offensichtlich freute er sich darüber, sie zu sehen. Gleichzeitig verwirrte ihre Anwesenheit ihn. Sie musste ihm aus der Verlegenheit helfen. „Sie wollten mir die Gitter zeigen. Ich hoffe, ich störe Sie nicht."

„Nein, nein, ich habe gerade Kartoffeln geschält. Ich bringe eben das Handtuch in die Küche, danach stehen ich Ihnen gern zur Verfügung."

Während sie auf ihn wartete, schaute sie sich weiter um. Sie wunderte sich, dass er bei einer Firma arbeitete und sich nicht selbstständig gemacht hatte. Sie kannte sich mit Metallarbeiten nicht wirklich aus, konnte die handwerkliche Qualität nicht beurteilen.

Aber von Design verstand sie etwas. Und sie hätte ihren rechten Arm verwettet, dass die Kunden Schlange stehen würden, wenn seine Entwürfe ordentlich vermarktet werden würden.

Nachdem sie sich fast alle seine Metallarbeiten angeschaut hatten, lud er sie auf einen Kaffee ein. „Falls Sie das nicht für impertinent halten.“

„Warum sollte ich?“ Sie war verblüfft.

„Na ja, Sie sind die Chefin.“

Sie lachte. „Jetzt bin ich ganz privat hier, einfach aus Interesse.“

Das schien ihn zu freuen.

Sein Kaffee war komplett ungenießbar. Sie hatte überhaupt nicht gewusst, dass man dermaßen widerlichen Kaffee frisch kochen konnte. Es musste an der Sorte liegen. Allerdings mochte sie nichts sagen. Sie schüttete noch ein bisschen Milch nach und trank nur ganz kleine Schlucke.

Er sprach nicht viel. Trotzdem wurde die Atmosphäre zwischen ihnen immer entspannter.

Schließlich fragte sie ihn, ob er am Nachmittag zur Eröffnung des Schloss-Hotels kommen würde.

Er wiegte den Kopf. „Ich muss vorher auf jeden Fall ins Heim. Verstehen Sie, das geht nicht ohne mich.“

„Dafür habe ich Verständnis. Sie müssen Ihren Verpflichtungen nachkommen. Vielleicht ist es dann eine gute Idee, wenn ich Sie jetzt allein lasse. Je früher Sie loskommen, umso eher sehe ich Sie wieder.“

Errötete er tatsächlich?

Jedenfalls lächelte er. „Ich gebe mir große Mühe. Versprochen.“

„Gut.“

Corinna fuhr die wenigen hundert Meter zurück nach Abbensen. Sie fühlte sich viel besser. Der Kopfschmerz war zu einem dumpfen Schleier hinter ihren Augen geworden.

Als sie in die Einfahrt einbog, stieg Dennis Voigt gerade aus seinem Auto. Joachim Wagner wartete mit düsterem Gesichtsausdruck neben der Eingangstür auf ihn.

Übergangslos brannte wieder ein heftiger Schmerz hinter ihren Schläfen.

Burgstemmen, Samstag, der 10.9.2011

„Mann, ich hatte mit meinem Samstagvormittag echt was Besseres vor."

„Frau, wenn ich bitten darf. Nöl hier nicht rum. Guck lieber ein bisschen freundlicher, dann erzählen die Leute dir gleich einen Schwank aus ihrer Jugend." Lisa öffnete ein niedriges Gartentor und trat auf den gepflasterten Gehweg. Dieses Einfamilienhaus lag genau neben den Koordinaten, die Fitz und sie gestern Abend aus dem Cache am Schloss Marienburg geborgen hatten. Die Häuser auf der anderen Seite hatten sie bereits abgeklappert. Niemand wusste Genaueres. Samstagmorgen waren alle zu Hause. Alle. Nur in dem Haus, das an der richtigen Stelle stand, reagierte niemand auf ihr Klingeln. Rechts und links vom Weg zogen sich zwei schnurgerade Rabatten entlang. Dahinter begann ein sorgsam gepflegter Rasen, der bis zu den Hecken reichte, die das Grundstück auf beiden Seiten begrenzten. Lisa klingelte an einer Haustür mit Blumenkranz.

Markus maulte weiter. „Anstelle des Gemüses sollten die sich lieber einen Spion zulegen, damit sie gucken können, wer draußen steht, bevor sie die Tür aufreißen."

„Guten Morgen", rief Lisa, als eine ältere Dame im Kostüm öffnete.

„Ja, bitte", sagte sie, während sie die beiden Kriminalpolizeibeamten aufmerksam musterte. Bevor Lisa etwas sage konnte, setzte sie fort: „Ich habe keine

Enkel in Ihrem Alter, ich möchte weder eine Zeitung abonnieren, noch Kochtöpfe kaufen oder im Garten nach einer Wasserader suchen. Guten Tag." Sie wollte die Tür wieder schließen. Lisa überlegte gerade, wie sie die alte Dame aufhalten sollte. Die Beteuerung „wir wollen nichts verkaufen" half bestimmt nicht.

Da sagte Markus: „Ihre Pompomdahlien haben Läuse."

„Niemals, junger Mann!", antwortete sie und schoss an ihnen vorbei den Vorgartenweg hinunter. Direkt hinter dem Zaun standen mehrere hohe Stauden mit lachsfarbenen Blüten.

Markus spazierte hinter ihr her. Seelenruhig.

Die Dame hatte die Hände in die Hüften gestemmt und betrachtete ihn. „Das ist unglaublich. Gestern waren da noch keine."

„Meine Mutter nimmt grüne Seife. Einfach in Wasser auflösen und die Pflanzen einsprühen."

„Grüne Seife, so so! Na ja, klingt ungiftig. Aber wissen Sie, das ist kein Wunder." Sie warf einen vielsagenden Blick zum Nachbargrundstück hinüber. „Es ist ja nicht so, dass das Unkraut nur auf dem eigenen Grundstück blüht." Sie trat noch einen Schritt näher an Markus heran. „Nachts, ich sage Ihnen, das stimmt, ich habe es selbst gesehen, nachts sammelt er Schnecken und wirft sie über die Hecke in meinen Garten. Glauben Sie nicht, dass ich mir das gefallen lasse. Ich nicht."

„Frau Maurer", sagte Markus, „Frau Maurer, wegen Ihres Nachbarn haben wir bei Ihnen geklingelt."

„Ich nehme kein Päckchen für ihn an, und Nachnahme schon gar nicht. Wer weiß, wann der wieder auftaucht."

„Ist er denn verschwunden?"

„Hören Sie, ich rede nicht mit Fremden über die Nachbarn."

Gerade wollte Lisa erklären, dass sie Polizeibeamte seien, als Markus sagte: „Da wachsen ja Brennnesseln durch die Hecke. Blühen die etwa schon?"

Wieder wieselte die Dame vor ihm her, diesmal quer über den gepflegten Zierrasen bis zur Hecke. Dort bückte sie sich und schaute unter die Buchsbäume. „Die machen die Hecke kaputt, sehen Sie, wo die Brennnesseln wachsen, hat die Hecke kaum Blätter."

„Warten Sie, ich mach das." Markus bückte sich ebenfalls und zog zwei lang aufgeschossene Brennnesseln aus dem Boden. Er legte sie auf dem Rasen ab, ging zwei Schritte weiter und zerrte noch eine heraus. „Ist denn der Herr Tolberg von nebenan beruflich viel unterwegs?"

„Ach was! Der hat doch sein Büro unterm Dach! Immerhin hat er lauter anständige Kunden, na ja, Klienten nennt er sie."

Sie lachte.

„Da kann man wohl mehr Geld nehmen, wenn man Klienten hat und keine Kunden, oder?"

„Er ist Architekt?"

„Sie können den aber nicht buchen oder wie immer man da sagt. Der baut nur Gewerbe." Sie verdrehte die Augen. „Als ob es dafür einen Architekten bräuchte. Gucken Sie sich nur mal die Hallen an, die er hier in Burgstemmen verbrochen hat. Wenn Sie nach Nordstemmen raus fahren, auf der rechten Seite."

„Ist er vielleicht in den Urlaub gefahren?"

„Er spielt Golf. In Rheden."

„Da bleibt er doch nicht über Nacht."

„Und Segelfliegen, aber nicht in Rheden, dafür fährt er nach Wesseln."

Lisa musste grinsen. Dafür, dass die alte Dame dem Architekten nicht aufs Fell gucken konnte, wusste sie gut Bescheid. Außerdem hatte Markus bisher noch mit keinem Wort erwähnt, dass sie Polizisten waren. Er hatte sie so erfolgreich abgelenkt, dass Lisa problemlos die gesamte Wohnung hätte ausräumen können.

Gerade erzählte sie Markus von den Frauenbekanntschaften des Nachbarn.

„Nee, nee, viele kann man nicht sagen. So alle halbe Jahre eine Neue. Die eine, 'ne ganz patente aus Betheln, die ist sogar mal über ein Jahr gekommen. Da hab ich schon gedacht, das wird was Festes." Sie zuckte mit den Schultern. „Aber plötzlich ist sie nicht mehr aufgetaucht."

„Könnte es sein, dass er sich bei seiner momentanen Freundin aufhält?"

„Momentane Freundin, wie das klingt? Lebensabschnittsbegleiterin nennt er sie, wenn er eine hat, hat er aber nicht."

„Sicher?"

„Völlig. War ja laut genug, während sie ihre Habseligkeiten aus dem Haus in ihren Wagen geschafft hat."

„Wann haben Sie Herrn Tolberg zuletzt gesehen?"

„Am 1. September."

„Wieso wissen Sie das so genau?"

Wieder rümpfte sie die Nase.

„Herr Tolberg hat sich despektierlich über Herrn Adenauer geäußert."

Markus sah verblüfft aus. „Was hat er denn gesagt?"

„Nein, das werde ich nicht wiederholen."

„Wieso haben Sie über Adenauer gesprochen?"

„Am 1. September 1949 hat der Parlamentarische Rat Konrad Adenauer zum Vorsitzenden gewählt. Von dem Tag an ging es mit Deutschland bergauf. Ein gebildeter Mann, der Konrad Adenauer. Ganz anders als Herr Tolberg."

„Sie haben also am 1. September mit Herrn Tolberg über Ihr Idol Adenauer gesprochen?"

„Das haben Sie schön gesagt. Bevor ich zum Friseur bin."

„Seither haben Sie ihn weder gesehen noch gehört?"

Sie schien ernsthaft zu überlegen. „Gesehen ganz bestimmt nicht. Da bin ich mir sicher. Ob ich ihn am Donnerstagabend, nach der Tagesschau, noch gehört habe? Mag sein, mag auch nicht sein." Jetzt wurde ihr Blick wieder wachsamer, misstrauischer. „Was wollen Sie von ihm?"

Markus winkte ab. „Wir brauchen ihn als Zeugen."

„Ach was? Was hat er denn gesehen?"

Markus beugte sich verschwörerisch zu ihrem linken Ohr hinunter. „In einem Mordfall", raunte er.

„Mordfall?" Die Dame kicherte. „In seinem eigenen oder was?" Sie lachte nun schallend. „Ein Mord in Burgstemmen, da brat mir doch einer einen Storch." Plötzlich hielt sie inne. „Sie sind entweder verrückt oder von der Polizei."

„Verrückt wär' mir lieber, aber leider, Polizei."

Sie nickte. Dann winkte sie ihn wie die Hexe im Märchen mit dem Zeigefinger zu sich her. „Kommen Sie mal. Ich zeig Ihnen was."

Sie ging vor Markus her zwischen Haus und Hecke hindurch. Lisa zögerte. Die Haustür stand sperrangelweit offen. Sollte sie mitgehen? Die alte Dame hatte garantiert keinen Schlüssel dabei.

Trotzdem, sie wollte auch sehen, was Markus gezeigt wurde.

Sie lief hinter den beiden her. Es gab eine Pforte in der Hecke. Markus wechselte einen fragenden Blick mit ihr, dann schob er das Törchen auf und betrat das Nachbargrundstück. Frau Maurer beobachtete ihn skeptisch. „Darf der das? In den Krimis im Fernsehen dürfen die das nicht. Da machen sie es trotzdem immer. Meist geht es nicht gut." Sie wandte sich Lisa zu. „Wenn ihr Kollege da drüben jetzt zusammengeschlagen wird, rufen Sie alsdann die Polizei? Die richtige meine ich, die mit den Autos und den Uniformen? Die sind doch bewaffnet, oder?"

Bevor Lisa die Dame beruhigen konnte, tauchte Markus bereits wieder bei ihnen auf. Unversehrt.

„Wir brauchen ein Team vor Ort. Meckler soll alle Genehmigungen einholen. Im Notfall machen wir Gefahr im Verzug geltend."

„So schlimm?"

„Lass uns zum Wagen gehen."

Die alte Dame zupfte an Markus' Jacke und bat um eine Erklärung. Da Lisas Handy vibrierte, ging sie ein paar Schritte zur Seite.

Sie hatte eine SMS erhalten. Den Absender kannte sie nicht. Sie öffnete die Kurznachricht. „51° 59′ 29,83″ N, 9° 49′ 17,54″ O"

Was sollte das?

Sie leitete die Nachricht an Fitz weiter und bat ihn, für sie zu prüfen, welchen Ort diese Koordinaten bezeichneten.

Als Lisa zu den beiden zurückkehrte, grinste Markus breit. „Ich hab einen Schlüssel."

„Eigentlich habe ich den Zweitschlüssel. Nicht, dass ich Blumen gießen würde oder so. Eher, weil Herr Tolberg sich manchmal selbst aussperrt", erklärte ihnen die Nachbarin.

35

Abbensen, Samstag, der 10.9.2011

„Möchten Sie ein Glas Sekt mit Orangensaft oder lieber pur?“

„Darf ich Ihnen Ihren Mantel abnehmen?“

„Herzlichen Dank für die Blumen. Ich werde sie gleich ins Wasser stellen.“

Im Hintergrund spielte leise Musik.

Corinna Schwartz unterhielt sich mit den Gästen, nachdem sie von drei Mitarbeiterinnen mit einem Glas zum Festhalten ausgerüstet worden waren. Joachim Wagner wich nicht von ihrer Seite. Das Lächeln im Gesicht wie festgetackert.

Gabriel Sola stand zusammen mit Janka Baric neben dem Buffet und beobachtete. Immer wieder plusterte der Kugelfisch sich auf, um etwas Geistreiches zur Konversation beizutragen, doch irgendwie reagierte niemand auf ihn. Erst als Bürgermeister Talheim Corinna am Oberarm packte und sie mit großer Geste nach draußen gezogen hatte, wurde Wagner wahrgenommen.

Sola fragte sich, wie lange das Ganze noch dauern sollte. Da kamen Talheim und Corinna wieder herein. Sie strahlte über das Gesicht. Was auch immer der Bürgermeister sich hatte einfallen lassen, der Schnepfe gefiel es sichtlich.

Sie löste sich vom Arm des Bürgermeisters und trat an das Rednerpult, das sie sich vom örtlichen Musikverein geliehen hatten. Irgendwer hatte das Logo des Vereins mit dem Wappen des Schlosses überklebt.

Corinna begrüßte jeden Anwesenden einzeln, auch die Presse, und sie schien alles richtig zu machen, da kein Gesicht sich verfinsterte und niemand verächtlich mit seinem Nachbarn zu tuscheln begann.

Sola stellte sich neben den Fahrer des Landrats, der ein Glas Orangensaft in der einen und ein paar Happen vom Buffet auf einem Teller in der anderen Hand balancierte.

„Sind Sie hungrig?", fragte er. „Ich kann die Forellenkanapees empfehlen."

Der Mann lächelte und flüsterte zurück. „Man weiß ja nie. Wenn die Reden zu lange dauern, kann es passieren, dass wir zum nächsten Termin aufbrechen müssen, bevor das Buffet gestürmt wurde. Das wäre doch jammerschade, oder?" Er grinste ihn verschwörerisch an. „Ich habe da Übung. Gucken Sie hin, merkt keiner, dass da was fehlt."

Der Mann hatte recht. Er hatte sich genau die Scheiben genommen, deren Fehlen überhaupt nicht auffiel. Er sah noch zu, wie der Landrat zum Mikrofon ging. Dann schlenderte er mit Teller und Glas nach draußen. Augenscheinlich machte er sich nicht allzu viel aus den Reden.

Sola auch nicht, wenn er ehrlich war.

„Ich geh mal eine rauchen", raunte er Janka zu und verschwand ebenfalls im Freien.

Wie viel Zeit ihm wohl blieb, ohne dass es jemandem auffiel, dass er nicht da war?

Er war gerade aus dem Gebäude getreten, als ein dunkler Wagen direkt vor dem Eingang anhielt.

Dennis Voigt stieg aus. „Hat es schon angefangen?"

Sola nickte. „Sie hat dich nicht vermisst."

„Kann ich mir vorstellen. Ich war am Flughafen. Robert wollte unbedingt kommen. Er hatte es ihr wohl versprochen. Sein Flug wurde wegen eines Schadens an der Maschine gecancelled."

„Gute Ausrede."

„Nix Ausrede. Reine Wahrheit."

„Sagt ein Anwalt."

„Wer hat dich denn gestochen heute Morgen?"

„Brimborium und Firlefanz, lauter unnötiges Zeug, hält uns nur von der eigentlichen Arbeit ab."

„Sei nicht so ungeduldig. Man muss auch den schönen Seiten des Lebens etwas abgewinnen können. Und ich bin davon überzeugt, das Buffet ist vorzüglich."

„Sofern man auf winzige Portiönchen steht, ja."

Voigt legte ihm die Hand auf die Schulter und ging an Sola vorbei ins Haus.

Sollte er ihm folgen, nur um zu gucken, wie sie guckte, wenn sie eigentlich wütend war, sich aber beherrschte?

Das Vibrieren seines brandneuen Prepaid-Handys überzeugte ihn davon, dass die beiden ohne ihn klarkommen würden.

Er schritt schnell aus, um hinter die Gebäude zu kommen. Dort konnte er ungestört die Nachricht lesen.

Er öffnete den Ordner. Fast vier Stunden hatte sich nichts getan. Sehr schön. Jetzt kam wieder Bewegung ins Spiel. Zwei neue Koordinaten waren eingegangen.

Er kopierte die ersten in eine andere SMS und sandte sie an Lisas Handynummer.

Ein bisschen Verwirrung zu stiften, konnte nie schaden. Sie sollte nicht zur Ruhe kommen, immer wieder abgelenkt zu werden, produziert Fehler, Unbedachtsamkeiten, Frustration. Was wollte er mehr?

Anschließend schlenderte er zur Feierstunde zurück. Der Landrat redete noch immer.

Sola hatte gerade seinen Platz neben Janka eingenommen, als sich die Tür öffnete und Thomas Steinwand hereinkam. Er sah sich unsicher um, nickte Sola zu, setzte sich auf einen Stuhl in der letzten Reihe.

Was wollte der hier?

Sola streckte sich etwas, um nach vorne gucken zu können. Richtig, er hatte sich nicht geirrt. Der Chef von Fischer & Gerling und seine Frau saßen in der ersten Reihe und lauschten den Worten des Landrates beinahe selig lächelnd.

Ob sie ahnten, dass ihr Mitarbeiter sich im dunklen Anzug unter die Ehrengäste mischen wollte?

Oder hatte Corinna ihn eingeladen?

Er dachte darüber nach. Schließlich hatte er sie gefunden, nach dem bedauerlichen Unfall im Park.

Es war durchaus denkbar, dass sie ihn aus Dankbarkeit persönlich eingeladen hatte.

Das war nicht richtig. Warum glaubte sie diesem Kerl, der eigentlich der Sündenbock sein sollte, dass er unschuldig war?

Viel wichtiger war allerdings die Frage, wovon waren die Bullen überzeugt? Gegen wen ermittelten sie?

Wirklich zu schade, dass sie noch keinen lokalen Polizisten als Informanten gewinnen konnten. Wen sollte er darauf ansetzen? Er musste mit Monkey darüber sprechen, sobald er das nächste Mal anrief.

Er bemerkte, dass Corinna Schwartz unruhig und neugierig zugleich zur Tür blickte. Er hörte Schritte auf dem Kies.

Wer kam da?

36

Burgstemmen, Samstag, der 10.9.2011

Sina und Artjom parkten ihren Wagen elf Minuten nach Markus' Anruf neben dem Privatwagen von Lisa. Beide stiegen mit vor Aufregung geröteten Gesichtern aus. Innerlich musste Lisa grinsen. Die beiden waren noch so jung, dass sie jeden neuen Vorfall voller Eifer angingen.

„Guten Morgen", grüßte Sina freundlich. „Wie können wir helfen?"

„Wir warten auf Ralf und sein Team. Dann schließt Markus die Haustür auf, und zwei Männer in Tatortanzügen werden das Haus durchsuchen."

„Rechnet ihr damit, eine Leiche zu finden?"

„Es ist nicht ausgeschlossen." Lisa beobachtete Sinas Reaktion. Sie schluckte zwar einmal schwer, schien aber gefasst. Allzu viele Leichen hatte sie in ihrer bisher kurzen Dienstzeit noch nicht zu sehen bekommen. Glücklicherweise.

„Okay!", sagte Sina. „Artjom, du bleibst an der Gartenpforte und wimmelst alle ab."

Als sie Lisas fragenden Blick bemerkte, erklärte sie: „Scheinbar hat die Presse Wind von unserer aktuellen Ermittlung bekommen. Heute Morgen standen schon zwei VW-Busse mit Senderlogos vor der Dienststelle. Ich glaube, die beobachten uns. Deshalb sind wir gleich losgefahren und haben nicht auf die anderen gewartet. Ein Auto allein, das ausrückt, fällt nicht so auf."

„Gut gemacht. Hoffentlich funktioniert es."

Die Fachleute von der Spurensicherung waren gerade erst durch die Tür gegangen, da tauchte einer von ihnen bereits wieder auf und signalisierte, dass sie etwas gefunden hätten. Markus und Lisa warteten nebeneinander vor der Haustür.

„Dein Blumentrick war klasse. Werd ich mir merken."

„Blumentrick?" Markus schien sie nicht zu verstehen.

„Dahlien! Blattläuse!"

„Ach das, ich musste irgendetwas sagen, das sie entspannte. Sie war so furchtbar misstrauisch."

„Ralf winkt uns", sagte Lisa und nahm alle Stufen mit einem großen Schritt.

„Was habt ihr?"

„Zuerst war es nur der eindeutige Geruch, recht schwach, aber nicht zu leugnen." Er wies die Treppe hinauf. „Je höher wir kamen, umso stärker wurde er."

Lisa lief eilig voran, blieb allerdings am Eingang zum Schlafzimmer stehen. „Was ist das?" Sie erkannte einen durchsichtigen Plastikbehälter, in dem sich augenscheinlich Leichenteile befanden. Oder eine ganze Leiche?

„Deswegen habe ich euch jetzt schon heraufgeholt." Er ging in das Zimmer hinein und zeigte mit dem Finger auf die Gegenstände, die er erwähnte. „Dieses Paket lag unter dem Bett, die Tagesdecke bedeckte die gesamte Oberfläche und hing auf allen Seiten bis zum Boden herunter."

„Das Ding, was ist das?"

„Es handelt sich um eine Unterbettkommode."

„Noch nie gehört." Markus drängte sich dicht an Lisa heran, um besser sehen zu können. „Sieht eher aus wie ein Plastiksack."

„Das ist es im Prinzip auch, ein stabiler Kunststoffbeutel, etwa so groß wie eine Matratze. Es gibt sie mit einer Kammer oder mit zweien. Dieser hier hat nur eine."

„Kammer?"

„Man legt im Sommer die Winterkleidung hinein und umgekehrt. Anschließend setzt man einen Staubsauger an und saugt die überschüssige Luft heraus. Das erzeugt eine milde Form eines Vakuums. Normalerweise nimmt das ganze Ding so weniger Platz ein. Gleichzeitig wird Insektenbefall verhindert."

„Insekten!" Lisa flüsterte das Wort. Sie begann zu begreifen, was sie da sah. „Ist das Tolberg?"

„Davon können wir ausgehen. Sofern Tolberg nicht der Täter ist."

„Die Koordinaten haben uns zu diesem Haus geführt."

„Lass nur, wir werden es bald wissen. Was man jedoch jetzt schon sehen kann, ist, dass einige Körperteile fehlen. Ich kann von hier, wo ich stehe, die Beine sehen. Na ja, oder das, was davon übrig ist. Jedenfalls ist eindeutig zu erkennen, dass ein Fuß fehlt. Außerdem eine Hand."

„Wirst du den Sack ..."

„Die Kommode."

„... hier öffnen?"

„Besser nicht. Das würde ich lieber unter Laborbedingungen tun. Aber ihr solltet euch noch im Wohnzimmer umschauen. Ich denke, das war der eigentliche Tatort."

Lisa und Markus blieben noch einen Moment stehen und beobachteten, wie Ralf und sein Team den Behälter aus jedem möglichen Blickwinkel fotografierten. Sie hatten unzählige weiße Fähnchen im ganzen Raum verteilt. Lisa konnte an den wenigsten Stellen erkennen, was es hier Interessantes zu markieren gab.

Markus stupste sie an.

„Lass uns unten nachsehen."

Gemeinsam stiegen sie die Treppe hinunter. Erst jetzt nahm Lisa das Haus bewusst wahr. Die einzigen Farben, die es gab, waren helles Holz und Weiß. Eine Kiefernholztreppe, weiß verputzte Wände. Im Wohnzimmer sah es nicht anders aus. Weiß glänzende Regale, hölzerne Sitzmöbel mit weißen Bezügen. Nur unter dem Tisch rostbraune Flecken.

„Jemand hat den Tisch vom Teppich heruntergezogen, um die Flecken zu verbergen, nicht effektiv, aber immerhin."

„Hast du den Fleck durch das Fenster gesehen, als du hereingeschaut hast?", fragte Lisa ihn.

„Nein", er zeigte auf ein umgestürztes Regal an der Längswand. „Dies hat mich stutzig gemacht."

„Verstehe, sieht so aus, als hätte hier ein Kampf stattgefunden."

„Kein Kampf im Klitschko-Stil, aber doch eine handgreifliche Auseinandersetzung."

„Gehen wir für den Augenblick davon aus, dass Tolberg oben in dem Sack liegt. Ja?"

„Okay!"

„Dann hatten die beiden, also Tolberg und unser Täter, hier unten einen Streit. Dabei wurde der Architekt so schwer verletzt ..."

„Oder bewusstlos geschlagen."

„Meinetwegen. Jedenfalls hat er ihn die Treppen hinaufgeschleppt, ihn bis ins Schlafzimmer gebracht und in diese Verpackung verfrachtet."

„Vorher hat er ihm einige Körperteile amputiert", warf Markus ein.

„Aber warum? Kam er von vornherein mit der Absicht her, Tolberg zu ermorden und zu zerstückeln, oder hat er die Idee erst später entwickelt? Ist er vielleicht sogar noch einmal wiedergekommen?"

„Du meinst, am nächsten Tag, oder so?"

„Wir sollten die Nachbarn erneut befragen", überlegte Lisa.

„Das könnte Sina machen. Sie soll fragen, ob jemand versucht hat, Herrn Tolberg zu besuchen. Seit Donnerstag?"

„Das ist eine gute Idee. Sie könnte generell nach unbekannten Besuchern fragen." Lisa ging langsam auf die Zimmertür zu.

„Mir fällt da etwas ein." Sie drehte sich zu Markus um und wartete, bis sie seine ungeteilte Aufmerksamkeit hatte. „Tolberg muss der erste Tote gewesen sein." Sie sah deutlich, wie ihr Kollege zu verstehen begann, was sie meinte.

„Du hast recht, erst nachdem ihm die Leiche zur Verfügung stand, konnte er die Caches mit den Körperteilen anlegen."

„Bedeutet das gleichzeitig, dass es eine Beziehung zwischen den Männern gibt? Müssen wir nur den roten Faden finden, der sich von Tolberg über Senftleben zu Reuter spinnen lässt?"

„Auf den ersten Blick hatten alle etwas mit dem Bau zu tun."

„Genau, Architekt, Bauamt der Stadt Alfeld, Umweltamt des Landkreises Hildesheim. Das waren die drei. Wen benötigt man noch, um ein Haus zu bauen?"

„Kein Haus!", sagte Lisa. „Erinnerst du dich an die Aussagen von Frau Maurer vorhin? Sie erwähnte, dass der Tolberg Gewerbegebäude baut."

„Sind doch auch Häuser", maulte Markus.

„Schon, aber keine Wohnhäuser. Bei Gewerbe sind sicher noch andere beteiligt als bei privaten, oder?"

„Weiß nicht. Gewerbeaufsichtsamt, Finanzamt?"

„Eine Bank?"

„Bestimmt. Wahrscheinlich mehr als eine. Da müssen wir uns schlaumachen."

„Unbedingt."

Als sie sich bei Ralf abmeldeten, informierte er sie darüber, dass sie inzwischen entdeckt hatten, dass jemand mit einem Edding eine große Drei auf den Kunststoffbehälter gemalt hatte.

Sie beauftragten Sina und Artjom mit den weiteren Befragungen der Nachbarn und fuhren zurück nach Alfeld.

Da Lisa Hunger verspürte, hielten sie bei Brügges Imbiss. Lisa bestellte sich einen XXL Hotdog, während Markus den Dönerteller bevorzugte. Sie setzten sich hinten in die Ecke und nippten beide an ihrem Kaffee.

„Ich habe selten so wenig verstanden, worum es eigentlich geht", seufzte Markus. „Der Kerl bestimmt die Spielregeln. Wir rennen hinterher, ohne jede Aussicht auf Erfolg. Weder haben wir eine Chance, den nächsten Mord zu verhindern, noch den Täter zu erwischen."

„Das stimmt. Er spielt mit uns." Sie zuckte mit den Achseln. „Was wäre denn, wenn wir nicht mehr mitspielen würden?"

„Er bringt noch fünf Leute um und danach ist Ruhe."

„Glaubst du das wirklich?" Lisa zuckte zusammen, als ihr Handy klingelte. Sie nahm es aus der Tasche. „Eine SMS!" Sie rief die Meldung ab und erstarrte. Erneut sandte ihr jemand Koordinaten, mit denen sie nichts anfangen konnte. „51° 58′ 44,82′′ N, 9° 49′ 01,20′′ O“

Sie schickte auch diese Nachricht weiter an Fitz und bat ihn, sich so bald wie möglich zu melden.

„Was Unangenehmes?“, fragte Markus.

Sollte sie ihm die Wahrheit sagen? Ihm von ihren Befürchtungen berichten? Was denn? Dass ihr Ex aus Kassel in Alfeld Menschen umbrachte, um sie zu erschrecken? Das klang wenig plausibel. Sie glaubte es ja selbst kaum.

Abgesehen davon, dass definitiv jemand in ihrer Wohnung gewesen war.

Und was sollten diese Koordinaten?

Sie stimmten nicht mit denen der Caches überein. Das hatte sie sofort überprüft. Sollte sie dorthin fahren?

Ganz bestimmt nicht.

Als sie aufschaute, bemerkte sie, dass Markus sie beobachtete. „Stimmt was nicht?“

Sie lächelte gequält. „Doch, doch, schon alles okay.“

„Sicher?“

„Da kommt unser Essen. Ich verhungere gleich!“

Als Markus das Besteck in die Hand nahm, ließ sie ihr Handy in die Tasche zurückgleiten.

Sie würde es ihm später erzählen.

37

Abbensen, Samstag, der 10.9.2011

Corinna glühte. Sie befand sich in ihrem Element. Sie hatte alle Namen und Gesichter ihrer Gäste auswendig gelernt. Nun konnte sie den Landrat nach seiner holländischen Frau und den Dorfsheriff nach seinen Brieftauben fragen. Sie sprach mit Bürgermeistern über Grundsteuerhebesätze und Straßenausbaubeitragssatzungen und mit dem Gemeindepfarrer über mögliche Andachten in der Schlosskapelle.

Ein Musiker versprach, sie ins Didgeridoospielen einzuweihen, und ein kleiner Mann mit Kinnbart wollte ihr die Schönheiten des Despetals von der Kutsche aus zeigen. Sie lächelte zu allen Vorschlägen und versuchte sich, Gesichter, Anliegen und Namen einzuprägen.

Nachdem sie die letzten Gäste begrüßte hatte, schlenderte sie gelassen von Grüppchen zu Grüppchen, bis Wagner den Harfenistinnen ein Zeichen gab. Sie spielten zwei Stücke, die Corinna nicht kannte, die ihr jedoch gut gefielen. Anschließend eröffnete Wagner als Geschäftsführer den Reigen der Redner. Er berichtete von den Baumaßnahmen, bedankte sich bei den Handwerkern und allen anderen Unterstützern. Danach übergab er das Wort an die Konzernleitung, also an sie, und zog sich, zugegebenermaßen widerwillig, in den Hintergrund zurück.

Corinna schaute immer wieder zur Tür, während sie sprach, in der Hoffnung, dass ihr Überraschungsgast auftauchen würde. Er hatte sich nicht festgelegt. Außerdem erwartete sie ihren Bruder. Versprochen hatte er, dass er käme. So langsam begann sie, sich Sorgen zu machen.

Solange der Landrat redete, setzte sie sich in die zweite Reihe neben Fitz. Er drückte aufmunternd ihre Hand.

Plötzlich zuckte er zusammen. Seine Linke tastete nach dem Handy in der Jackentasche. Er zog es heraus und schaute auf das Display. Scheinbar hatte er eine SMS erhalten. Jedenfalls runzelte er die Stirn, bevor er das Telefon wieder wegsteckte.

Corinna bemerkte, dass Sola den Saal verließ und ihn kurz darauf gemeinsam mit Dennis Voigt erneut betrat. Voigt hatte sie komplett vergessen. Auch nicht schlecht, so brauchte sie sich wenigstens keine Gedanken darüber zu machen, wie sie ihm ausweichen konnte, ohne ihn ernsthaft zu vergrätzen.

Kurz darauf klappte die Tür ein weiteres Mal. Aus dem Augenwinkel sah Corinna, dass Thomas Steinwand hereinschlich, sich unsicher umschaute und schließlich in die letzte Reihe rutschte.

Ihr Puls beschleunigte sich rasant, und sie befürchtete, dass eine leichte Röte über ihren Hals nach oben kroch.

Was war nur mit ihr los?

Ups, jetzt hatte sie nicht bemerkt, dass der Landrat seine Rede beendet hatte und ihr ein Präsent überreichen wollte. Sie eilte zu ihm ans Rednerpult und bedankte sich artig.

Da sah sie ihn vorfahren.

Er kam tatsächlich.

Sie konnte ihre Augen kaum von der Tür lösen. Die Gäste bemerkten, dass etwas im Gang war, und drehten sich ebenfalls um. Einige begannen zu tuscheln.

Sola reckte den Hals, und Janka Baric eilte, wie vereinbart, auf die Tür zu.

Der Graf trug einen Cut mit tiefer Weste und weißem Hemd. Auf der Krawatte war das Wappen eingestickt.

Janka hielt ihm die Tür offen und nahm ihm den Hut ab.

Corinna begrüßte ihn vom Rednerpult und stellte ihn gleichzeitig all den Gästen vor, die ihn nicht persönlich kannten. Sie freute sich über das Raunen im Saal. Danach ging sie auf ihn zu, gemessenen Schrittes, reichte ihm erst die Hand und dann den Arm, bevor sie ihn zu dem Fauteuil geleitete, den Sola soeben neben das Rednerpult gestellt hatte.

Die beiden Journalisten, die bisher eher gelangweilt auf ihren Stühlen gehockt hatten, waren aufgesprungen. Ihre Kameras klickten um die Wette.

Der Graf hielt sich kerzengerade, lächelte huldvoll und unergründlich nach rechts und links.

Nachdem er sich gesetzt hatte, reichte sie ihm das Mikrofon, und er begann zu erzählen. Corinna hatte zuerst Mühe, sich auf das zu konzentrieren, was er sagte, weil seine Stimme so voll und tief klang, als stamme sie von einem viel schwereren Mann.

Er sprach frei, ohne zu stocken und ohne Manierismen. Seine Wortwahl war altmodisch, doch das, was er sagte, beeindruckte alle Anwesenden.

Er erzählte kurze Anekdoten aus der Geschichte des Schlosses und seiner Familie und verdeutlichte dann, warum er der neuen Nutzung seines Familiensitzes nicht nur zugestimmt hatte, sondern sie auch von ganzem Herzen guthieß.

Corinna hoffte inständig, dass die Zeitungen am Montag mit seinen Worten titeln würden. Eine bessere Werbung konnte es gar nicht geben.

Beim anschließenden Sektempfang nahm sie sich die Zeit, sich bei Thomas Steinwand für sein Kommen zu bedanken. Sie unterhielten sich über die Orangerie und Likörspezialitäten der Gegend. Da sie sich um die anderen Gäste kümmern musste, bat sie ihn, sie morgen zu einem Spaziergang durch den Bad Salzdetfurther Kurpark abzuholen, von dem er geschwärmt hatte.

Er versprach, sie gegen Mittag anzurufen.

Einen Moment lang wunderte sie sich, dass er so zurückhaltend reagierte. Mochte er sie nicht?

Da müsste sie sich aber sehr täuschen.

Dann fiel ihr das Heim ein. Vielleicht fühlte er sich verpflichtet, am Wochenende zur Kaffeezeit ins Heim zu fahren. Daran hatte sie nicht gedacht. Sie würde ihn anrufen und danach fragen. Natürlich hatte sie dafür Verständnis und wollte ihn nicht von seinen Pflichten abhalten.

Schließlich konnten sie sich genauso gut am Abend treffen.

„Nun, meine Liebe, erschöpft?"

Corinna zuckte zusammen. Sie hatte Dennis Voigt nicht kommen hören. „Ein wenig, ja." Sie drehte sich zu ihm um. „Aber ich denke, es war ein voller Erfolg."

„Ja, jetzt können die Kurgäste kommen. Ihr seid ausgebucht, sagt Wagner."

„Bis auf ein Zimmer, ja. Das hatte ich für Robert freigehalten."

„Deswegen bin ich hier. Sein Flug wurde abgesagt. Danach hat er es mit dem Zug versucht, und schließlich hat er sich ins Auto gesetzt. Aktuell steht er in einem Stau bei Königslutter."

„Du scherzt!"

„Leider nicht. Er hat sich wirklich bemüht. Robert ruft an, sobald er von der Autobahn abfährt." Dennis nahm eine Flasche Sekt und zwei Gläser vom Tisch und sagte: „So bleibt mir noch ausreichend Zeit, mit dir auf deinen großen Erfolg anzustoßen."

Er goss den Sekt ein und reichte ihr ein Glas. Sie stießen an.

Sola und Janka unterhielten sich mit den übrigen Angestellten.

Dennis erzählte Corinna gerade von dem Gut in Lübbenau, das sie gerade besichtigt hatten, weil es sich möglicherweise auch als Wellness-Hotel eignete. Da betrat Fitz den Saal. Er musste sich im Innenhof aufgehalten haben.

Er blickte angestrengt auf das Display seines Handys und schüttelte den Kopf.

Corinna nutzte die Gelegenheit, die Zweisamkeit mit Dennis zu unterbrechen, und fragte: „Stimmt etwas nicht?"

„Weiß ich nicht so genau."

„Haben Sie keinen Empfang?"

„Doch, doch. Ich habe zwei SMS von Lisa Grundberg erhalten, Sie wissen schon, von der Polizistin, die Sie im Krankenhaus besucht hat."

„Sympathische Person. Ich erinnere mich. Hat sie herausgefunden, wer die Stromversorgung manipuliert hat?"

„Ich glaube nicht. Aber irgendein Witzbold schickt ihr per SMS Koordinaten, und ich soll für sie herausfinden, wo die liegen."

„Hat das mit Geocaching zu tun?"

„Möglich wär's. Ich müsste an einen PC, um die Daten zu überprüfen, mit dem Handy ist es zu ungenau."

„Sie hatten mir versprochen, mit mir mal einen Cache zu suchen."

Corinna sah, dass Sola Fitz mit zusammengekniffenen Augen musterte. Ja, es schien ihr beinahe, als würde er ihrem Gespräch lauschen.

„Ja, ja, ich weiß, und welche verstecken wollten wir auch. Allerdings ist das momentan keine gute Zeit dafür."

Corinna wundert sich. Jetzt kam Sola tatsächlich zu ihnen herüber.

„Entschuldigen Sie, ich habe ein paar Fetzen Ihres Gesprächs aufgeschnappt. Ich bin zu neugierig. Arbeiten Sie an dem Fall mit, von dem ich in der Zeitung gelesen habe? Sie wissen schon, mit den Leichenteilen in den Caches?"

Fitz nickte bekümmert.

„Dürfen Sie nicht darüber sprechen?"

„Verboten ist es nicht. Aber die Polizei hat natürlich kein Interesse daran, dass eine Panik ausbricht oder die Leute zu Hunderten über die Caches im Leinebergland herfallen, in der Hoffnung, Teil eines Abenteuers zu werden. Vielleicht sogar, um eine Mörderjagd zu veranstalten. Ich möchte mir gar nicht vorstellen, welche Szenen sich da abspielen könnten, wenn die Menschen sich gegenseitig bespitzeln und verdächtigen."

Sola verzog einen Mundwinkel zu einem halben Grinsen.

„Wahrscheinlich haben Sie recht. Entschuldigen Sie meine Neugier. Auf den ersten Blick wirkt die Gegend hier so idyllisch."

Sarkastisch kommentierte Voigt: „Eine Mords Idylle, wie mir scheint."

Corinna sah von einem zum anderen. Sie hatte den Eindruck, dass Voigt und Sola von etwas sprachen, das ihr entging.

Außerdem schien es ihr, als brannte Sola darauf, mehr über die Vorgänge zu erfahren.

5

Ein Dolch im Gewand

38

Alfeld, Sonntag, der 11.9.2011

Lisa war heilfroh, dass Fitz angerufen hatte, bevor er sie besuchen gekommen war. Wer weiß, ob sie ihm aufgemacht hätte. Wahrscheinlich wäre sie zur Salzsäule erstarrt, wenn er - unangemeldet - morgens um halb zehn bei ihr geklingelt hätte.

Nachdem sie aufgelegt hatte, prüfte sie ihr Handy. Es war keine neue Nachricht eingegangen.

Als sie gestern nach Hause gekommen war, hatte sie ihre Wohnung unverändert vorgefunden. Vielleicht hatte sie sich die unheimlichen Begebenheiten nur eingebildet? Sie schüttelte sich.

Nein.

Niemals.

Sie war doch nicht paranoid.

Erst dieses Eindringen in ihre Privatsphäre, nun die SMS.

Sollten das Warnungen sein?

Nun, wenn dem so war, hatte es nicht funktioniert.

Und es würde auch nie funktionieren, denn sie machte nichts Falsches. Es gab keinen Grund, sich zu schämen. Sie lebte ihr Leben, erledigte ihre Arbeit und gönnte sich gelegentlich einen Abend mit netten Menschen.

Sie wischte schnell über den Küchentisch und stellte zwei Tassen in die Mitte.

Fitz hatte gesagt, er würde Brötchen mitbringen.

Sie ging zum Kühlschrank und kontrollierte, ob die Marmelade noch gut war. Nicht mehr viel drin, aber einwandfrei. Außerdem hatte sie im Küchenregal noch ein Glas Honig stehen. Das würde reichen.

Sie stoppte mitten in der Bewegung. Oder aß Fitz Wurst und Käse zum Frühstück? Sie schaute in den Kühlschrank. Käse? Hatte sie da, Wurst? Fehlanzeige.

Wie blöd war sie eigentlich? Wer unangemeldet kam, konnte nicht mit kulinarischen Höchstleistungen rechnen.

Andererseits, sie hätte es ihm gern nett gemacht.

Sie hasste es, wenn sie diesen Weibchen-Nestbau-Trieb an sich entdeckte. Immer mit der Ruhe. Er kam wegen der Koordinaten.

Na ja, und er brachte Brötchen mit.

Sie starrte noch immer in den Kühlschrank, als sie Schritte auf der Treppe hörte. Sie warf die Kühlschranktür zu und öffnete ihm, bevor er klingeln konnte.

Er zog sie in die Arme, drückte sie an sich und fragte: „Hast du gut geschlafen? Du siehst blendend aus."

„Guten Morgen, danke. Regnet es? Du hast Tropfen im Haar." Sie fischte einen Tropfen heraus und hielt ihn ihm hin.

„Himmel, nein. Das muss noch vom Duschen sein." Er hielt die Brötchentüte hoch. „Frisch vom Bäcker."

Sie setzten sich in die Küche. Fitz verdünnte seinen Kaffee mit mindestens der gleichen Menge frischer Milch. Er begnügte sich mit dem Honig.

Nachdem beide ihre ersten Bissen vertilgt hatten, legte er einen Zettel auf den Tisch. Links hatte er die Koordinaten notiert, die sie ihm geschickt hatte. Rechts daneben standen die Orte.

52° 08′ 33,18″ N, 9° 46′ 32,65″ O = Burgstemmen, Thiestraße.

51° 58′ 44,82″ N, 9° 49′ 01,20″ O = Alfeld/Leine, Göttinger Straße Ecke Schlehbergring.

„Die Daten sind natürlich nicht hundertprozentig. Bei der Messung kann es zu Abweichungen kommen. Hängt immer davon ab, wie viele Satelliten einem zur Standortbestimmung zur Verfügung stehen."

„Was meinst du mit Abweichungen? Hundert Meter? Einen Kilometer?"

„Mindestens zehn Meter, es können aber auch mehrere hundert sein."

„Ich war gestern in Burgstemmen ..." Lisa zuckte zusammen, als es an der Tür klingelte. Sie sprang auf, schaute Fitz verwirrt an. „Du bist doch schon da."

„Das stimmt. Vielleicht möchte dich noch jemand besuchen?"

Lisa seufzte. „Kann ich mir nicht vorstellen."

„Geh nachgucken, dann weißt du es."

Zögernd stand Lisa auf. Im Flur schaute sie zuerst durch den Spion in der Haustür. Sie konnte nur graue Haare erkennen.

Sie öffnete die Tür. „Markus. Guten Morgen. Wer hat dich aus dem Bett getrieben?"

Er winkte ab. „Ich bin schon seit sieben Uhr unterwegs." Er zeigte auf eine Bäckertüte, die er in der anderen Hand hielt. „Ich habe uns ein paar Teilchen mitgebracht. Die sind echt lecker."

Sie rührte sich nicht.

Er sah sie fragend an. „Darf ich hereinkommen?"

„Ja, ja! Natürlich." Sie drehte sich um und ging vor ihm her in Richtung Küche. „Fitz ist auch schon da."

Da sie ihm den Rücken zuwandte, konnte sie seinen Gesichtsausdruck nicht sehen. Doch sie spürte, dass er zögerte. „Ich will ... nicht stören."

Sie lächelte ihm zu.

„Du störst nicht. Im Gegenteil. Vielleicht sollten wir Ralf auch noch anrufen und eine kleine, private Dienstbesprechung abhalten."

Markus betrat die Küche nach ihr. Er reichte Fitz die Hand und ließ seinen Blick über den Frühstückstisch schweifen. Lisa war heilfroh, dass sie weder aufwändig gedeckt noch besondere Köstlichkeiten aufgefahren hatte.

Fitz klopfte gegen Markus' Tüte. „Was hast 'n mitgebracht?"

„Hefestücke, mit Apfel, mit Quark und mit Persipan."

„Lecker, mag ich alle."

Lisa schob ihm eine Kaffeetasse hin. „Setz dich. Möchtest du mit einem Brötchen anfangen?"

„Danke, nein. Ich habe schon gefrühstückt."

„Genau", warf Fitz ein. „Wie geht es deiner Mutter? Sie hasst es bestimmt, so unbeweglich zu sein, oder?"

„Wie die Pest. Ständig denkt sie sich Geschichten aus. Letztens hat sie sogar einen jungen Mann erfunden, der sie besucht hat. Sie wollte mir partout nicht sagen, was er wollte. Hat nur stetig wiederholt, wie nett und sympathisch, obwohl er ein bisschen südländisch wirkte." Bei den letzten Worten war er in den typischen Duktus seiner Mutter gefallen. Fitz lachte laut. So hatte keiner der beiden Männer bemerkt, dass Lisa bei Markus' Aussage zusammengezuckt war.

Ein junger Mann, mit südländischem Aussehen?

Siedend heiß fiel ihr ein, dass sie Markus abgeholt hatte, bevor sie zum Fagus-Werk gefahren waren. Direkt von ihrer Wohnung zu ihm. Masoud konnte ihr problemlos gefolgt sein.

Sie hatte schon den Mund geöffnet, um etwas zu sagen, als Markus nach dem Zettel griff, der immer noch auf dem Tisch lag.

„Warum habt ihr denn die Koordinaten von Brügges Imbiss aufgeschrieben? Wollt ihr einen Currywurst-und-Döner-Cache legen?"

Fitz tippte mit dem Finger auf die zweite Zeile. „Das sind die Koordinaten des Imbisses?"

„Klar. Göttinger Straße Ecke Schlehbergring, das ist direkt hinter der langgezogenen Kurve, du weißt schon, wo früher der Videoverleih war."

„Ich erinnere mich. Wann warst'n da das letzte Mal?"

„Na, gestern, mit Lisa. Nach dem Einsatz in Burgstemmen."

Lisa schaute ihn fragend an. „Kennst du auch die Thiestraße in Burgstemmen?"

Markus überlegte kurz. „Klar, da haben wir gestern den Wagen abgestellt, bevor wir uns aufgemacht haben, die Nachbarn von Tolberg zu befragen. Warum hast du dir die Koordinaten notiert?"

Leise sagte Lisa. „Die hat mir jemand per SMS geschickt."

„Einfach so?"

Lisa legte das Handy auf den Tisch. Markus blätterte die beiden Nachrichten durch. „Kein Absender, keine Anrede, kein Gruß."

„Keine Drohung!", ergänzte Lisa.

„Keine Verbindung zu eurem Fall?", fragte Fitz.

„Kann man nicht wissen", brummte Markus. „Warum hat er oder sie gerade diese Koordinaten übermittelt?"

„Vielleicht hat er mein Auto erkannt."

„Du meinst, es beobachtet dich jemand?", fragte Fitz.

„Wirst du verfolgt?", fragte Markus. Die beiden Männer sahen sich an und grinsten verlegen. Genauso wie Lisa hatten sie beide die Besorgnis in der Stimme des anderen gehört.

„Mir ist niemand aufgefallen, aber ..."

Noch bevor sie ausgesprochen hatte, war Markus aufgesprungen. „Los, komm, Fitz, wir nehmen uns Lisas Wagen vor."

Ohne ein weiteres Wort folgte Fitz ihm. Sie rannten quasi aus der Wohnung. Lisa stellte die Kaffeekanne wieder auf die Maschine und folgte ihnen, nicht ohne die Wohnungstür abgeschlossen zu haben.

Die beiden Männer umrundeten ihren Wagen zuerst in einem etwas größeren Abstand.

Nach jeder Runde kamen sie ein Stückchen näher. Schließlich krochen sie auf allen Vieren um und unter das Auto.

Kopfschüttelnd richteten sie sich wieder auf.

„Wir haben nichts gefunden", sagte Markus. „Mach mal auf."

Lisa drückte auf den Schlüssel. Es piepste, und Markus öffnete die Beifahrertür.

„Das glaube ich nicht", sagte Fitz und stellte sich neben Lisa. „Lässt du deinen Wagen jemals offen stehen?"

„Natürlich nicht, jedenfalls nicht absichtlich."

„Dann kann es nur von außen angebracht worden sein."

„Wovon redest du?"

„Wir suchen den Sender."

„Welchen?"

„Wir gehen davon aus, dass dir jemand einen Emitter untergejubelt hat. Darüber erfährt er, wo du dich aufhältst, beziehungsweise wo sich dein Auto gerade befindet."

„Nicht nur einen Sender", sagte Markus plötzlich. „Einen kompletten Cache."

„Wo?", fragte Fitz und stürzte zu ihm.

Lisa stand noch wie angewurzelt auf dem Gehweg. ‚Einen Cache? In meinem Auto?'

„Unter dem Beifahrersitz." Triumphierend hielt Markus das gelbe Innere eines Überraschungseis hoch. „Oder gehört dir das?"

Lisa konnte nur den Kopf schütteln. Ihre Zunge klebte an ihrem Gaumen. Erst die Wohnung, jetzt das Auto. „Wie ist er da rangekommen?", fragte sie, als sie ihrer Stimme wieder traute.

Markus öffnete das gelbe Plastikei vorsichtig. „Das ist tatsächlich ein Sender." Er machte eine Pause, die Lisa wie eine Ewigkeit erschien. „Und ein Zettel."

„Sie sollte den Cache finden", murmelte Fitz. „Warum?"

„Lies vor!", flüsterte Lisa.

„Wenn du meinst." Markus faltete den Zettel auseinander, stutzte, befühlte ihn. „Ich hab zwar Handschuhe an, aber ich bin überzeugt, dies ist anderes Papier, viel dünner."

„Lies einfach!"

Sie hörte, dass Markus überrascht pfiff, nachdem er das Blatt vollständig aufgefaltet hatte. „Also, hier steht:

Ich reich dir den Finger,
willst du die ganze Hand?
Ich dreh die Dinger,
du bist galant.
Ich soll in den Zwinger?
Da bin ich gespannt.
Du auch?"

Markus räusperte sich. „Soweit der Text. Dann ist da noch ein Foto."

„Ein Foto?“

„Na ja, ein Ausdruck. Von einem Finger. Einem abgetrennten Finger auf einem weißen Tuch.“

„Zeig her.“ Lisa nahm ihm den Zettel aus der Hand und betrachtete ihn schweigend. Sie bemerkte, dass ihre Hände, die das Blatt hielten, nicht zitterten. Sie versuchte, gelassen zu sprechen: „Die Nummern fehlen.“

„Vielleicht haben wir den Cache zu früh entdeckt“, schlug Fitz vor.

„Denkst du, er hatte vor, ihn später auszutauschen? Das klingt unlogisch.“

„Ein Trittbrettfahrer?“

Markus richtete sich auf und sah Lisa prüfend an. „Meinst du nicht, es wäre an der Zeit, uns etwas zu erzählen?“

„Ich wüsste nicht, was!“ Sie hörte selbst, dass ihre Stimme zu schrill klang.

„Sicher?“

Fitz mischte sich ein.

„Lasst uns nach oben gehen. Bei einer Tasse Kaffee spricht es sich gemütlicher.“

Lisa sah ihn dankbar an. So gewann sie etwas Zeit, sich zu überlegen, was genau sie sagen sollte und wie.

Markus verstaute den Sender in dem Ei unter ihrem Beifahrersitz. „Warum legst du ihn wieder hin?“, fragte Lisa.

„Sonst merkt er, dass wir ihn gefunden haben. Dann gibt es zwei Möglichkeiten. Entweder er bringt einen neuen an oder er denkt sich etwas anderes aus. Beides wäre für uns zum Nachteil, da wir es erst entdecken müssten. So wissen wir, was los ist.“

„Du hast recht. Aber dann weiß er immer, wo ich bin.“

„Wo sich dein Auto befindet", korrigierte Markus. „Du kannst es jederzeit stehen lassen und mit einem Dienstwagen fahren. Außerdem weißt du, dass der Sender da ist. Willst du die Position wirklich nicht verraten, versteckst du das Ei einfach unter den Büschen da."

Lisa fühlte sich unwohl bei der Vorstellung, dass jemand ihren Aufenthaltsort kontrollierte, stimmte aber erst einmal zu. Sie konnte das Ding später immer noch loswerden.

Nachdem alle mit einen frischen Becher Kaffee und einem Hefestück am Tisch saßen, warteten die beiden Männer offensichtlich auf Lisas Bericht.

‚Beichte' trifft es eher, dachte sie.

„Na gut, also, ich ..., es gibt ... Oh Mann! Tja, bevor ich nach Alfeld kam, habe ich mich von meinem Freund getrennt." Die beiden reagierten nicht. Erst als die Pause, die sie machte, zu lange anhielt, brummte Markus: „Weiter!"

„Wir haben uns getrennt, weil es mir zu eng wurde."

Fitz grinste.

„Nein, nicht wie du denkst. Masoud stammt aus dem Iran. Er hat hier studiert, ist eigentlich ganz modern und aufgeschlossen. Doch jedes Mal, wenn er sein Heimatland besucht hatte, kam er ein wenig verändert wieder. Sein Vater hat ihm bei jedem Aufenthalt potenzielle Heiratskandidatinnen aus gutem Hause vorgestellt und ihn dazu gedrängt, für immer zurückzukehren, um den Familienbetrieb zu übernehmen."

„Welche Art Firma?"

„Das, was er hier auch macht. Wärmetauscher."

„Dass ihn die Familie unter Druck gesetzt hat, verstehe ich. Aber was hat das mit dir zu tun?"

„Das kann ich mir nicht genau erklären. Jedenfalls entwickelte er sich immer stärker zu einem Kontrollfreak. Er musste alles wissen, was ich tat." Sie senkte den Kopf. „Und er wurde enorm eifersüchtig, vertraute mir überhaupt nicht mehr."

Markus hatte einen derart betroffenen Gesichtsausdruck, dass Lisa ihn fragte: „Du denkst jetzt nicht, dass er statt bei seiner Mama in einem Al Quaida Trainingslager war und Bomben basteln geübt hat, oder?"

Ihr Kollege wirkte ertappt, sagte aber: „Du hast ihn sicher schon mit unseren üblichen Verfahren überprüft."

„Yup."

„Wir könnten hinfahren und gucken, was der Kerl treibt."

Fitz legte ihm die Hand auf den Arm. „Moment noch, lass Lisa erst mal zu Ende erzählen."

Sie wand sich. „Was denn?"

„Den Grund."

„Wofür?"

„Warum du denkst, Masoud könnte den Sender in deinem Auto platziert haben."

„Jemand war hier", flüsterte Lisa.

„Hier?"

„In deiner Wohnung?"

Sie nickte.

„Warum hast du den Einbruch nicht gemeldet?", fragte Markus und zückte sein Notizbuch.

„Es war, irgendwie, kein richtiger Einbruch. Es fehlte nichts, weder Tür noch Schloss waren beschädigt. Überall war eine Kleinigkeit verändert, nicht viel, aber deutlich sichtbar."

Sie schlang die Arme um ihren Oberkörper. „Es wirkte so persönlich."

„Trotzdem hättest du die Polizei ..."

Fitz unterbrach Markus. „War das alles, oder gab es weitere Vorfälle?"

„Nur die Kurznachrichten mit den Koordinaten." Sie stockte. „Und ... und der südländisch wirkende Mann bei deiner Mutter."

„Den sie sich nur eingebildet hatte. Aber selbst wenn, was sollte dein Ex von meiner Mutter wollen?"

Wieder wusste Lisa nicht, wie sie sich ausdrücken sollte, wollte am liebsten überhaupt nicht darüber sprechen. „Na ja, wegen, Eifersucht."

„Auf mich?"

Fitz erklärte es: „Sie meint, er könnte denken, du bist ihr Lover, und sich dann an dir rächen, indem er deiner Mutter ..."

„Lisa und ich? Ein Paar? Im Traum nicht. Wie kommt der darauf?"

„Niemand hat gesagt, dass es so ist, nur, dass es so sein könnte." Er wandte sich an Lisa. „Ich denke, Markus sollte die Kollegen in Kassel ganz offiziell um Amtshilfe bitten. Die sollen feststellen, wo sich dein Ex in den letzten Tagen aufgehalten hat, ihn vielleicht zu einer kleinen Zeugenaussage, oder wie immer ihr das nennt, einladen." Plötzlich griente er. „Wir könnten auch Folgendes machen: Markus findet heraus, wo er sich aufhält. Dann fahre ich hin und deponiere ein paar Gramm Kokain in seinem Auto. Du alarmierst die Kollegen. Anschließend sitzt er einige Tage, und wir können in aller Ruhe abwarten, ob sich hier bei uns noch etwas tut."

„Wo willst du Kokain hernehmen?", fragte Markus konsterniert.

„Fragst du als Bulle oder als Freund?“

„Einmal Muuuh, immer Muuuh.“

Lisa war froh, dass Fitz der Sache einen witzigen Dreh verpasste. „Bitte, Markus, es würde mich erleichtern, wenn du in Kassel nachfragen könntest. Mich kennen sie da noch.“

„Deine Kollegen würden sofort einen Zusammenhang herstellen und ihm den Arsch aufreißen. Verstehe.“ Er sah auf die Uhr. „Wenn ich gleich zur Dienststelle fahre, kann ich den Kontakt noch aufnehmen, bevor meine Mutter Mittagessen braucht. Ist es okay, wenn ich dich allein lasse?“

„Sie ist nicht allein. Ich bin ja auch noch da.“ Das schien Markus gleichzeitig zu beruhigen und zu verunsichern. Doch Fitz scherte sich nicht darum. „Lisa, was hältst du davon, wenn wir zusammen einen Ausflug nach Schloss Abbensen machen? Der Park ist sehenswert.“

Lisa dachte nach. „Ich könnte parallel Nachforschungen wegen des Anschlags auf Corinna Schwartz durchführen. Ist sie bereits aus dem Krankenhaus entlassen?“

„Klar! Das Wellness-Hotel wurde gestern eingeweiht, mit Graf und Landrat. Ein echtes Event.“

Lisa seufzte. „Vielleicht sollte ich dort eine Woche Wellness und Beauty für Leib und Seele buchen.“

Fitz klopfte ihr auf die Schulter. „Wellness, meinetwegen, aber Schönheit? Mir gefällst du wie du bist.“

„Quatschkopf!“

„Wie du meinst.“

„Fahren wir mit meinem Wagen und nehmen das Ei mit?“

„Unbedingt, es braucht dringend Auslauf.“

39

Abbensen, Sonntag, der 11.9.2011

Es kam selten vor, dass Gabriel Sola Hilfe einholen musste. Während es stets genug Leute gab, die ihm etwas schuldeten, achtete er sorgfältig darauf, niemandem zu Dank verpflichtet zu sein. Es zahlte sich nie aus.

Auch bei diesem Anliegen reichte ihm ein Anruf. Zwei Stunden später besaß er, was er benötigte, und nach weniger als weiteren zwanzig Minuten las er die ersten E-Mails aus Lisa Grundbergs Computer. ICQ und Skype benutzte sie nicht, dahingegen verfügte sie über einen Facebookaccount. Natürlich mit gespeichertem Passwort. Er sah sich ihre Freunde an. Nichts Auffälliges.

Dann fiel ihm etwas ein und er sah sich den Verlauf ihrer letzten Browsersitzungen an. Das war deutlich interessanter. Sie hatte über Schloss Abbensen und den Schwartz-Konzern recherchiert.

War sie ihm auf der Spur?

Schon wieder?

Oder immer noch?

Sola sprang auf. Bestand die Möglichkeit, dass sie gar nicht zufällig in Südniedersachsen, ausgerechnet in Alfeld, aufgetaucht war?

Er versenkte sich erneut in ihre Daten und Kontakte.

Beim ersten Durchschauen war es ihm nicht aufgefallen, weil es nicht da war. Erst als er jetzt gezielt danach suchte, erkannte er es. Es gab keine einzige Verbindung zwischen Lisa Grundberg und Kassel. Keine Freunde, keine Kontakte. Nicht ein einziger.

Sola erbleichte. Das war nicht möglich. Selbst wenn man sich versetzen ließ, weil man Stress mit den Kollegen hatte, dann hielt man private Verbindungen, zur Familie, zu Freunden. War die Familie der Grund, gab es keine Veranlassung, die Kollegen nicht mehr zu kennen.

Er kannte nur einen Grund, warum jemand alle Verbindungen hinter sich abbrach: wenn er untertauchen musste oder wollte.

War sie undercover hinter ihm her?

Hatten sie ihre Spuren in Kassel doch nicht so komplett beseitigt wie sie gedacht hatten? Verfolgte sie ihn persönlich? Hatte er einen Fehler gemacht, als er ihren Partner aufgesucht hatte?

Oder war sie an Wagner dran?

Oder sogar an Dennis Voigt?

Blitzschnell verknüpften sich die Details in seinem Gehirn zu einem kompletten Bild. Grundbergs Freund Fitz, wirklich Heimatdulli oder ebenfalls Bulle, machte sich an die Schnepfe heran. So konnte er ungehindert überall herumschnüffeln, hatte immer die Ausrede, dass er einen historisch interessanten Floh husten gehört hatte und deswegen in diesem Winkel herumkroch. Währenddessen konnte die Grundberg in aller Ruhe zusehen, recherchieren und darauf warten, irgendwann zuzuschnappen.

Er schlug sich mit der Faust auf den Oberschenkel. Und sie Idioten lieferten ihr und dieser Fitz-Kakerlake durch den inszenierten Unfall auch noch Ansatzpunkte.

Was für eine gequirlte Scheiße.

Er musste schnellstens mit Dennis Voigt sprechen.

Bevor er loseilte, überprüfte er, welche Position der Sender für Grundbergs Wagen meldete.

52° 03′ 17,44″ N, 9° 52′ 33,39″ O

Er kontrollierte den Wert und erhielt Abbensen als Ergebnis.

Sofort rannte er los.

Glücklicherweise hörte er die Stimmen, bevor er um die Hausecke bog. Er bremste ab, zwang sich ruhig durchzuatmen. Er musste hören, worüber sie sprachen. Dennis Voigt würde ihn garantiert nicht wegschicken, aber bei der Schnepfe und Wagner war er sich nicht so sicher. Er brauchte eine Ausrede, einen guten Grund, bei dem Gespräch anwesend zu sein.

Doch vorher hatte er dringend etwas anderes zu erledigen.

Die Kurzwahlnummer 11 traf er blind.

„Monkey."

„Ich bin's. Du darfst heute auf keinen Fall liefern."

„Verstanden."

„Überprüfe stattdessen die Laus."

„Verstanden."

„Ich rufe dich an, sobald die Bahn frei ist."

„Verstanden."

Sie legten beide gleichzeitig auf.

Sola eilte zurück und holte einige Papiere aus dem Büro. Er hielt sie demonstrativ in der Hand, als er um die Hausecke bog. Er hatte die Stimmen korrekt eingeordnet.

Lisa Grundberg und Fitz standen Corinna Schwartz und Dennis Voigt gegenüber. Scheinbar hatten sie Wagner etwas holen oder erledigen geschickt, denn er ging gerade zum Haus hinüber.

Voigt bemerkte ihn als Erster. Sie wechselten einen Blick. Sola hoffte, dass der Anwalt ihn richtig verstanden hatte. Er schlenderte zu der kleinen Gruppe und gesellte sich zu ihnen.

Die Schnepfe sagte eben: „... genau genommen unerwartet, deshalb bin ich Ihnen umso dankbarer. Oh, wie passend, da kommt Herr Sola. Einer unserer wichtigsten Mitarbeiter. Er koordiniert alle Handwerker, überprüft die Arbeiten und so weiter. Wenn der Angestellte der Firma Fischer & Gerlach einen derart groben Fehler begangen hätte, wäre es ihm aufgefallen."

Damit hatte Sola nicht gerechnet. Die Schnepfe benutzte ihn als Zeugen.

Natürlich! Sie hatte sich in diesen Steinwand verguckt und wollte ihm ein Alibi verschaffen.

Er musste nur aufpassen, dass er dadurch nicht sich selbst verdächtig machte. Andererseits war ihm nicht daran gelegen, diesen Metallbauer zu entlasten.

Vielleicht ergab sich eine Möglichkeit, Wagner loszuwerden.

„Guten Tag, Herr Sola. Lisa Grundberg. Kriminalhauptkommissarin. Wir versuchen herauszufinden, wer Frau Schwartz verletzt hat."

„Guten Tag!" Er musste sich zwingen, ihre Hand zu schütteln. Sie hatte weiche Hände mit schmalen Fingern und etwas zu langen Nägeln. Gehörte sich das für eine Bullette?

„Sie sind als Zweiter an dem Unfallort angekommen?"

„Nein, erst nach Janka Baric und den Sanitätern. Allerdings habe ich mich als Erster mit dem Tatort beschäftigt, nachdem man Frau Schwartz in den Notarztwagen gebracht hatte. Verstehen Sie, ich wollte verhindern, dass noch jemand verletzt werden konnte. Anschließend habe ich die Stelle abgesperrt."

„Sehr umsichtig von Ihnen. Unser Team von der Spurensicherung hat Ihre und die Abdrücke von Herrn Steinwand überall auf der Brückenkonstruktion gefunden."

Interessant, sie erwähnte die verwischten Spuren nicht, die dadurch entstanden waren, dass er bei der Manipulation selbstverständlich Handschuhe getragen hatte.

„Da das Hotel bis dato keine Gäste beherbergt, haben sich kaum Menschen zum Vergnügen im Park aufgehalten. Die Handwerker haben weder Interesse noch Zeit zum Spazierengehen."

Er hätte wetten können, dass Fitz ebenfalls bereits in dem Teil des Anwesens unterwegs gewesen war. Aber wahrscheinlich hätte sie ihm - und den anderen? - auch dies nicht freiwillig mitgeteilt.

Erneut musste er seine Gesichtszüge unter Kontrolle halten. Gab es eine Chance, Fitz zu belasten?

Während Corinna von Dennis Voigt und Fitz flankiert wurde, ging er neben Grundberg zur Brücke.

Sie stand einfach nur da und nahm alles in sich auf. Sola wusste nicht, was er erwartet hatte, aber dies erschien ihm zu wenig.

Er versuchte, genauer zu beobachten, was sie tat. Dann verstand er es. Sie fühlte sich in die Beziehungen der Menschen zueinander ein.

Viele good vibrations waren an diesem Ort nicht zu erwarten.

Er musste sie ablenken.

„Frau Grundberg, schauen Sie bitte hier." Er zeigte auf die Metallstreben des Geländers. „Dies sieht aus, als hätte jemand es absichtlich beschädigt."

Sie nickte ihm wohlwollend zu, wie einem Schuljungen. „Das hat unser Team ebenfalls vermutet. Können Sie einen Zeitpunkt benennen, an dem die Konstruktion definitiv noch unversehrt war?"

„Ich denke, dass sich das eingrenzen lässt. Ich bin gemeinsam mit Herrn Wagner und Herrn Steinwand alle Objekte abgegangen. Wir haben alles katalogisiert und einen exakten Zeitplan erstellt. Ich habe zusätzlich eventuelle Gefahrenpunkte notiert, falls etwas nicht fertig werden sollte, bevor die Kurgäste anreisen." Er lächelte ihr gewinnend zu. „Schließlich wollen wir vermeiden, dass unseren Gästen hier etwas zustößt."

Er hörte die Schritte vor den anderen. Unauffällig sah er sich um. Wie war das möglich? Durch die Eiben eilte Thomas Steinwand auf sie zu. Er winkte von Weitem.

Corinna nickte zu Steinwand hin. „Ich habe ihn angerufen und gebeten, ebenfalls herzukommen. Er befürchtet, dass man ihm die Schuld an meinem Unfall zuschiebt."

„Wie kommt er auf die Idee?"

„Das kann er Ihnen gleich selbst sagen. Ich möchte nur, dass Sie wissen, dass ich mich persönlich davon überzeugt habe, dass Herr Steinwand äußerst zuverlässig und umsichtig arbeitet."

Sola nieste, um sein Grinsen zu verbergen. Die Schnepfe hatte einen Narren an dem Proleten gefressen. Ob das an der Landluft lag? Wahrscheinlich wollte sie ein Gegenstück zu Anwalt Voigt, etwas Handfesteres. Bedauernswert, dass sie Voigts wahre Natur nicht kannte. Vielleicht sollte er ihm das bei Gelegenheit stecken?

Inzwischen hatte Corinna Steinwand vorgestellt. Er hatte beteuert, dass er unschuldig war, und verlangte, dass sie den echten Täter ausfindig machen sollten.

„Gibt es jemanden, von dem Sie denken, dass er Ihnen schaden will?", fragte Grundberg gerade.

Steinwand zögerte. „Schloss Abbensen ist ein lukrativer Auftrag. Wenn Fischer & Gerling in Misskredit geraten, könnte einer unserer Konkurrenten uns beerben."

„Das klingt in meinen Ohren eher abwegig. Die meisten Arbeiten sind inzwischen erledigt, nicht wahr?", wandte Grundberg ein.

Clever. Sola durfte sie nicht unterschätzen.

Steinwand zuckte mit den Schultern. „Ich kann mir nicht vorstellen, dass mich jemand persönlich so sehr hasst, dass er mich umbringen würde."

„Dann erscheint es mir immer wahrscheinlicher, dass tatsächlich Frau Schwartz das Opfer werden sollte", sagte sie nachdenklich.

Dabei warf sie sowohl Fitz als auch Corinna Schwartz einen fragenden ... oder einen warnenden? Blick zu.

„Herr Wagner käme ebenfalls infrage", warf die Schnepfe ein.

‚Als Opfer oder als Täter?' Sola konnte sehen, dass Grundberg sich insgeheim die gleiche Frage stellte.

Doch Steinwand sagte noch etwas. Er sprach so leise, dass das Rascheln der Blätter ihn beinahe übertönte. „Ich, ich hatte einmal eine eigene Firma, einen Familienbetrieb, von meinem Vater geerbt. Wir, ich bin pleitegegangen und musste meine Mitarbeiter Knall auf Fall entlassen. Das hat einiges böses Blut gegeben. Damals."

Corinnas Arm zuckte in Steinwands Richtung. Sie beherrschte sich, bevor sie ihn berührt hatte.

Gabriel Sola trat instinktiv einen Schritt zurück. Er prüfte die Szene. Dieser Steinwand spielte eine Rolle. Definitiv. Er gab den unschuldig zum Verlierer gewordenen, den jedermann bemitleiden sollte, perfekt ab.

Dieser Metallbauer imponierte ihm. Er zog alle Register. Corinna zerfloss vor Mitleid. Wenn die Möglichkeit bestünde, gäbe sie ihm das Geld, das er brauchte, um seine Firma zu retten, sofort und in bar.

Hatte er es darauf abgesehen?

Merkte Dennis denn nichts? Sola versuchte, ihn aufmerksam zu machen, doch der begriff kein Jota.

Später. Er würde ihn später informieren.

Und er brauchte Informationen, dringend.

Grundberg reagierte mit der naheliegenden Frage. „Wie lange ist das her?"

Wie aus der Pistole geschossen antwortete Steinberg: „Im Sommer 2006."

„Das sind fünf Jahre. Unwahrscheinlich, dass jemand so lange unverrichteter Dinge auf Rache sinnt, oder?", fragte die Polizistin.

‚Da kann man sich täuschen', dachte Sola. ‚Zecken warten noch viel länger auf ihr nächstes Opfer, wenn es sein muss.'

40

Alfeld, Montag, der 12.9.2011

Nachdem Lisa gestern Nachmittag in ihre Wohnung zurückgekehrt war, hatte sie angefangen, ihre Kasseler Kollegen anzurufen. Fitz hatte in der Zwischenzeit in ihrer Küche Bratkartoffeln zubereitet.

Schon ihr dritter Anruf war erfolgreich. Der Kollege Kelplin war im Ruhestand und verriet ihr bereitwillig, dass Frank Futterer nach Papenburg gegangen war. „Er arbeitet da als Wachmann bei der Meyer-Werft", hatte Kelplin erklärt. „Ich habe ihn zufällig bei einer Werksbesichtigung getroffen." Dann hatte Kelplin gelacht. „Er hat den Mädchennamen seiner Mutter angenommen, der Schlawiner."

Als Lisa ihn gefragt hatte, wie er darauf gekommen war, hatte Kelplin erneut heiser gelacht: „Er war ganz offensichtlich nicht erfreut, mich zu sehen. Aber da hat er bei mir keine Chance. Das lass ich mir nicht gefallen. Schließlich haben wir eine halbe Ewigkeit zusammen Dienst geschoben. Ich habe ihn zur Rede gestellt, und die Sicherheitsjungs tragen bei der Werft alle Namensschilder."

Wieder lachte er.

„Wahrscheinlich zur Sicherheit der Besucher, damit die Wachleute nicht übermütig werden."

Bei der Frage, woher er Franks Telefonnummer hatte, kam der Kollege Kelplin kurz ins Stocken, sagte dann aber umso fröhlicher: „Ist 'ne alte Dienstkrankheit. Informationen, die es gibt, finden wir auch, dauert manchmal nur ein bisschen länger."

Lisa hatte sich bedankt und aufgelegt. Kam der Kollege gar nicht auf die Idee, dass Frank untergetaucht sein könnte, dass er in Gefahr schwebte?

Hätte er jedem die Telefonnummer gegeben oder nur ihr?

Sie ging in die Küche, lehnte sich an die Spüle und schaute Fitz beim Zwiebelschneiden zu.

„Erfolg gehabt?", fragte er.

„Ja."

„Dann ruf ihn doch gleich an."

„Ist schon so spät."

„Um die Zeit ist er wenigstens zu Hause."

„Hm."

Sie kehrte in die Stube zurück, wählte die Nummer aber nicht. Ihr war mulmig zumute.

Als Fitz sich während des Essens erkundigte, ob sie ihn erreicht hatte, schüttelte sie den Kopf. Er fragte nicht nach, doch er schien zu wissen, dass sie es nicht versucht hatte.

Fitz bot nicht an, bei ihr zu übernachten, und lud sie auch nicht zu sich nach Hause ein. Er verabschiedete sich mit einem knappen: „Pass auf dich auf!"

Nun saß Lisa allein in ihrem Büro. Sie hatte den Wagen stehen lassen, war zu Fuß die wenigen Meter zwischen den Wohnhäusern hindurchgegangen. Sie hatte akzeptabel geschlafen, war früh aufgewacht und fühlte sich bereit, mit Frank zu telefonieren. Dass sie dabei hinter ihrem Schreibtisch saß, quasi dienstlich anrief, erleichterte ihr die Angelegenheit.

Um Frank nicht unnötig zu beunruhigen, rief sie ihn auf der Arbeit an. Tatsächlich hatte er Dienst, und es dauerte wenige Sekunden, bis sie Franks Stimme so klar hörte, als säße er ihr gegenüber.

„Hi!", sagte sie leise. „Ich muss dringend mit dir sprechen."

Stille

„Lisa?"

„Ja. Hilfst du mir?"

Er zögerte.

Räusperte sich. „Ruf mich auf dem Handy an - 0177 344 64 25."

Aufgelegt.

Lisa sagte die Nummer vor sich her, bis sie einen Stift aufgetrieben hatte und sie notieren konnte.

Er nahm ab, bevor das Telefon geläutet hatte.

„Ist er jetzt auch hinter dir her?", fragte er atemlos.

„Wer? Ich weiß nicht."

„Am besten, du packst deine Sachen und tauchst unter. Der Scheißkerl ist unberechenbar."

„Von wem redest du?" Sie spürte die Panik in seiner Stimme.

„Wehe, du verrätst mich."

„Frank, was ist dir passiert?"

„Er hat mich überfallen." Pause.

„In meiner Wohnung."

„Er hat mich geschlagen, an einen Stuhl gefesselt und dann hat er mir den kleinen Finger abgehackt." Lisa hielt die Luft an.

Sie erinnerte sich an das Foto bei dem Gedicht, das sie in ihrem Auto gefunden hatten.

Frank sprach weiter, hastiger jetzt: „Ich konnte meine Wohnung nicht mehr ertragen. Wenn mir nachts Autos entgegenkamen, glichen die Scheinwerferkegel dem Strahl seiner Taschenlampe. Ich musste gegen die Panik ankämpfen, immer und immer wieder. Ich kam nicht dagegen an."

„Wer war das? Wer hat dir das angetan?"

„Wenn ich das wüsste, hätte ich ihn gejagt und zur Strecke gebracht. Doch ich habe ihn nicht finden können, nicht mit all unseren Möglichkeiten und trotz der Hilfe aller Kollegen. Er tauchte auf wie aus dem Nichts und dahin ist er auch wieder verschwunden."

„Einen Verdacht müsst ihr gehabt haben?"

„Klar. Wir glaubten an einen Zusammenhang mit der Kinderbande."

„Unseren letzten gemeinsamen Fall."

„Wir hatten zwar niemanden erwischt, ihnen aber trotzdem das Geschäft verdorben. Sie mussten sich verkriechen, irgendwo anders neu anfangen. Sind sie wieder aufgetaucht?"

„Nicht dass ich wüsste." Sie hatte sich allerdings auch nicht darum gekümmert. Die Kinderbande, die Kasseler Kollegen hatten sie so genannt, weil es so leichter zu ertragen war. Die Bande handelte mit menschlichen Ersatzteilen. Netzhäute aus Russland, Nieren aus Argentinien und Chile, Herzen aus Südafrika. Sie hatten auch Hände und Füße im Angebot. Eine der Lieferungen war aufgehalten worden. Als man sie kontrollierte, fand man jedoch nicht nur Organe, sondern auch zwei Säuglinge. Ob sie als Ersatzteillager dienen sollten, ließ sich nicht ermitteln. Niemand schien den Container zu vermissen. Weder an der Absender- noch an der Empfängeranschrift kamen sie weiter.

Hätte ihnen nicht Kommissar Zufall geholfen, wären sie der Bande in Kassel niemals so nahe gekommen.

Einem Augenarzt fielen zwei Patienten mit neuen Netzhäuten auf, die beide behaupteten, zur Behandlung in Polen gewesen zu sein. Auf Nachfrage konnten sie jedoch den Ort nicht benennen. Da die Eltern des Arztes aus Polen stammten und er selbst oft dort zu Verwandtenbesuchen gewesen war, erschienen ihm die Erzählungen unglaubwürdig. Schließlich gab einer der beiden zu, dass er den Eingriff in Kassel in einer kleinen Privatklinik habe durchführen lassen.

Der Mann hatte gedacht, er habe seiner Krankenkasse ein Schnippchen geschlagen. Dass in Kasachstan frisch Verstorbenen die Augen ohne ihre Zustimmung entfernt wurden, hatte er sich nicht vorstellen können.

Lisa eigentlich auch nicht.

Jedenfalls hatte der Mann ihnen alles erzählt, was er wusste. Er hatte sie zu dem Haus geführt, in dem er behandelt worden war. Sie hatten den Zugriff so schnell wie möglich vorbereitet, und dennoch war alles für umsonst gewesen. Sie hatten nicht den kleinsten Fitzel an Beweisen gefunden. In dem Haus hatte sich angeblich bis vor Kurzem eine Tierklinik befunden. Der Tierarzt war verstorben, und die Immobilienfirma suchte einen Nachmieter. Die Kollegen fanden noch nicht einmal verschreibungspflichtige Medikamente, die unverschlossen herumstanden.

Der Mann, der sie hereingelassen hatte, erinnerte Lisa an einen Gorilla oder einen Steinzeitmenschen. Dunkle, drahtige Haare, viele davon, auch auf den Händen und den Fingern. Buschige Augenbrauen und eine markante Stirn.

Lisa brauchte nicht darüber nachzudenken. Bei Franks Worten huschten die Bilder vorüber, wie Bäume auf einer Landstraße, wenn man aus einem fahrenden Auto blickte.

„Und du meinst, dieser Gorilla hat dich überfallen?“, fragte Lisa.

„Der Hausmeister? Keine Ahnung. Kann schon sein. Ölig genug gegrinst hat er ja, als wir die Praxis durchsucht haben."

„Du glaubst nicht, dass er es war?"

Frank ließ sich Zeit, bevor er antwortete: „Er war's definitiv nicht. Der Typ in dem Haus stank nach Schweiß und Öl und ... nach Arbeit eben. Der Kerl in meiner Wohnung roch nach überhaupt gar nichts. Ich habe nicht einmal ein Waschpulver wahrgenommen."

„Du meinst, er hat sich extra für den Überfall auf dich neue Klamotten besorgt?"

„Neu roch es auch nicht. Lisa, du musst verschwinden. Mit dem Kerl ist nicht zu spaßen. Wenn er dich gefunden hat, kommt er jederzeit an dich heran."

Lisa spürte, wie der Klumpen, der seit ein paar Tagen in ihrem Bauch saß, noch dicker wurde. „Ich lass mir das nicht gefallen!", sagte sie und versuchte dabei, ihrer Stimme einen festen Klang zu geben.

„Du machst dir etwas vor", antwortete Frank leise und trennte die Verbindung.

Sofort loggte Lisa sich in den Dienstcomputer ein und suchte nach Vorfällen in ihrer Nähe, die zu der Kinderbande passen könnten. Sie fand nichts, keinen einzigen Hinweis.

Kurz entschlossen wählte sie Masouds Telefonnummer.

„Khadija Khanej, guten Tag", meldete sich eine weibliche Stimme. Gleich darauf ertönte das schrille Weinen eines Babys, und die Frauenstimme gab gurrende Geräusche von sich. „Masoud Khanej ist nicht zu Hause sein. Sie anrufen später erneut, bitte. Danke."

Aufgelegt.

War das Masouds Frau? War er verheiratet? Hatte ein Kind bekommen?

Ihre Finger tippten die Personenstandsanfrage bereits in das System, bevor sie entschieden hatte, ob sie das freuen oder ärgern sollte.

Da stand es, schwarz auf blau, Masoud war seit gut vier Monaten verheiratet.

Lisa atmete tief ein. Dass er sie so schnell vergessen würde, hätte sie nicht gedacht. Sie richtete sich gerade auf. ‚Bist du eigentlich bescheuert, Alte?', fragte sie sich selbst. ‚Eben noch hat dir der Gedanke an den Kerl Gänsehaut verursacht und jetzt plagt dich die Eifersucht.'

Nach dem Gespräch mit Frank fragte sie sich allerdings, ob ihr die neue Entwicklung besser gefiel.

Diese Kinderbande mit ihrem Organhandel passte zu den Leichenteilen in den Caches. Aber alles andere ergab keinen Sinn. Sie hatten keinen Grund, auf sich aufmerksam zu machen. Die Organe stammten aus dem Ausland und wurden in Deutschland an Betuchte verscheuert. Niemand brachte zu diesem Zweck einen fünfzigjährigen Architekten um. Trotzdem sandte sie eine E-Mail an Ralf, in der sie ihn bat zu überprüfen, ob der Architekt oder die beiden anderen Toten ein Spenderorgan erhalten hatten oder ob sie selbst Organspender gewesen waren.

Sie hatte die Mail gerade abgeschickt, als Markus und Meckler hereinstürmten.

„Du bist schon da? Umso besser. Wir müssen los."

„Wohin?"

„Nach Söhlde!"

„Wo ist das denn?"

Lisa musste ziemlich verdutzt geguckt haben, denn Meckler verzog einen Mundwinkel zu einem schiefen Grinsen und sagte: „Unser Plan hat Erfolg gehabt. Wir haben alle Caches im Landkreis aufgelistet und die einzelnen Dienststellen gebeten, sie regelmäßig zu überprüfen. Eben hat Söhlde angerufen. Der Cache an der Mühle wurde manipuliert."

Lisa rief sich das Gedicht ins Gedächtnis zurück. „Von einer Mühle war nicht die Rede."

„Doch, doch, es handelt sich um eine Kreidemühle."

Sie liefen zusammen die Treppe herunter und Meckler erklärte: „Die Kollegen haben die vier Caches in ihrem Bereich zum Dienstantritt, also ab sechs Uhr, zum ersten Mal kontrolliert. Danach ist jede Stunde einer hingefahren. Gegen acht Uhr fünfzehn befanden sich eine abgetrennte, menschliche Hand und ein Zettel mit einem Gedicht darin."

Meckler ging zu seinem Wagen, während Lisa und Markus in ihren einstiegen.

„Ich fahre nach Hildesheim. Wir müssen das nächste Rätsel so schnell wie möglich lösen und am sechsten Cache mit Handschellen auf ihn warten. Lange kann ich auch die Presse nicht mehr hinhalten."

Auf dem Weg nach Söhlde kontrollierte Lisa mehrmals ihr Handy. Sie erhielt keine SMS.

Hinter Groß Düngen beschloss sie, Markus zu erzählen, was sie mit Hilfe von Frank herausgefunden hatte.

Er hörte aufmerksam zu und sagte schließlich: „Irgendetwas stimmt da nicht. Das passt vorne und hinten nicht zusammen."

41

Söhlde, Montag, der 12.9.2011

Sie konnten die Blaulichter der Einsatzfahrzeuge erkennen, bevor sie das Ortseingangsschild von Söhlde erreicht hatten. Die Mühle stand links von der Straße. Gegenüber befand sich ein größerer Parkplatz, auf dem sich eine beachtliche Menschenmenge versammelt hatte.

„Müssen die gar nicht arbeiten? Ist Montagvormittag", sagte Markus, während er einparkte.

„Ist doch gut, wenn tagsüber so viele zu Hause sind. Erhöht die Chance, dass jemand etwas Entscheidendes gesehen hat."

„Dein Wort in Gottes Gehörgang."

Da Markus den leitenden Söhlder Kollegen Rudolf Hansen kannte, erfuhren sie die wichtigsten Details im Stenogrammstil, ohne sich ausweisen zu müssen.

„Wir haben die Caches regelmäßig überprüft, jede Stunde ist einer von uns losgefahren und hat nachgesehen. Um 7.16 Uhr habe ich persönlich diesen hier gecheckt. Unverdächtig. Um 8.18 Uhr stellte Kommissar Tilg fest, dass der Behälter nicht mehr so lag wie wir ihn ursprünglich vorgefunden hatten. Wir haben die Stelle fotografiert und konnten so genau vergleichen."

Er zeigte ihnen Fotoausdrucke. Die Veränderung war eindeutig, und die Zeitstempel auf den Aufnahmen belegten Hansens Darstellungen.

„Dein Kollege hat die Nerven gehabt, zuerst zu fotografieren und dann nachzuschauen, Chapeau."

„Nach dem Knipsen alarmierte er uns. Dabei schaltete er die Videofunktion ein und filmte das Öffnen des Behälters. Ihr könnt euch das Video gern anschauen. Ich lasse es ihn nach Alfeld mailen, okay?"

„Gute Idee. Er hat eine Hand gefunden?"

„Die rechte Hand eines Mannes, gepflegt, kurz geschnittene Fingernägel, am Ringfinger der Abdruck eines lange getragenen Rings, vermutlich ein Ehering."

„Existiert auch ein Gedicht?", fragte Lisa.

„Ja, ich habe hier eine Abschrift für Sie."

Lisa nahm den Zettel und las ihn laut vor:

„Ein Dolch im Gewand
5 von 8

So ist es im Leben,
Gott hat dir Vieles gegeben,
bist ein Kerl wie ein Bulle im Park,
nun schmerzt's nicht mehr so stark."

„Ein Bulle im Park? Was kommt als Nächstes?" Lisa übergab Markus das Papier.

„Sagt dir das etwas?"

Markus und Rudolf Hansen nickten unisono. „Bodenburg."

„Wartet einen Augenblick. Ich habe noch eine Information, die wichtig sein könnte", rief Hansen, als Lisa und Markus zu ihrem Wagen eilen wollten. Widerstrebend gingen sie zu ihm zurück.

„Was hast du?"

„Mein Kollege Tilg ist von einer älteren Dame angesprochen worden. Er hat seinen Dienstwagen drüben vor dem Rathaus geparkt und wollte hier herübergehen. Sie hat ihn aufgehalten, als er aus dem Auto gestiegen ist. Sie hat sich beschwert, dass eine Radfahrerin sie beinahe umgefahren hätte. Auf dem Gehweg. Sie hat nicht gesehen, woher sie gekommen ist. Sie tauchte urplötzlich auf, torkelte auf die Seniorin zu, berührte sie fast und sauste dann weiter."

„Eine Radfahrerin?"

„Die Dame ist zumindest sicher, dass die Fahrerin lange Haare hatte."

„Okay, und warum denkt ihr, sie könnte den Cache manipuliert haben?"

„Zwei Gründe. Die Seniorin sagt, die Frau ist an der Mühle losgefahren, und zwar nicht mit einem normalen Fahrrad, sondern mit einem Liegerad, mit quietschgelber Verkleidung. Deshalb fuhr sie diese Schlangenlinien. Außerdem war sie noch dabei, das Verdeck zuzuklappen."

Lisa hing an Hansens Lippen. „Sonst hätte man sie überhaupt nicht sehen können, oder?"

„Stimmt, diese Hauben sind getönt."

„Wie viele derartige Fahrräder gibt es hier in der Gegend?", fragte Markus.

„Tilg prüft das gerade. Diese Dinger scheinen ziemlich teuer zu sein. Wir melden uns bei euch, sobald wir Genaueres wissen. Achtet unterwegs nach Bodenburg einfach auf ungewöhnliche Fahrräder."

42

Eberholzen, Montag, der 12.9.2011

Normalerweise ließ sich Corinna Schwartz nicht gern in der Gegend herumschicken. Doch in diesem Fall machte sie bereitwillig eine Ausnahme. Wagner hatte sie gebeten, nach Alfeld ins Regionalbüro zu fahren. Er hatte eingefädelt, dass Schloss Abbensen in die Arbeitskreise Tourismus, Kultur und Wirtschaftsförderung aufgenommen werden konnte. Corinna sollte Kontakte knüpfen, Infomaterial abholen und Eindruck hinterlassen.

Eigentlich wäre Corinna ebenso gern am Empfang gewesen, um dabei zu sein, wenn die ersten Gäste anreisten. Andererseits bot sich ihr damit eine akzeptable Möglichkeit, Dennis Voigt aus dem Weg zu gehen. Schließlich kam auch bei ihm die Arbeit immer zuerst.

Gleichzeitig hoffte sie inständig, dass er gegen Abend abgereist sein würde. Sie beabsichtigte nicht, vorher zurückzukommen. Sie konnte die angereisten Damen beim Abendessen kennenlernen.

Wie lange musste ein Metallbauer an einem Montag arbeiten? Sechzehn Uhr oder sechzehn Uhr dreißig schien ihr angemessen.

Sie fuhr beschwingt über Wernershöhe nach Alfeld.

Nach ihrem Gespräch im Regionalbüro wollte sie durch die Innenstadt schlendern. Vom Marktplatz floss ein Bächlein die Fußgängerzone hinunter. Sie beschloss, dem Wasser zu folgen, und entdeckte bereits nach wenigen Metern eine italienische Eisdiele.

Sie gönnte sich einen Eiskaffee und las in einer der ausliegenden Zeitschriften.

Es war gar nicht so einfach, so viel Zeit in diesem Städtchen zu verbringen, wenn man nichts zu erledigen hatte. Das Stadt- und Tiermuseum in der alten Lateinschule war montags geschlossen. Den Fillerturm konnte man nur nach Vereinbarung besuchen. Das Planetenhaus wirkte zwar von außen äußerst ansprechend, stand jedoch leer.

Sie hätte noch zum Fagus-Werk spazieren können, kam aber nur bis zur Leinebrücke. Es sah furchtbar weit aus, und ihr taten die Füße weh.

Deshalb suchte sie sich im Café Biel einen Platz am Fenster. Sie bestellte einen Tee und ein Käsebrötchen.

Endlich war es an der Zeit aufzubrechen.

Corinna spürte, wie ihr Herz Synkopen schlug, als sie auf den Hof fuhr und Thomas Steinwands Auto unter dem Schauer entdeckte. Hoffentlich war er nicht zu Fuß im Dorf unterwegs. Sie stieg aus und schlenderte, noch ein wenig unentschlossen, auf seine Haustür zu. Sie war nur angelehnt. Steinwand stand irgendwo dahinter und unterhielt sich.

Corinna konnte ihn laut und deutlich sprechen hören, doch die Reaktionen seines Gesprächspartners verstand sie nicht. Plötzlich begriff sie. Er telefonierte.

„Selbstverständlich, wie immer, ich komme so schnell vorbei wie ich kann."

...

„Nein, nein, es macht keine Mühe", sagten seine Worte, doch seine Stimme drückte Müdigkeit aus. Und noch etwas. Unterdrückte Wut?

Corinna wollte von der Tür wegtreten. Es gehörte sich nicht, andere zu belauschen. Andererseits ...

„Ja, bitte veranlassen Sie die Reparatur. Ich werde gleich nachher noch einmal mit ihr sprechen. Nein, bitte, ich möchte nicht, dass sie sie beschränken. Das tut ihr nicht gut. ... Ja, okay, ..."

Das klang ganz nach dem Ende des Gesprächs. Corinna wich einige Schritte zurück und ging dann schwungvoll auf das Haus zu, sodass sie deutliche Geräusche machte.

Er kam ihr entgegen, bevor sie die Tür erreicht hatte.

Zuerst konnte sie in seinem Gesicht gar nichts lesen, doch dann breitete sich um seine Augen ein zartes Lächeln aus. „Frau Schwartz! Was verschafft mir die Ehre? Hat die Polizei etwas herausgefunden?"

„Ich denke, so schnell wird es keine Ergebnisse geben. Ich wollte nur prüfen, ob bei Ihnen alles in Ordnung ist."

Er lachte, allerdings erreichte es diesmal nicht seine Augen. „Alles in Ordnung ist in meinem Leben schon lange nichts mehr."

Corinna fand, dass er sie endlich hereinbitten könnte. Wie lange wollte er sie noch vor der Tür stehen lassen?

Er schien ihren Wunsch erraten zu haben, denn er sagte: „Ich kann Sie leider nicht hereinbitten. Gerade eben erhielt ich einen Anruf, mit dem man mich nach Winzenburg ins Heim gebeten hat."

„Oh, ich will sie nicht aufhalten, wenn Sie zu Ihrer Schwester müssen."

„Das bin ich ihr schuldig." Thomas legte ihr den Arm auf die Schulter. „Meine Eltern leben beide nicht mehr. Mein Vater hatte einen Herzinfarkt, mitten in der Nacht, er ist abends zu Bett gegangen und am nächsten Morgen nicht aufgewacht. Meine Mutter hat sich nie verziehen, dass sie seelenruhig neben ihm geschlafen hat, während er mit dem Tod gekämpft hat. Ihre Ausdrucksweise, nicht meine."

„Das tut mir leid."

„Muss es nicht. Damals war ich erleichtert, nach dem ersten Schrecken versteht sich. Endlich konnte ich das Geschäft übernehmen, konnte modernisieren, erweitern, umbauen."

Corinna wappnete sich innerlich für das Desaster, das nun folgen würde, für die übliche Überheblichkeit, die der Firma den Garaus machte.

„Zuerst lief alles wie geplant. Meine Entwürfe fanden Anklang. Ich ergatterte lukrative Aufträge, erarbeitete mir einen Namen. Nach etwa drei Jahren erfuhren wir, dass meine Mutter an Bauchspeicheldrüsenkrebs erkrankt war. Die Ärzte gaben ihr nur wenige Monate."

„Wie schrecklich. Das warf Sie natürlich zurück." Corinna hatte nicht wirklich Lust, sich diese traurige Geschichte anzuhören.

„Sofort erklärte sich meine jüngere Schwester Theresa einverstanden, unsere Mutter zu pflegen. Im Gegenzug sollte ich ihr ermöglichen, sich selbstständig zu machen, wenn, na ja, sobald alles vorbei ist."

„Welche Ausbildung hat Ihre Schwester?"

„Sie hat Industriemechanikerin gelernt und sich in diese CNC-Maschinen verliebt. Sie wollte für den Anfang zwei gebrauchte kaufen und für die Großen zuliefern, Bosch, Diessel, Graaff, Fuba und so weiter."

„Klingt vielversprechend. Outsourcing ist für viele Firmen ein interessantes Thema."

Steinwand zog eine Grimasse. „Dachten wir auch, aber dann kam alles anders. Überall wurden Hindernisse aufgebaut. Keine Baugenehmigung ging problemlos durch. Einer Verzögerung folgte die nächste. Wir mussten Gutachten vorfinanzieren. Ein Bürge brach weg." Er stemmte die Hände in die Hüften. „Ich habe zu lange gebraucht, bis ich herausgefunden hatte, dass jemand querschoss, der eigene Pläne mit dem Grundstück hatte, das meine Schwester bebauen wollte."

Corinna konnte sich das gut vorstellen, dass widerstreitende Interessen einen mittelständischen Betrieb bedrohen konnten. Doch sie wusste auch, dass Konzerne und Banken selbstverständlich lukrative Ersatzangebote machten. Schließlich waren sie auf Menschen angewiesen, die Arbeit hatten, damit sie ihre Produkte verkaufen konnten. Nur wer sich als halsstarrig erwies, hatte schlechte Karten. Hatte Thomas Steinwand die Angebote ausgeschlagen?

„Gab es keine Alternativen?", fragte sie.

Sein Gesicht verzerrte sich. „Ich lasse mich nicht herumschubsen. Ich bestehe auf meinen Rechten. Wer zuerst kommt, mahlt zuerst, alles andere ist illegal."

Corinna spürte seine Frustration. Der Ärger wühlte schon lange in seinen Eingeweiden.

Er schloss die Haustür ab. „Sie können ja bei Gelegenheit mal gucken, was für einen hässlichen Klotz die Baugesellschaft da hingestellt hat, wo Theresas CNC-Maschinen summen sollten."

„Wollten Sie hier im Ort bauen?"

„Nein, in Bockenem."

Corinna wollte nicht weiter nachfragen. Er zitterte vor Wut, stieg vor ihr die Treppe hinunter.

„Kommen Sie mit." Er ergriff ihr Handgelenk und zog sie hinter sich her zu seinem Auto. „Ich zeige Ihnen, was nach dem Unfall von meiner Schwester übrig geblieben ist." Er öffnete die Beifahrertür, schob sie beinahe hinein und ging um den Wagen herum. „Schnallen Sie sich bitte an", sagte er, bevor er den Motor anließ. Dann murmelte er: „Outdoorzubehör,

Wanderstöcke, Kompasse und GPS-Geräte, lauter Firlefanz." Schließlich atmete er tief durch und ergänzte: „Theresa hat alles vergessen, verdrängt, wie auch immer, was vor ihrem dreizehnten Geburtstag geschehen ist. Ihre linke Körperseite ist deutlich schwächer als die rechte. Außerdem kann sie sich nicht über längere Zeit konzentrieren. Sie spielt für ihr Leben gern. Doch verlieren kann sie nicht."

Er redete und redete. Corinna ahnte, dass er dieselben Worte schon sehr oft gesagt hatte, dass er sie geflucht, geweint, geschrien, gestammelt, geflüstert und gebrüllt hatte, ohne dass es etwas änderte, ohne dass sich für ihn oder sie etwas veränderte.

Sanft unterbrach sie ihn. „Ihre Schwester ist zufrieden in dem Heim?"

„Ich denke schon. Meistens jedenfalls."

„Heute nicht?"

Er seufzte. „Deswegen hat man angerufen. Ihr Fahrrad ist kaputtgegangen. Sie fährt jeden Tag mit dem Rad."

Corinna staunte.

„Ist das nicht zu gefährlich?"

„Nein, nein, sie hat ein dreirädriges, mit Verkleidung. Ich hab es extra für sie umbauen lassen."

Corinna spürte, dass Thomas Steinwand sich immer stärker entspannte, je länger sie unterwegs waren.

In Winzenburg parkte er vor dem Heim.

„Setzen Sie sich in den Garten. Ich brauche nicht lange. Anschließend zeige ich Ihnen etwas ganz Besonderes."

Er hatte beinahe eine Dreiviertelstunde gebraucht. Zwei alte Damen hatten sich zu ihr gesellt und ihr Geschichten erzählt, völlig zusammenhanglos, aber jede auf ihre Art lebensklug.

Als Thomas mit ihr davonging, schienen die beiden Damen enttäuscht zu sein.

Er entschuldigte sich mit knappen Worten und spazierte anschließend mit ihr die Straße hinunter zum Waldrand hin. Doch kurz hinter dem Dorf bogen sie nach rechts ab und gingen über eine Wiese.

Corinna mochte die Abendstimmung. Je tiefer sie in den Wald hineingingen, umso stiller wurde es um sie herum.

„Wir haben Glück, heute haben wir die Quelle ganz für uns allein. Gehen Sie vor. Es ist grandios hier."

Er ließ ihr den Vortritt. Sie ging auf dem schmalen Weg vor ihm her. Als sie in das Rund trat, war sie beeindruckt. Das Wasser rauschte an mehreren Stellen aus dem Boden.

„Das ist gutes Wasser. Sie können es kosten." Er zeigte nach rechts auf eine Mauer. „Darunter verschwindet das Trinkwasser nach Freden." Corinna bückte sich und schöpfte eine Handvoll. „Das schmeckt angenehm."

Ihre Gedanken kreisten. Einen Ausflug hierher mussten sie im Schloss Abbensen unbedingt anbieten. Vielleicht ließ sich auch mit dem Wasser etwas machen.

Sie bemühte sich immer wieder, ihre Aufmerksamkeit auf Thomas zu richten, doch es fiel ihr schwer, da sie so viele Ideen verarbeiten musste. Außerdem warteten im Wellness-Hotel ihre ersten Kundinnen auf sie.

Schließlich bat sie ihn, sie nach Haus zu bringen.

6

Nimm's nicht so schwer

43

Alfeld, Dienstag, der 13.9.2011

Markus raste nach Bad Salzdetfurth. Lisa beäugte jeden Radfahrer misstrauisch. Ein Velomobil sahen sie nicht.

„Wie bist du so schnell auf die Lösung gekommen?“, fragte Lisa ihn, wobei sie sich insgeheim wunderte, ob sie denn so glasklar auf der richtigen Fährte unterwegs waren.

„Bulle und Park, das ist so eindeutig. Du brauchst gar nicht so skeptisch zu gucken. Die Kollegen aus Söhlde waren schließlich derselben Meinung.“

„Nun verrat's mir schon!“

„Bullenstall nennt sich ein Veranstaltungszentrum im Schlosspark von Bodenburg.“

Lisa wiederholte flüsternd noch einmal den Text des fünften Gedichts. „Ein Kerl wie ein Bulle im Park, okay, das könnte es sein.“ Sie lehnte sich etwas entspannter zurück.

„Was geht dir durch den Kopf?“, wollte Markus wissen.

„Nun ja, wir haben den fünften Cache, sind unterwegs zum sechsten, falls wir richtig liegen. Bisher haben wir drei Tote gefunden. Ich frage mich, ob der vierte Mord bereits geschehen ist.“ Sie sah Markus fragend an: „Wenn wir den Kerl ...“

„Oder die Frau.“

„Meinetwegen, jetzt beim Legen des nächsten Caches erwischen, was meinst du, wie viele Menschen können wir retten?“ Sie sprach immer leiser. „Oder sind vielleicht alle schon tot?“

Markus wiegte den Kopf. „Nein, soweit ich Ralf verstanden habe, hat sie sich bei den ersten beiden Fällen an die Reihenfolge gehalten. Erst den Cache legen, dann den Mord begehen."

„Das klingt ziemlich zynisch."

„Was kann ich dafür? Ich hab's mir nicht ausgedacht."

„Ja, ja. Der dritte Mann, der Architekt, der war von Anfang an tot, bevor alles losging." Lisas Gedanken drehten sich im Kreis. Sie suchte nach dem Sinn. „Wir wissen noch nicht, ob er oder sie nur bei Lothar Senftleben in Alfeld etwas Wertvolles mitgenommen hat, oder?"

„Da sagst du was, ruf gleich in Alfeld an und frag nach. Das wäre vielleicht ein wichtiger Hinweis."

Einige Kilometer weit schwiegen sie. Dann erkundigte Lisa sich: „Glaubst du, dass eine Frau als Täterin infrage kommt?"

„Die Zeugin hat eine Frau gesehen."

Lisa fand zwar, dass dies keine vernünftige Antwort war, wusste aber auch, dass Markus sich nicht endgültiger festlegen würde. Er hielt nichts von ihrem Bauchgefühl und behauptete steif und fest, dass sein Bauch ihn allerhöchstens über Hungergefühle und Seitenstechen informierte.

Lisa hingegen vertraute ihrem Instinkt. Wenn sie an den Menschen dachte, der mit abgetrennten Gliedmaßen durch den Landkreis fuhr, sah sie einen Mann vor sich. War es denkbar, dass eine Frau in ihre Wohnung eingestiegen war und ihr den Sender ins Auto geschmuggelt hatte? Niemals! Die Veränderungen bei ihr zu Haus waren so gezielt, so persönlich, ihrem Gefühl nach eindeutig männlich.

Gerade als sie Markus darauf ansprechen wollte, sagte er, nachdem er sich mehrmals geräuspert hatte:

„Manchmal denke ich, wir kennen die Täterin schon längst, merken es nur nicht. Was hältst du von dieser Corinna Schwartz?"

Lisa schaute ihn verblüfft an. „Welchen Grund sollte sie haben?"

„Ganz abgesehen davon, dass Psychopathen nicht unbedingt plausibel handeln müssen, könnte diese irre Geschichte jede Menge Neugierige und Touristen anlocken."

Lisa mokierte sich über ihn. „Die buchen garantiert ausgerechnet ein Beauty-Wochenende."

„Es ist ja nur, nur wegen Fitz."

„Verdächtigst du ihn etwa?"

„Nicht direkt. Vielleicht benutzt sie ihn? Denk mal drüber nach."

„Fitz ist dein Freund."

„Eben. Es ist nicht auszuschließen, dass wir deswegen auf dem Auge blind sind."

Erstaunlicherweise fand Lisa den Gedanken lächerlich. Sie wusste nicht warum, aber sie mochte Corinna Schwartz.

Als Markus vor der Salzdetfurther Dienststelle ausrollte, traten die beiden Kollegen der örtlichen Dienststelle bereits vor die Tür. Ohne große Worte stiegen sie in den Fond und breiteten Ausdrucke auf der Rückbank aus.

Der größere der beiden hielt ein Smartphone in der Hand und dirigierte Markus zum ersten Cache. „Wir haben einen Traditional im Schlosspark."

„Warum den zuerst?"

„Weil zur Erstausstattung nicht nur ein Travel Bug gehörte, sondern auch eine Tube Kunstblut."

„Blut?", fragte Lisa.

„Außerdem 'ne Kerze und Ü-Eier-Figuren."
„Das heißt, wir haben es mit einem größeren Behälter zu tun."
„Genau. Zu diesem existiert auch ein Hinweis, ziemlich kryptisch, wenn ihr mich fragt. Da geht es um Fledermäuse und einen Tennisplatz."
„Bevor ich's vergesse. In Söhlde ist eine Radfahrerin mit einem Liegerad mit gelber Verkleidung aufgefallen."
„Davon scheint es mehrere im Landkreis zu geben. Ich weiß, dass oben ‚Am Horstbach' ein junger Mann wohnt, der bei beinahe jedem Wetter mit diesem Rad zur Arbeit fährt. Achtung, langsam, genau, hier musst du rechts."
Sie bogen auf das Schlossgelände ein, stiegen aus und gingen die wenigen Meter zum Cache. Durch die Bäume war der Empfang etwas unsicher, aber Lisa entdeckte den Behälter ziemlich schnell.
Sie fotografierten den Fundort, öffneten ihn und fanden nichts Ungewöhnliches.
Als Lisas Handy unvermutet in ihrer Tasche klingelte, erschrak sie. Ihre Finger zitterten, während sie es herauszog und aufklappte. Sie kannte die auf dem Display angezeigte Nummer nicht.
„Grundberg", sagte sie und bemühte sich, ihre Stimme zuversichtlich klingen zu lassen.
„Rudolf Hansen, Söhlde, Frau Kollegin, es tut mir leid, sie zu belästigen, aber ich denke, Sie werden gleich eine wahnsinnige Sehnsucht nach Hoheneggelsen empfinden."
„Bitte?" Lisa wusste nicht, was sie davon halten sollte. Doch glücklicherweise redete Hansen weiter, ohne ihren Einwurf zu beachten. „Ihre Nummer habe ich von Ralf Schubert. Ziehen Sie ihm die Ohren dafür lang, nicht mir."

So langsam dämmerte es Lisa, mit wem sie es zu tun hatte. „Polizeikommissar Hansen?", fragte sie.

„So ist es, wir haben Damian!"

Jetzt schaltete Lisa innerhalb von Sekundenbruchteilen. „Den aus dem Cache-Gedicht?"

„Selbigen!"

„Lebt er noch?"

„Nö, er ist in seiner Badewanne ertrunken."

„Wir sind schon unterwegs." Lisa unterbrach das Gespräch und rief Markus zu. „Söhlde hat die vierte Leiche gefunden. Wir müssen los."

„Wohin?"

„Hansen hat etwas von Hoheneggelsen gesagt."

Kurz hinter dem Ortseingangsschild wollte Lisa Hansen anrufen und nach der Straße fragen. Doch sie sahen die Blaulichter schon von Weitem.

Die Einsatzfahrzeuge parkten vor einem Mehrfamilienhaus, in dem sich im Erdgeschoss eine Fleischerei mit Imbiss befand, die heute heißen Krustenbraten im Brötchen anbot. Lisa verspürte plötzlich Heißhunger. Wie lange war es eigentlich her, dass sie gefrühstückt hatte? Sie verkniff es sich, auf die Uhr zu schauen. Wahrscheinlich war es sowieso noch später als ihr Hungergefühl andeutete.

Hansen stand mit dem Rücken zu ihnen breitbeinig in der Badezimmertür.

Markus klopfte ihm auf die Schulter. „Lass uns auch mal gucken."

Hansen drehte sich um, begrüßte sie und verließ seinen Platz, damit sie das Badezimmer inspizieren konnte.

Doch eigentlich gab es nicht viel zu sehen. Ein nackter Mann, etwa dreißig oder fünfunddreißig Jahre alt, lag neben der Badewanne auf dem Boden. Lisa nahm die hellblauen Wandfliesen und die abgetretene Matte vor der Toilette deutlich wahr, auf der er lag. Er wirkte zierlich, obwohl er ein Bäuchlein hatte.

Hansen stand dicht hinter Lisa und sagte: „Damian Fuchs, 34 Jahre alt, Zugbegleiter bei der Deutschen Bahn. Es sieht so aus, als hätte jemand ihn k.o. geschlagen und dann so lange in der Badewanne untergetaucht, bis er ertrunken war."

„Gibt es in der Wohnung Hinweise auf Wertgegenstände, die verschwunden sein könnten?"

„Nein, Fuchs hat sein Geld in sein Motorrad und ausgiebige Reisen quer durch Europa damit gesteckt."

„Du kanntest ihn persönlich?"

„Klar, wenn du mit einem flüssigkeitsgekühlten Sechszylinder-Viertakt-Boxermotor durch Hoheneggelsen brummst, kennt dich jeder. Aber davon mal abgesehen, Fuchs trainiert die Lütten in der Fußballmannschaft, sobald sie die Grundschule verlassen, übernehme ich sie."

„In welcher Verbindung könnte er zum Bauamt und zu einem Architekten stehen, der Gewerbegebäude baut?"

Hansen dachte lange nach.

„In keinem. Er lebt in dieser Wohnung, seit er zu Hause ausgezogen ist. Jede freie Minute hat er on the Road verbracht. Und für sein Schmuckstück hat er eine Garage hinter dem Haus gemietet. Der braucht keinen Architekten."

„Vielleicht eine neue Liebe, und alles ändert sich?", hakte Lisa nach.

„Nee, mit Frauen hatte er es nicht so."

Markus erkundigte sich: „Eine feste Beziehung?"

„Nee, eher der ewige Single."

„Ich verstehe das immer weniger. Habt ihr Einbruchspuren entdeckt?“, fragte Lisa.

„Keine.“

„Das heißt, Damian Fuchs hat seinen Mörder hereingelassen.“

„Und er hat sich in seinem Beisein ausgezogen“, fügte Markus hinzu.

Hansen widersprach ihm. „Nicht notwendigerweise. Wir haben einen durchnässten Bademantel gefunden. Er ist zerrissen und könnte vom Badewannenrand gerutscht sein.“

„Gibt es weitere Hinweise auf einen Kampf? Hat er sich gewehrt?“

„Kaum. Unsere Leute gehen davon aus, dass der Besucher ...“

„Oder die Besucherin.“ Markus konnte es nicht lassen.

„Meinetwegen Besucherin, jedenfalls hat sie oder er ihn von hinten niedergeschlagen. Wo genau, wissen wir noch nicht. Auf alle Fälle wurde Damian Fuchs anschließend in die Wanne bugsiert und ertränkt.“

„Klingt nicht übermäßig feminin“, bemerkte Lisa.

Hansen sah sie prüfend an. Scheinbar wusste er nicht, wie er ihre Bemerkung einstufen sollte, und wollte kein Risiko eingehen. „Rein körperlich könnte eine kräftige Frau das durchaus bewältigen. Damian wog kaum mehr als sechzig Kilo.“

„Habe ich's nicht gesagt, es wird immer undurchsichtiger.“

„4 von 8“ hatte jemand mit Lippenstift an den Spiegelschrank geschrieben.

Abbensen, Dienstag, der 13.9.2011

Den ganzen Tag lang war er unruhig wie ein Panther im Käfig auf und ab gelaufen. Gleich nach Arbeitsbeginn hatte er mit Wagner abgesprochen, was anlag. Das war nicht viel gewesen. Eine Glühlampe in einem Gästezimmer im ersten Stock war durchgebrannt. Wenn's hoch kam, brauchte er dafür zehn Minuten. Eine Mitarbeiterin der Küche hatte durch einen Bedienfehler die Steuerung der Geschirrspülanlage außer Gefecht gesetzt. Vielleicht eine halbe Stunde.

Selbst wenn er noch einen Ölwechsel beim Multicar einplante und den Rasen im Innenhof mähte, obwohl der es längst nicht wieder nötig hatte, füllte er damit höchstens seine Arbeitszeit bis zur Mittagspause.

Er könnte einkaufen fahren, zwei Rosenstöcke gingen offensichtlich nicht an und mussten ersetzt werden. Außerdem brauchte er dringend eine neue Bohrmaschine. Die alte hatte beim letzten Einsatz deutliche Rauchzeichen von sich gegeben. Allerdings wollte er das Gelände um keinen Preis verlassen.

Heute nicht.

Okay, Monkey würde erst gegen Abend kommen, vorzugsweise, wenn alle anderen beim Abendessen saßen.

Trotzdem.

Sola beabsichtigte, alle Eventualitäten auszuschließen, kein einziges Detail würde er dem Zufall überlassen.

Nachdem er die Glühlampe ausgewechselt und die Spülmaschine repariert hatte, kehrte er in die Versorgungsgebäude zurück. Er achtete sorgfältig darauf, dass niemand in seiner Nähe war, als er das Regal an der Rückwand der Werkstatt zur Seite schwingen ließ und schnell in den dahinter gelegenen Raum trat.

Janka, die mit dem Rücken zur Tür gestanden hatte, drehte sich überrascht zu ihm herum.

„Was machst du?", fragte er, bevor sie etwas sagen konnte.

„Ich heize die Betten auf. Wir wissen nicht, in welchem Zustand sie sein werden." Sie zeigte auf die Küchenzeile. „Außerdem habe ich Infusionslösungen angemischt. Eine Woche hast du gesagt, nicht wahr? Wir haben eine Woche, um sie aufzupäppeln."

Ihre Stimme klang skeptisch, sodass Sola sie prüfend betrachtete. Hatte er sich in ihr geirrt? War sie zu weich für den Job?

„Das reicht. Glaub mir."

Er ging zu ihr hinüber und nahm sie in die Arme. „Wir haben Erfahrung damit. Wichtig ist, dass sie gewaschen und gewärmt werden. Außerdem brauchen sie Nahrung."

„Sie benötigen auch Zuwendung und ..."

„Shht, keine Sorge, die bekommen sie, sobald wir sie übergeben haben." Er sah ihr tief in die Augen. „Und sie werden mehr davon bekommen, als wir beide zusammen jemals erhalten haben."

Sie nickte. „Wahrscheinlich hast du recht. Mehr Geld werden sie außerdem zur Verfügung haben. Sie werden zur Schule gehen und können eine gute Ausbildung machen, nicht wahr?"

Sola stimmte ihr zu. Aber eigentlich ging es ihn nichts an. Es interessierte ihn nicht die Bohne. Er lieferte Ware aus, erhielt dafür eine ausgezeichnete Bezahlung, die er mit Monkey, kleinerer Betrag, und

Voigt, größerer Betrag, teilte. Der Löwenanteil gehörte ihm.

Wagner wurde von Voigt entlohnt. Wie das vor sich ging und worin die Entlohnung bestand, wusste Sola nicht. Er ahnte zwar etwas, würde aber den Teufel tun, sich da einzumischen.

Um 18.30 Uhr erhielt Sola eine SMS von Monkey.

Ab 19.30 Uhr stand Gabriel vor der Garage hinter der Werkstatt. Als der Tiguan vorfuhr, glitt das Tor auf. Sobald der Wagen darin verschwunden war, schloss es sich wieder. Sola blieb noch einen Moment davor stehen und beobachtete die Umgebung.

Nichts rührte sich.

Niemand hatte etwas bemerkt.

Sola kontrollierte, ob das Tor verschlossen war, bevor er durch die Seiteneingangstür trat.

Monkey hatte den Kofferraum bereits geöffnet und zog den Behälter heraus.

Sola fand, dass er ziemlich klein aussah.

„Nimmst du den anderen?", fragte Monkey.

„Was ist da drin?"

„Ein paar Netzhäute, die nimmt er mit nach Berlin."

„Hat er mir nicht mitgeteilt. Wir können hier noch keine einsetzen."

„Ergab sich im letzten Augenblick. Durch die Verzögerung. Gestern wären sie noch nicht da gewesen."

„Verstehe."

„Integrierte Kühlung. Müssen wir nur an den Strom anschließen, nicht mehr umlagern."

Monkey verließ die Garage durch die schmale Tür in der Rückwand.

Sola nahm die kleine Box aus dem Kofferraum und schlug die Haube zu.

Monkey wartete in der Werkstatt auf ihn. Sola öffnete die getarnte Tür. Sie traten hintereinander hindurch. Monkey nickte Janka zu. Sie stand in der Mitte des Raumes und bewegte ihre Hände, als würde sie sie waschen.

Vielleicht tat sie das sogar. Sie verwendete oft ihr Desinfektionsmittel und massierte es gefühlte zwanzig Minuten ein.

Trotzdem wirkte sie nervös, was Sola durchaus verstehen konnte. Sie war zum ersten Mal dabei. Er würde sie aufmerksam beobachten. Unter Umständen wäre es bei der nächsten Lieferung sicherer, die Ware erst auszupacken und Janka anschließend zu informieren. Selbstverständlich hätte er das auch heute so handhaben können, doch er musste sichergehen, dass Janka nicht zögerte, dass sie effektiv und zielgerichtet erledigte, was getan werden musste.

Monkey stöpselte die zweite Kühlbox ein und sah sich in dem Raum um. „Gute Ausstattung", sagte er, drückte Jankas Schulter, nickte Sola zu und verließ das Zimmer.

Sola schloss die Tür hinter ihm und wandte sich zu Janka um, die den Behälter bereits geöffnet hatte.

Sie hob das erste Bündel heraus und legte es auf den Behandlungstisch in der Mitte des Raumes. Im Licht der Wärmelampe wirkte ihr Gesicht rosig. Routiniert kontrollierte sie die Vitalzeichen des Säuglings vor ihr. Erst danach wickelte sie ihn aus.

„Alles okay?", fragte Sola.

„Sieht gut aus." Sie schob eine winzige Kanüle in die Kopfvene des Babys. „Gibst du mir mal einen Infusionsbeutel?" Vorsichtig bettete sie es in eines der Wärmebetten. Sie deckte es zu und schloss die Infusion an. „Hast du eine Vorstellung, wie lange die Sedierung anhalten wird?"

Er zuckte mit den Schultern. „Wenn alles nach Plan gelaufen ist, noch etwa eine Stunde."

„Dann warte ich mindestens fünfundvierzig Minuten, bevor ich Baclofen gebe."

„Wie du meinst." Ihm war das egal. Hauptsache, die Ware gab keine unnötigen Geräusche von sich und machte gleichzeitig einen gesunden Eindruck auf die Frauen, die sie abholten.

Während er die erste Klappe des Spezialbehälters wieder verschloss, holte Janka den zweiten Säugling aus dem nächsten Fach heraus.

Plötzlich hörte Sola ein Wimmern. Er lauschte und zog eine weitere Klappe auf. Dieser Säugling wies einen Wust schwarzer, drahtiger Haare auf und schaute ihn aus großen, dunkelbraunen Augen an. „Natürlich ein Mädchen!", sagte er und übergab sie an Janka. „Ich glaube, du solltest dich zuerst um sie kümmern."

„Ein Glück, dass ich die Einzelheiten der Versandmodalitäten nicht kenne", flüsterte sie.

„Mein Seestern", antwortete Sola, „die Behälter, die Medikation der Ware, die Transportintervalle, selbst die Wickelung und die Art des Stoffes, mit der sie ausgeführt wird, wurden von Fachleuten entwickelt." Er sah sie ein wenig von oben herab an und sagte, als spräche er zu einem vorwitzigen Kind: „Wir haben ein immenses Interesse daran, dass die Ware unversehrt am Bestimmungsort ankommt. Sonst verdienen wir alle kein Geld, mein Seesternchen."

Sie nickte mit zusammengekniffenen Lippen und arbeitete weiter.

Als sie die letzte Klappe öffnete, stand Gabriel Sola schräg hinter ihr und er sah, wahrscheinlich eher als sie, die Blaufärbung der Haut des vierten Babys. Er wollte sie zur Seite schieben, doch sie wehrte sich. „Was soll das?“

Dann versteifte sie sich, zog das Kind heraus. Er sah, wie sie in Wellen zu zittern begann. Als sie sich zu ihm herumdrehte, war sie kreidebleich. „Es ist tot!“ Er hörte die Anklage in ihrer Stimme.

Glücklicherweise ahnte sie nicht, welche Flüche ihm auf den Lippen brannten.

„Gib es mir. Ich kümmere mich darum.“ Er sprach so sanft wie er konnte.

„Was willst du tun?“

„Ich bestatte es unter den Eiben.“

„Und dann?“

„Wie und dann?“

„Du musst das melden. Irgendwer hat einen Fehler gemacht. Gabriel, du musst dafür sorgen, dass so etwas nicht noch einmal passiert.“

„Selbstverständlich“, sagte er. Doch mit seinen Gedanken war er ganz woanders. Das waren fünfundzwanzigtausend Euro, die da flöten gingen. Außerdem war die Kundin bereits angereist. Puta madre! Sola erschrak. Er durfte sich nicht aufregen. Er hatte Südamerika vor so vielen Jahren verlassen, dass er kaum noch einer spanischen Soap im Fernsehen folgen konnte. Wenn allerdings die spanischen Flüche seines Vaters in seinem Kopf auftauchten, musste er sich vorsehen.

Er war wie die Muräne im Riff. Schnell. Erbarmungslos. Nah dran. Tödlich, so gut wie unsichtbar und eiskalt

„Gib schon her. Da kannst du nichts mehr bewirken. Widme dich den anderen dreien.“

Eine Träne glitzerte an Jankas Wimpern. Er wischte sie ab, nahm ihr die Ware ab und verließ den Raum.

Selbstverständlich beabsichtigte er nicht, den Leichnam im Park zu vergraben. Die Gefahr, dass irgendein Tier die Knochen ausbuddelte und in der Gegend herumzerrte, war viel zu groß.

Plötzlich war die Idee da. Er konnte nicht sagen, woher sie gekommen war. Zuerst schob er sie weg, doch sie blieb hartnäckig, drängte sich immer wieder in sein Bewusstsein. Er wendete sie hin und her, seufzte und beschloss, sie umzusetzen.

Er lächelte.

Für dich, Lisa Grundberg.

45

Alfeld, Mittwoch, der 14.9.2011

Lisa Grundberg weckte ihren PC auf und rief die E-Mails ab. Jede Menge Werbung, eine Nachricht von ihrer Mutter, auf die sie gar keine Lust hatte, da sie den Titel trug: ‚Wann kommst du mal wieder nach Kassel?'. Auch die Facebookbenachrichtigungen löschte sie unbesehen. Da war die Mitteilung, auf die sie gewartet hatte. Frank hatte sich gemeldet. So, wie er es früher öfter getan hatte. Gelegentlich gab es Fälle, die man mit nach Hause nahm, die einen nicht losließen.

Während sie dazu neigte, eine Runde spazieren zu gehen, setzte er sich an seinen Rechner und suchte im Internet, intuitiv, irgendetwas. Er ließ sich von Link zu Link treiben, hüpfte von Stichwort zu Stichwort, und irgendwie ergab sich irgendwann ein Zusammenhang.

Auch diesmal hatte er ihr einen Link geschickt.

Sie klickte ihn an. Unvermittelt baute sich das Bild des Gorillas auf.

„Wo hast du das denn her, mein Freund?", fragte sie sich selbst. Schnell stellte sie fest, dass dieser Mann Jens Rehbeck hieß und diese Aufnahme 2008 nach einem Fußballspiel auf Schalke von den Überwachungskameras aufgezeichnet worden war, weil der Mann in einem Block gesessen hatte, in dem randaliert worden war. Man konnte ihm persönlich nichts nachweisen, was Lisa nicht verwunderte.

„Gut gemacht, danke!", tippte sie in ihre Antwort.

Erst als sie das Foto auf ihrem Desktop speichern wollte, fiel ihr auf, dass da nicht ihr gewohntes Hintergrundbild zu sehen war.

Was war das?

Sie beugte sich vor und begriff.

Der Finger.

Der abgetrennte Finger.

Nein, halt, das abgetrennte oberste Fingerglied.

Franks?

Schon wieder!

Wie kam der auf ihren Desktop?

Die Härchen in ihrem Nacken stellten sich auf. Sie schaute sich prüfend um.

Natürlich stand da niemand.

Sie unterdrückte den Impuls aufzuspringen und ihre Wohnung zu kontrollieren.

Okay, ganz ruhig. Sie schaltete ihren Rechner so gut wie nie aus. Passwortgeschützt hatte sie ihn ebenfalls nicht.

War es möglich, dass der Eindringling ihren PC schon am Donnerstag manipuliert hatte?

Durchaus.

Hatte sie ihn seither benutzt? Sie konnte sich nicht erinnern. Also eher nicht.

Hektisch schaute sie über den Bildschirm. Gab es noch eine Veränderung?

Sie entdeckte den Ordner erst beim zweiten Durchgang. Einen Augenblick zögerte sie, ob sie ihn anklicken sollte. Dann rollte sie den Mauszeiger darauf und klickte. In dem Ordner befanden sich Fotos.

Insgesamt sieben Stück.

Sie alle zeigten Lisa. An diversen Orten, bei unterschiedlichen Tätigkeiten, mit verschiedenen Menschen.

Kurz entschlossen kopierte sie die Dateien auf ihren Stick, bevor sie den Rechner herunterfuhr und die Kabel herauszog. Beobachtete der Mann, der Frank überfallen hatte, nun sie? Was wollte er von ihr?

Selten genug besuchte sie Ralf in seinem Werkstatt-Büro-Labor. Er verfügte über den größten Raum in der gesamten Dienststelle. Alle Wandflächen, die keine Fenster enthielten, waren mit Schränken vollgestellt. Lisa wusste, dass sich darin unzählige Geräte verbargen. Ralf hatte jeden Schrank akkurat beschriftet. Allerdings eher, um seinen Mitarbeitern und eventuellen Urlaubsvertretungen zu helfen. Er selbst wusste genau, wo er seine Sachen aufbewahrte. Wenn Ralf eine Arbeit begann, baute er auf, was er brauchte. Sobald er fertig war, räumte er alles wieder weg, natürlich, nachdem er es gereinigt, desinfiziert oder neu kalibriert hatte, wenn es notwendig war. Erst danach startete er die nächste Untersuchung.

Als Lisa sein Büro betrat, schaute er gerade durch ein Mikroskop. „Womit kann ich dir helfen?"

Lisa erklärte ihm, dass ein Einbrecher Veränderungen an ihrem PC vorgenommen hatte. Sie bat ihn, das zu überprüfen und festzustellen, ob der Kerl auch ihre Passwörter ausgelesen hatte.

Eigentlich wollte sie es nur wissen, um Sicherheit zu haben. Dass sie alle Passwörter ändern würde, sobald Ralf ihr den Computer wieder aushändigte, stand für sie so fest, wie die Form aus Lehm gebrannt in der Erden.

Ralf blickte auf seine Uhr und sagte dann: „Noch zwanzig Minuten bis zum Meeting. Das sollte zu schaffen sein."

Lisa nickte und ging in ihr Büro.

Markus saß bereits an seinem Platz. Er erstellte eine Liste.

„Morgen, was machst du da?“

„Du bist spät. Ist was passiert?“

„Hm, mein PC, Ralf prüft es.“ Sie sah auf seinen Bildschirm. „Sind das unsere Toten?“

„Genau. Ich habe die Namen, die Orte, die Schlüsselwörter in den Gedichten. Jetzt fehlen mir noch die Körperteile.“

Lisa zeigte auf die rechte Seite. „Da fehlt eine zusätzliche Spalte mit den Berufen und am besten, du machst eine weitere, in die du eintragen kannst, ob etwas gestohlen wurde.“

„Gute Idee! Bisher wissen wir, dass bei Lothar Senftleben mindestens drei wertvolle Landkarten verschwunden sind. Werden bei den anderen ebenfalls Gegenstände vermisst?“

„Bei Eddi Reuter aus Lamspringe fehlen zwei Drucke von Micha Kloth. Über Fuchs und Tolberg haben wir noch nichts erfahren.“

Markus sah nachdenklich auf seinen Bildschirm.

„Was ist?“, fragte Lisa.

„Ich überlege gerade, ob die Todesarten symbolisch sein könnten?“

„Wie meinst du das?“

„Na ja, ist mir eben so aufgefallen. Reuter wurde überfahren, das Gedicht sprach davon, dass er im Weg steht und von der Straße gefegt wird. Im Cache befand sich ein Zeh.“

„Verstehe, lass uns mal gucken, ob wir einen ähnlichen Zusammenhang bei den anderen herstellen können.“

„Senftleben, Stromschlag, Ohr und die Buchen“, zählte Markus auf.

„Die Verbindung erschließt sich mir nicht."

„Noch nicht." Markus lächelte sie aufmunternd an. „Überprüfen wir mal Tolberg. Da hatten wir den Körper, dem einige Teile fehlten."

„Keine Todesursache?"

„Ralf vermutet einen Genickbruch. Aber da der Kopf gewaltsam entfernt wurde, konnte die Gerichtsmedizin das nicht mit Sicherheit feststellen." Er räusperte sich. „Sie warten darauf, dass wir den Kopf finden."

„Das bedeutet, dass die Teile, die wir bisher gefunden haben, tatsächlich von Tolberg stammen."

„Ralf will die Ergebnisse gleich in der Besprechung darstellen, aber ja. Und sie wurden nacheinander abgetrennt, vermutlich innerhalb von zwanzig Minuten oder so."

„Heißt das, dass der Täter Tolberg mit der Absicht ermordet hat, ihn zu zerteilen und die Einzelteile für diese makabre Schnitzeljagd zu verwenden?"

„Nicht zwangsläufig. Scheinbar war Tolberg gute zwei oder drei Stunden tot, bevor die Körperteile abgetrennt wurden."

„Okay." Lisa schüttelte sich. „Das macht es nicht besser. Was haben wir bei Damian Fuchs?"

„Da hatten wir den Namen im Gedicht."

„Und das Gedicht bezog sich auf ein Gedicht."

„Eine Ballade, von Schiller, die Bürgschaft."

„Genau. Gefunden haben wir eine Hand."

„Todesart Ertrinken. Das wäre Damon in der Ballade beinahe passiert."

„Habe ich nicht parat."

„Ich hab's nachgelesen. Damon wollte den Tyrannen töten und wird erwischt. Sein Freund bürgt für ihn. Innerhalb von drei Tagen muss Damon zurückkehren, sonst stirbt der Freund an seiner Stelle. Er muss einen Fluss überqueren, der Hochwasser führt, und ertrinkt fast."

„Und wirft sich hinein in die brausende Flut, ich erinnere mich. Nichtsdestotrotz ergibt es wenig Sinn."

„Für mich schon. Wir haben zwei Männer, die sich von Amts wegen mit Bauanträgen beschäftigen."

„Bauamt in Alfeld und Umweltamt des Landkreises."

„Dann einen Architekten."

„Für Gewerbebauten."

„Und in Söhre einen Bürgen?"

„Du bist schlau, das ist es. Fehlt uns jetzt noch ein Banker?"

„Steht zu befürchten."

Ralf wartete im Besprechungszimmer auf sie. Lisas Rechner stand auf der Kommode an der Fensterwand.

„Die gute Nachricht zuerst: Du hast keinen Virus. Nun die weniger gute: Jemand ist von außen in deinen PC eingedrungen, hat deine Passwörter abgefischt und dir die Fotos und das Hintergrundbild hinterlassen."

„Willst du mir sagen, dass mein Computer gehackt wurde und der Scheißkerl alle meine Mails gelesen hat?"

„Schaltest du deinen PC eigentlich nie ab? Alle wahrscheinlich nicht, aber einige."

„Kannst du herausfinden, wer das war?"

„Bin ich Labortechniker oder Magier?"

„Scheiße, verdammte!"

Markus legte ihr eine Hand auf die Schulter. „Genug Fäkalsprache, das bringt uns nicht weiter. Schmeiß das Teil weg und kauf dir ein Neues."

„Gute Idee, dann installiere ich dir eine Firewall mit einem kleinen Verfolgungsgimmick. Sobald er es noch mal probiert, hängen wir uns dran."

Lisa versuchte ein zaghaftes Lächeln.

„Gut so! Sag, Ralf, habt ihr bei unseren beiden letzten Toten festgestellt, ob etwas entwendet wurde?“

„Sina und Artjom konnten ermitteln, dass Tolberg rund fünfzigtausend Euro in bar zu Hause hatte.“

„Wer hat denn so viel Bargeld in der Küche herumliegen?“

Ralf sah sie erstaunt an. „Wie kommst du ausgerechnet auf die Küche?“

„Sollte ein Scherz sein.“

„Ins Schwarze. Tolberg war in Bad Harzburg im Kasino und hat gewonnen.“

„Man höre und staune. Spielte er regelmäßig?“

„Scheinbar alle acht Wochen mit Studienfreunden“, erklärte Ralf.

„Und er bewahrte das Geld in der Küche auf?“, erkundigte Markus sich.

„Yep, sein Tresor, ein tragbares Modell Marke Kinderspielzeug, stand im Vorratsschrank.“

„Zumindest teilweise scheint es dem Täter ...“, sagte Lisa.

„Ich plädiere immer noch für eine Täterin“, warf Markus ein.

„... um Geld zu gehen.“

„Oder um Andenken.“ Ralf hob abwehrend die Hand. „Ich meine das ernst.“

„Auf dem Sideboard Tolbergs fehlen zwei Gegenstände, die runde Abdrücke hinterlassen haben. Leider konnte bisher niemand genau beschreiben, was da stand. Die Nachbarin behauptete, das wären nackte griechische Götter gewesen, während der einzige Freund, den wir ausfindig machen konnten, von Golfpokalen sprach.“

„Kurios.“

„Bei Damian Fuchs sind die Ermittlungen noch nicht abgeschlossen", erklärte Ralf abschließend, bevor er sich seufzend erhob. „Ich fahre jetzt nach Hildesheim. Heute Nachmittag landet Fuchs auf dem Seziertisch. Ich nehme nicht an, dass einer von euch beiden mitkommen oder mich sogar ablösen will?"

„Äh, nö, wir müssen dringend ...", sagte Lisa.

„... noch mal nach Bodenburg."

46

Abbensen, Mittwoch, der 14.9.2011

Corinna erkundigte sich, ob alles in Ordnung sei. Die blonde Frau, die am Frühstückstresen stand und sich Müsli aussuchte, antwortete einsilbig.

Corinna wollte sich gern mit ihr unterhalten. Es war deutlich zu erkennen, dass sie schwanger war. Warum machte sie eine Wellness-Kur ausgerechnet in diesem Zustand?

Sie musste unbedingt daran denken und Frau Baric danach fragen, sobald sie zur Morgenbesprechung erschien.

Hatte irgendeine Frauenzeitschrift so etwas empfohlen? Corinna glaubte, gesehen zu haben, dass drei ihrer Gäste schwanger waren.

Allerdings konnte sie sich gut vorstellen, dass eine Schwangerschaft genau die richtige Zeit war, sich etwas Gutes zu tun.

Die blonde Frau lächelte ihr jedenfalls entschuldigend zu, legte die Hand auf ihren Bauch und balancierte ihre Schüssel und ein Glas Maracujasaft zu einem der Frühstückstische.

Corinna schritt langsam durch den Saal, begrüßte die Damen. Gelegentlich beantwortete sie Fragen, eine jüngere Frau erbat sich ein zweites Kopfkissen und zwei andere planten einen Ausflug ins Weltkulturerbe und erkundigten sich nach dem im Prospekt angekündigten Shuttlebus. Sie machte sich eine mentale Notiz, Wagner aufzufordern, einen entsprechenden Aushang anzufertigen.

Bevor sie den Frühstücksraum verließ, schweifte ihr Blick noch einmal über die Szene. Friedlich, fröhlich und lichtdurchflutet. Sie merkte, dass sie strahlte, und freute sich wie die Schneekönigin über Eisblumen.

Fitz erwartete sie, mit zwei Kameras behängt, am Eingangstor. Er reichte ihr die Hand und sagte: „Ich denke, heute nehmen wir einen Ihrer Wagen, und Sie dürfen fahren. Einverstanden?"

„Sehr zuvorkommend von Ihnen." Sein Motorrad stand vor der Mauer unter einem der Straßenbäume. „Sie können es ruhig auf dem Grundstück abstellen."

Er winkte ab. „Lieber nicht, da drin ist alles voller Frauen, wenn die einen knackigen Mann auf einem zweirädrigen Luxusgeschoss sehen, sind sie hin und weg", sagte er verschwörerisch.

Corinna lachte. „Von wem reden Sie?"

Fitz sah sich um. „Ist hier noch jemand?" Dann lachte er ebenfalls und marschierte auf den Firmenwagen zu.

Seine Anweisungen kamen rechtzeitig und deutlich, sodass Corinna sich gut zurechtfand und das Fahren selbst sogar als angenehm empfand. Immerhin waren sie beinahe die einzigen auf der Straße.

„Zuerst möchte ich Ihnen Schloss Bodenburg zeigen, ein Wasserschloss, das im zehnten Jahrhundert erbaut wurde. Leider hat es dort mehrmals gebrannt, weshalb nur noch der Turm und die Teichanlage aus dieser Zeit stammen. Alles andere wurde im Laufe der Jahre umgebaut oder restauriert. Der Park wurde im englischen Landhausstil gestaltet, und in einem alten Wirtschaftsgebäude befindet sich heute die Werkstatt eines Bildhauers. Hans-Werner Kalkmann organisiert in dem Gebäude regelmäßig hochkarätige Kunstausstellungen. Mich haben Owusu-Ankimah und Petrus Wandrey besonders beeindruckt."

„Wandrey? Der Digitalimus-Künstler? 2008 in Chicago habe ich Werke von ihm in einer Ausstellung zu Marilyn Monroe gesehen. Schon ein bisschen gewöhnungsbedürftig, aber mega beeindruckend."

„Aktuell werden keine Bilder gezeigt. Susanne Ritter hatte im August überlebensgroße Porträts ausgestellt. Allerdings findet hier im Rahmen der Niedersächsischen Musiktage Ende September ein Konzert statt. So, jetzt rechts abbiegen, genau. Ich denke, da können Sie parken."

Fitz spazierte mit ihr durch den Park, wies sie auf seltene Bäume hin und erklärte ihr die Grabplatten auf der Halbinsel.

„Finden Sie es nicht auch ungewöhnlich, dass heute Vormittag so viele Menschen durch diesen Park spazieren?"

Fitz sah sich um und zuckte mit den Schultern. „Vielleicht."

„Aber gucken Sie, immer zu zweit, und wissen Sie was, die reden kaum miteinander. Irgendwie gruselig."

„Hier haben wir fast alles gesehen, kommen Sie, wir schauen uns noch den Brunnen auf dem Marktplatz an, und wenn Sie mögen, zeige ich Ihnen außerdem, was es mit dem Radweg zur Kunst auf sich hat."

„Gern." Während sie das Gelände verließen, warf Corinna immer wieder einen Blick über die Schulter zurück. Was war das hier? Ein Ausbildungsgelände für Nachwuchs-James-Bonds?

Auf dem Weg zum Marktplatz bemerkte Corinna einen Firmenwagen von Fischer & Gerling am Straßenrand. Ob Thomas Steinwand heute in Bodenburg arbeitete?

Sie hatte den Gedanken noch nicht ganz zu Ende gedacht, als sie ihn erblickte. Er kam ihnen entgegen, in Arbeitskleidung, den Blick auf den Boden gerichtet. Augenscheinlich hatte er es eilig.

Zuckte er zusammen, als er sie erkannte?

Corinna lächelte ihm zu und reichte ihm die Hand. „Wir besichtigen Bodenburg. Ein lohnendes Ausflugsziel für meine Gäste", erklärte sie.

Sein Blick hüpfte von ihr zu Fitz und zurück. Sie konnte ihn nicht deuten, entschied sich dafür, ihn als eifersüchtig einzustufen, was sie mächtig freute. „Sie müssen arbeiten?", fragte sie.

„Ja, ja, ist immer viel zu tun, aber das ist ja auch gut so."

Corinna hatte erwartet, dass er sagte, woran er gerade arbeitete. „Restaurieren Sie etwas Historisches oder bauen Sie etwas Neues?"

„In Bodenburg?" Er schien verwirrt. „Nein, nein, keins von beiden, nur eine Kleinigkeit ... entschuldigen Sie, ich muss los. Bin sowieso schon zu spät."

Er ließ sie einfach stehen.

Fitz nahm ihre Hand. „Nicht ärgern. Er steht bestimmt ziemlich unter Druck."

„Merkt man es so deutlich?"

„Sagen wir mal, ich bin ein Spezialist im Beobachten, quasi von Berufs wegen."

„Ich ..., ich verstehe es selbst nicht, aber ..."

„Lassen Sie nur. Mir sind Sie weder Rechenschaft noch Erklärungen schuldig. Was halten Sie von einem über alle Maßen leckeren Eisbecher in Bad Salzdetfurth?"

„Sehr viel, und dazu einen Cappuccino."

47

Bodenburg, Mittwoch, der 14.9.2011

Markus hatte es wieder geschafft. Lisa saß hinter dem Steuer und ärgerte sich über den dritten Trecker, hinter dem sie herzockeln musste. Machten die einen Betriebsausflug?

Während ihr Kollege mit der Dienststelle Bad Salzdetfurth telefonierte, dachte Lisa darüber nach, ob es klug war, den Schlosspark in Bodenburg so geballt zu überwachen. Schließlich nützte es gar nichts, wenn sie den Täter verscheuchten. Er musste den Eindruck haben, unbeobachtet zu sein, sonst würde er sicher nichts verändern.

„Gib Gas. Sie haben ein Pärchen", rief Markus.

Lisa beschleunigte. Ihr Puls raste.

„Das würde unseren Täter-Täterin-Verdacht erklären."

Sie hupte und überholte den Trecker vor ihr, ohne sich darum zu kümmern, dass der Fahrer ihr einen Vogel zeigte.

Minuten später bogen sie auf den Schlosshof ein.

Sina und Artjom sprachen mit den beiden Kollegen, die Lisa gestern bei ihrer Stippvisite in Bodenburg kurz kennengelernt hatte.

„Wie kommen die zwei denn hierher?", fragte sie.

Markus grinste sie an. „Amtshilfe oder Neugier. Ich tippe auf Letzteres."

Sie gingen zu der Gruppe hinüber.

Zwischen den vier Beamten standen ein Mann und eine Frau, beide Ende zwanzig, Anfang dreißig, in

Wanderkleidung, mit Rucksäcken. Sie machten einen ziemlichen verschüchterten Eindruck.

Lisa zupfte an Markus' Jackenärmel. „Entweder sind die beiden grandiose Schauspieler, oder ..."

„... oder das sind echte Geocacher, die einen wahrhaft ungünstigen Zeitpunkt erwischt haben, um in Bodenburg Caches zu suchen."

Lisas spürte, dass ihr vor Enttäuschung der Mund trocken wurde. Sie konnte kaum sprechen. „Wenn das stimmt, hat unser Täter genau jetzt die Chance, ..."

„... seinen Inhalt in einem der anderen Caches unterzubringen. Du hast recht."

Sie eilten zu der kleinen Gruppe. Nachdem sie ein paar Sätze lang zugehört hatten, wechselten sie einen Blick. Daraufhin sagte Markus: „Sina, Artjom, kommt ihr mal!"

Lisa riss einen Zettel in vier Teile und instruierte sie: „Dieser Vorfall ist die Gelegenheit für unseren Täter. Während sich alle um das Pärchen kümmern, sind die Caches unbewacht. Wir teilen uns auf, jeder überprüft einen. Wir bleiben über Handy in Kontakt." Sie sah auf ihren Zettel. „Ich muss zur Grundschule. Da nehme ich am besten das Auto, okay?"

Markus nickte.

„Zum Marktplatz ist es nicht weit. Das schaffe ich zu Fuß. Bis gleich." Er joggte die Straße entlang und war um die nächste Ecke verschwunden, als Lisa den Motor angelassen hatte.

Zugegeben, sie parkte verkehrswidrig. Für solche Nickeligkeiten hatte sie jetzt keine Zeit. Sie stieg aus und rannte auf das Schulgelände. Der Cache, der wie die Skulptur dort „der Mund" hieß, lag unter einem Busch und war deutlich zu sehen, sobald man in die Richtung schaute. Dies war gestern definitiv nicht der Fall gewesen.

Sie ging darauf zu. Etwas knirschte unter ihrer Schuhsohle und zerbrach. Erschrocken hob sie den Fuß. Gelbes Plastik. Sie wollte weitergehen, hielt inne, sammelte die kleinen Teile mit einem Taschentuch auf und steckte sie in ihre Jackentasche.

Sie knipste schnell ein paar Fotos von der Lage des Caches, bevor sie ihn aufklappte. In der runden grünen Schüssel lag ein eingeschweißtes Auge. Abrupt schloss sie den Deckel wieder, entschloss sich jedoch gleich darauf, ihn noch einmal zu öffnen und das Gedicht herauszunehmen.

Mit einer Hand zog sie ihr Handy heraus und wählte Markus' Nummer, während sie mit der anderen den Zettel auseinanderfaltete.

Nimm's nicht so schwer
6 von 8

Obwohl da Räuberbanden hausen
Lässt sich's vortrefflich schmausen,
man könnt' gesittet feiern,
wär man nicht unter Geiern.

Wie immer verstand sie kein Wort.

Sie sah sich um. Ob er sie beobachtete?

Er musste ihnen ganz nahe gewesen sein. Hatte er tatsächlich abgewartet, bis die Aufmerksamkeit der Polizisten sich auf die beiden ahnungslosen Geocacher gerichtet hatte?

Hatte sie ihn schon gesehen? Gestern oder heute?

Hatte sie vielleicht sogar mit ihm gesprochen?

Wo befand er sich jetzt?

Langsam drehte sie sich im Kreis, schaute sich um. Aus dem Augenwinkel nahm sie eine Bewegung wahr. Ein Mann kam auf sie zu. Lisa erschrak.

Er lächelte.

Sie tastete nach ihrer Waffe. „Wer sind Sie?"

„Das sollte ich Sie fragen. Ich bin hier der Hausmeister, und Sie haben auf dem Schulgelände nichts verloren."

„Kriminalhauptkommissarin Lisa Grundberg aus Alfeld. Wohnen Sie in Bodenburg?"

„Mein Leben lang. Was haben Sie da?"

„Lebt hier jemand, der sich im Kunstverein engagiert und beruflich mit Bauten zu tun hat?"

„Suchen Sie einen Architekten?"

„Eher nicht." Lisa hörte die Autos der Kollegen näherkommen.

„Das ist nicht Ihre Schachtel, die gehört zu der elektronischen Schnitzeljagd. Sie dürfen die nicht mitnehmen ... Moment Mal, gehört die zu dem ... ist da auch ... ein Stück ... ich meine, von einer Leiche?"

„So ist es. Sie wussten von dem Versteck?"

„Mein Gott, doch nicht in Bodenburg. Ich hab's in der Zeitung gelesen. Von den Leichenteilen in den Caches. Eben kam sogar etwas im NDR Fernsehen, über einen toten Motorradfahrer in Söhlde." Plötzlich unterbrach er seinen Redefluss, schlug sich mit der Hand vor die Stirn und rief: „Arved Gelman! Fahren Sie zu Arved Gelman. Das ist nicht weit. Der plant und baut so Anlagen, so Komplexe mit mehreren Wohnhäusern oder Betrieben. Ach Gott, am besten ich zeig's Ihnen." Seine Augen wurden kugelrund und groß. „Ist Arved auch tot?"

Lisa trat nahe an ihn heran. „Ich muss Sie bitten, nicht darüber zu sprechen. Die Ermittlungen laufen noch. Wir müssen dem Kerl unbedingt das Handwerk legen."

Sie winkte Artjom herbei, der mit den anderen auf sie zu eilte. „Der Herr ist ein wichtiger Zeuge. Er betreut das Gelände und kennt sich bestens aus. Er stammt außerdem aus dem Ort und ist prädestiniert dafür, uns zu unterstützen. Er wird euch alle Auswärtigen beschreiben, die ihm aufgefallen sind."

Artjom nickte. Lisa hoffte, dass er sie verstanden hatte und den Mann möglichst lange festhielt. Er durfte auf gar keinen Fall die stille Post in Gang setzen, bevor sie sich vergewissert hatten, ob es diesem Gelman gut ging.

Sie bat Sina, die Untersuchung des Fundortes zu koordinieren. Gleichzeitig übergab sie ihr die Kunststoffsplitter. „Lass bitte überprüfen, ob es sich dabei um Teile der Verkleidung eines Velomobils handelt."

„Wo hast du es gefunden?"

„Direkt auf dem Weg vom Eingang zum Cache. Ich habe daraufgetreten."

„Wir sollten ein Foto von diesem gelben Liegefahrrad besorgen und herumfragen, ob so eines im Ort gesehen wurde", schlug Markus vor.

„Gute Idee", sagte Lisa. „Komm, Markus, ich habe eine Adresse."

Sie liefen nebeneinander zum Auto, sprangen hinein, und Lisa fuhr los.

Nachdem sie in die richtige Straße eingebogen waren, bemerkte Markus, dass die ungeraden Hausnummern sich auf seiner Seite befanden. Er zählte mit. Sieben, neun, elf, da, das gelbe Haus ist es."

Lisa fiel auf, dass ein Transporter von Fischer & Gerling am anderen Straßenrand geparkt war. Es war schon seltsam, wenn man einen Unfall mit einem roten

Fiat hatte, sah man anschließend überall Dutzende roter Fiats. Genauso erging es ihr mit den Autos der Metallbaufirma. Dies war heute mindestens das dritte, das ihr auffiel. Oder handelte es sich immer um dasselbe?

Als sie die Gartenpforte aufstießen, kam Ihnen ein Mann entgegen.

„Herr Gelman? Nein, Sie sind ...?“, fragte Lisa.

Der Mann zuckte zusammen. Irritiert schaute er von Lisa zu Markus.

„Herr Steinwand? Thomas Steinwand?“ erkundigte sich Markus.

„Was machen Sie hier?“, wollte Lisa wissen.

„Sie sind die Polizisten, die wegen des Stromschlags in Schloss Abbensen waren. Was bringt Sie nach Bodenburg?“

„Sind Sie beruflich unterwegs?“

„Ich? Ja, ja, aber Herr Gelman hat mich versetzt.“

„Sie waren verabredet?“

„Mehr oder weniger. Ich wollte ihm die neuen Entwürfe zeigen.“

„Entwürfe?“

„Für Ziergitter an der Arnekengalerie.“

„Sie haben gar keine Mappe dabei“, sagte Lisa.

„Mappe?“ Steinwand schien verwirrt.

„Wegen der Entwürfe.“

Er zückte sein Smartphone. „Alles hier drin. Möchten Sie es sehen?“

Lisa wehrte ab. „Nein, danke, wir kümmern uns lieber um Herrn Gelman. Haben Sie schon öfter mit ihm zusammengearbeitet?“

„Bisher nur einmal.“

Während Thomas Steinwand zu seinem Wagen ging, stiegen Markus und Lisa die drei Stufen zur

Haustür hinauf. Markus klingelte. Beide horchten. Etwas fiepte. Krallen rutschten über glatten Boden. Etwas sprang gegen die Tür, bellte einmal laut und winselte dann.

„Ein Hund", flüsterte Markus.

Jetzt jaulte das Tier.

„Er scheint Schmerzen zu haben."

„Lass uns um das Haus herumgehen. Vielleicht steht irgendwo ein Fenster offen."

7

Haare in der Suppe

48

Abbensen, Mittwoch, der 14.9.2011

Janka Baric kam auf ihn zugerannt. Sie wirkte ängstlich. Bevor sie etwas sagte, schaute sie sich um. Dann hielt sie ihm ein tragbares Telefon hin. „Monkey", flüsterte sie.

„Monkey?" Es musste etwas Unvorhergesehenes geschehen sein. Monkey meldete sich niemals außer der Reihe bei ihm, und schon gar nicht über das Haustelefon. „Sola, was gibt's?"

„Ich muss untertauchen."

„Wieso?"

„Die Polizei fragt nach mir."

„Woher weißt du davon?"

„Ein Vögelein hat es mir gezwitschert."

„Wohin willst du?"

„Warschau?"

„Groß und unübersichtlich. Dein Vöglein wird dafür sorgen, dass die Suche im Sande verläuft."

„Drei oder vier Wochen im Höchstfall."

„Verstehe."

Beide legten gleichzeitig auf.

„Schlechte Nachrichten?", fragte Janka.

„Nur eine kleine Unannehmlichkeit. Sie verschafft uns eine Verschnaufpause. Mach dir keine Sorgen." Er drückte ihr das Telefon in die Hand und bat sie: „Geh zurück zu deinen Massagen und Diätplänen, wir reden nach Feierabend."

Sola empfand das Verlangen nach einem ausgedehnten Lauf durch die Feldmark. Doch das war unmöglich. Er hatte in einer guten halben Stunde eine Verabredung mit der ersten Kundin. Ausreichend Zeit, um sich vorzubereiten, zu wenig, um sich abzureagieren.

Als die blonde Frau den Raum betrat, in dem Sola auf sie wartete, beobachtete er sie eingehend. Sie gab sich Mühe, sich wie eine Schwangere zu bewegen. Doch sie ging zu leichtfüßig. Ihre Brüste waren nicht voll und schwer. In ihren Beinen hatte sich den Tag über kein Wasser gesammelt.

„Professor Minkner?", fragte sie heiser.

Sola stand langsam auf. Strich seinen Spitzbart glatt und reichte ihr die Hand. Er hatte lange geübt. Inzwischen spielte er den ältlichen Professor mit den grauen Schläfen und dem leichten Hinken perfekt. Anfangs hatten seine Augen unter den blauen Kontaktlinsen immer getränt, und die Perücke ließ ihn schwitzen.

„Haben Sie das Baby hier?", fragte sie und sah sich um.

„Nebenan. Es schläft. Haben Sie sich und Ihre Umgebung wie abgesprochen vorbereitet?"

Sie nickte eifrig. „Ich trage die Polsterung", sie klopfte auf ihren Bauch, „seit mehr als vier Monaten. Jede Woche blase ich sie ein Stückchen weiter auf. Alle denken, dass ich schwanger bin."

„Das ist sehr gut. Ich werde Sie gleich in den Nachbarraum führen und Sie eine gute halbe Stunde mit dem Kind allein lassen. Dann können Sie sich schon ein wenig aneinander gewöhnen."

„Ja, bitte, das wäre einmalig schön." Sie hatte die Tür entdeckt, die in den Nebenraum führte, und ging darauf zu.

„Einen Moment noch. Am Freitag werden Sie sich bei Frau Dr. Baric melden, weil sie starke Wehen verspüren. Sie ruft einen Notarztwagen. Darin warten Mitglieder unseres Teams und Ihr Baby."

„Und die Papiere!"

„Selbstverständlich, inklusive Geburtsurkunde."

Sie ergriff seine Hand und führte sie an ihre Lippen. „Ich danke Ihnen, Herr Professor. Das Baby wird es gut bei mir haben, ganz gewiss."

„Davon bin ich überzeugt. Wenn es uns nur gelänge, immer so herzensgute und betuchte Eltern für unsere Waisenkinder zu finden."

„Mein Baby stammt auch aus einem Krisengebiet, sagen Sie?"

Er lächelte milde und drohte ihr spielerisch mit dem Zeigefinger. „Ich sage gar nichts. Ihr Baby ist kerngesund, hätte in seinem Heimatland aber keine Überlebenschance. Mit Ihrem finanziellen Beitrag unterstützen Sie uns, noch viel mehr Kindern zu helfen. Wir sind Ihnen sehr zu Dank verpflichtet."

Mit Tränen in den Augen sagte die Frau: „Vielleicht könnte ich in zwei oder drei Jahren ein Schwesterchen?" Sie sah ihn bittend an.

„Ich kann Ihnen nichts versprechen, aber ich werde tun, was ich kann." Mit diesen Worten öffnete er die Tür.

In dem Raum dahinter brannte ein gelbliches Nachtlicht.

Ein Baby gab leise Schlafgeräusche von sich. Beinahe ehrfürchtig betrat sie das Zimmer.

Er ergriff ihren Arm. „Denken Sie daran, nicht länger als eine halbe Stunde. Es soll sie niemand vermissen."

Sie nickte und ging auf die Wiege zu, die in der Mitte des Raumes stand. Ein Windspiel klirrte leise in der Luft.

Bodenburg, Mittwoch, der 14.9.2011

Markus betrat die Terrasse hinter Gelmans Haus und lugte durch die Fenster.

„Bleib hinter mir", sagte er plötzlich und streckte den Arm aus, um Lisa daran zu hindern, neben ihn zu treten.

„Was siehst du?" Normalerweise ärgerte sie sich über seine Versuche, sie zu beschützen, aber da sie es mit einem Hund zu tun hatten, war sie ihm durchaus dankbar.

„Der Hund scheint verletzt zu sein. Er hinkt ziemlich stark. Jetzt läuft er in die Ecke. Da liegt jemand."

„Gefahr im Verzug?"

„Kann man nicht wissen", sagte Markus. „Lass uns zur Haustür gehen. Da richten wir weniger Schaden an als bei diesen riesigen Scheiben."

Während sie wieder um das Haus herumgingen, benachrichtigte Lisa die Kollegen und bat um Unterstützung.

Eine plötzliche Bewegung von Markus schreckte sie auf. Er hielt seine Waffe in der Hand und zielte auf eine Person hinter der Hausecke, die Lisa nicht sehen konnte. „Polizei, bleiben Sie stehen."

Lisa hörte einen Schrei, dann: „Mein Gott, haben Sie mich erschreckt."

Markus ging weiter, sodass auch Lisa wahrnehmen konnte, dass eine kräftige junge Frau, die einen Rucksack bei sich trug, mitten auf dem Gartenweg zum Haus stehen geblieben war.

Sie war ziemlich bleich und murmelte etwas, das Lisa nicht auf Anhieb verstand.

Markus steckte die Waffe wieder ein. „Nein, wir sind nicht hier, weil Sie die Schule schwänzen."

„Das wäre ziemlich übertrieben, oder?"

„Besitzen Sie einen Schlüssel zum Haus?", fragte er.

„Natürlich." Sie klang gelangweilt.

Markus ging zu ihr und streckte die Hand aus. „Geben Sie ihn mir."

„Natürlich!" Diesmal vermittelte das Wort eindeutig, dass die Frau Markus für verrückt hielt, wenn er das glaubte.

Lisa beschloss, sich einzumischen. Schließlich bestand die vage Hoffnung, Arved Gelman könnte noch leben. „Hören Sie, wir haben einen Notruf erhalten. Es könnte sein, dass Ihr Vater verletzt ist und Hilfe braucht. Sie sind doch die Tochter von Arved Gelman, oder?"

„Nicole, ja. Mein Vater, verletzt? Hier?" Sie schaute auf die Uhr. „Er schläft morgens etwas länger, aber ab zehn Uhr ist er im Büro oder auf einer Baustelle oder zu einem Geschäftsessen, eigentlich überall, nur nicht zu Hause. Oder meinen Sie, ich wäre so bekloppt, jetzt herzukommen, wenn der Alte hier noch herumgeistert?"

„Nun, heute scheint es jedenfalls anders gelaufen zu sein. Geben Sie mir bitte den Schlüssel."

„Haben Sie so ein Ausweisdings oder eine Marke?"

Lisa verlor die Geduld. Sie zog ihre Waffe, entsicherte sie und ging auf die Haustür zu. „Wir kriegen die Tür auch ohne Schlüssel auf, bemüh dich nicht."

„Schon gut, hier ist er."

Lisa schloss die Tür auf. Sie hielt Nicole zurück, als diese in den Flur stürmen wollte. „Moment. Mein Kollege geht als Erster. Sie warten draußen."

Markus drängte sich mit gezogener Waffe an ihr vorbei. Lisa hörte den Hund knurren und dann Markus' Stimme: „Wir brauchen einen Notarztwagen, schnell, ich glaube, er atmet noch."

Lisa telefonierte und hinderte Nicole daran, das Haus zu betreten.

Markus kam zur Tür zurück. Er hielt einen kleinen grauen Hund auf dem Arm. „Hast du ein Handy?", fragte er das Mädchen.

Es nickte.

„Euer Hund ist verletzt. Kümmere dich um ihn. Ruf euren Tierarzt an."

„Was ist mit meinem Vater?"

„Er ... hm ... er ist wohl gestürzt und hat eine Kopfverletzung. Ich habe ihn in die stabile Seitenlage gelegt. Alles wird gut."

„Kann ich zu ihm?" Ihre Augen schwammen in Tränen.

„Besser nicht, erst soll die Spurensicherung, ach, kümmere dich um den Hund, damit du mitfahren kannst, wenn der Notarztwagen kommt", sagte Markus.

Lisa setzte hinzu: „Es wäre gut, wenn du deine Mutter informieren könntest, oder soll ich das für dich machen?"

„Meine Mutter ist tot. David, mein kleiner Bruder, ist noch in der Schule."

„Wann kommt er?"

„Nach eins." Jetzt rollten dicke Tränen über ihr Gesicht.

Lisa war froh, als Sina und Artjom auftauchten. Sie hielten dem Team des Rettungswagens die Gartenpforte auf. Markus ging mit ihnen hinein. Lisa bat Sina, sich um Nicole zu kümmern und um den Hund und um den kleinen Bruder.

Sina sah sie vorwurfsvoll an.

Lisa konnte das verstehen. Kindermädchen zu spielen, während die anderen einen Mörder verfolgten, war unattraktiv. Sie war froh, dass sie das Sagen hatte und nicht Sina.

„Auch hier keinerlei Einbruchspuren", sagte Ralf Schubert.

„Allerdings scheint der Täter sich diesmal für die geschäftlichen Unterlagen interessiert zu haben. Wir haben Kontoauszüge mit blutigen Fingerspuren gefunden. Auf dem Briefpapier steht 5 von 8, da sind ebenfalls Blutspuren drauf."

„Ein Durchbruch?"

„Nein, er trug Handschuhe. Die Kollegen sind trotzdem optimistisch. Durch die dünnen Latexhandschuhe könnte es möglich sein, dass sie zumindest Teile der Abdrücke rekonstruieren können." Bevor Lisa oder Markus etwas einwenden konnte, ergänzte er: „Ich sagte möglich, und ich sagte rekonstruieren, das heißt nicht, dass ihr das Ergebnis in einer Stunde durch den Computer gejagt habt."

„Wird Gelman überleben?"

„Die Sanitäter gehen von Gehirnblutungen aus, da ist eine Prognose unmöglich."

„Ich habe allerdings zwei andere Informationen für euch, an denen ihr euch die Zähne ausbeißen könnt. Die Firma Gelman und Dorn hat ihren Sitz in Bavenstedt. Ludger Dorn, der Partner von Arved Gelman, wohnt hingegen in Sarstedt."

„Okay, da war ich noch nie", sagte Lisa.

„Das war längst nicht alles. Gleich nach dem letzten Cachefund haben wir den Text des Gedichts an die Polizeidirektion in Hildesheim weitergeleitet. Darin wird ein Zusammenhang hergestellt zwischen Räuberbanden und gutem Essen."

„Der Kipphut in Sarstedt", sagte Markus, und seine Augen glänzten.

„Genau, außerdem hat Herr Dorn heute Morgen bei der Polizei in Sarstedt angerufen und um Polizeischutz gebeten."

Jetzt packte auch Lisa das Jagdfieber. „Hat er gesagt, warum?"

„Jemand hätte ihm vergiftete Marmelade geschickt."

„Wir sind schon unterwegs."

50

Sarstedt, Mittwoch, der 14.9.2011

Da Markus mit dem Dienststellenleiter in Sarstedt telefonieren wollte, um sie anzukündigen und das Notwendige abzusprechen, musste Lisa fahren. Doch in diesem Moment war ihr das mehr als recht. Am liebsten hätte sie sich nach Sarstedt gebeamt.

Markus steckte das Handy weg und schlug mit der rechten Faust in die linke Handfläche. „Die Kollegen haben noch zwei Caches zu überprüfen, einen am Kipphut und einen am Heimatmuseum, alle anderen sind sauber. Der Kollege Schreiter sitzt mit Herrn Dorn im Wohnzimmer und trinkt Kaffee. Außerdem hat ein Linienbusfahrer sich über ein gelbes Liegefahrrad beschwert, das ihm am Sonnenberg die Vorfahrt genommen hat."

Da er all diese Informationen herausgeschleudert hatte, ohne zwischendurch Luft zu holen, musste er jetzt tief durchatmen.

„Wir kommen ihm näher", sagte Lisa.

„Oder ihr. Wenn wir Glück haben, waren wir schnell genug und konnten Gelman retten. Dorn lebt noch." Sein Handy klingelte. Er grunzte zweimal. Legte dann auf. „Sie haben den Cache. Den Text des Gedichtes schicken sie gleich als SMS, an mich und an die Direktion in Hildesheim."

„Was war drin?"

„Der Kopf."

Lisa sagte nichts dazu, war aber heilfroh, dass sie diesen Behälter nicht geöffnet hatte.

Das Handy piepste. Markus las die Mitteilung laut vor:

Haare in der Suppe
7 von 8

Nun ist es bald vollbracht,
ich hab mich gerächt,
beim Geld liegt die Macht,
doch Roland geht's schlecht.
Das ist nur gerecht,
er hat zu viel an sich gedacht.

„Roland? Wieder ein Hinweis auf einen Namen?", fragte Lisa.

„Es gibt einen Rolandsbrunnen auf dem Marktplatz in Hildesheim. Ich weiß aber nicht, wer das war."

„Er erwähnt Geld, dann liegen wir mit dem Banker ganz richtig, oder?"

„Am Marktplatz in Hildesheim gibt es auch eine große Sparkassenfiliale."

„Das ist gut, gib das weiter."

„Das wissen die Kollegen in der Stadt sicher besser als ich."

„Vielleicht denken sie nicht dran."

Markus nickte gottergeben und tippte die Nachricht in sein Handy.

„Ich glaube, wir sind da. Besser ich halte hinter dem Lieferwagen da drüben an. Wir wollen den Täter nicht warnen. Garantiert kennt er unser Auto."

Als sie die Straße überquerten, erkannte Lisa das Fischer & Gerling-Logo auf der Seite des Transporters. Sie wies Markus darauf hin. „Die sind aber viel unterwegs."

Markus schaute sich um. „Das ist ein Neubaugebiet. Hier werden bestimmt täglich neue Fenster, Wintergärten und Haustüren benötigt."

Lisas Bauch grummelte. Hunger oder allgemeines Unbehagen? Sie konnte es nicht sagen, beschloss aber, Markus zu fragen, ob sie nach dem Gespräch mit Dorn nicht etwas essen gehen konnten.

Ludger Dorn war ein kleiner, zierlicher Mann, vielleicht Anfang vierzig, womöglich aber auch viel älter. Er trug einen grauen Anzug und Straßenschuhe.

Der Kollege, der sie hereingelassen hatte, war in die Küche gegangen, um mehr Kaffee aufzusetzen.

Herr Dorn hatte eine Mappe angelegt. In ihr bewahrte er, chronologisch sortiert und mit Anmerkungen versehen, Zeitungsartikel auf, die sich mit den Cache-Morden befassten.

Er schlug die erste Seite auf. Sie enthielt eine Todesanzeige. Er zeigte darauf.

„Ich kannte Herrn Senftleben recht gut. Sehen Sie, ich bin über vierzig Jahre im Geschäft, da sieht man viele Mitarbeiter in den Baubehörden kommen und gehen. Herr Senftleben begleitete meine Unternehmungen im Südkreis seit gut dreißig Jahren. Erst auf der Beerdigung erfuhr ich, dass er keines natürlichen Todes gestorben war."

Eigentlich schätzte Lisa, wenn jemand strukturiert vorging. Doch irgendwie saß sie auf glühenden Kohlen. Am liebsten hätte sie ihn aufgefordert, endlich zum Punkt zu kommen. Doch sie zwang sich zur Ruhe. Wenn er ihnen erläutern konnte, warum er geschlossen hatte, dass er die nächste Zielperson sein könnte, konnte er womöglich auch den Kreis der Verdächtigen einengen.

„Wenige Tage später tauchte der erste Zeitungsartikel auf." Er blätterte um. „In der Alfelder Zeitung. Darin stand, dass in dem Versteck eine Hand gewesen wäre, eine menschliche, abgetrennte Hand. Außerdem existierte ein Gedicht."

„Das wies uns den Weg zum Fagus-Werk und damit nach Alfeld, wo Herr Senftleben wohnte", sagte Markus.

„Genau. Sie wissen jedoch nicht, und konnten es vermutlich auch nicht wissen, dass Herr Senftleben die Angewohnheit hatte, jedem die Hand zu geben. Wenn nötig mehrmals. Er besiegelte jede Vereinbarung mit einem Handschlag. Wir sehen uns morgen um zehn. Handschlag. Sie bringen die Zeichnungen mit. Handschlag. Ich kümmere mich um die Karten. Handschlag. Verstehen Sie, es war so, als wäre der Handschlag seine Speichertaste. Was er besiegelt hatte, vergaß er nicht, nie."

Jetzt war Lisa hellwach. Doch gut, dass sie dem Mann die Gelegenheit gegeben hatten, die Geschichte auf seine Art zu erzählen.

„Wir haben die Todesart mit den Opfern und ihren Tätigkeiten in Verbindung bringen können, die Körperteile nicht."

„Dachte ich mir. Dazu kam der Spruch ‚Eichen sollst du weichen, Buchen sollst du suchen'."

„Der sich auf Gewitter bezieht. So soll man einem Blitzschlag ausweichen können. Und Herr Senftleben wurde durch einen Stromschlag getötet."

„Da hatte sich jemand viel Mühe gemacht. Außerdem kannte er Lothar Senftleben und seine Gewohnheiten. Alles war geplant. Aber wieso?"

„Das fragen wir uns auch."

„Ziemlich bald darauf las ich Eddi Reuters Todesanzeige in der Hildesheimer Allgemeinen, übrigens erneut einen Tag, bevor ein Artikel dazu in der Zeitung stand", sagte Dorn.

„Wir wollten weder eine Panik auslösen noch Aasgeier anlocken, die aus Sensationslust nach weiteren Caches mit Körperteilen suchen", erklärte Lisa.

„Und Ihnen dabei alle Spuren verwischen. Das verstehe ich. Zu diesem Zeitpunkt war Gerd schon längst tot. Wie es scheint, war er der Erste, der sterben musste."

„Sie kannten Herrn Tolberg ebenfalls?"

„Wir waren befreundet."

„Bitte gehen Sie noch einmal einen Schritt zurück. Wie passt das Ohr zu Herrn Reuter?", wollte Markus wissen.

„Er verwendete oftmals zwei Redewendungen, je nach Sachlage sagte er entweder ‚ich bin ganz Ohr' oder ‚auf dem Ohr bin ich taub'."

„Im Gedicht steht, er stünde im Weg. Tatsächlich wurde er überfahren", überlegte Markus laut.

„Als ich von Gerds Tod erfuhr, begann ich, mir Gedanken zu machen, und sammelte alles, was ich über die Angelegenheit finden konnte." Er grinste haifischartig. „Dabei war es durchaus hilfreich, dass mein Schwager bei der Polizei arbeitet, zwar nur bei der Autobahnpolizei, aber das reicht aus, um an Informationen zu kommen."

„Nachdem drei Menschen aus Ihrem Arbeitsumfeld ermordet worden waren, befürchteten Sie, es könnte auch Sie treffen."

„Was heißt befürchten? Ich habe es in Erwägung gezogen. Allerdings ist mir niemand eingefallen, den ich dermaßen verärgert haben könnte, dass er sich so viel Mühe macht, mich umzubringen. Verstehen Sie, im Affekt, wenn man wütend ist, weil ein Projekt nicht geklappt hat oder viel teuerer geworden ist als erwartet, wenn man einen Mitarbeiter entlassen muss oder den Zulieferer wechselt, dann gibt es böses Blut, ganz klar. Da werden auch schon mal Drohungen ausgestoßen, besonders auf den Baustellen."

„Sie hatten trotzdem einen speziellen Fall im Kopf?"

„Na ja, klar, macht man sich so seine Gedanken. Vor ziemlich genau vier Monaten haben wir eine ganze Kolonne nach Hause geschickt, weil außer dem Polier nur illegale Arbeiter beschäftigt wurden. Als der Bauunternehmer nicht protestiert hat, dachte ich noch, er hält die Klappe, weil er fürchtet, wir könnten ihn anzeigen."

„Dann kam Ihnen die Idee, er könnte sich auf die Art rächen?"

„Bis dieser Damian Fuchs in Söhlde ermordet wurde."

„Den kennen Sie nicht?"

„Genau, nie gehört, den Namen. Außerdem habe ich noch nie in Söhlde gebaut. Trotzdem hat mir die Sache keine Ruhe gelassen. Ich habe versucht, eine Verbindung herzustellen."

„Ist es Ihnen gelungen?"

„Nein, aber dann rief mein Schwager von der Polizei heute Morgen an und sagte, es wäre ein Cache gefunden worden, der nach Sarstedt weist. Das muss so gegen zehn, halb elf gewesen sein. Ich habe sofort meinen Juniorpartner Arved angerufen. Er hat mich ausgelacht, als ich ihm von meinem Verdacht erzählt habe." Dorn stockte.

„Und dann?", fragte Lisa.

„Dann hat er aufgelegt, weil es an der Tür geklingelt hat. Er hatte gesagt, er ruft gleich zurück."

„Das hat er nicht getan."

Dorn schüttelte den Kopf.

„Er hat dem Täter die Tür geöffnet", sagte Lisa sanft. „Das heißt doch, er kannte ihn."

„Nicht unbedingt", widersprach Markus. „Die meisten Menschen auf dem Land machen einfach auf, wenn es klingelt. Sie rechnen nicht mit einem Überfall, höchstens mit einem Staubsaugervertreter."

„Oder den Zeugen Jehovas", ergänzte Lisa.

„Aber, wenn er ihn gekannt hat, kenne ich ihn wahrscheinlich auch. Welches Körperteil hat man ihm zugeordnet?"

„Ein Auge."

„Und mir?"

Lisa räusperte sich. „Den Kopf."

Dorn nickte wieder. „Zutreffend. Arved ist auf die Baustellen gefahren, hat kontrolliert, abgenommen und reklamiert, während ich im Büro bleibe, alles koordiniere, plane und neue Kunden und Projekte akquiriere."

„Ihr Partner ist übrigens nicht verstorben. Er wurde ins Krankenhaus gebracht. Weitere Informationen dazu haben wir noch nicht. Sie leben auch."

„Ja, Gott sei Dank.." Dorn zeigte auf ein Paket, das auf dem Tisch neben der Mappe mit den Zeitungsartikeln stand. „Das kam heute Morgen. Hat ein Bote abgegeben. Etwa so groß wie Sie, blond, blaue Augen, auffällig große Hände, habe ich Ihrem Kollegen schon erzählt."

„Was ist in dem Paket?", fragte Lisa und schaute von oben hinein.

„Hausgemachte Marmelade, Wurst und Kräutersalz, alles aus der Region Hildesheim. Es war ein gedrucktes Kärtchen dabei, mit dem Aufdruck ‚A Gift for you'. Gift groß geschrieben, alles andere klein. Ich konnte nur das Wort Gift anstarren und habe gleich die Polizei angerufen."

Lisa wandte sich an den Kollegen, der in der Türöffnung stand und ihr Gespräch beobachtete. „Haben Sie Proben entnommen?"

„Es war ein Kollege aus Hildesheim da. Er wollte das ganze Paket mitnehmen. Dem haben wir widersprochen. Sie sollten sich einen Eindruck verschaffen können."

„Danke, sehr umsichtig", sagte Lisa. „Darf ich das Paket auspacken?"

„Selbstverständlich. Es wurden keine Fingerabdrücke gefunden."

„Gar keine?"

„Alles sehr sorgfältig abgewischt."

Lisa nahm ein Glas Marmelade in die Hand. „Liebevoll verpackt."

Dorn zeigte auf den Deckel. „Da haben Sie gleich das richtige herausgepickt. Ich liebe Rosenmarmelade. Aber sehen Sie mal, da ist ein Löchlein im Deckel, ziemlich nah am Rand. Gefunden?"

„Tatsächlich." Sie drehte das Töpfchen auf und betrachtete die Innenseite des Deckels. „Da hat jemand mit einem spitzen, sehr feinen Gegenstand ein Loch durch das Metall gepiekt."

„Zum Beispiel mit einer Spritze."

Lisa roch an dem Inhalt. „Riecht ... hm ... blumig."

Markus nahm das Glas aus Lisas Hand, schnupperte ebenfalls und fragte: „Man wollte Sie also vergiften. Warum?"

„Ich liebe gutes Essen. Ich besiegele jeden Vertragsabschluss mit einem gemeinsamen Mahl, am liebsten asiatisch." Er lachte hohl. „Deswegen haben Sie den Cache sicher am Kipphut gefunden, oder?"

„Fällt Ihnen zu vergiftet noch etwas ein?", fragte Lisa.

Dorn sah ihr in die Augen, und sie konnte beobachten, wie ihm etwas einfiel. Er sprang auf. „Ich muss etwas überprüfen."

„Wo wollen Sie hin?"

„Ins Büro." Er hielt inne. „Glauben Sie, er wird es noch einmal versuchen?"

„Keine Ahnung. Wenn es nach uns geht, nicht. Wir werden einen Wagen bestellen, der Sie fährt."

Der kleine Mann huschte zu einem Sideboard, nahm eine Aktentasche herunter und sagte: „Ich bin bereit."

Gemeinsam verließen sie das Haus. Sekunden später tauchte ein Polizeifahrzeug auf, und Dorn stieg ein.

Markus bat ihn noch, sie unbedingt zu informieren, wenn sie etwas herausfanden. „Wir fahren jetzt vermutlich nach Hildesheim. Sie erreichen uns jederzeit per Handy." Er drückte Dorn eine Visitenkarte in die Hand, bevor der Kollege die Tür zuklappte.

Lisa schaute dem davonfahrenden Wagen hinterher. „Mir wäre es lieber gewesen, niemand hätte davon erfahren, dass er noch lebt."

Alfeld, Mittwoch, der 14.9.2011

Niemals hätte Corinna erwartet, dass auf dem Land derart kreative Kulturprojekte nicht nur erdacht, sondern auch umgesetzt wurden. Was Fitz ihr heute gezeigt hatte, war scheinbar nur ein winziger Ausschnitt aus dem vielfältigen Angebot.

Sie würde Wochen brauchen, um alles zu besuchen. Das bedeutete jedoch gleichzeitig, dass sie für jede ihrer Kundinnen ein individuelles Kultur- und Erlebnispaket zusammenstellen konnte.

Einfach genial.

Im September konnte sie einen Aufschlag für Kulturpakete einplanen. Die Eintrittskarte für den ‚Lamspringer September', ein Glas Sekt und handgemachte Trüffel, inklusive Shuttlebus, sollte den Damen ein Hunderter wert sein. Mindestens.

Ob es wohl auch Krimis gab, die in dieser Gegend spielten? Regionalkrimis boomten derzeit. Sie könnte welche in den Aufenthaltsraum legen, oder, noch besser, in jedes Zimmer einen, sozusagen als Gute-Nacht-Lektüre.

„Sagen Sie, Fitz, die Fredener Musiktage finden immer im August statt?"

„Regelmäßig, ja."

„Der August ließe sich unter Musikliebhabern vermarkten, ebenso gut."

Sie waren auf dem Rückweg. Wegen einer Baustelle fuhr Fitz durch eine schmale Nebenstraße. Plötzlich bremste er.

„Entschuldigen Sie, bitte, ich muss mal eben etwas ..." Er war ausgestiegen, bevor er den Satz zu Ende gesprochen hatte.

Corinna wunderte sich. Er würde doch nicht etwa an einen Baum ...?

Nein, er ging zu einem Mann, der durch die Scheiben in ein Auto hineinschaute.

Sie konnte nicht hören, was er sagte. Aber das Gespräch sah nicht freundschaftlich aus.

Die beiden Männer standen sich einen Augenblick starr gegenüber, dann ging der Fremde über die Straße, stieg in einen dunkelblauen Toyota und fuhr davon.

Fitz notierte sich das Kennzeichen.

Nachdem er wieder eingestiegen war, sagte er nur: „Das ist der Wagen von Lisa Grundberg, Sie wissen schon, der Kriminalpolizistin."

„Was wollte der Mann an dem Auto?"

„Er behauptete, er wäre ein ehemaliger Kollege und wollte nur prüfen, ob alles okay ist."

„Sie glauben ihm nicht?"

„Lisa hatte in den letzten Tagen mehrmals Probleme mit einer Art Stalker."

„Oh, wie unangenehm. Sie kann gern ein Zimmer bei mir beziehen. Ich hatte es für meinen Bruder Robert frei gehalten, aber er ist nicht gekommen. Nun steht es leer, und für die Freundin eines Freundes ..."

Sie ließ den Satz unbeendet, denn sie war sich sicher, dass er sie auch so verstand.

„Wie großzügig von Ihnen. Ich werde es ihr ausrichten." Er parkte den Wagen vor seinem Haus und stieg aus. „Möchten Sie noch mit hereinkommen?"

Sie war bereits dabei, auf den Fahrersitz herüberzurutschen, und winkte ab. „Danke, ich bin ziemlich geschafft. Außerdem wollte ich mich spätestens zum Abendessen wieder im Schloss einfinden. Herzlichen Dank für den netten Tag. Wir telefonieren, ja?“

„Immer gern.“

„Ich rufe Sie morgen an, gegen Mittag.“

52

Alfeld, Mittwoch, der 14.9.2011

Gabriel Sola hatte im Baumarkt eine Flasche Unkrautvernichtungsmittel besorgt. Natürlich hätte das noch ein paar Tage Zeit gehabt und selbstverständlich hätte er jemand anderen zum Einkaufen schicken können. Doch er wollte noch etwas anderes erledigen. Davon brauchte niemand zu erfahren.

Er fuhr auf einen kleinen, sandigen Parkplatz und ging von hinten in die Postfiliale hinein. Glücklicherweise verkauften sie die Packsets in Tüten. Er beabsichtigte nicht, seine Fingerabdrücke auf der Pappe oder sonstwo zu hinterlassen.

Um ein Gerät zum Einschweißen von Lebensmitteln zu kaufen, musste er die gesamte Fußgängerzone hinunterstapfen. Bei Kaufland fand er ein geeignetes. Auch dafür ließ er sich an der Kasse eine Tüte geben.

Langsam spazierte er zu seinem Auto zurück.

Wie sollte es weitergehen? Ungern wollte er bis nach Abbensen fahren, um sein Paket zu verpacken. Andererseits gab es an einem einsamen Waldparkplatz keinen Strom.

Plötzlich fiel ihm etwas ein. Er ging schneller, holte den Wagen und fuhr auf das Parkdeck von Kaufland. Viel war nicht mehr los.

Er trat in den Vorraum. Dort standen zwei große Automaten gegenüber den Fahrstühlen.

Er stellte sich neben den hinteren, zog den Stecker heraus und steckte stattdessen sein Einschweißgerät dafür ein.

In der Anleitung hatte gestanden, dass es circa drei Minuten zum Aufheizen brauchte.

Er beschloss, zur Toilette zu gehen. Wenn er da herumstand und wartete, fiel er nur unnötig auf. Die Latexhandschuhe waren zwar beinahe durchsichtig, doch man wusste nie, worauf die Leute achteten.

Als er zurückkam, leuchtete die Betriebslampe grün. Sehr schön. Er lief zum Auto, holte die Sporttasche, in die er alle Utensilien gepackt hatte.

Ausgerechnet jetzt trödelten zwei Jugendliche vom Parkdeck zu den Fahrstühlen. Wahrscheinlich hielten sie ihn für einen Mitarbeiter des Marktes und beachteten ihn gar nicht. Die meisten Menschen sahen nur, was sie zu sehen erwarteten. Trotzdem! Sola zögerte, bis die Türen sich geschlossen hatten, bevor er die Tüte oben zusammendrückte und die Luft heraussaugte. Zwischen seiner Hand und dem Kopf des toten Kindes glättete er das Material so gut es ging. Dann schweißte er es zusammen. Die Klebenaht gelang auf Anhieb.

Er legte die Tüte zurück in die Tasche, zog den Stecker heraus, klemmte sich das Gerät unter den Arm und eilte zurück zu seinem Auto.

So weit, so gut.

Nun musste er das Paket zustellen lassen.

Er brachte es persönlich zur Eisdiele und legte es dem jungen Mädchen, das gerade Gläser abtrocknete, ans Herz, das Päckchen für Lisa Grundberg aufzubewahren, die es morgen abholen würde.

Jetzt brauchte er sich nur noch eine verlockende SMS-Botschaft auszudenken.

53

Alfeld, Donnerstag, der 15.9.2011

Ralf brachte zwei Becher und einen Schwall Kaffeeduft mit, als er Lisas Büro betrat. Sie war noch gar nicht richtig angekommen, hatte gerade ihre Jacke in den Schrank gehängt. Sie bückte sich, um den Computer einzuschalten.

Ralf stellte eine der beiden Tassen vor sie hin. „Markus spricht mit Meckler. Es gab sage und schreibe vierundzwanzig Projekte, an denen Dorn gemeinsam mit den Toten gearbeitet hat."

Lisa riss demonstrativ die Augen auf. So brauchte sie nichts zu sagen und konnte weiterhin den warmen Kaffeeduft inhalieren.

„Das sind gar nicht so viele, wie es den Anschein hat. Gelman gehörte seit zwölf Jahren automatisch zum Team. Es gibt kein Bauvorhaben im Landkreis Hildesheim, das nicht über Reuters Tisch gegangen ist. Mit Tolberg war er befreundet, und Senftleben bearbeitete viele Bauanträge im Südkreis."

Lisa schlürfte einen kleinen Schluck. „Deine Kaffeemaschine produziert den heißesten Kaffee der gesamten Dienststelle."

„Meckler spricht mit den Hildesheimern gerade den Personaleinsatz ab. In unserem Bereich sind fünf Projekte zu überprüfen."

„Klingt immer noch viel. Schließlich können wir ja nicht dahin spazieren und fragen: ‚He, Sie, bringen Sie Leute um, weil Sie sich über eine Baubetreuung geärgert haben?'

„Ich fürchte, dass man uns da belügen wird. Hinzu kommt außerdem, dass einige Firmen gar nicht mehr oder nicht mehr unter der Adresse existieren."

Lisa biss sich auf die Unterlippe. „Vielleicht sind das sogar die vielversprechendsten Kandidaten. Hat der Dorn sich an einen Zusammenhang mit Gift oder vergiften erinnern können?"

„Er erinnert sich an einen Vorfall, bei dem jemand ihm vorgeworfen hatte, er würde die Atmosphäre vergiften. Ihm ist zwar eingefallen, dass dies beim Chinesen in Itzum war, weiß aber nicht mehr, in welchem Rahmen."

„Das darf doch nicht wahr sein, wir sind ihm sooo dicht auf den Fersen, und dann geht es nur in Trippelschritten voran."

Jemand rannte den Flur entlang. Gleich darauf flog die Bürotür auf.

„Wir haben einen Roland", japste Markus und hielt sich am Türrahmen fest. Er warf einen Zettel auf den Schreibtisch. Lisa schnappte ihn sich schneller als Ralf, las die Buchstaben darauf und legte ihn enttäuscht zurück.

„Astroland, was soll das sein?", fragte sie.

„Du bist zu ungeduldig." Markus glitt auf seinen Stuhl und legte das Blatt gerade vor sich auf den Tisch. „Wie hat Dorn das gestern formuliert? Ein sehr aufmerksamer Täter, der sich mit seinen Opfern vertraut gemacht hat." Er nahm einen Marker und zog ihn über die letzten Buchstaben des Wortes. „Astroland ist ein Geocacher. Er ist in der Szene berühmt für seine Multicaches. Um Uelzen hat er einen sternförmigen gelegt."

„Wie ist das zu verstehen?"

„Wenn du dir die Karte der verfügbaren Caches ansiehst und auf die Lüneburger Heide zoomst, sind mehrere Caches so angeordnet, dass man auf der Karte einen fünfzackigen Stern erkennen kann."

„Dieser Astroland ist der gesuchte Roland?" Lisa verstand die Beziehung nicht.

Markus betonte den Namen noch einmal anders. „Ast-Roland!"

„Jetzt klingelt's bei mir. Wie heißt er richtig?"

„Deswegen bin ich hier. Ralf, dein Job."

Nachdem Ralf sich verabschiedet hatte, fragte Lisa: „Eine Sache verstehe ich nach wie vor nicht."

Markus schnappte sich den zweiten Kaffeebecher, den Ralf nicht mitgenommen hatte, und trank einen Schluck, bevor er antwortete.

„Du erinnerst dich an den Einbruch in meine Wohnung? An das GPS-Ei in meinem Wagen? Die Veränderungen an meinem PC?"

„Klar."

„Wie passt das ins Bild?"

Nach einer kurzen Pause sagte Markus: „Gar nicht. Ich habe heute Nacht ausführlich darüber nachgedacht."

„Konntest du nicht schlafen?"

„Meine Mutter konnte nicht schlafen, angeblich. Deshalb wollte sie eine Partie Backgammon mit mir spielen. Dabei ist sie dauernd eingenickt."

„Was dir Gelegenheit verschafft hat, intensiv nachzudenken."

„Genau. Ich denke, wir haben es einerseits mit dem Geocachingfall zu tun, und auf der anderen Seite gibt es irgendjemanden, der es auf dich persönlich abgesehen hat." Er machte eine längere Pause, sah sie prüfend an.

„Fitz hat mich gestern Abend angerufen."

Lisa fror auf einmal. Warum betonte er das so? War das so ungewöhnlich? Freunde telefonierten gelegentlich miteinander. Oder galt das nur für Freundinnen?

„Fitz kam gestern durch die Robert-Linnarz-Straße ..."

„Ganz zufällig, klar."

„... da hat ein Fremder sich an deinem Wagen zu schaffen gemacht. Er hat ihn angesprochen, und er behauptete, Polizist zu sein und etwas zu überprüfen."

„Aber von hier hatte niemand einen derartigen Auftrag."

„Richtig! Deshalb schlagen wir vor, ..."

„Wir? Ihre Königliche Hoheit Markus I?"

„Meckler und ich."

„Du hast mit Meckler gesprochen, bevor du es mir gesagt hast?"

„Ich wollte dich nicht beunruhigen." Er sah sie an wie ein Dackel, der um eine Wurstpelle bettelte.

„Danke schön, nun bin ich aber beruhigt."

„Lisa, komm, wir wollen deinen Wagen überprüfen. Fitz ist sich sicher, dass der Fremde keine Handschuhe trug und dass er dein Auto berührt hat, mit beiden Händen. Diese Chance dürfen wir uns nicht entgehen lassen. Gib mir den Schlüssel."

„Kommt nicht infrage. Ich fahr den Wagen selber her."

„Nicht nötig, er ist schon hier."

Lisa ließ sich wieder auf ihren Stuhl fallen. „Wozu braucht ihr dann den Schlüssel noch?"

„Er lässt sich mit dem Abschleppwagen so schwer in die Werkstatt bugsieren. Komm, gib dir einen Ruck."

„Markus, warum sollte jemand es ausgerechnet auf mich abgesehen haben?"

„Du meinst, warum nur auf dich und nicht auch auf mich?"

„Seit ich hier bin, haben wir alle Fälle gemeinsam bearbeitet."

„Dann trägt dir offensichtlich ein Kasseler etwas nach. Wer weiß, vielleicht war er im Knast und kommt jetzt erst dazu, sich zu rächen."

„Das hast du liebevoll formuliert. Er kommt erst jetzt dazu, sich zu rächen. Vereinbart man dafür einen Termin? Donnerstag, 17 Uhr, Lisa Grundberg erschrecken."

„Du bist unfair. Ich will dir helfen."

„Ich weiß, aber es macht mich fuchsteufelswild, so hilflos zu sein, dem Kerl ausgeliefert zu sein."

54

Abbensen, Donnerstag, der 15.9.2011

Direkt nach dem Frühstück hatte Corinna die blonde Schwangere abfangen wollen. Doch sie hatte den Frühstücksraum eilig verlassen und war wie vom Erdboden verschwunden.

Wahrscheinlich macht sie einen Spaziergang durch den Park, dachte Corinna bei sich. Sie zog sich eine Regenjacke über und ging ebenfalls nach draußen.

Sie marschierte an der Orangerie vorbei bis zum hinteren Ende des Parks. Dort kletterte sie über ein paar umgestürzte Bäume, sprang über den Bach und kehrte am Teepavillon vorbei in den Teil zurück, der bereits wieder gepflegt wurde. Bei den Eiben wandte sie sich nach rechts. Als sie die Brücke erreichte, begann es stärker zu regnen. Trotzdem blieb sie stehen und betrachtete das neue Geländer und die kunstvoll gestalteten Laternen, die nun die vier Pfosten schmückten. Sie konnte sich jedoch weder dazu überwinden, das Geländer zu berühren, noch die Brücke zu überqueren.

Sie akzeptierte den stärker werdenden Regen als Vorwand, so schnell wie möglich ins Schloss zurückzukehren.

Als sie an den Wirtschaftsgebäuden vorbeieilte, öffnete sich eine Tür, und die blonde Frau trat heraus. Ihre Wangen waren gerötet, das Make-up verschmiert.

Wie angewurzelt blieb Corinna stehen.

Das durfte doch nicht wahr sein.

Inzwischen hatte die Frau sie entdeckt, erstarrte und lief dann in entgegengesetzter Richtung davon.

Rannte sie vor ihr weg? Oder vor ihm?

Ausgerechnet eine Schwangere.

War denn diesem Bastard gar nichts heilig?

Damit würde er nicht davonkommen, so etwas gab es bei ihr nicht.

Sie ging entschlossen zur Tür, drückte sie auf und trat ein. Im dämmerigen Licht, das in dem kleinen Raum herrschte, sah sie, wie eine Tür am anderen Ende zufiel. Sie stürzte darauf zu, erwischte sie gerade noch und wischte hindurch.

Dann blieb sie stehen, drehte sich einmal im Kreis und versuchte zu verstehen, was sie da sah.

In der Mitte des Raumes befand sich eine Wiege mit einem bunten Baldachin. Darin lag ein Säugling. Von der Decke hing ein Windspiel, das leise klingelte. Das Baby gluckste.

Janka Baric stand an einem Edelstahltisch an der gegenüberliegenden Wand und zog eine Spritze auf.

„Was tun Sie da? Ist das Ihr Kind? Wo ist Sola?"

Hektisch zog Janka ihr Handy aus der Kitteltasche, benutzte eine Kurzwahlnummer. Offensichtlich meldete sich nur der Anrufbeantworter.

Janka schrie: „Du musst sofort herkommen. Sofort."

Corinna blieb ganz ruhig.

„Warum regen Sie sich so auf?"

Sie trat an die Wiege, zog die Decke ein wenig herunter und betrachtete den Säugling. „Sie hätten sagen sollen, dass Sie ein Kind haben, Sie können es doch nicht die ganze Zeit in solch einem dunklen Raum verstecken."

Janka grunzte nur. Corinna drehte sich um, wollte schauen, was die Ärztin machte. Dann wich sie zur Wand zurück. Janka Baric kam mit hoch erhobener Spritze auf sie zu.

Corinna prallte gegen die Wand, tastete nach der Tür, ohne Janka aus den Augen zu lassen. Da war der Türgriff, sie zog, sie ging nicht auf.

Plötzlich spürte sie den Stich. Ihr wurde schlagartig heiß. Die Einstichstelle brannte wie Feuer.

Sie ballte ihre Fäuste, holte aus und schlug so fest zu, wie sie konnte. Es krachte. Ihre Hand, Jankas Jochbein, egal, die andere taumelte. Corinna taumelte, stützte sich an der Wand ab. Sie musste hier heraus.

Schnell.

Jetzt.

Alles verschwamm vor ihren Augen.

Ihr wurde so heiß.

Ihre Beine fühlten sich so wackelig an.

Warum war die Tür so schwer?

Sie kam nicht durch die Tür.

Etwas behinderte sie.

Eine Schwelle.

So hoch.

Gut.

Sie hörte die Tür hinter sich zufallen, fiel auf die Knie.

Sie kroch weiter.

Auf das Licht zu.

Licht.

Warum?

55

Alfeld, Donnerstag, der 15.9.2011

Die Hildesheimer hielten alle Fäden in der Hand. Man hatte sie kaltgestellt, jedenfalls fühlte es sich für Lisa so an. Ihr Verstand wusste es besser, eigentlich. Das Finale würde, aller Voraussicht nach, auf dem Hildesheimer Marktplatz stattfinden. Keine Frage, hätte es sich um den Alfelder gehandelt, sie wäre eine der Ersten gewesen, die die Auswärtigen aufgefordert hätte, in die zweite Reihe zurückzutreten.

Natürlich hatte Meckler es anders verpackt.

„Ihr seid unsere Joker."

Als er Lisas mürrisches Gesicht gesehen hatte, fügte er hinzu. „Der Täter kennt euch. Wenn unsere Falle zuschnappen soll, darf er nicht über euch stolpern. Sobald wir die Identität von Astroland ermittelt haben, informieren wir euch. Ihr sollt ihn aufsuchen, warnen, aushorchen, in Sicherheit bringen, ihm den Namen des Täters entlocken."

„Laber Rhabarber", murmelte Lisa.

Meckler sah sie warnend an.

„'Tschuldigung", sagte sie seufzend. Warten, sie hasste es zu warten.

Nachdem Meckler sie verlassen hatte, um - er durfte selbstverständlich dort anwesend sein - nach Hildesheim zu fahren, verabschiedete Markus sich. „Ich gehe nach Hause. Du kommst sowieso bei mir vorbei, wenn du nach Hildesheim fährst. Ruf mich an und hol mich dann ab, ja?"

„Geht klar!"

„Vielleicht solltest du dich auch ein Stündchen aufs Ohr hauen. Wer weiß, wie lange das heute dauert."

„Klingt verlockend. Mach ich gleich. Ich will eben noch mal versuchen, Frank zu erreichen. Mir geistert da noch etwas durch den Hinterkopf."

„Du musst mal abschalten", sagte Markus, bevor er das Büro verließ.

Lisa wartete, bis nichts mehr zu hören war. Dann setzte sie sich mit dem Telefon ans Fenster und wählte Franks Nummer.

Er meldete sich beim ersten Klingeln. „Hallo Lisa!"

Er klang ganz nah.

„Hi Frank. Wie geht's? Bist du auf der Arbeit oder kannst du reden?"

„Ich habe ein paar Tage Urlaub genommen. Sprich."

„Ich habe darüber nachgedacht, wer mir nachschleicht. Ich würde den Kollegen in Kassel gern den Link schicken, den du mir übermittelt hast. Du weißt schon, Jens Rehbeck."

„Über den brauchst du dir keine Gedanken mehr zu machen. Der ist so gut wie Geschichte."

„Hast du?"

„Ich werde nicht zulassen, dass der Dreckskerl dir etwas tut."

Lisa starrte auf ihr Handy. Das klang gar nicht nach dem verschreckten Frank, mit dem sie vor wenigen Tagen telefoniert hatte. „Frank, was hast du vor?"

„Mach dir einfach keine Sorgen." Klick. Aufgelegt.

Sofort wählte sie die Nummer erneut.

Er ging nicht dran.

Stattdessen signalisierte ihr Handy den Eingang einer Nachricht.

Sie rief sie ab.

„Liebste Lisa, habe einen Gruß bei Eusebio deponiert. Du wirst ihn ewiglich erinnern. FITZ."

Auf Ideen kam der. Zum ersten Mal fröstelte sie heute nicht. Vielleicht hatte Fitz recht. Sie konnte ohne Weiteres in die Innenstadt spazieren, sich einen Eisbecher mit viel Schokolade gönnen und hinterher erst nach Hause gehen.

Sie zog den Blazer über, überprüfte den Sitz ihrer Waffe, fuhr den PC herunter und verließ das Gebäude durch den Hintereingang.

Obwohl es nieselte, war es nicht richtig kalt draußen. Kurz überlegte sie, ob sie umkehren und sich einen Schirm holen sollte, entschied sich aber dagegen. Sie war unterwegs.

Lisa schob die Glastür zur Eisdiele auf. Eusebio begrüßte sie mit Handschlag. „Schokoladenbecher ohne Likör und Cappuccino mit echter Sahne, richtig?", fragte er freundlich.

„Ja, unbedingt. Hast du eine Karte für mich, oder einen Brief?"

„Brief? Nein, etwas Größeres, aber es riecht nicht gut. Setz dich erst und iss, dann bringe ich es dir."

Lisa setzte sich an einen der Tische im hinteren Bereich. Hier war alles sonnengelb gestrichen, und an den Wänden hingen immer verschiedene Gemälde von Künstlern, die in der Nähe lebten. Heute handelte es sich um winzige Stadtansichten von Alfeld. Lisa erkannte den Fillerturm und die Nicolaikirche. Warum so klein? Dann erfasste sie es. Die Künstlerin malte auf Teebeutel. Cool. Auf Ideen kommen die Leute.

Sie setzte sich.

Schwungvoll stellte Eusebio den Eisbecher und die Tasse auf den Tisch vor sie. Genüsslich schaufelte sie ein wenig Schokoladeneis auf den Löffel und krönte es mit einem Tupfer Sahne. Sie achtete darauf, möglichst viele Zutaten des Schokobechers auf jeden einzelnen Löffel zu bugsieren. Sie befand sich in einer Genussoase. Nichts existierte außer ihr und dem herben Schokoladeneis, der süßen Sahne, der klebrigen Schokosoße und dem cremigen Vanilleeis. Köstlich.

Erst als Eusebio ein Päckchen neben sie auf die Bank stellte, tauchte sie wieder auf.

Ein Paket? Sie hatte mit einem Brief gerechnet, vielleicht mit einem Päckchen.

Was war das für ein Geruch?

Es roch nach ... und plötzlich war Lisa hellwach.

Sie sprang auf, nahm das Paket und ging damit zur Toilette.

Schnell ritzte sie das Klebeband mit ihrer Nagelfeile auf und klappte die Deckel zur Seite.

Sie schaute in das platt gedrückte Gesicht eines Babys.

Sofort verwandelte sich die Masse in ihrem Magen in einen Eisklumpen.

Sie wechselte in den Profimodus, scannte was vor ihr lag.

Ein totes Baby.

Dilettantisch eingeschweißt.

In einem Standardpostversandkarton. Ungebraucht.

Sie brauchte ein Team. Sie konnte doch nicht mit einem toten Säugling in einem Pappkarton durch die Stadt marschieren.

Sie musste Eusebio befragen. Ob er sich erinnerte, wer das Paket gebracht hatte?

Fitz?

Wohl kaum.

Sie zog ihr Handy heraus, um die Nummer zu überprüfen, von der aus die SMS gesendet worden war.

Unterdrückt.

Wie blöd war sie eigentlich? Stolperte blindlings in jede Falle.

Ihr Blick fiel auf eine Karte, die in eine Ecke des Kartons gesteckt worden war. Sie zog sie heraus.

„FITZ" stand darauf, gefolgt von einem Pfeil, dahinter: „**F**aulenzen **I**n **T**ödlichen **Z**eiten?"

Lisa konnte das höhnische Gelächter des Absenders quasi hören.

Sie lehnte sich gegen die Wand und wählte Markus' Nummer.

Alfeld, Donnerstag, der 15.9.2011

Sola hatte niemals damit gerechnet, dass sie so prompt reagieren würde. Zwischen dem Versenden der SMS und Lisas Auftauchen vor der Eisdiele vergingen höchstens zwanzig Minuten.

So blieb ihm ausreichend Zeit, den Chef der Eisdiele bei der Arbeit zu beobachten. Trotz seiner Größe erinnerte er ihn an ein Eichhörnchen, das ständig etwas in den Händen haltend von Ort zu Ort eilt, hier etwas aufnimmt, dort etwas abstellt und doch nie fertig wird.

Da hatte ihm die kleine Krabbe, der er gestern das Paket ans Herz gelegt hatte, deutlich besser gefallen. Offensichtlich kam die Eisdiele an einem Donnerstagvormittag im September ohne Servicemitarbeiter aus.

Als Lisa Grundberg eintraf, wandte er sich ab, studierte scheinbar hingebungsvoll die Brillen im Schaufenster. In Wahrheit beobachtete er, wie Lisas Spiegelbild in das Eiscafé hineinging und darin verschwand.

Er fuhr herum.

Warum musste sie sich ausgerechnet einen Platz ganz hinten aussuchen? Es blieb ihm nichts anderes übrig. Wenn er etwas, wenn er sie sehen wollte, musste er ebenfalls hineingehen.

Sola betrat die Eisdiele genau in dem Moment, in dem Lisa Grundberg mit dem Chef, den sie Eusebio nannte, schäkerte.

Er setzte sich an einen Tisch, von dem aus er sie durch ein paar Grünpflanzen hindurch beobachten konnte, ohne ihre Aufmerksamkeit zu erregen.

Was hatte sie nun vor?

Sie war aufgestanden und schaute sich die Bilder an den Wänden an.

Jetzt klingelte auch noch sein Handy.

Weiber.

Er drückte den Anruf weg. Dafür blieb später genügend Zeit.

Als Eusebio nach seinen Wünschen fragte, bestellte er einen Espresso, klein, schwarz und stark.

Die Grundberg löffelte derweil mit einem seligen Gesichtsausdruck an ihrem Eisbecher herum.

Endlich tauchte Eusebio mit dem Paket auf. Er trug es mit ausgestrecktem Arm vor sich her und verzog angeekelt das Gesicht.

Als er an Solas Tisch vorbeiging, verstand er, warum.

Mist, sie würde den Braten sofort riechen.

Ließ sich nicht mehr ändern.

Sie nahm das Paket lächelnd entgegen. Dann breitete sich die Erkenntnis aus und führte zu unerwarteter Aktivität.

Wieso rannte sie jetzt auf die Toilette?

Er konnte ihr dorthin unmöglich folgen.

Wieder klingelte sein Handy.

Janka.

Diesmal schaltete er es komplett aus.

Die Tusse sollte ihn gefälligst in Ruhe lassen.

Vorsichtshalber legte er zwei Euro für den Espresso auf den Tisch.

Sobald sie schreiend, weinend, wie auch immer aus der Toilette käme, würde er sich unauffällig verdrücken.

Er konnte die Aktivitäten der Polizei aus dem Haus auf der anderen Straßenseite beobachten. Die Fenster des Treppenhauses befanden sich genau gegenüber.

Die kleine Krabbe tat ihm ein wenig leid. Sie würden sie ausquetschen, stundenlang, und sie wusste doch rein gar nichts.

8

Entschwebt

Abbensen, Donnerstag, der 15.9.2011

Corinna fühlte sich wie ein Schneemann in der Frühlingssonne. Arme und Beine waren zu nichts zu gebrauchen, schlenkerten völlig unkoordiniert herum, sobald sie versuchte, sie zu bewegen. Gleichzeitig war ihr tief drinnen furchtbar kalt, während ihre Haut brannte.

Sie riss die Augen auf, hoffte dadurch mehr zu sehen, klarer zu sehen.

Das einzige, was perfekt zu funktionieren schien, war ihr Gehör.

Sie hörte, wie die Tür in ihrem Rücken aufging und wieder zuklappte. Sie hörte die Schritte auf sich zukommen, Gummisohlen auf Betonfußboden. Doch da waren noch andere Geräusche.

Schritte auf Kies, Ledersohlen auf Kies.

Sie schien auch ihren Mund, ihre Lippen nicht unter Kontrolle zu haben. Statt eines Schreis ertönte ein Krächzen.

Doch es hatte funktioniert. Die Betonschritte hielten inne, die Kiesschritte näherten sich, schneller.

„Frau Schwartz!"

Sie kannte die Stimme.

Die Betonschritte zogen sich zurück, wieder klappte die Tür.

„Frau Schwartz, was ist mit Ihnen?"

Steinwand, der Gedanke formte sich in ihrem Gehirn und tröstete sie irgendwie.

Sie spürte, dass er sie aufrichtete.

Warum bewegte er ihren Kopf? Au, das blendete, warum zerrte er an ihren Augenlidern herum?

Sie krächzte seinen Namen.

„Alles ist gut. Ich bringe Sie in Sicherheit."

Er hob sie hoch, als wöge sie nichts.

War schon so viel von ihr geschmolzen?

Warum war ihr dann immer noch kalt?

Sie wollte ihre Hände um seinen Hals schlingen, sich festhalten, wusste aber nicht wie.

Sie würde es später noch einmal versuchen.

Später.

58

Alfeld, Donnerstag, der 15.9.2011

Sie fanden nichts heraus, überhaupt gar nichts. Die Aushilfe, die das Paket angenommen hatte, erinnerte sich an einen Mann, mittelgroß, mittelalt, deshalb für sie uninteressant und niemand, an den man sich erinnern musste.

Bei dem Paket selbst handelte es sich um ein Standardpaket der Deutschen Post. Erste Untersuchungen ergaben keinerlei Fingerspuren.

Wunderte sie das?

Im Gegenteil, Lisa hatte nichts anderes erwartet.

Blieb der winzige Leichnam. Ein Auge offen, eines geschlossen, die klitzekleine Nase platt gedrückt von der Folie. Nackt, mit bläulicher Haut und dunklen Haaren.

Lisa sah immer wieder die filigranen Finger der rechten Hand vor sich. Seltsam verbogen, vor dem leicht geöffneten Mund. Die unendlich kleinen Fingernägel hatten Kratzer auf dem Kinn hinterlassen.

Dann hatte sie den Blick abgewandt, hatte versucht, ihn zu löschen. Doch das ging nicht, funktionierte nie. Mit der Zeit würden die Bilder verblassen, vergehen würden Sie wohl niemals.

Die Gerichtsmedizinerin hatte es persönlich abgeholt, hatte nur einen Blick darauf geworfen und gesagt: „Luftmangel, es ist erstickt. Ich rufe Sie gegen Abend an.“ Sie schickte sich bereits an zu gehen, da fiel ihr noch etwas ein: „Auf mich wirkt es slawisch.“

Slawisch? Was hieß das? War dies ein russisches Kind?

Wie kam es aus der Weite der russischen Taiga in einen engen Pappkarton in eine Alfelder Eisdiele?

Kurz dachte sie darüber nach, ob sie Fitz anrufen sollte. Obwohl sie überzeugt war, dass weder die Nachricht noch das Paket von ihm stammte, mussten sie ihn der Ordnung halber wohl befragen.

Am liebsten hätte sie einen unbeteiligten Kollegen damit beauftragt.

Wie gerufen stürmte Sina in die Eisdiele. „Ihr müsst los. Wir haben den Achten."

59

Hildesheim, Donnerstag, der 15.9.2011

Ingolf Stadler arbeitete bei der Hildesheimer Sparkasse. Er betreute die Geschäftskunden und traf sich nur widerwillig mit Lisa und Markus.

„Ich habe Termine“, sagte er, ohne ihnen einen Stuhl anzubieten. „Bitte fassen Sie sich kurz.“

Bevor Lisa ihm ein „Wir gehen davon aus, dass Sie innerhalb der nächsten vierundzwanzig Stunden sterben werden“ an den Kopf werfen konnte, hatte Markus reagiert. „Sie werden sich Zeit nehmen müssen. Glauben Sie, wir suchen Sie zum Spaß auf?“

Stadlers Augen weiteten sich flüchtig.

Markus fragte: „Haben Sie in der Zeitung von den Geocaching-Morden gehört?“

Stadler atmete sichtbar auf. „Sie wollen meine Hilfe als Experte.“

„Nein!“

„Das ist während der Arbeitszeit schlicht unmöglich. Kommen Sie um 17 Uhr wieder. Dann habe ich wahrscheinlich Feierabend.“

„Nein, wir brauchen Ihre Hilfe nicht. Wir wollen Ihnen helfen.“

„Mir helfen? Besitzen Sie zufällig ein unbebautes Grundstück, circa zwölftausend Quadratmeter, Autobahnanschluss und nicht im Natur- oder Wasserschutzgebiet gelegen? Nein? Nun, das würde mir helfen.“

Lisa hätte dem arroganten Schnösel gern ihr Knie in die Weichteile gerammt, doch dazu hätte sie ihn berühren müssen. Vielleicht wäre ein Tritt in den Arsch die beste Lösung.

Markus wurde lauter: „Jetzt hören Sie mir zu, und zwar genau. Sie sind das achte Opfer des Geocaching-Mörders." Er ließ eine Pause, in der er Stadler beobachtete.

Der sagte: „Ich habe Ihnen zugehört. Und nun? Sind Sie jetzt fertig? Würden Sie endlich gehen und mich weiterarbeiten lassen?"

„Haben Sie mich nicht verstanden?"

„Doch, doch, kein Problem, ich soll das achte Opfer sein. Haha, selten so gelacht. Auf Wiedersehen."

Markus ballte die Hände zu Fäusten. Betont langsam ging er zu dem Konferenztisch, der im Raum stand, und zog sich einen Stuhl heraus. Dann setzte er sich in Zeitlupe hin, ruckelte sich zurecht und platzierte beide Hände flach auf die Tischplatte. „Sie setzen sich jetzt auf diesen Stuhl, direkt mir gegenüber. Verstanden?"

Der Mann legte die Handflächen zu einer betenden Geste zusammen und sagte: „Da es wohl nichts nützt, wenn ich die Polizei rufe, um Sie hinauswerfen zu lassen, beuge ich mich." Er setzte sich auf die Stuhlkante und schaute Markus herausfordernd an. „Wo liegt Ihr Problem?"

„Meines?", fragte Markus erstaunt. „Mich will niemand umbringen."

„Sie brauchen sich meinetwegen keine Sorgen zu machen. Ich bin erfahrener Aikidoka. Wer mich angreift, scheitert an seiner eigenen Kraft."

Lisa fielen aus dem Stand mehrere Todesarten ein, gegen die ein Aikidokämpfer nicht das Geringste ausrichten konnte, mal abgesehen vom Giftmord, einer Gewehrkugel oder einem Pfeil, konnte selbst eine zerbrochene Flasche zur todbringenden Waffe werden, wenn der Angreifer geschickt genug vorging.

Dass etwas nicht stimmte, hörte sie zuerst an Markus' Stimme, dann verstand sie seine Worte. „Sie wissen längst, dass Sie das achte Opfer sein werden?" Abscheu tropfte aus dem Satz wie Wasser aus einem Jutesack.

„Nun ja, wie soll ich sagen. Es war offensichtlich. Da forderte jemand den bekanntesten Geocacher Niedersachsens heraus, mit einer derart primitiven Challenge. Hätte er einen Multicache erstellt, alles sorgfältig vorbereitet, nur mit großem Allgemeinwissen, Kondition und Rätselerfahrung zu lösen, vielleicht hätte ich mitgespielt."

„Das heißt, Sie haben seelenruhig zugesehen, wie sieben Menschen ermordet wurden?"

„Was heißt zugesehen? Ich bin meiner Arbeit nachgegangen und habe den Fall so gut es ging ignoriert."

„Sie sind nicht auf die Idee gekommen, dass Sie dazu beitragen könnten, den Täter zu fassen und Menschenleben zu retten?" Markus war so wütend, dass er die Worte über den Tisch spuckte.

„Ich weiß rein gar nichts."

„Sie hegen keine Vermutung, wer es auf Sie abgesehen haben könnte?"

„Was weiß ich, vielleicht ein Bauer, der nicht verstanden hat, was es bedeutet, wenn er sein Land an einen Hühnermäster verkauft, oder ein Fleischermeister, der Agio und Disagio nicht auseinanderhalten konnte."

„Oder ein gehörnter Ehemann, dessen Frau sie gevögelt haben?"

Lisa zuckte zusammen. Diesen Markus kannte sie noch nicht. Glücklicherweise reagierte Stadler nicht auf die Provokation. „Ich glaube, Sie gehen jetzt. Ich fühle mich gewarnt. Soll ich Ihnen das schriftlich geben? Damit Ihr Chef Sie am Ende nicht zur Schnecke macht."

Lisa sah, dass Markus noch etwas sagen wollte, und kam ihm zuvor: „Passen Sie gut auf sich auf. Es wäre besser, nicht allein nach Haus zu gehen und die Nacht nicht allein zu verbringen. Der Täter ist gefährlich."

„Danke für Ihre Fürsorge. In mein Haus gelangen weder rumänische Diebesbanden noch wahnsinnige Killer, dafür sorgen meine Alarmanlage und meine beiden Dobermänner, die den Garten bewachen. Und mit wem ich meine Nächte verbringe, geht sie nichts an." Er hielt kurz inne und musterte sie. „Es sei denn, Sie wollten sich selbst anbieten."

Er lachte laut, bevor er den Raum verließ.

Lisa hatte es noch nie erlebt, dass sich das Wort Fürsorge so schmutzig anhörte.

„Welch sympathischer Zeitgenosse", seufzte Markus und erhob sich. „Lass uns gehen. Manchen ist nicht zu helfen."

Sie verließen die Filiale am Marktplatz und gingen hinüber ins Rathaus. Lisa fragte sich, wie viele der herumstromernden Touristen wohl Polizeibeamte waren.

Die Polizei hatte einen Besprechungsraum im Erdgeschoss zugeteilt bekommen. Lisa und Markus mussten sich ausweisen, bevor sie hinein durften.

Sie brachten keine verwertbaren Neuigkeiten mit.

Interessiert betrachtete Lisa die Monitore, die den Marktplatz aus den verschiedensten Blickwinkeln zeigten.

„Wie habt ihr die so schnell installiert?"

„Die waren schon da. Wir mussten sie uns nur ausleihen."

Auf einem weiteren Rechner tauchten ständig Gesichter auf. Es legte sich eine Maske darüber, dann verschwand das Gesicht und das nächste tauchte auf.

Ralf Schubert, der soeben mit einem Laptop unter dem Arm hereinkam, bemerkte Lisas Blick und sagte: „Gesichtserkennung. Wir wollen feststellen, ob jemand häufiger vorbeikommt."

„Du meinst, weil er auf seine Chance wartet?"

„Genau." Ralf hielt das Programm an, klickte einen Button an und wählte aus den passbildgroßen Porträts eines aus.

„Guck mal, dem könnte man ein Drittel seines Gehalts abziehen. Der kommt jede Stunde wenigstens zweimal für etwa drei Minuten heraus, um eine zu rauchen."

Er drehte sich zu ihnen um. „Die Marmelade, die Ludger Dorn in Sarstedt bekommen hat, war tatsächlich vergiftet."

„Womit?"

„Taxane."

„Noch nie gehört."

„Taxus, die Eibe, sagt dir etwas?"

„Ja. Eiben sind giftig."

„Genau. Scheinbar hat jemand einen Aufguss mit Eibennadeln hergestellt und dann mit diesem Wasser das Rosengelee gekocht. In die Marmelade wurde die gleiche Flüssigkeit injiziert. Unter die Teeblätter waren Eibennadeln gemischt, und im Kräutersalz fanden sich gemahlene Bestandteile."

„Da wollte jemand auf Nummer sicher gehen. Wie lange dauert es, bis nach dem Genuss Vergiftungserscheinungen auftreten?"

„Je nach Menge, weniger als dreißig Minuten. Todesursache ist meist Herzversagen oder ein Kreislaufkollaps."

Plötzlich zog die Kollegin, die am Funkgerät saß, ihren Kopfhörer herunter und sprach Markus an: „Eure Kollegin Sina Bornschein meldet sich. Ihr ist etwas aufgefallen. Sprichst du direkt mit ihr? Ich verstehe nur Kelpe und gelb."

Markus übernahm den Kopfhörer und das Mikrofon. „Hi, Sina, was ist los?"

Dann hörte er aufmerksam zu.

„Unternimm nichts. Wir sind schon unterwegs."

Lisa stand bereits an der Tür, als Markus den Kopfhörer zurückgab. Sie eilten zum Auto.

„Was hat sie herausgefunden?"

„Sie war bei Kelpe. Das ist ein Fahrradfachhändler in Limmer."

„Neben Meckes, kenne ich."

„Ein Mitarbeiter dort hat ihr erzählt, dass sie vor etwa drei Jahren ein gelbes Velomobil verkauft haben."

„An wen? Wusste er das auch noch?"

„Ja, an Thomas Steinwand."

„Nein!"

Sie hatten das Auto erreicht und stiegen ein.

„Doch. Anscheinend hatte seine Schwester Theresa einen schweren Autounfall. Seither ist ihre linke Körperseite deutlich schwächer als die rechte, und ihr Gleichgewichtssinn ist eingeschränkt. Frag mich nicht wie, jedenfalls haben sie das Fahrrad so angepasst, dass sie damit sicher fahren konnte."

„Also doch eine Frau! Wo lebt sie?"

„In einem Pflegeheim in Winzenburg."

„Heim? Wieso?" Lisa bog auf den „Zingel" ein.

„Irgendeine geistige Behinderung.“

„Durch den Unfall?“

„Scheint so. Sie lebt so, als wäre sie zwölf oder dreizehn. Alles, was davor geschehen ist, erinnert sie glasklar. Danach lässt sie nichts Neues mehr zu.“

„Sachen gibt's. Warum sollte sie die Männer umbringen?“

„Das müssen wir herausfinden.“

Als sie auf den Parkplatz vor dem Winzenburger Heim fuhren, erwarteten Sina und Artjom sie bereits.

„Sie ist verschwunden!“, rief Sina ihnen zu.

„Wann?“

„Gestern Abend. Sie fährt jeden Tag fünfzig bis sechzig Kilometer mit dem Rad. Anfangs ist immer ein Betreuer mitgefahren. Doch da sie sich an alle Verkehrsregeln gehalten hat, wurde das eingestellt.“

„Wo fährt sie lang? Jeden Tag die gleiche Strecke?“

„Nein, das war wohl eine der Vereinbarungen. In Theresas Zimmer hängt eine Karte der Gegend. Bevor sie losgefahren ist, hat sie eine Nadel in den Zielort gesteckt.“

Lisa nickte. „Und anfangs hat man sicher auch kontrolliert, ob sie sich daran gehalten hat.“

„Das war gar nicht so einfach, wie es sich anhört. Weil sie selten auf den Straßen gefahren ist. Sofern es möglich ist, nutzt sie Waldwege.“

Markus stöhnte: „Prost Mahlzeit. Wenn die jeden Tag fünfzig Kilometer fährt, brauchst du einen ziemlich verrückten Zivi für den Job.“

„Den gab es auch, bis vor drei Wochen.“

„Wo ist er hin?“

„Zeit abgelaufen. Der Vertrag ging bis zum 1.9., kurz vorher hat er seinen Resturlaub genommen.“

„Da du das so betonst, nehme ich an, dass Theresa das nicht gut verkraftet hat."

„Die ganze Geschichte ist etwas komplizierter. Ihre Mutter ist an Bauchspeicheldrüsenkrebs verstorben, obwohl Theresa sie gepflegt hat. Anschließend hat ihre Geschäftsidee versagt, und sie hat ihren Bruder mit in den Konkurs gerissen. Die Heimleiterin deutete an, dass der Unfall durchaus als Selbstmordversuch gewertet werden könnte."

„Was heißt das für uns?"

„Seit der Zivi sie verlassen hat, ..." Sina umrahmte das Wort verlassen mit Gänsefüßchen, die sie mit beiden Händen in die Luft zeichnete. „... hat sie kein Fähnchen mehr in die Karte gesteckt, und zweimal musste ihr Bruder kommen, weil sie das Fahrrad beschädigt hatte."

„Konnte er das Rad reparieren?"

„Nein, es handelt sich ja um ein verkleidetes Liegerad. Herr Steinwand konnte es in seinen Firmenwagen laden und zur Reparatur bringen."

Lisa merkte, wie ihr bei dem Wort „Firmenwagen" heiß wurde.

„Fischer & Gerling!", rief sie. „Wir sind dauernd den Wagen von denen begegnet."

„Immer mit der Ruhe", sagte Markus. „Wir haben Thomas Steinwand kennengelernt. Das ist doch der Bruder, oder?"

Sina nickte. „Metallbauer."

„Macht er auf dich den Eindruck eines Psychopathen?"

„Weiß ich nicht, ich kenne keine. Denk doch mal nach. Er hatte Zugang zu dem Fahrrad. Niemand kann erkennen, wer damit unterwegs ist. Gleichzeitig kann er es ungesehen transportieren. Einfach genial."

Markus schüttelte den Kopf. „Warum wehrst du dich so heftig gegen eine Frau als Täterin? Du hast gehört, was Sina gesagt hat. Sie ist in Konkurs gegangen ..."

„... und hat ihren Bruder mitgerissen."

„ ... und ich wette, dass die Ermordeten alle mit ihrer Firmengründung zu tun hatten."

„Das mag ja stimmen. Ich glaube trotzdem nicht daran. Irgendetwas müsste diesen Rachefeldzug getriggert haben. Warum gerade jetzt? Und komm mir nicht mit dem Zivi."

„Darüber können wir später streiten. Zuerst einmal müssen wir sie finden." Er wandte sich an Sina. „Hat das Heim sie als vermisst gemeldet?"

„Die Heimleiterin hat den Bruder informiert und die Polizei gebeten, die Augen offen zu halten. Außerdem suchen zwei Zivis die Waldwege auf ihren Lieblingsrouten ab. Man geht davon aus, dass sie bald wieder auftaucht."

„War sie schon einmal verschwunden?"

„Angeblich noch nie."

„Was sagt der Bruder?", fragte Markus.

„Er befand sich gerade auf einer Baustelle. Er wollte so schnell wie möglich kommen", erklärte Sina.

„Das gefällt mir nicht!" Lisa stupste Markus an. „Komm, wir fahren nach Eberholzen und sehen uns um."

„Was willst du da finden?"

„Das gelbe Fahrrad, von dessen Verkleidung kleine Stücke fehlen, die Teilchen, die ich auf dem Schulhof in Bodenburg gefunden habe."

Markus knurrte: „Ich fahre."

Lisa zuckte mit den Schultern. „Meinetwegen. Wir haben's ja nicht eilig."

60

Eberholzen, Donnerstag, der 15.9.2011

„Wer bist du?"

Jemand zerrte an Corinnas Haaren. Sie zog ihren Kopf weg. Das machte es schlimmer.

„Wer bist du? Sag!"

Sie kannte die Stimme nicht.

„Rede mit mir. Warum bist du so müde?"

Das hörte sich nach einer guten Frage an. Warum war sie so müde? Und viel wichtiger, wo befand sie sich?

Corinna versuchte, die Augen zu öffnen. Es gelang problemlos. Trotzdem erkannte sie kaum etwas. Ein Schemen hockte neben ihr.

„Bist du jetzt wach?", fragte er.

„Wie heißt du?"

„Theresa natürlich."

„Wo sind wir?"

„Zu Hause natürlich."

Corinna erkannte weder dieses Zuhause, noch fand sie es natürlich, dass sie auf dem Boden lag. Auf hartem Boden. Sie fühlte mit den Handflächen. Beton, und es roch muffig.

„Sind wir im Keller?"

„Waschkeller, die Tür ist zugefallen und geht nicht wieder auf."

„Sind wir bei dir zu Hause?", fragte Corinna und begann sich aufzurichten. Ihre Muskeln gehorchten ihr, und plötzlich erinnerte sie sich.

An die blonde, schwangere Frau.

Das Nebengebäude, das sie betreten hat.

An das Zimmer mit Wiege und Wickelkommode.

An Janka Baric.

Und an die Spritze.

Stimmt, sie hatte das Zimmer trotzdem verlassen, war zur Tür gekrochen, und danach war jemand gekommen.

Jemand.

Ein Mann.

„Thomas Steinwand!“, ächzte sie.

„Er muss noch was besorgen“, sagte die Stimme neben ihr. „Er kommt gleich wieder, und dann befreit er uns.“

Corinna verstand noch immer nicht. „Warum sind wir überhaupt in diesem Keller?“

Durch das winzige, vergitterte Fenster des Kellerraumes fiel nur wenig Licht. Inzwischen hatten sich ihre Augen an das Dämmerlicht gewöhnt, und Corinna konnte die großen, runden Augen in einem gebräunten Gesicht ausmachen, das sie anstarrte.

Sie hob ein Geschirrhandtuch hoch, das sie auf dem Schoß liegen hatte. „Ich sollte ein Tuch zum Abtrocknen holen. Da ist die Tür zugefallen. Du lagst schon hier auf dem Boden.“

Corinna rappelte sich auf und ging langsam zur Tür. Sie drückte die Klinke herunter. Abgeschlossen.

Sie drehte sich um und ging zur Waschmaschine, die mitten an der Wand stand. Daneben ein Trockner und ein Brett, auf dem sich sauber gefaltete, nach Größe sortierte Handtücher stapelten.

Wenn sie sich ausstreckte, konnte sie das Fenster erreichen. Ein uraltes Kippfenster mit einem rostigen Metallrahmen. Davor ein ebenso verrostetes Gitter. Sie zog das Fenster auf und drückte gegen das Gitter. Nichts geschah.

Sie schlug dagegen. Nichts.

Sie sah sich im Raum um. Gab es etwas, mit dem sie das Gitter herausdrücken konnte?

Ein Regalbrett mit Waschpulver und Weichspüler. Darunter ein paar Gummistiefel.

„Was suchst du? Thomas kommt gleich zurück."

Irgendwie tröstete Corinna das nicht.

Plötzlich zerriss ein Klingeln die Stille im Keller.

Corinna stürmte zum Fenster und rief laut: „Hallo, hier sind wir. Hallo!"

61

Alfeld, Donnerstag, der 15.9.2011

„Willst du aussteigen und klingeln, oder soll ich?“, fragte Markus, nachdem er auf dem Hof von Thomas Steinwand in Eberholzen angehalten hatte.

„Ich geh schon“, sagte Lisa.

„Es ist kein Auto zu sehen.“ Das Garagentor stand offen, und auch das Tor zur Scheune war nur angelehnt.

„Guck du nach, ob du das Fahrrad entdeckst.“ Allerdings glaubte sie nicht daran. So blöd war der Steinwand nicht, dass er das Velomobil so hinstellte, dass es jeder Dorftrottel finden konnte.

Sie stieg die wenigen Stufen zur Haustür hinauf und klingelte.

Markus ging zur Scheune, verschwand darin und tauchte gleich darauf wieder auf. „Da drinnen bewahrt er Metallvorräte und Werkzeuge für seine Gitter und Skulpturen auf, es ist alles aufgeräumt und übersichtlich. Kein Fahrrad. Ich guck noch mal da hinten in den Schuppen.“

Lisa klingelte erneut und lauschte. Hörte sie eine Stimme?

„Hier sind nur Gartengeräte“, rief Markus ihr zu und kam zurück zum Wagen.

Lisa zückte ihr Handy und wählte Steinwands Nummer. Sie konnte das Telefon im Haus läuten hören, doch es nahm niemand ab.

„Scheint keiner da zu sein“, sagte sie. „Lass uns nach Alfeld fahren.“

„Wahrscheinlich sucht er ebenfalls nach seiner Schwester", sagte Markus und startete den Motor.

„Oder er entsorgt das Liegerad", erwiderte Lisa.

„Täterin!"

„Täter!"

Danach schwiegen sie bis zum Ortsschild von Alfeld.

„Wie gehen wir weiter vor?", fragte Markus. „Wir können doch nicht ins Büro dackeln und darauf warten, dass etwas geschieht."

Lisa brauchte einen Moment, um aus ihren Gedanken aufzutauchen. „Weißt du, mich lässt die zweite Geschichte nicht los."

„Dein Stalker?"

„Danke für die Blumen. Das ist nicht mein Stalker, aber egal. Was mir nicht aus dem Kopf geht, ist, dieser enge Zusammenhang. Auf der einen Seite arbeiten wir an einem Fall, in dem es um Caches und Leichenteile geht. Andererseits ..."

„... verwendet jemand ähnliche Mittel, um dich ..."

„... zu beunruhigen, ja!" Lisa merkte, dass sich ihre Hände ineinander verkrampft hatten. Sie zupfte an ihrem Jackenärmel, um davon abzulenken. „Ich habe ein Foto auf dem PC, das ich dir in diesem Zusammenhang gern zeigen möchte."

Markus grummelte etwas, das wie ‚das nennt man nun Zusammenarbeit' und ‚ewig Geheimnisse haben' klang. Doch er sah sie dabei nicht an, richtete seinen Blick geradeaus auf die Straße.

„Außerdem will ich noch mal mit Frank Futterer, meinem früheren Partner in Kassel, telefonieren."

Markus nickte mit zusammengepressten Lippen.

Sie spürte plötzlich das Verlangen, ihm die Arme um den Hals zu schlingen und sich zu bedanken.

Mehrmals musste sie tief durchatmen, bevor sie den Impuls unterdrücken konnte. Es tat gut zu wissen, dass er sich um sie sorgte, dass er für sie da war. „Danke", sagte sie, leise. „Für alles."

Markus grunzte eine Antwort, die im Krächzen des Getriebes unterging, als er den Rückwärtsgang einlegte, um einzuparken. Doch er war leicht errötet.

In ihrem Büro betrachtete Markus das Foto von Jens Rehbeck aufmerksam.

„Kann nicht sagen, dass der mir bekannt vorkommt."

„Sympathisch sieht er nicht aus, oder?"

„Das ist eigentlich kein gültiges Kriterium."

„Stimmt auch wieder. Ich ruf mal bei Frank an." Lisa wollte schon aufgeben, als er sich doch noch meldete.

„Futterer!"

„Lisa hier. Wo bist du? Was ist das für ein Höllenlärm im Hintergrund?"

„Ich stehe an der Autobahn."

„Willst du verreisen?"

„Nicht ich, Jens Rehbeck!"

„Der Gorilla?"

„Wir haben ihn erwischt, unmittelbar bevor er Deutschland verlassen wollte."

„Wer ist wir?"

„Ich habe ein paar ehemalige Kollegen um Unterstützung gebeten."

Lisa starrte das Telefon verdutzt an. „Ich dachte, du hättest gekündigt?"

„Dachte ich ebenfalls. Aber manchmal kommt es anders als man denkt. Wie dem auch sei. Sie bringen ihn nach Kassel. Ich ruf dich an, sobald wir mehr wissen."

„Lassen sie dich dabei sein?"

„Das wird das geringste Problem. Halt die Ohren steif."

„Du auch und danke."

Markus sah sie fragend an.

„Sie haben Jens Rehbeck verhaftet. Er wollte das Land verlassen. Weißt du, was das heißt?"

„Er hat was ausgefressen!"

„Ja, aber gleichzeitig bedeutet es, dass ihn jemand gewarnt haben muss. Ich wüsste zu gern, was das Ganze mit uns zu tun hat. Welche Verbindung besteht zwischen diesem Rehbeck und mir? War er in meiner Wohnung?"

Markus legte ihr eine Hand auf die Schulter. „Lass es gut sein. Wir kommen dahinter. Wart's nur ab."

Lisa wollte ihn fragen, warum er davon so überzeugt war, ließ es aber, als er sich demonstrativ umdrehte und seinen PC hochfuhr.

62

Abbensen, Freitag, der 16.9.2011

Mithilfe von Wagner hatte Sola dafür gesorgt, dass die Kundinnen mit den Babys abgereist waren. Nur eines hatten sie behalten. Zur Sicherheit. Eine Geburtsurkunde auf den Namen Roman Baric hatten sie ebenfalls ausgestellt. Für alle Fälle.

Als Sola zurückgekommen war, nachdem er Lisa Grundberg in Alfeld beobachtet hatte, saßen Wagner und Janka in dem winzigen Aufbewahrungsraum für die Ware zwischen Garage und Babyzimmer.

„Warum gehst du nicht an dein Telefon, verdammt?" Janka hatte ihn noch nie vorher angeschrien.

„Was treibt ihr hier? Ringelpietz mit anfassen?"

Wagner stürzte sich beinahe auf ihn. „Wir sind aufgeflogen."

Sola sah sich um. „War die Polizei hier?"

„Nein, Corinna Schwartz."

„Wollt ihr mich verarschen?"

„Sie hat mich im Babyzimmer überrascht." Jankas Stimme wurde immer höher, je länger sie sprach. „Die Blonde war gerade gegangen, ich dachte, sie wäre noch einmal zurückgekommen, und als ich mich umdrehte, stand Corinna da."

„Was hast du gemacht? Hast du dich an unser Szenario gehalten?"

Sie schüttelte den Kopf. „Ich war viel zu erschrocken." Sie verschränkte die Arme vor ihrem Oberkörper und wiegte sich vor und zurück. „Sie hat geredet und geredet, sie hat mich völlig durcheinandergebracht."

„Wo ist sie jetzt? Ist sie etwa tot?"

„Verschwunden."

Wagner hatte seine Stimme kaum unter Kontrolle. „Sie", dabei zeigte er anklagend auf Janka, „hat sie entkommen lassen."

„Sie ist nach draußen gekrochen, obwohl ich ihr eine volle Dosis Baclofen verpasst habe. Dann habe ich Schritte gehört. Ich dachte, du kommst."

„Und da hast du dich in deinem Versteck verkrochen und gehofft, dass ich die Kastanien für dich aus dem Feuer hole."

„Na ja, ..."

„Halt die Klappe, hast du wenigstens gesehen, wer gekommen ist?"

„Nein, aber derjenige muss sie mitgenommen haben."

„Seither ist sie verschwunden", ergänzte Wagner.

„Habt ihr versucht, sie anzurufen?", fragte Sola. Er sprang auf und lief in dem kleinen Raum hin und her.

„Ich nicht", sagte Janka.

„Wir wollten Ihnen nicht vorgreifen."

Gabriel Sola hätte ihm zu gern die Nase gebrochen. Doch dafür war jetzt nicht der richtige Zeitpunkt. Er musste nachdenken.

Ohne ein weiteres Wort zu verlieren, verließ er das Wirtschaftsgebäude.

Zuerst überprüfte er den Fuhrpark. Es fehlte kein Wagen.

Dann durchsuchte er Corinnas Zimmer. Die Schnepfe hatte nichts mitgenommen. Die Wäsche war im Schrank, ihre Jacke hing an er Garderobe. Selbst ihre Handtasche stand auf dem Sekretär.

Anschließend suchte er den gesamten Park ab. Er fand weder sie noch einen Hinweis. Die Schnepfe konnte sich doch nicht in Luft aufgelöst haben.

So unauffällig wie er konnte, checkte er die anderen Zimmer und Gebäude.

Als er mehrere Stunden später in das Wirtschaftsgebäude zurückkehrte, hockten Janka und Wagner im Büro.

„Wir werden zusehen, dass möglichst bald alle Babys verschwunden sind. Eines behalten wir. Das päppelst du auf, legst es in die Wiege. Wenn jemand fragen sollte, ist es deins. Du hattest Angst, dass du die Arbeit verlierst, deswegen hast du dich nicht getraut, es zu beichten. Okay?"

Janka nickte.

„So hatten wir es abgesprochen. So hat sie es auch interpretiert."

„Warum hast du ihr dennoch die Spritze verpasst?"

„Ich war so erschrocken."

Sola wandte sich zu Wagner um. Janka sollte die Enttäuschung in seinen Augen nicht sehen, jetzt noch nicht. „Gehen Sie an die Arbeit. Wie lange wollen Sie herumsitzen und Däumchen drehen? Sie leiten ein Wellness-Hotel, schon vergessen?"

Wagner erhob sich schwerfällig und verließ sie.

Sola wartete, bis er sie ganz sicher nicht mehr hören konnte.

„Weiß er von dem toten Säugling?"

„Von mir nicht!"

„Gut. Kann sie an dem Baclofen gestorben sein?"

„Nur, wenn sie allergisch reagiert hat, aber das kann ich mir nicht vorstellen. Wie hätte sie dann verschwinden sollen?"

„Ich muss Voigt informieren."

Ihm gefiel das nicht besonders, doch Janka begann vor Angst zu zittern. Vielleicht sollte er ihr eine Dosis Baclofen verabreichen, damit das dämliche Gezittere aufhörte.

Er hatte eines der neuen Handys genommen, hatte eine bisher unbenutzte Sim-Karte eingelegt und hatte dann die spezielle Nummer gewählt.

Voigt reagierte gelassen. „Ich werde herausfinden, ob sie sich in Berlin gemeldet hat oder sogar dort aufgetaucht ist. Ich rufe sobald wie möglich auf dieser Nummer zurück."

Sola war in den Park gegangen. Er saß in der alten Orangerie und erwartete den Anruf Voigts. Das Handy klingelte nur ein halbes Mal, bis er das Gespräch annahm.

„Ist sie da?"

„Das ist im Moment unwichtig. Die Polizei hat Monkey verhaftet. Räumt auf und verhaltet euch ruhig."

„Verstehe!"

Seine Antwort hatte Voigt nicht mehr gehört.

Sola ließ das Handy in seine Hosentasche gleiten.

Die Polizistenschlange! Es konnte nicht anders sein.

Sie hatte Monkey aufgestöbert.

Aber eigentlich wollte sie ihn.

Das konnte sie haben. Er nahm die Herausforderung an.

Lisa Grundberg.

Die Schlange!

Die Schlange?

Sein Blick verfinsterte sich.

Keine Sandviper, unsichtbar, tödlich und flink. Eher eine Boa. Heranschleichen, einwickeln und langsam zerquetschen.

Eine Boa!

Er würde eine Kobra aus ihr machen.

Ich spiele die Flöte und du tanzt zur Melodie.

Schade, dass er kein Blasrohr besaß. Das käme der Flöte so nah.

Jeder Ton ein Pfeil, der sich in ihr Fleisch bohrte.

Am besten erledigte er ihren Pitbull-Kollegen und diese überall herumschnüffelnde Kakerlake gleich mit.

Hier hatte er sowieso keine Zukunft mehr. Er musste sauber hinter sich aufräumen, der Bullerei ein Bauernopfer anbieten. Oder zwei?

Doch zuerst musste er herausfinden, wo die Schnepfe abgeblieben war.

Er wählte ihre Handynummer.

Eberholzen, Freitag, der 16.9.2011

Als sich der Schlüssel im Schloss drehte und Thomas Steinwand mit einem strahlenden Lächeln hereinkam, glaubte Corinna einen kurzen Augenblick lang, dass alles ein kurioser Irrtum war. Doch seine ersten Worte belehrten sie eines Besseren.

„Schon wieder wach? Schade, ich hatte gehofft, dir das ersparen zu können."

„Was ersparen?"

Er sah sie an, als wäre sie komplett bescheuert. „Deinen Tod natürlich."

„Warum? Was habe ich Ihnen getan?" Corinna konnte sich nicht überwinden, ihn zu duzen. Wie hatte sie diesen Mann jemals anziehend finden können? Er schwitzte die Verachtung für sie aus jeder Pore.

Sie schaute zu Theresa. Sie hatte die Handtücher heruntergerissen und sie auf dem Boden ausgebreitet. Nun lag sie darauf und schlief.

„Du, mir? Persönlich? Gar nichts. Wieso?"

„Warum sperren Sie mich dann ein?" Corinna sprach etwas lauter. Theresa sollte aufwachen. Sie ging einen Schritt auf ihn zu.

Plötzlich hielt er eine Waffe in der Hand.

„Stehen bleiben, sonst muss ich dich gleich erledigen", sagte er.

Corinna fragte sich, ob die wohl echt war. Doch was sollte ihr das nützen? Sie hätte sie anfassen müssen, um das festzustellen. Das würde Steinwand niemals zulassen.

Was hielt ihn davon ab, sie jetzt zu erschießen?

„Ich verstehe Sie immer noch nicht."

Er lachte laut. „Das kann ich mir vorstellen. Das ist nicht nötig. Du brauchst nur deine Aufgabe zu erfüllen."

„Welche Aufgabe?"

Er sah sich bedeutungsvoll um. „Hier zu sterben." Er zeigte mit der Waffe auf Theresa. „Sie passt gut auf mich auf. Erst ermordet sie alle, die mir das Leben zur Hölle gemacht haben. Dann hört sie, dass die reiche Tussi aus Berlin mit dem Handwerker vom Dorf nur gespielt hat. Prompt erschießt sie sie. Er kommt dazu, will seiner Schwester die Waffe entreißen, die sie auf sich selbst gerichtet hat, es gelingt ihm jedoch nicht. Beide Frauen sind tot. Genau wie alle, die versucht haben, ihn zugrunde zu richten. Nach einer Zeit der Trauer lebt er still und bescheiden vor sich hin, widmet sich nur noch seiner Kunst." Seine Stimme wurde lauter: „Und verprasst heimlich das Geld, das seine Schwester bei den Morden ergattert hat."

Corinna unterbrach ihn. „Sie wollen Ihre eigene Schwester umbringen?"

„Das, was von ihr übrig ist, ja. Warum nicht? Erst hat sie meine Firma vernichtet, und dann schafft sie es nicht einmal, sich selbst umzubringen. Das Heim wird von Jahr zu Jahr teurer, ständig muss ich neue Zivis auftreiben, ich. Das Heim kassiert nur, ich habe die Arbeit."

Corinna bemerkte, dass Theresa sich zu regen begann. Hatte sie gehört, was ihr Bruder gesagt hatte? Hatte sie es verstanden?

Sie wich zurück bis zur Wand, lehnte sich dagegen. „Worauf warten wir noch?"

„Es muss alles seine Ordnung haben. Theresas letztes, Pardon, vorletztes Opfer wurde bisher nicht entdeckt. Die Polizisten kommen sich so schlau vor und raffen gar nichts." Jetzt lächelte er zufrieden. „Er hat mich nicht ernst genommen. Auch diesmal nicht. Fühlte sich sicher wie der Wolf bei den sieben Geißlein. Das war ein Fehler." Er rümpfte die Nase. „Der Big Boss hat mich unterschätzt. Jetzt hat er den Boden unter den Füßen verloren. Macht nichts. Ärgerlich ist nur, dass er erst im letzten Moment Angst bekommen hat. Der Geocaching-Weltmeister mit seiner scheißteuren Ausstattung."

„Geocaching? Machen Sie das auch?"

Er sah sie herablassend an. „Machen? Ich? Ich gehörte zum Team, Weltmeister 2004 und 2005, 2006 hat er mich aus der Mannschaft geworfen. Unstet, unzuverlässig, der geborene Verlierer, so hat er mich genannt." Thomas Steinwand lachte humorlos. „Jetzt hat er verloren. Komplett."

Plötzlich ertönte die Titelmelodie von „Castle". Corinna zuckte zusammen. Das war ihr Handy, das da klingelte.

Thomas Steinwand holte es aus der Brusttasche seines Hemdes. „Da hat jemand Sehnsucht nach dir." Er las die Nummer vor. „Wer ist das?"

Corinna hatte keine Ahnung. Die Zahlenfolge kam ihr nicht bekannt vor. Andererseits; wer lernte heute noch Telefonnummern auswendig? Die waren doch alle gespeichert.

„Fitz", sagte sie aufs Geratewohl. „Wir sind verabredet. Er wundert sich bestimmt, dass ich ihn versetzt habe."

Steinwand dachte mit geschürzten Lippen nach. Dann gab er ihr das Telefon. „Ruf ihn an und sag ab." Dabei richtete er die Waffe auf ihr Knie. „Sag nichts Falsches, sonst schieße ich dir für jedes falsche Wort eine Kugel in die Beine.“ Er sah sie bedeutungsvoll an. „Niemand weiß, wann sie Stadler finden, heute, morgen, übermorgen.“

‚Am besten gar nicht‘, dachte Corinna. ‚Wer auch immer Stadler ist.‘ Was sollte sie sagen? Wie konnte sie Fitz klarmachen, dass sie in Gefahr war?

Ihre Hände zitterten, als sie die Kurzwahltaste für Fitz drückte.

„Guten Morgen, werte Dame, ich habe Ihren Anruf bereits erwartet.“

„Guten Morgen, guten Morgen, ich wollte nur ..., ich muss leider absagen. Ich kann Sie nicht treffen. Würden Sie bitte ...“

Die Waffe zuckte auf ihren Oberschenkel zu. Sie schluckte.

„Würden Sie mich bitte auch bei Isabelle Lobesang entschuldigen, ich schaffe es nicht, sie ins Konzert zu begleiten.“

„Ich verstehe nicht“, sagte Fitz. Seine Stimme klang erstaunt und ein wenig beunruhigt, hoffte Corinna jedenfalls. Sie legte auf, wollte nicht, dass Fitz Fragen stellte, die sie nicht beantworten durfte und die Steinwand womöglich verrieten, dass sie gelogen hatte.

64

Alfeld, Freitag, der 16.9.2011

Lisa konnte sich nur mühsam das Lachen verkneifen. „Wie auf dem Klo?"

Markus saß ihr gegenüber und gestikulierte seine Frage in den Raum. Lisa hörte weiter zu und signalisierte ihm lautlos: „Sina."

Markus beugte sich vor und schaltete auf Mithören.

„... erste heute Morgen gefunden. Er muss wohl tatsächlich länger gearbeitet haben als die letzte Reinigungskraft." Sina gab ein Geräusch von sich, das verdächtig nach einem unterdrückten Prusten klang. „Seine Kollegen sagen, Stadler kultivierte die Marotte, noch einmal zur Toilette zu gehen, bevor er das Sparkassengebäude verließ. Die Duftmarke, die er hinterließ, muss so kraftvoll gewesen sein, dass nach ihm niemand mehr diese Räumlichkeiten aufsuchte."

„Das ist jetzt nicht dein Ernst?", fragte Markus. „Er ist nicht erstickt, oder?"

„Hallo Markus", sagte Sina. „Nein, er wurde erhängt."

„Auf dem Klo?"

„Scheint so."

„Wie das?"

„Er muss auf der Toilette gesessen haben. Der Täter hat in der Kabine nebenan gewartet, hat das Seil mit einer Schlinge über die Trennwand auf Stadlers Kopf geworfen. Dann musste er ihn nur noch ruckartig hochziehen und warten, bis er nicht mehr zappelte."

„Seid ihr sicher, dass es so gewesen ist?"

„Ziemlich. Seine Hosen waren bis auf die Knöchel heruntergerutscht, und er hat im Todeskampf noch den Toilettenpapierhalter heruntergetreten."

„Muss der Täter da nicht ausgesprochen kräftig gewesen sein? Ich meine, mit dem Hochziehen und dann festhalten, während der andere um sein Leben kämpft."

„Der Täter hat vorgesorgt. Er hat eine Art Mini-Flaschenzug mit Bremse mithilfe eines Hakens unter der Trennwand befestigt. Wahrscheinlich genügte ein kurzer Ruck. Danach hat er das Seil eingeklemmt und konnte in aller Ruhe abwarten."

„Oder sich bereits in Sicherheit bringen. Habt ihr eine Idee, wann das passiert ist?"

„Auf jeden Fall nach 18 Uhr. Die Reinigungskraft sagt, dass sie die Toilettenräume gegen sechs Uhr fertig hatte. Anschließend ist sie vor die Tür gegangen, um eine zu rauchen. Den Flur vor den Toilettenanlagen hat sie erst nach 20 Uhr geputzt. Ihr ist nichts und niemand aufgefallen."

„Ob die Apparatur da schon angebracht war, konnte sie ebenfalls nicht sagen?"

„Genau. Meckler sagt, ihr braucht nicht zu kommen. Sie wollen die beiden Steinwands zur Fahndung ausschreiben. Außerdem überprüfen sie gerade die Aufzeichnungen aller Überwachungskameras, in der Hoffnung, jemanden zu entdecken, der den Flaschenzug in einer größeren Tasche ins Haus gebracht hat. Er ist zwar nicht riesig, aber doch auffällig."

„Sie sollen auf Handwerker achten oder auf Sportler. Ach, Sina, noch eine Frage, habt ihr auch den letzten Cache gefunden?"

„Allerdings, er lag unter der Leiche, der Täter hat ihn scheinbar unter der Trennwand hindurchgeschoben."

„Was war drin?“
„Ein Fuß.“
„Ein Gedicht?“
„Nee, nur ’ne Überschrift: ‚Entschwebt‘, dann ‚Acht von acht‘ und ein schlecht gereimter Zweizeiler.“
„Weißt du den Text?“
„Warte mal. Ja. So was wie: ‚Wenn Roland den Boden unter den Füßen verliert, ist mein Auftrag ausgeführt.‘“
„Sehr poetisch.“
„Ein Streifenwagen hat gerade das gelbe Liegerad entdeckt. Ich muss los.“
Markus und Lisa sahen sich an. „Also, ich bin nicht traurig, dass wir Stadler ohne Hosen verpasst haben“, sagte sie.
„Warum konnte er nicht auf uns hören?“
„Weder seine Kampfhunde noch sein Aikido haben ihm auf dem Klo was genützt.“
„Der Täter hat ihn quasi mit heruntergelassenen Hosen erwischt.“
„Was bist du für ein Witzbold. Er war zwar ein Arsch, aber so ein Tod?“
Markus stand auf. „Ich werde jetzt mal nach Eberholzen fahren und den Kollegen ablösen, der Steinwands Hof beobachtet. Ich hab so das Gefühl, dass sich da bald etwas tut.“
„Ich an seiner Stelle hätte meinen Abgang detailliert vorbereitet. Er muss doch gemerkt haben, dass wir ihm auf den Fersen sind.“
„Abgang ist gut. Ich hätte mich für einen Abflug entschieden.“
Es klopfte. Die Tür flog auf. Fitz stolperte herein. Völlig atemlos. „Markus, kommst du mit nach Eberholzen? Corinna ist verschwunden.“

„Das verstehe ich nicht. Warum willst du nach Eberholzen, wenn sie verschwunden ist?“

„Weil sie gesagt hat, dass ich Isabella Lobesang etwas ausrichten soll.“

„Wem?“

„Einer Sagengestalt, die sich in ein Schwert gestürzt hat.“

„Okay!“

„In Eberholzen, am Scheidebrunnen.“

„Geht es etwas genauer?“

„Ich habe ihr die Sage erzählt“, erklärte Fitz.

„Isabella?“, fragte Markus?

„Corinna. Sie wollte die Sage für ihre Gäste, eine Liebesgeschichte zum Einschlafen.“

„Ich verstehe langsam. Du glaubst, sie hat dir eine Nachricht schicken wollen.“

„Genau. Sie hat abgesagt, obwohl wir gar nicht verabredet waren, und sie hat die Mitteilung für Isabella hinterlassen. Lobesang war der Name ihres Liebhabers.“

„Sie hatte sich doch mit Thomas Steinwand angefreundet, oder?“, fragte Markus.

„Er hat ihr das Leben gerettet. Ich glaube, sie ist ihm dankbar.“

„Ich wollte sowieso gerade nach Eberholzen“, sagte Markus. „Komm mit.“

„Und was wird aus mir?“, fragte Lisa.

„Du machst Telefondienst“, sagte Markus und zeigte auf das Telefon, das schon wieder klingelte.

Während die beiden Männer das Büro verließen, nahm sie das Gespräch an.

Artjom hielt sich nicht lange mit Präliminarien auf. „Lisa, du musst herkommen. Wir haben die Pokale und eine Landkarte gefunden.“

„Wo?“

„In einer Kiste in einem Schuppen.“

„Wo steht der Schuppen?“

„Oh, im Garten von dem Wohnheim in Winzenburg. Ich sitze hier und passe auf, ob Theresa Steinwand wieder auftaucht.“

„Bin gleich da.“

Als Lisa auf den Parkplatz stürmte, sah sie, dass Markus und Fitz mit einem Mann sprachen, der ihr von hinten vage bekannt vorkam. Der Fremde stieg wieder in seinen Wagen und fuhr los, sodass auch Markus aufbrechen konnte.

Lisa stieg in ihr Auto. Sie brauchte keine zehn Minuten bis Winzenburg. Artjom saß in einem winzigen roten Fiat, den er ganz am Ende des Parkplatzes abgestellt hatte. Er wand sich heraus, als er Lisa kommen sah.

„Wie hast du die Sachen gefunden, wenn du hier draußen im Auto sitzt?“

„Der Gärtner hat sie entdeckt und mir gezeigt.“ Er hielt ihr ein paar Latexhandschuhe hin, die sie schnell überstreifte.

Sie umrundeten das Haus und überquerten eine weite Rasenfläche, auf der vereinzelte alte Bäume mit Bänken darunter standen. In einer Ecke befand sich ein Gartenschuppen. Artjom hatte viele Meter Absperrband verwendet, um den Schuppen zu sichern.

„Ganz unauffällig“, sagte Lisa.

„Meinst du, sie kommt noch mal hierher? Vielleicht, um die Sachen abzuholen?“ Artjom wirkte erschrocken.

„Zeig mal, was du gefunden hast. Ist das Bargeld auch dabei?“

„Geld? Nein, habe ich nicht gesehen.“

Bei der Kiste handelte es sich um einen Schuhkarton. Vermutlich hatte er Winterstiefel enthalten. Er war beinahe quadratisch und überall mit Klebebildern verziert. Lisa bückte sich und hob vorsichtig den Deckel an. In einen roten Schal eingewickelt lagen da zwei Golfpokale. Einer mit Gravur ‚Gerhard Tolberg' stand darauf. Darunter lag eine alte Landkarte. Außerdem ein außen signiertes Buch, eine Fahrradklingel, ein Notizbuch und ein Modellmotorrad.

Lisa war fest davon überzeugt, dass man Theresas Fingerabdrücke auf diesen Gegenständen finden würde. Genauso sicher wusste sie aber auch, dass Theresa die sechs Männer nicht umgebracht hatte.

Sie nahm das Notizbuch heraus und schlug es auf. Sie las ein paar Zeilen auf den ersten Seiten. „Gedichte. Das sind Liebesgedichte, von Theresa an einen Jobst." Sie sah Artjom fragend an.

„Der Name ihres Zivis. Sina hat mit ihm gesprochen. Er studiert in Holzminden Soziale Arbeit. Sollen wir ihn abholen?"

„Ich denke, im Augenblick benötigen wir ihn nicht." Insgeheim hegte Lisa die Befürchtung, dass Theresa Steinwand nicht mehr lebte. Der wahre Täter hatte dafür gesorgt, dass sie verdächtigt wurde. Wenn sie tot war, konnte sie den Verdacht nicht entkräften.

Laut sagte sie: „Wir müssen Hildesheim informieren. Ich denke, dass das einige der Gegenstände sind, die bei den Toten gestohlen wurden."

Damit ging sie über den Rasen davon.

Artjom lief hinter ihr her. „Was soll ich machen? Wo willst du hin?"

„Du informierst Meckler und bleibst hier, bis die Sachen gesichert sind. Ich muss etwas überprüfen. Dringend."

Die Eiben waren ihr eingefallen. Die Eiben bei der Brücke im Park von Schloss Abbensen. Wäre es nicht möglich, dass Theresa den Stromschlag erleiden sollte?

Thomas Steinwand konnte sich in seiner Eigenschaft als Metallbauer ungehindert auf dem Gelände bewegen. Wahrscheinlich konnte er mit seinem Transporter sogar in den Teil des Parks fahren, der noch verwildert war. Gab es ein besseres Versteck für das Velomobil? Oder eine Leiche?

Lisa wusste nicht einmal, ob es außer der Orangerie andere Gebäude auf dem weitläufigen Gelände gab, die sich als Unterschlupf oder Versteck eigneten.

65

Alfeld, Freitag, der 16.9.2011

Fitz fiel der Mann zuerst auf. „Sie schon wieder! Was machen Sie da? Kommen Sie weg von Lisas Wagen."

„Schreien Sie nicht so. Sonst hört sie Sie."

„Wer sind Sie?"

Der Mann hielt Fitz die ausgestreckte Hand hin. Eine dunkelrote Narbe auf dem Handrücken und ein fehlendes Glied am kleinen Finger fielen Fitz sofort auf.

„Sie sind Frank Futterer, Lisas Partner aus Kassel?", fragte Markus.

Der Fremde nickte. „Ich konnte es nicht zulassen, dass er ihr antut, was er mit mir gemacht hat." Er steckte seine Hand in die Hosentasche und schaute auf den Boden.

„Weshalb sind Sie hergekommen?"

„Ich muss Lisa unterstützen. Sie ahnt nicht, mit wem sie sich angelegt hat."

„Wir sind auch nicht von gestern", widersprach Markus.

„Das wollte ich nicht gesagt haben. Wir haben Jens Rehbeck verhaftet. Er wollte sich dünne machen. Hatte hochwertige, gefälschte Papiere in der Tasche. Wir hatten Probleme, den polnischen Kollegen glaubwürdig zu erklären, dass es sich um Rehbeck handelte und nicht um einen Polen aus Gdansk."

„Was hat dieser Rehbeck mit uns und unserem Fall zu tun?"

„Er ist nicht der Kopf der Bande. Das war er in Kassel nicht, und das ist er am neuen Standort nicht."

„Neuer Standort? In unserer Gegend?"

„Rehbeck war hier. Mit einem schwarzen Touran. Kurz hinter der Autobahnausfahrt Bockenem habe ich ihn verloren."

Fitz sah ihn überrascht an. „Haben Sie sich deswegen bei Lisas Auto herumgetrieben?"

„Ich wollte ihm zuvorkommen, mich irgendwo verstecken und ihn auf frischer Tat ertappen."

„Das hat nicht funktioniert."

„Er tauchte nicht auf."

„Und dann?"

„Wollte ich mich vergewissern, dass es ihr Wagen ist."

„Wie?"

„Sie hat einen Plüschfrosch im Aschenbecher sitzen."

„Deswegen haben Sie durch die Scheibe geguckt", sagte Fitz.

„Achtung, sie kommt!", warnte Markus halblaut.

„Verraten Sie mich nicht. Wenn sie mich sieht, schickt sie mich weg. Sie will auf keinen Fall beschützt werden."

„Das stimmt", gab Markus zu und stellte sich so, dass er Frank zum größten Teil verdeckte. „Was haben Sie als Nächstes vor?"

„Wohin will sie?"

„Wissen wir nicht. Ist sie in Gefahr?"

„Aktuell? Eher nicht. Wo könnte sich eine Bande häuslich einrichten, die mit Organen handelt? Mit Netzhäuten, mit Nieren, wahrscheinlich auch mit Säuglingen. Gibt es irgendwo eine leer stehende Arztpraxis oder eine Klinik?"

„Leer nicht, aber neu", überlegte Markus.

„Du meinst?", fragte Fitz.

„Schloss Abbensen!"

„Glaube ich nicht. Frau Schwartz würde sich nie ...“, wandte Fitz ein.

„Wer redet von Frau Schwartz? Wie viel Platz benötigt man für eine Netzhauttransplantation?“

„Einen Raum, in dem einer liegen und einer stehen kann, der muss noch nicht einmal besonders steril sein.“

„Hatte ich so in Erinnerung.“ Markus sah Fitz an. „Das Schloss hat so viele Räumlichkeiten. Wäre durchaus denkbar, dass einige zweckentfremdet wurden.“

Fitz nickte. „Oder nach Feierabend einer zweiten Nutzung zugeführt werden.“

„Wo befindet sich dieses Schloss?“

Markus erklärte ihm den Weg. Schnell tauschten sie die Handynummern aus. „Wir fahren zuerst nach Eberholzen, um etwas zu überprüfen. Das liegt von hier aus quasi auf derselben Strecke. Das heißt, wir sind ganz in Ihrer Nähe, wenn Sie etwas entdecken sollten.“

Frank reichte den beiden die Hand, stieg in seinen Wagen und fuhr los.

Wenig später starteten auch Markus und Fitz.

„Babyhandel auf Schloss Abbensen? Das kann ich mir beileibe nicht vorstellen. Du?“

Markus zuckte mit den Schultern.

Abbensen, Freitag, der 16.9.2011

„Warum konnte die dumme Kuh nicht endlich aufhören zu telefonieren und ihm die Fahrzeugpapiere aushändigen?" Gabriel Sola bemühte sich, seine Eile zu verbergen. Die Kontaktlinsen ließen seine Augen tränen. Schließlich legte sie auf.

„Herr Professor Minkner. Wir haben einen fabrikneuen BMW für Sie reserviert."

Sola gab sich leutselig. Er erzählte von einem Symposium in Fürth und einem italienischen Kollegen, den er schon seit Jahrzehnten verehrte und dem er nun endlich persönlich gegenüberstehen würde.

Nach außen geduldig und interessiert, ließ er sich die gesamte Sonderausstattung des Wagens zeigen. Inwendig konnte er es kaum erwarten, einzusteigen und wegzufahren.

Als er über den Zingel in Richtung Oststadt glitt, spürte er, welche Kraft der Motor hatte. Er musste aufpassen, dass er nicht wegen überhöhter Geschwindigkeit angehalten wurde.

Er näherte sich dem Dorf Abbensen durch Hönze und parkte den Mietwagen hinter einer Scheune, die nicht mehr genutzt wurde. Seine Verkleidung deponierte er im Kofferraum. Das letzte Stück bis zum Schloss ging er zu Fuß.

Da ihm auf dem Gelände niemand begegnete, lief er zielstrebig in sein Zimmer und packte die wichtigsten Dinge in eine Sporttasche. Als er seine Pistole aus der verschlossenen Schreibtischschublade nahm, dachte er, er habe Schritte auf der Treppe gehört. Schnell schloss er die Lade wieder.

Er lauschte.

Nichts.

Auf Zehenspitzen schlich er zur Tür, öffnete sie einen Spalt und schaute hinaus.

Keiner da. Gut so.

Schnell warf er die letzten Sachen in die Tasche und zog den Reißverschluss zu. Er stellte die Tasche unter einen dichten Busch am Zaun des Parks. Auf dem Weg zum Wagen würde er hier vorbeikommen.

Als er jetzt zum zweiten Mal zum Wirtschaftsgebäude zurückkehrte, verhielt er sich bewusst laut. Er rief nach Janka, begrüßte sie überschwänglich und küsste sie ausgiebig.

„Was wirst du tun?“, fragte sie ihn, leicht außer Atem.

„Wieso? Gar nichts. Alle Spuren sind beseitigt. Voigt hat gesagt, wir sollen uns still verhalten, bis der Sturm abgeklungen ist.“

Ihr Blick schien zu fragen: „Und wirst du dich daran halten?“

Doch sie sagte kein Wort.

Nachdem sie den Raum verlassen hatte, rief er Wagner an.

„Ich habe mich umgehört. Diese Polizistin steckt ihre Nase in Dinge, die sie nichts angehen. Wir sollten auf der Hut sein. Sagen Sie mir Bescheid, wenn sie auftaucht.“

Wagner schien zustimmend genickt zu haben, denn es dauerte lange, bevor er sich geräuspert hatte und ein Ja herauspresste.

Sola drückte ihn weg.

Er konnte Verlierer nicht ertragen.

Jetzt galt es, noch einen überzeugenden Anruf zu tätigen.

„Gabriel Sola, Frau Kriminalkommissarin Grundberg? Gut, dass ich Sie erreiche. Wir benötigen Ihre Hilfe."

„Herr Sola? Sie arbeiten auf Schloss Abbensen, nicht wahr?"

„Exakt. Wir haben uns gesehen, als Sie den Angriff auf Frau Schwartz untersuchten."

„Ich erinnere mich an Sie."

Das war gar nicht gut, aber nicht zu ändern. Vielleicht war es auch nur eine Floskel. Sie schien mit dem Auto unterwegs zu sein. Er glaubte Fahrgeräusche zu hören.

„Wir erhielten vor wenigen Minuten einen seltsamen Anruf, der uns sehr beunruhigt."

„Wegen Frau Schwartz?"

„Wir haben sie seit gestern nicht mehr gesehen. Sie hat nicht im Schloss-Hotel übernachtet. Nach Berlin zurückgekehrt ist sie ebenfalls nicht."

„Ich weiß. Was sagte der Anrufer?"

„Es war eine Frau, denke ich. Sie wollte eine halbe Million Dollar."

„Eine Frau? Dollar?"

„Ich habe das Gespräch aufgezeichnet, wenn Sie sich selbst überzeugen wollen."

„Warten Sie! Ich bin sowieso gerade auf dem Weg nach Abbensen und kann in einer Viertelstunde bei Ihnen sein."

„Herzlichen Dank. Das ist sehr nett von Ihnen."

„Keine Ursache. Dafür sind wir da."

Wieso war sie unterwegs nach Abbensen?

Sola wusste nun, dass sie ihm viel zu nahegekommen war.

67

Eberholzen, Freitag, der 16.9.2011

„Tu die Waffe weg, Thomas!“ Theresas Stimme klang streng. „Wir sind gegen Waffen und Atomkraft, hast du das vergessen?“

„Ich habe gar nichts vergessen, nicht eine Minute lang. Das ist es ja.“

Theresa setzte sich auf. „Können wir jetzt in die Küche gehen? Ich habe Hunger.“

„Noch nicht. Ich muss erst etwas überprüfen. Wenn ich wiederkomme, ist alles so gut wie vorbei.“ Er drehte sich um und ging auf die Tür zu.

Obwohl Corinna die Geschwister aufmerksam beobachtete, wurde sie von Theresas Aufschrei und ihrem Sprung in Thomas' Rücken genauso überrascht wie er. Sie stürzten in einem Knäuel aus Armen und Beinen zu Boden. Thomas grunzte wütend. Theresa knurrte wie ein verletzter Puma.

Corinna rannte zur Tür und riss sie auf. Da die beiden genau davor lagen, bekam sie sie nicht weit genug auf, um hindurchschlüpfen zu können. Trotzdem zerrte sie weiter. Sie wollte hier heraus.

Plötzlich wurde ihr die Tür aus der Hand gerissen. Steinwand hatte dagegen getreten. Theresa lag leblos und verdreht auf der Erde. Er hatte ein Knie auf den Boden gestützt und zielte mit der Waffe auf sie. „Ganz ruhig, meine Liebe.“

Blut lief aus seiner Nase. Doch er schien zu allem entschlossen. Langsam richtete er sich auf, ohne Corinna dabei aus den Augen zu lassen. Er kam auf sie zu, holte aus und schlug ihr die Faust ins Gesicht. Corinna schrie auf und klappte zusammen. Er packte ihre Schultern und stieß sie in den Kellerraum zurück. Sie landete auf den Knien und krümmte sich zusammen.

Als sie hörte, wie er die Tür von außen wieder abschloss, begann sie laut zu weinen.

68

Abbensen, Freitag, der 16.9.2011

Lisa parkte vor der Einfahrt zum Schloss und lief den Kiesweg hinunter zum Haupthaus. Sie hatte erst die Hälfte der Strecke zurückgelegt, als Wagner aus dem Haus trat. Das war gut. Sie durften keine Zeit verlieren. Sie reichte ihm die Hand. „Herr Wagner, wo finde ich Herrn Sola?"

Er schaute irritiert. „Hinten, in den Wirtschaftsgebäuden. Ich zeige Ihnen den Weg."

„Danke, das ist nett. Haben Sie den Anruf ebenfalls gehört?"

Sie bogen nebeneinander um die Hausecke. Wagner hatte Lisas Ellenbogen ergriffen und dirigierte sie an der Hauswand entlang. Lisa gefiel es überhaupt nicht, dass Wagner ihr so nahe kam. Sie blieb stehen, um seinem Griff auszuweichen. Sicher war er nur aufgeregt und verhielt sich deswegen so distanzlos.

„Welchen Anruf?", fragte er und hielt ebenfalls an.

Lisa zeigte nach vorn. „Wer kommt da angelaufen?"

Wagner drehte sich um. „Das ist Frau Baric, unsere Ärztin."

„Sie will etwas von uns." Tatsächlich rannte sie mit großen Schritten winkend auf sie zu. Die Frau wirkte aufgeregt. Sie rief etwas, was Lisa nicht verstehen konnte.

„Da muss was passiert sein", sagte Wagner stirnrunzelnd.

In dem Moment bemerkte Lisa den roten Punkt auf Wagners Schläfe.

Abbensen, Freitag, der 16.9.2011

Gabriel Sola lehnte an einer der alten Eichen. Sein Dragunow stand vor ihm auf dem Boden. Bewegungslos lauschte er. Ein Eichelhäher warnte die anderen Baumbewohner. Vor ihm?

Er hörte den Wagen kommen, verzögern und anhalten.

Als er die Schritte auf dem Kies vernahm, kroch er hinter das Scharfschützengewehr und konzentrierte sich.

Da er sowieso nicht verstehen konnte, was die beiden sprachen, blendete er diese Geräusche aus. Kaum waren Wagner und Grundberg um die Ecke gebogen, fand er ihren Kopf mit dem Zielfernrohr. Als sie am zweiten Fenster vorbeigingen, schwenkte er zu Wagner. Diese Vergrößerung war beeindruckend. Er konnte die kleinen Schweißperlen an Wagners Haaransatz erkennen.

Der Kugelfisch war so verängstigt, dass er sogar vergaß, sich aufzublasen. Immerhin versuchte er, die Grundberg unter Kontrolle zu halten. Nicht gerade subtil. Er spuckte in den Sand. Und auch nicht wirkungsvoll. Elegant hatte sie sich aus seinem Griff befreit.

Wo schauten die beiden hin?

Er schwenkte das Gewehr. Janka! Was sollte das werden?

Warum blieb sie nicht im Haus?

Was rief sie da? Eine Falle?

Sola atmete aus, richtete das Dragunow auf Wagners Schläfe und drückte ab. Er hatte den Boden noch nicht berührt, da versenkte er die zweite Kugel in Jankas Kehle.

Goodbye, Seestern.

Nur ein Stück nach rechts.

Er hörte ein Knacken hinter sich. Ein Fuchs? Zu schwer. Er fuhr herum.

Ein harter Tritt in die Seite trieb ihm die Luft aus den Lungen. Er prallte gegen den Stamm der Eiche, hielt aber das Gewehr noch in der Hand. Er holte damit aus, ließ es durch die Luft wirbeln, traf etwas Weiches. Sein Gegner ächzte, taumelte, fing sich wieder. Sola rappelte sich auf. Er hörte Stimmen. Jemand schrie um Hilfe. Er musste weg hier.

Sein Angreifer packte die Waffe, zog ihn heran. Egal. Sola ließ los. Der andere torkelte rückwärts, fiel.

Sola drehte sich um und rannte durch den Park davon.

„Stehen bleiben!"

Er hörte den Ruf.

Ihren Ruf.

Der Schuss traf einen Baum neben ihm, ließ Borke spritzen. Er rannte weiter, ohne sich umzudrehen.

70

Eberholzen, Freitag, der 16.9.2011

Die Tränen strömten noch immer über Corinnas Gesicht. Sie konnte nicht aufhören zu schluchzen.

„Was für ein Arschloch!“ Theresas Stimme klang hart und enttäuscht. Sie stand neben der Tür und betrachtete interessiert die Rauchschwaden, die durch den Spalt unter der Tür hindurchdrangen.

Corinna sprang auf. Sie riss den Schlauch der Waschmaschine vom Wasserhahn ab und drehte ihn auf. „Bring mir die Handtücher“, rief sie und wischte sich mit beiden Händen die Tränen aus dem Gesicht.

Sie befeuchtete die Handtücher und stopfte sie in den Spalt. Befriedigt sah sie, dass kein Rauch mehr hereindrang.

„Mach auch die anderen nass“, befahl sie.

Dann nahm sie Anlauf und rammte ihre Schulter gegen das Regal. Es kippte um und zerbrach. Sie trat so lange gegen die Seitenwand, bis sich ein Brett löste. Sie riss es heraus und trug es zur Waschmaschine hinüber. Sie öffnete die Tür, stellte ihren Fuß in die Öffnung und kletterte hinauf. Zuerst zertrümmerte sie die Fensterscheibe. Die Scherben warf sie neben der Maschine auf den Boden. Dann drosch sie auf das Metallgitter ein. Es war ihr egal, dass sie es kaum einbeulte. Es machte einen höllischen Lärm, dröhnte, donnerte, vibrierte.

Als sie völlig außer Puste, mit schmerzenden Armen eine Pause machen wollte, stieg Theresa zu ihr hinauf. „Lass mich auch mal.“

„Warte!", sagte Corinna. „Hörst du das?"

„Feueralarm!"

„Schlag weiter. Schlag zu, die holen uns hier heraus."

Und Theresa donnerte das Brett gegen das Gitter, dass die Späne flogen. Einmal, zweimal, dreimal.

Dann waren da Schatten.

Corinna hörte eine Stimme. Sie berührte Theresas Schulter. „Da ist jemand."

Theresa hielt mitten in der Bewegung inne. „Verschwinde Arschloch!" brüllte sie.

„Markus, hast du ein Stück Seife?", fragte eine männliche Stimme, die Corinna gut kannte. „Hier ist eine junge Dame, der wir einmal den Mund auswaschen müssen."

„Fitz!", schrie Corinna. „Hör auf zu plappern, hol uns hier raus."

„Zu Befehl, schöne Dame", sagte er und verschwand.

Theresa und Corinna waren von der Waschmaschine heruntergeklettert und lauschten. Sie konnten die Geräusche nicht zuordnen. Erst als von draußen Wasser durch ihre Handtuchbarriere sickerte, verstanden sie, dass die Feuerwehr sich erst einen Weg zu ihnen bahnen musste.

Dann krachte die Tür auf und ein Mann mit Atemschutzmaske, Helm und einem dunklen Schutzanzug mit reflektierenden Streifen stapfte zu ihnen herein. Er hielt zwei Hauben in der Hand. „Hallo, mein Name ist Andreas. Wir wollen Sie hier möglichst schnell herausbringen. Dazu müssen Sie diese Maske aufsetzen. Sie schützt sie vor dem Rauch."

Während er auf Corinna zuging, betrat ein zweiter, etwas kleinerer Feuerwehrmann den Kellerraum. Andreas zog Corinna die Haube über den Kopf und zurrte einige Bänder fest, sodass sich eine Gummidichtung fest über ihren Mund und ihre Nase legte. „Atmen Sie ganz ruhig weiter. Nehmen Sie die Leine in die Hand." Er gab ihr ein Seil. „Sie führt sie nach draußen. Ich gehe mit Ihnen. Haben Sie keine Angst."

„Wo ist Theresa?"

„Mein Kamerad Stefan kümmert sich um sie. Die beiden sind direkt hinter uns. Bitte gehen Sie weiter."

Auf der Treppe nach oben stolperte Corinna zweimal. Sie konnte durch die Maske kaum etwas sehen. Welch ein Glück, dass der Feuerwehrmann sie begleitete. Als sie oben ankamen, hörte sie ein Dröhnen und spürte einen Luftzug. Rauchschwaden trieben an ihr vorbei. Sie gingen durch den Flur auf die Haustür zu. Ein riesiger roter Lüfter blies ihr entgegen.

Der Feuerwehrmann begleitete sie zu einem Rettungswagen, der mitten auf dem Hof stand. Er nahm ihr die Maske ab und verabschiedete sich von ihr. „Alles Gute."

„Danke, vielen Dank." Schon wieder schossen ihr die Tränen in die Augen. Theresa ließ sich neben sie auf den Boden fallen. Fitz stürzte zu ihr, nahm sie in die Arme und drückte sie fest an sich. Corinna drückte sich von seiner Brust ab. „Habt ihr den Scheißkerl?"

„Nein, leider noch nicht. Erst die Feuerwehrleute haben uns erzählt, dass es vom Haus aus einen direkten Zugang zur Scheune und von da aus in die Scheune auf dem Nachbargrundstück gibt."

„Obwohl wir das Haus observiert haben, ist Steinwand unbehelligt ein- und ausgegangen", sagte Markus, der zu ihnen gekommen war. „Aber der kommt nicht mehr weit, versprochen."

Plötzlich ertönten laute Rufe. Der Sanitäter, der eben noch geduldig neben Corinna gestanden hatte, rannte zu seinem Wagen. Der andere sagte: „Sie sind nicht schwer verletzt, oder? Schießerei in Abbensen. Wir sind die Nächsten." Damit ließ er sie stehen und sprang ins Auto.

„Schießerei?" Corinna wiederholte das Wort, ohne es zu verstehen.

Fitz packte ihre Schulter und schob sie dem Rettungssanitäter zu.

71

Abbensen, Freitag, der 16.9.2011

Lisa bemerkte den roten Punkt auf Wagners Schläfe und ließ sich fallen. Wagner stürzte wie in Zeitlupe, während Janka rückwärts gegen die Hauswand geschleudert wurde. Lisa rollte sich zusammen, suchte Schutz hinter Wagner.

Ihr Puls raste. Sobald sie die Augen öffnete, sah sie rote Punkte. Am liebsten wäre sie liegen geblieben, hätte sich unsichtbar gemacht. Wie ein kleines Kind, das sich die Augen zuhielt und dachte, dass die anderen sie nicht sehen konnten.

Sie musste aufstehen. Sie durfte nicht zulassen, dass der Schütze sich vergewissern kam, ob er getroffen hatte. Sie war kein Opfer.

Sie lebte noch.

Wann sie ihre Waffe gezogen hatte, wusste sie nicht mehr. Jetzt gab sie ihr Sicherheit. Sie drehte den Oberkörper und schaute über Wagners Schulter in die Richtung, aus der die Schüsse gekommen waren.

Eine Bewegung.

Noch eine.

Da kämpften zwei.

Sie sprang auf.

Rannte, die Waffe im Anschlag auf die beiden zu.

Einer fiel rückwärts, der andere lief davon.

„Stehen bleiben!“, rief Lisa.

Als der Flüchtende nicht reagierte, schoss sie auf ihn, traf aber nur einen Baum.

Sie hörte Schreie.

Frauen liefen durch den Park.

Sie steckte die Waffe ein und ging zu dem Mann zurück, der am Boden lag.

„Frank?"

Er richtete sich auf. Seine Lippe war aufgeplatzt, unter seinem Auge bildete sich ein Bluterguss. „Er wollte dich erschießen."

Sie zog ihn in ihre Arme. „Du hast ihn aufgehalten. Danke."

„Er ist entkommen."

„Das macht nichts. Den kriegen wir schon noch."

„Lisa!"

Sie drehte sich um.

Fitz und Markus rannten auf sie zu. Fitz erreichte sie als Erster. Er zog sie an sich, drückte sie fest. Dann schob er ihren Oberkörper ein Stückchen von sich weg, sodass er ihr ins Gesicht schauen konnte.

„Alles klar?", fragten seine Augen.

Sie nickte.

Er küsste sie ganz zart auf den Mund, bevor er sie zu Markus bugsierte. „Schimpf nicht zu sehr mit ihr wegen ihres Alleingangs."

Alfeld, Montag, der 19.9.2011

Wortlos ließ Meckler seinen Blick über die Menschen gleiten, die in dem kleinen Besprechungszimmer saßen. Lisa zwischen Markus und Frank, Sina und Artjom umrahmten Ralf, der ungeduldig zappelte und nur auf der Stuhlkante hockte.

Lisa hätte gern einen heißen Kaffee getrunken. Doch das schätzte Meckler gar nicht. Wenn Besprechungen so lange dauerten, dass man einen Kaffee brauchte, um sie zu überstehen, lief etwas falsch.

Meckler räusperte sich. „Wir haben ihn."

„Wo?"

„Immer mit der Ruhe. Zuerst einmal: Sie haben ausgezeichnete Arbeit geleistet. Einen Fall bearbeitet und zwei gelöst, das macht Ihnen so schnell niemand nach."

Lisa dachte: ‚Wir hätten es nur viel eher merken müssen.' Sie schwor sich, nie wieder Geheimnisse vor Markus zu haben. Jedenfalls nicht, wenn es um berufliche Dinge ging.

„Theresa Steinwand war furchtbar wütend auf ihren Bruder und erzählte uns von der Ferienwohnung in Büsum."

„Wieso fiel die bei der Routinekontrolle nicht auf?"

„Als Steinwand seine Firma zu verlieren drohte, hat er einige Wertobjekte an Strohmänner übertragen. Offiziell gehört die Ferienwohnung einer allein stehenden Dame, die bis vor drei Jahren in Eberholzen gelebt hat. Inzwischen ist sie verstorben."

„Wieso ist das nicht aufgefallen? Hatte die Frau keine Erben?“

„Doch, aber da wahrscheinlich nicht einmal die Frau selbst wusste, dass sie Steinwands Wohnung besaß, jedenfalls auf dem Papier, hat niemand Ansprüche gestellt.“

„Haben die Kollegen ihn dort festgenommen?“

„Direkt vor der Tür. Er hatte nicht einmal Zeit auszusteigen.“

„Sehr gut. Hat er gestanden?“ Ralf schoss seine Fragen so schnell ab, dass die anderen gar nicht dazu kamen, sich am Gespräch zu beteiligen.

Meckler lachte grimmig. „Nein, er schweigt.“

„Ist das Beste, was er tun kann“, sagte Lisa. „Steht Theresa noch unter Verdacht?“

„Nein. Der Untersuchungsrichter hält die Aussagen von Frau Schwartz für wahr. Inzwischen wurden auch die Abläufe bei dem Bauvorhaben von Frau Steinwand geprüft. Die Toten und die Zielpersonen waren daran beteiligt.“ Mecklers Gesicht verzog sich zu einem genüsslichen Grinsen. „Anfangs war Frau Schwartz überaus kooperativ, bis ihr Anwalt auftauchte.“

„Dennis Voigt? Den haben wir im Krankenhaus kennengelernt“, sagte Lisa. „Ein barscher Zeitgenosse.“

„Mag sein. Jedenfalls ließ er ausschließlich Fragen zum Steinwand-Geocaching-Fall zu, sodass wir den wohl als gelöst an die Staatsanwaltschaft übergeben können. Anders beim Schloss-Fall.“

„Zwei Tote“, flüsterte Lisa.

„Wenn du das Baby nicht mitzählst“, warf Markus ein.

Meckler seufzte. „Die Geschichte wird uns noch beschäftigen. Dank Ihrer Mithilfe, Herr Futterer.“ Er nickte ihm zu. „Wir konnten nachweisen, dass die drei schwangeren Frauen, die vorzeitig aus dem Wellness-Hotel abreisten, Babys gekauft hatten. Bei einem Professor Minkner."

„Gibt's den?"

„Scheinbar nicht. Die Beschreibungen der Frauen decken sich. Der Mann selbst ist nicht aufzufinden."

Ralf richtete sich auf. „Stammen die Babys aus der gleichen Gegend wie das tote und das, das angeblich der ermordeten Ärztin gehört haben soll?", fragte er.

„Janka Baric hat noch nie ein Kind geboren. Das ergab die Obduktion."

„Wen interessieren die Kinder?", rief Markus. „Wer hat auf Lisa geschossen und die beiden anderen ermordet?"

Meckler rieb sich die Stirn. „Wir fahnden nach Gabriel Sola."

Lisa zuckte zusammen. Natürlich. Der Anruf. Er hatte sie nach Abbensen gelockt. War Sola in ihre Wohnung eingebrochen? Hatte er ihr das tote Baby geschickt?

Ralf stöhnte theatralisch.

„Wozu? Den habe ich schon ein Dutzend Mal überprüft. Wenn er Gabriel Sola ist, haben wir absolut nichts über ihn, abgesehen von seinem Visumantrag. Und wenn er nicht Gabriel Sola ist, haben wir noch nicht einmal das."

„Was soll das heißen?", fragte Markus.

„Er existiert nicht in unseren Systemen. Ich persönlich habe seine Wohn- und Arbeitsräume im Schloss untersucht. Wir verfügen nun über seinen genetischen Fingerabdruck, wir kennen seine Schuhgröße und wissen, dass er vermutlich tatsächlich in Chile oder als Sohn chilenischer Eltern geboren wurde. Aber ansonsten gibt es ihn nicht. Keine Kreditkarte, kein Handyvertrag."

„Er hat im Schloss gearbeitet. Hat der Konzern keine Informationen?"

Meckler schüttelte den Kopf. „Angeblich hat Joachim Wagner Sola und Baric eingestellt."

„Und der ist tot und kann nichts mehr sagen."

„Um die Einsichtnahme in die Firmenunterlagen kümmert sich der Untersuchungsrichter."

„Gegen Dennis Voigt?", fragte Markus. „Viel Vergnügen. Das kann dauern."

Lisa versank in ihren Gedanken. Sie würden ihn nicht fassen. Er würde weiter frei herumlaufen. Er konnte jederzeit zurückkommen.

Plötzlich spürte sie Franks Hand auf ihrer. „Er wird einen Fehler machen, dann schnappen wir zu."

‚Genau', dachte Lisa. ‚Er wird einen Fehler begehen, noch einen, einen zu viel. Welchen? Er wird zurückkehren, um sich an mir zu rächen. Blieb nur die Frage, ob Frank ihn vorher schnappte oder hinterher?' Sie wickelte ihre Jacke enger um sich und versuchte, Mecklers Ausführungen zu folgen.

Es gelang ihr nicht.

Berlin, Dienstag, der 20.9.2011

Wenn sie sich ganz vorsichtig bewegte, verspürte Corinna beinahe keine Kopfschmerzen mehr. Trotzdem kam ihr der Weg von der Tür bis zu Roberts Schreibtisch unendlich lang vor.

Ihr Bruder kam ihr entgegen und geleitete sie zur Sitzecke, wo Dennis Voigt saß, eine Tasse Kaffee in der Hand und ein Lächeln im Gesicht, das sie willkommen hieß.

Corinna setzte sich neben ihn auf das Sofa, so weit weg von ihm wie möglich. Doch selbst er konnte das warme Gefühl nicht vertreiben, das sich in ihr ausbreitete.

Sie war wieder zu Hause.

74

Brest, Dienstag, der 20.9.2011

„Voigt“

„Ich.“

„Das war knapp.“

„Wohin?“

„Papiere postlagernd.“

„Und dann?“

„Luxemburg.“

„Verstehe. Und Monkey?“

„Kautionsflüchtling, leider.“

„Verstehe.“

„Sola!“

„Ja.“

„Du hältst dich fern von Deutschland. Auch keine Stippvisite. Sonst ...“

„Verstehe!“

Sola legte auf. Er steckte das Handy ein und begann zu laufen, aus dem Vorort hinaus, am Meer entlang, gegen den Wind, dem er seine Wut entgegen schrie, dem er seine Rachegedanken mit auf den Weg nach Osten gab, nach Niedersachsen, nach Alfeld.

KRIMI Regional

WESERBERGLAND KRIMI

HANNOVER KRIMI

MORDUNDMEER KRIMI

WESERKRIMI

HILDESHEIM KRIMI

RHEINMOSEL KRIMI

WESTFALEN KRIMI

Auf den nächsten Seiten
wird es noch mal spannend!

Bitte blättern Sie um ...

Das Ende einer Geburtstagsfeier: Ein Schock, denn eine Teilnehmerin der Party lrbt nicht mehr. Die Tote liegt in der Wohnung ihrer Freundin Laura Feldmann. Laura aber ist verschwunden. Falls sie noch lebt, verfügt sie über Wissen, das ihre tote Freundin nicht mehr preisgeben kann. Bestürzende Nachrichten scheinen Chefermittler Morlock zu bestätigen, dass Laura lebt. Damit verbunden ist eine furchtbare Gewissheit: Ihr bleiben nur drei Tage, bevor auch sie sterben muss …

Horst Friedrichs. Opferwissen
344 Seiten. Paperback. ISBN 978-3-8271-9541-8
E-Book 978-3-8271-9617-0 (Pdf)
978-3-8271-9817-4 (Epub)

Die Beweggründe für die Versetzung aus der Hauptstadt nach Minden möchte Kommissar Rosenbaum nicht jedem erklären. Er will nur gute Arbeit leisten und auf andere Gedanken kommen. In Berlin hatte er die schlimmsten Verbrechen zu klären, doch Sexualverbrechen an Minderjährigen gehörten bislang nicht zu seinem Arbeitsfeld. Und nun ausgerechnet ein solcher erster Fall. Rasch scheint der Täter gefasst, doch es waren nur Indizien und der „Mörderische Feldzug" geht weiter ...

Andrea Gerecke. Mörderischer Feldzug
328 Seiten. Paperback. ISBN 978-3-8271-9410-7
E-Book 978-3-8271-9609-5 (Pdf)
978-3-8271-9809-9 (Epub)

Hannovers Schützenfest. Alles jubelt, alles lacht, nur einer kann nicht mehr mitfeiern, denn er liegt am Ihme-Ufer und rührt sich nicht mehr. Arne Sonneveld, einer der diesjährigen Bruchmeister. Als Anlageberater hat er sich beruflich nicht nur Freunde gemacht. Kommissarin Marike Kalenberger muss an den Tatort. Und plötzlich steckt sie mittendrin im Geflecht von Schützenehre, geschäftlichen Mauscheleien, Neid, Eifersucht und alkoholisch bedingten Bewusstseinsstörungen.

Günter v. Lonski. Mord auf dem Schützenfest
288 Seiten. Paperback. ISBN 978-3-8271-9451-0
E-Book 978-3-8271-9611-8 (Pdf)
978-3-8271-9811-2 (Epub)